PEDRO FEIJOO (Vigo, 1975) es licenciado en Filología gallega por la Universidad de Santiago de Compostela. Su primer libro, *Los hijos del mar*, fue un auténtico fenómeno literario en Galicia, finalista al Premio Xerais de Novela 2012 y ganadora del Premio San Clemente 2014.

Los hijos del fuego retoma su personaje principal y supone la consolidación de Feijoo como uno de los autores más leídos de Galicia. Ha publicado varias novelas más. *Nadie contará la verdad* ha sido galardonada con el Premio Xerais de Novela 2023.

Papel certificado por el Forest Stewardship Council®

Primera edición en B de Bolsillo: mayo de 2025
Tercera reimpresión: enero de 2026

© 2020, Pedro Feijoo
© 2020, 2025, Penguin Random House Grupo Editorial, S. A. U.
Travessera de Gràcia, 47-49. 08021 Barcelona
Diseño de la cubierta: Penguin Random House Grupo Editorial / Carme Alcoverro
Imagen de la cubierta: Composición digital a partir de la fotografía de Jokin Romero / Shutterstock

Printed in Spain – Impreso en España

ISBN: 979-13-87652-01-2
Depósito legal: B-4.589-2025

Impreso en Black Print CPI Ibérica
Sant Andreu de la Barca (Barcelona)

BB 5 2 0 1 2

Un fuego azul

PEDRO FEIJOO

Para Marta,
con «esa cosa con plumas».
21

*Apártate, bestia, que este no viene
amaestrado por tu hermana,
sino por contemplar vuestro dolor.*

DANTE ALIGHIERI,
Divina Comedia,
Infierno, canto XII

Arde la casa. Con violencia, con furia. Con la rabia de quien querría morir matando. Cuando por fin lleguen, a los bomberos les costará apagar el fuego. Y, una vez lo hayan hecho, descubrirán que la antigua casona no estaba vacía. Y en su interior encontrarán algo. Un cuerpo, tendido al pie de las escaleras, con la cabeza apoyada contra la pared en una postura casi imposible. Y será el de una mujer, una ya mayor. Lo sabrán porque algún familiar la reconocerá, pese al mal estado. «Es ella», dirán al verla. Y lo será, claro. E incluso habrá alguien del servicio que señalará un viejo brasero mal apagado como la causa del incendio. «Porque a la señora le gustaba calentarse junto a él mientras leía...»

Pero, arrasado el espacio por las llamas, lo que nadie alcanzará a ver en ese momento es que la anciana no ha muerto por el incendio. No será hasta el día siguiente, ya en el depósito, cuando alguien caerá en la cuenta de que tiene el cuello roto. Pero tampoco entonces habrá quien le dé a eso la importancia que realmente tiene. Al fin y al cabo se trataba de una mujer de edad avanzada, a la que hallaron en una casa devorada por el fuego, muerta al pie de las escaleras. Tal vez, si alguien se hubiese hecho un par de preguntas más... Pero no, claro. Total, ¿por qué hacerlo? Una mujer sola, mayor, y con esos problemas de salud por los que resulta tan incómodo preguntar... Lo más probable es que hubiera sido por la caída, con toda seguridad intentando huir de las llamas de un incendio que ella misma había provocado de manera involuntaria. Con toda seguridad... Y ese será el primero de los cadáveres, y esa será la primera de las muertes.

Y ese, invisible, será el primer argumento.

Abiertas con fuego sus puertas, y sin nadie que comprenda el peligro de los demonios que lo habitan ni la violencia de su ira, se habrá desatado el infierno.

PRIMER RECINTO

Contra el prójimo

Pero fija tus ojos en el valle, que se acerca
el río de sangre...

Dante Alighieri,
Divina Comedia,
Infierno, canto XII

1

El buen vecino

Son las diez de la mañana. El ascensor del número 12 de la calle Ecuador tarda una eternidad en completar el recorrido. Tan solo es un viaje de seis pisos hasta la planta baja, pero la cabina se demora como si tuviera que descender desde el mismo cielo. Cuando por fin llega a su destino, la puerta todavía tarda un poco en abrirse. Tanto como lo que le lleva a su único ocupante a empujar la pieza de hierro y cristal traslúcido. Por fin abierta, del interior asoma la barriga de un hombre corpulento. La gorra que le cubre la cabeza apenas deja adivinarle en el rostro: una gruesa montura de pasta con cristales oscuros, una barba blanca, corta y afeitada sin demasiado esmero, y una expresión grave, concentrada. Avanza con lentitud, como con torpeza, y cualquiera que no lo conociese podría achacarle a su edad la razón para esa manera de moverse. Pero no, no es por eso. Porque por más que aparente otra cosa, en realidad este hombre no es tan mayor. Poco más de setenta años. Setenta y tres, para ser exactos. Aunque, puestos a decir la verdad, también cabría señalar que han sido setenta y tres años de pura vida desatenta, malos cuidados y peores hábitos, eso sí.

Por fin fuera del ascensor, el viejo suelta la puerta, y esta golpea con fuerza contra su marco. Y aunque ya debería estar acostumbrado, porque al fin y al cabo es el ascensor del edificio en el que, por lo visto, lleva viviendo media vida, el hombre aún se vuelve, sobresaltado, para echarle un vistazo por encima del hombro con aire reprobatorio. Uno de esos dejes de viejo gruñón, como si semejante estruendo le pareciera toda una impertinencia por parte de la puerta. Comienza a rezongar por lo bajo, pero no tarda en abandonar el gesto crispado en cuanto se da cuenta de que no estará solo por mucho tiempo: fuera, en la calle, alguien se ha detenido ante el portal.

Se trata de una mujer joven, que llega empujando el carrito de un bebé. Incómoda, frena el cochecito con una mano mientras, con la otra, rebusca en el bolso con gesto agobiado. Domingo sonríe al comprender (esa capacidad que tienen las llaves para no aparecer nunca en el bolso de una mujer), y le hace una señal para que no se preocupe, que ya él se encarga.

Con tanta agilidad como puede (más bien poca), baja los cuatro escalones que le separan de la entrada y abre el portal para dejarle el paso franco a la chica. Ella se lo agradece con una sonrisa rápida al tiempo que avanza empujando el carrito hasta el pie de las escaleras, y el viejo le responde con otro gesto amable. Pero el suyo es diferente. Se trata de una sonrisa que, él lo sabe bien, va tan cargada de amabilidad como de algo más. Ese «algo» en el que cualquier caballero español habría advertido los últimos rescoldos de una antigua galantería. Al fin y al cabo, Domingo es un viejo zorro, un truhan curtido en mil batallas amorosas. O por lo menos así es como a él le gusta recordarlo.

—Buenos días, ¡y feliz Navidad!

La mujer le devuelve la sonrisa, si bien la suya parece distinta. Impostada.

—Eso será mañana, ¿no le parece? Aunque bueno, tampoco me haga demasiado caso, que nosotros no somos mucho de ese tipo de celebraciones...

Desconcertado, a Domingo se le congela la sonrisa en el rostro.

—¿Ah, no? Vaya, ¿y eso por qué? —pregunta sin dejar de

sacudir la cabeza—. No me digas que sois testigos de Jehová, o algo de eso.

—Pues no —responde ella, molesta, con una mueca—, no somos nada «de eso». Pero tampoco creemos que haya por qué dejarse arrastrar por todas estas campañas de consumismo tan salvaje, ¿no le parece?

Domingo arquea las cejas.

—¿Consumismo, dices...? —El viejo esboza una sonrisa perpleja, como si de pronto tuviera la sensación de que le están gastando una broma—. ¡Pero mujer, si es Navidad!

Pero la chica no le devuelve la sonrisa.

—Lo sé —responde con gesto seco—. Pero yo no tengo la culpa.

Sorprendido, Domingo no sabe muy bien qué decir.

—Sí, claro... Oye, ¿quieres que te ayude a subir las escaleras? —se ofrece, más por cambiar de tema, al tiempo que ya echa las manos a la estructura del cochecito.

Pero la mujer, rápida, vuelve a atajarlo con un ademán.

—No se preocupe —rechaza con una nueva sonrisa, aún más forzada que la primera—, ya estamos más que acostumbradas a hacerlo todo solas.

Y así, sin dar la oportunidad al anciano de reaccionar, la mujer levanta el carrito y sube los escalones. No es que sea precisamente una maniobra fácil, pero ella ha dejado claro que prefiere hacerlo así. Y Domingo, todavía con la sonrisa congelada en el rostro, comprende que la charla ha llegado a su fin.

«Vaya...»

El viejo murmura una despedida de cortesía y se da la vuelta, dispuesto a salir a la calle. Abre el portal y avanza un par de pasos hacia el exterior, dejando que la hoja se cierre a su espalda. Curiosamente, al contrario de lo que sucede con la puerta del ascensor, la del portal tarda bastante en cerrarse, lenta y suavemente. Pero, con todo lo que se demora, él aún sigue ahí.

El viejo no se mueve.

Con la espalda pegada a la puerta de aluminio y cristal, Domingo echa un par de vistazos. Primero a su izquierda, luego a su derecha. Al cielo, al frente, y de nuevo a uno y otro lado. No se relaja hasta estar por fin seguro de no apreciar nada que se pueda considerar como una amenaza. Entonces, se ajusta las solapas del abrigo sobre el pecho, y echa a andar.

Con paso firme, sin apenas levantar la mirada del suelo, el anciano desciende por la calle Velázquez Moreno; luego gira a la izquierda al llegar a la de Policarpo Sanz, sin entretenerse con nada ni con nadie hasta llegar a la pastelería Arrondo, justo frente al teatro García Barbón.

—Buenos días —saluda con gesto serio.

—¡Hombre! —Mucho más risueña que él, la mujer al otro lado del mostrador le dedica una mirada desenfadada mientras continúa ordenando una remesa de pasteles en el expositor—. ¡Buenos días, don Domingo, y feliz Navidad!

Pero Domingo no comparte el entusiasmo de la pastelera.

—Eso será mañana, ¿no te parece?

—Bueno, hombre, pero tampoco hay por qué escatimar buenos deseos, ¿no? ¿Qué, qué va a ser? ¿Algo especial para compartir esta noche con la familia, tal vez?

Pero el viejo no contesta. Aprieta los labios, y se limita a concentrarse en la contemplación del expositor, cargado con todo tipo de dulces y pasteles.

—Pues mira —responde al fin—, hoy me voy a llevar un milhojas de estos que tienes aquí. —Señala con el dedo índice, flaco y huesudo—. El de la derecha, el más grande.

Esta vez es la dependienta la que se queda en silencio. Inclina la cabeza, buscando en la dirección en la que el hombre señala, golpeando el cristal del expositor con la uña, y frunce el ceño, esbozando una sonrisa cansada.

—¿Nada más que un milhojas? —pregunta, devolviéndole una mirada de medio lado.

—Sí —le confirma el otro—, claro.

—Pero entonces ¿es solo para usted?

A Domingo parece incomodarle tanta preguntita. Resopla de mala gana, y también él levanta la cabeza.

—Oye, ¿y acaso no te lo estoy diciendo? —refunfuña.

La mujer niega en silencio a la vez que deja escapar un suspiro sonoro.

—Bueno, bueno, relájese, hombre, y no se me sulfure tanto, que ya se lo pongo...

Habla con el mismo tono de quien no está de acuerdo con la orden recibida por un superior.

—Pero una cosa le digo, ¿eh? Si esto se lo va a comer usted solito, luego no me venga con historias de que se le ha vuelto a disparar el azúcar, ni nada por el estilo. Que mucho hablar, pero luego se pone usted tibio, don Domingo. ¡Y ya me tiene más que frita!

Domingo desprecia la advertencia con un ademán de desinterés, y aparta la mirada hacia la imagen de la calle, reflejada en el espejo al otro lado del mostrador, mientras la dependienta le envuelve el pastel. Y entonces ve algo.

Una mirada que se cruza con la suya. Es apenas nada, un segundo, quizá menos. Una décima de segundo. Nada. Pero juraría que alguien le observa desde el exterior.

Sorprendido, Domingo frunce el ceño y gira sobre sí mismo. Pero no ve a nadie. Vuelve a buscar la imagen en el espejo. Y tampoco, esta vez ya no ve nada en el cristal. Domingo niega en silencio. Pero aun así...

Se gira una vez más, y retrocede un par de pasos hasta detenerse junto a la puerta. Mira a uno y otro lado de los cristales del escaparate, pero nadie se fija en él. Incómodo, el anciano frunce el ceño de nuevo. Él juraría...

—¿Ocurre algo?

El viejo apenas presta atención a la voz de la mujer a su espalda.

—Don Domingo —insiste la pastelera—, ¿se encuentra usted bien?

Pero don Domingo sigue sin responder. Hay gente en la calle, sí. Hombres y mujeres que van y vienen. Al fin y al cabo se trata de una de las calles más importantes de la ciudad. Céntrica, amplia, con mucho tráfico. Y está la parada de autobús, justo delante de la puerta de la pastelería. Y las tiendas de ropa, y los bancos... Y la hora punta, y también el frío. Pero nadie que se fije en él.

—Sí —responde al fin—. Estoy...

—¿Qué?

Domingo aprieta los labios.

—No, nada. Es que pensé que había visto a alguien. Oye, mira, mejor será que me digas qué te debo.

Media hora más tarde, Domingo vuelve a doblar la esquina de la calle Ecuador, pensando nada más que en llegar a casa de una vez y zamparse el pastel. Que para eso era, hombre. Que a sus años ya pocos gustos se puede dar. Que en su situación, solo y sin nadie que le espere en casa, ya está de vuelta de todo como para andarse con según qué formalismos. ¿Nochebuena? Venga ya, ¿qué Nochebuena ni qué niño muerto?

Abre la puerta, y en esta ocasión el anciano no se cruza con nadie, de manera que para cuando termina de subir los cuatro escalones y entra en el ascensor, la hoja del portal aún no ha terminado de cerrarse.

Lento como es para bajar, el ascensor todavía lo es más para subir. Y Domingo no puede evitar percibirlo: a pesar de ser apenas mediodía, en el trayecto ya huele a comida. A estas horas, los vecinos ya están ocupados preparando el marisco para las cenas de Nochebuena, y el aroma a langostino cocido se cuela por todos los rincones del edificio.

El ascensor se detiene en su planta justo cuando el anciano comenzaba a sentir que ya no podía más. Su vejiga ya no es la que era, y Domingo asoma su cuerpo al descansillo del sexto piso con la urgencia dibujada en el rostro. Por fin frente a la puerta de su apartamento, y todavía con el pastel en la izquierda, sacude el llavero con la mano derecha, intentando dar de una vez con la llave correcta, sin dejar de balancearse, incómodo, de un pie a otro. Dios, comienza a sentir que ya no puede más... En voz alta, maldice su torpeza y se dice a sí mismo que a este paso acabará orinándose en pleno rellano, cuando de pronto algo llama su atención. Un ruido seco. A su derecha, en las escaleras. Deja de mover las llaves y permanece en silencio. A la escucha.

Pero no oye nada.

La vejiga le advierte una vez más que se deje de historias, y Domingo se concentra de nuevo en encontrar la llave de su apartamento. Pero entonces vuelve a oírlo. Sí, hay alguien ahí, en el tramo que sube del quinto piso.

—¿Hola?

Nadie responde.

—¡Oiga! —insiste, al tiempo que se gira ligeramente para asomarse en dirección a las escaleras—. ¿Quién anda ahí?

Pero tampoco esta vez obtiene respuesta. El tramo hasta el piso inferior está envuelto en una negrura que, de pronto, inquieta al viejo Domingo. El descansillo del sexto tan solo está iluminado por la ínfima claridad que se cuela a través de una pequeña ventana que da al patio interior. Y a Domingo ya no le parece suficiente. Ni protectora. Pulsa el interruptor de la luz de las escaleras, pero solo para descubrir que, casualmente, no funciona. Y comprende.

No, esa avería puede ser cualquier cosa menos casual. No, las cosas no van bien.

Inquieto, traga saliva y recuerda el llavero que todavía tiene en la mano. Y hace por encontrar de una maldita vez la llave de su casa. Y se pone nervioso, y no solo no la encuentra, sino que ahora las llaves se le caen al suelo. Y se agacha tan rápido como puede para recogerlas. Y entonces vuelve a escuchar el ruido. Y ahí está.

Es un paso. Un paso perdido en el centro de la negrura.

Domingo permanece inmóvil, aún agachado en el suelo del descansillo. Y otro paso más. Alguien está subiendo desde el quinto.

Y Domingo aprieta los dientes.

Y en ese momento cae en la cuenta de ese otro ruido.

Es un zumbido eléctrico. Un sonido agudo y quebrado, como el de uno de aquellos antiguos flashes fotográficos volviendo a cargarse después de un disparo. Pero él sabe que esto no es un flash...

Intenta reaccionar. Ponerse en pie, y huir. Por donde sea.

Todavía agachado, repara en la fina franja de luz que se cuela bajo la puerta del ascensor. Nadie lo ha llamado, de manera que ahí sigue, esperando. Piensa en un giro rápido, un movimiento que le permita volver a meterse en el ascensor, y...

Pero no llegará a hacerlo.

Cuando quiera comprender lo que está sucediendo ya será demasiado tarde. Porque el viejo Domingo apenas tiene tiempo de tensar los músculos antes de sentir el impacto, el tacto frío del aparato sobre su cuello. Y de manera instantánea, la descarga eléctrica. Un latigazo terrible que, como un relámpago, feroz y violento, atraviesa su cuerpo, sacudiéndolo desde la cabeza hasta el vértice de cada una de las extremidades, para acabar empujándole la cara contra el suelo del rellano, con el paquete del milhojas aplastado bajo la mejilla. Y, justo a continuación, el pinchazo.

Un aguijón rápido y frío en la garganta, y lo último que verá antes de cerrar los ojos serán sus gafas, caídas sobre las baldosas, justo al lado de una bota de montaña.

Ese será el momento, el instante exacto en que Domingo perderá el conocimiento. Mientras siente el tacto frío del suelo y, casi al mismo tiempo, toda esa humedad, extrañamente cálida, entre sus piernas, el anciano se desvanecerá comprendiendo: al fin y al cabo, era cuestión de minutos que su vejiga se rindiese.

Cuatro instantes de consciencia

Uno

En algún espacio oscuro, denso y pesado, ahogado en el fondo de su pensamiento, el viejo Domingo se resiste a dejarse ir. Con todas sus fuerzas, pelea por recuperar la consciencia. Por regresar a la superficie. Pero no puede, y únicamente es capaz de percibir detalles sueltos, pequeños destellos de claridad. Tal vez algo semejante al movimiento, alguna sensación... Como ese vaivén.

Sí, Domingo intuye que está en movimiento. Pero no es él quien se mueve. No, él permanece tumbado sobre algún tipo de transporte en marcha. Un vehículo que se mueve rápido, muy rápido. Intenta concentrarse. Estaba llegando a su casa, y perdió el conocimiento. Recuerda su propia imagen en el suelo, vagamente reflejada en los cristales de sus gafas. ¿Es una ambulancia, quizá? Se esfuerza por abrir los ojos. Pero no, no puede ser. Demasiado oscuro. Y demasiado frío. El viejo lo siente, ese frío intenso asaltando su cuerpo desde la espalda. Está tumbado e intenta decir algo. Pero no alcanza más que a balbucear. Y no obtiene respuesta. ¿Será porque no logra articular ni una sola palabra, en realidad? Lo intenta una vez más pero, como en una pesadilla, comprende que ni siquiera es capaz de abrir la boca. Se concentra. El suelo, los bordes redondeados, y su mano percibe el tacto frío del metal. Y cree comprender. Está solo, indefenso, tumbado en el suelo de algún tipo de vehículo de carga. ¿Una furgoneta? Quiere protestar, pero la rabia se convierte en angustia. Y luego quiere gritar. Y entonces llega el giro brusco. La sacudida. Una curva tomada a demasiada velocidad, y el cuerpo de Domingo, incapaz de mover un brazo, mucho menos de agarrarse a nada, sale despedido contra uno de los laterales, y su cabeza se golpea contra sabe Dios qué. Y su consciencia vuelve a desaparecer por la alcantarilla de un quejido sordo, ahogado y sin voz, envuelta en el olor de su propia orina.

Dos

Algo lo ha traído de vuelta. El movimiento seco. El vehículo permanece inmóvil. ¿Se ha detenido? Sí, eso parece, y lo que percibe ahora es un sonido que llega desde el exterior. Puertas que se abren y puertas que se cierran. Y golpes graves, metálicos y compactos. Son las puertas del vehículo. Delante. Y también detrás. ¿Cuánto tiempo ha permanecido inconsciente? No lo sabe... ¿Minutos? ¿Horas, tal vez? Las puertas del compartimento de carga. Alguien ha abierto el portón a sus pies, y ahora lo agarra por las piernas y tira de él. Debería resistirse, debería defenderse. Debería hacer algo. Pero no puede. En su interior sigue peleando por reaccionar. Con dificultad, apenas logra captar algo de lo que sucede a su alrededor.

«Concéntrate.»

De acuerdo, ahora ya no está acostado. No, ahora está sentado. Está sentado y a la vez en movimiento. Una silla de ruedas, claro. Percibe algo más, la brisa fría, gélida, que le corta la cara.

«Despiértate, despiértate...»

Comprende que está en el exterior, y lucha con todas sus fuerzas para no dejarse llevar de nuevo por la inconsciencia. Pelea duro consigo mismo hasta conseguir abrir los ojos. Apenas nada, una brecha siquiera, lo justo para intentar percibir algo. Pero no es mucho. La luz tenue y fría de las primeras horas de la tarde, aún gris. De manera que eso es, no ha pasado tanto tiempo... Está en el exterior, sí, puede sentirlo en el tacto frío de la piel. Pero apenas logra identificar el entorno. Atraviesa algo que alguna vez debió de ser un jardín, y que ahora solo es un espacio de vegetación descuidada en los primeros días del invierno, mientras alguien empuja la silla de ruedas en que lo llevan. ¿Quién es, quién está ahí? Abrir los ojos como para dibujar apenas una línea del horizonte ya es un esfuerzo colosal, imposible intentar girar la cabeza. Vuelve a perder el conocimiento justo antes de llegar al siguiente espacio. Agotado, se deja ir en el baño de la luz naranja que empapa una especie de cobertizo de madera, abierto en el otro extremo del jardín.

Tres

Vuelve a despertarse. Esta vez es el estruendo lo que lo trae de regreso. El golpeo rítmico de algún tipo de mecanismo. Impactos, metal sobre metal. Intenta abrir los ojos, no puede. Toda esa claridad al otro lado de los párpados... Lo intenta de nuevo y abre los ojos, pero apenas logra enfocar con un mínimo de nitidez. Formas, estructuras... Parecen muebles antiguos. Altos, muy altos. Demasiado. Se siente pequeño. Se siente como un niño, y a punto está de dejarse ir una vez más. Pero no lo hace. Lucha por mantenerse en ese acceso de consciencia, aunque sea tan limitada. Intenta pensar, y luego comprende algo más.

«Concéntrate, puede ser importante...»

Lo que ocurre no es que los muebles sean tan altos: es que él está tumbado en el suelo. Y de nuevo vuelve a sentir el frío. Un frío intenso, aunque diferente al de antes. Este es aún más feroz que el de la furgoneta. Intenta palparlo una vez más, y se angustia al comprender que está tendido sobre un suelo terriblemente frío. Cemento. Tal vez sea el suelo de algún tipo de bodega. O de un sótano, o de un establo...

O de una celda.

Se agobia, por un instante siente cómo la angustia invade todo su pensamiento. Y luego percibe el riesgo: la angustia quiere ser pánico. Y el pánico hace que uno pierda cualquier posibilidad de control. Tiene que abrir los ojos, tiene que abrir los ojos. La claridad duele, pero se esfuerza por adaptarse a ella. O, cuando menos, por aguantar. Sobre los muebles le parece identificar algunos tipos de máquinas. Viejas, sucias. Y botes y tarros, también sucios, grises, apilados en los estantes. Y herramientas... Aunque no puede verlo con claridad. Claro, le faltan sus gafas. ¿Dónde está, a dónde lo han traído? Diría que se trata de un taller. Y entonces explota el ruido. Un ruido intenso, fuerte y constante, que le hace volver a cerrar los ojos. ¿Qué ocurre?

¿Acaso es algún tipo de motor? No, no es eso. Intenta tranquilizarse, no dejarse llevar por la angustia. A sus años, Domingo es un hombre con mucha vida a sus espaldas, con experiencia. No puede permitir que el pánico le nuble el juicio.

«Piensa, ¡piensa!»

Y de repente lo entiende. El ruido no es de un motor mecánico, sino otra cosa. Una sierra, es una sierra eléctrica. Y al momento comienza a percibir el olor. Ese olor tan intenso, tan característico... Madera. Sí, eso es. Huele a madera recién cortada. De pronto, el mecanismo de la sierra se detiene, y un nuevo sonido comienza a distinguirse sobre el ruido del motor eléctrico que poco a poco se ha ido deteniendo. Pasos. Una vez más procura concentrarse. Tiene que ser capaz de mantener los ojos abiertos. Alguien se le acerca por detrás, y Domingo decide intentar un contacto.

—Escuche...

Pero no hay más respuesta que aquella otra que ya había olvidado. Un nuevo aguijón en el cuello y, otra vez, la oscuridad.

Y, entre el mar de tinieblas que se cierne sobre él, Domingo comienza a tener la sensación de que alguien balancea suavemente la nave en que todo su cuerpo se ha convertido. Que su voluntad ya no es suya, y que alguien lo gobierna de marea en marea, de derrota en derrota. Y, con todo, lo cierto es que no le resulta desagradable. Se siente como si lo estuvieran meciendo en una suerte de cuna. Alguien se mueve a su lado, y el anciano se deja llevar por un sueño, uno en el que alguien lo acaricia con suavidad, lentamente, a lo largo de todo su cuerpo. De arriba abajo, de banda a banda...

Y entonces vuelve a sentir el relámpago.

Solo es otro latigazo, rápido y fugaz como el que recibió en el descansillo de su apartamento, aunque este no viene cargado de electricidad, sino de razón, de entendimiento. De lucidez. Se trata de la descarga justa para comprender que tal vez lo que ocurra no sea un balanceo. Tal vez lo que suceda sea que le están... ¿tomando las medidas?

Domingo intenta salir de la bruma una vez más. Pero no logra hacerlo. Sea lo que sea lo que le están inyectando, la última dosis aún es reciente y sus efectos poderosos. Y, al tiempo que siente cómo alguien desnuda su cuerpo, Domingo empieza a soñar con un aserradero. Sin que pueda hacer nada por evitarlo, el viejo se desvanece soñando que entra en el taller de un carpintero que solo construye cunas.

Y cuatro

Lentamente, Domingo vuelve en sí. No sabe cuánto tiempo ha pasado, pero por fin, ahora sí, siente que ya no hay nada contra lo que luchar. El efecto de las drogas ya se ha disipado, y ahora solo tiene que despertar. La cabeza le duele muchísimo, y siente la boca seca y áspera, pero por lo menos sabe que ya no volverá a desmayarse. Comprende la necesidad, la urgencia de ir tomando conciencia de la situación. ¿Qué es lo que está pasando? Está tumbado boca arriba, y sigue sintiendo frío. Mucho frío. Porque ahora, además, tiene la sensación de estar desnudo, y el instinto le lleva a palparse.

Pero no tarda en descubrir que no puede.

¿Qué ocurre?

Intenta levantar las manos, pero sus muñecas dan una y otra vez con una superficie áspera y dura que no le permite tocar su propio cuerpo. Y todo en un espacio muy reducido. Por más que lo intente, las manos apenas pueden tantear unos pocos centímetros de una misma superficie. Abre los ojos, pero no logra ver nada. Está en la oscuridad más absoluta. O ciego. Y sí, esta vez no puede negarlo: definitivamente, Domingo está asustado.

Sintiendo que de nuevo lo acecha la angustia, el viejo Domingo se debate para no sucumbir al miedo, e intenta levantar la cabeza, pero lo brusco de su movimiento se convierte en dolor instantáneo. Con ello lo único que consigue es golpearse la nuez contra algo. Una superficie firme a muy poca distancia de su garganta. Se esfuerza por levantar los párpados, por asegurarse de que realmente tiene los ojos abiertos y que esto no es otro sueño. Y no, no lo es. Poco a poco, la vista se va acostumbrando a la oscuridad, y, con las pupilas dilatadas al máximo, el anciano logra enfocar algo. No puede levantar la cabeza porque ahí delante, justo sobre su cuello, un pequeño muro no le deja ir más allá. Se concentra en la sensación, en el tacto, en la piel contra la pieza. Y comprende. Es madera.

Madera... Recuerda el sonido de la sierra eléctrica.

Y ahí está, una pequeña estructura hecha con tablas, quizá de unos veinte o treinta centímetros de altura, levantada justo sobre su garganta, como si de una especie de guillotina de madera se tratase. ¿Qué es lo que sucede?

—¿Hola?

Pero nadie responde. Vuelve a intentar palpar su propio cuerpo, pero el resultado sigue siendo el mismo. No puede. Porque aunque siente que tiene las manos al aire, apenas puede moverlas, y lo único que alcanza a tocar es lo mismo que tiene delante de los ojos. Madera, brava y sin pulir. Y entonces comienza a comprender.

En algún momento, entre una pérdida de consciencia y otra, Domingo soñó que lo metían en un ataúd y lo enterraban vivo. Pero ahora entiende la realidad. No está muerto, y tampoco está dentro de ningún féretro. Está vivo, sí, aunque la situación tampoco es que sea la más halagüeña: completamente desnudo, parece tener el cuerpo atrapado en el interior de una caja de madera construida a medida, de la que solo han quedado fuera las manos y... ¿los pies? Intenta moverlos. Sí, confirma, los pies también. Y la cabeza, claro. Por favor, ¿qué está pasando?

Sigue esforzándose cuando, de pronto, recibe el impacto de una claridad brutal. El fulgor de varios focos de luz encendiéndose alrededor de la caja arrasa con sus ojos, que aún tardarán un buen rato en adaptarse a la nueva situación.

—¿Te has despertado? Bueno, ya iba siendo hora. Feliz Navidad...

«Eso será mañana», piensa.

Lentamente, Domingo intenta volver a abrir los ojos. La luz le golpea con fuerza, y el dolor de cabeza no ayuda. Con cuidado, va enfocando lo que hay a su alrededor hasta donde le es posible. Y vuelve a situarse. Sigue en el suelo de la misma estancia de antes. Los mismos muebles viejos, las mismas máquinas... Pero ahora está la caja. Una enorme pieza de madera de pino en la que su cuerpo ha sido recluido. Alguien camina más allá de sus pies, allá donde el viejo no puede hacer más que intuir. Desesperado, Domingo vuelve a intentar el diálogo.

—Sí, ya estoy despierto. Escuche, por favor, no entiendo nada... Le ruego que me saque de aquí.

Pero el anciano no obtiene más respuesta que el sonido de los mismos pasos. Sea quien sea la persona que lo acompaña, prefiere no hablar. Manipula algo fuera de su campo de visión. Líquido, se trata de líquido vertido en algún recipiente. Y un sonido más que Domingo no puede identificar. Algo rozando el cristal... ¿Metal? Sí, claro, eso es, está revolviendo algo en un vaso de cristal.

—Tienes sed.

Lo único que Domingo identifica con claridad es que se trata de una voz masculina, pero poco más. Ni siquiera es capaz de discernir si eso ha sido una pregunta o una afirmación. De todos modos, a Domingo le da igual. El dolor de cabeza, la boca seca y la garganta áspera responden por él.

—Sí...

El hombre se le acerca por detrás y se agacha hasta dejar el rostro a muy poca distancia del de Domingo. Lo observa con una expresión que al anciano le parece carente de vida, si bien tampoco puede asegurarlo. Una de las consecuencias de la diabetes es que Domingo ya no puede ver con claridad sin sus gafas. Las mismas gafas que se quedaron en el suelo del descansillo, de manera el viejo adivina, más que ve, el vaso que el hombre le acerca a los labios.

—¿Qué... qué es esto?

—Agua con azúcar —le responde el otro al tiempo que pega el borde del vaso a los labios del viejo—, para que recuperes fuerzas.

Lo complicado de la postura hace que parte del líquido se derrame. Pero no todo. En efecto, Domingo tiene sed, y bebe con ansia. Y sí, el contenido es agua, pero, a pesar de estar cargada de azúcar, no deja de reparar en ese otro sabor.

—Aquí hay algo más...

—Por supuesto —admite el hombre mientras se vuelve a retirar al mismo punto ciego de antes—. Laxante.

Domingo frunce el ceño.

—¿Cómo dices?

—Laxante —repite el hombre con voz neutra—. En media hora como mucho deberías tener una crisis intestinal severa.

A Domingo se le vuelve a secar la boca.

—Pero... —traga saliva—, no puedo moverme.

La ansiedad del viejo aumenta sin provocar ningún tipo de reacción en el otro.

—Bueno, de eso se trata.

Cada vez más angustiado, el viejo Domingo comienza a revolverse con fuerza en el interior de la caja. Por desgracia para él, todos esos movimientos solo le sirven para cerciorarse de que, en efecto, la caja de madera está firmemente construida, y no parece alentar demasiadas posibilidades de liberarse de ella. El anciano todavía continúa intentando algún movimiento cuando el hombre regresa junto a él. Domingo se detiene a observarlo, y comprueba que en esta ocasión no viene con agua. Esta vez, el hombre trae un bote lleno de un líquido oscuro y denso en una mano, y un pincel en la otra. Domingo intenta seguir la maniobra con la mirada, moviendo la cabeza hasta donde la caja se lo permite.

—¿Qué vas a hacer? —pregunta—, ¿qué es eso?

Pero el otro permanece en silencio. Se limita a volver a agacharse y, empapando bien el pincel en el jugo, comienza a untar los pies del viejo.

—¿Qué haces? —insiste el anciano—, ¿qué es eso?

—Sangre —responde al fin el otro—. A las ratas les encanta.

2

Sebastián

Diez días antes. Domingo, 15 de diciembre

—¿Los más voraces, dice? —Extrañado, el hombre se echa la mano a la parte posterior de la cabeza y comienza a rascarse lentamente el nacimiento del pelo, justo por debajo de la goma de la gorra—. ¿Se refiere a cuáles comen más?

Es domingo por la mañana, y el sol todavía no calienta lo bastante como para ahuyentar el frío en la feria de ganado de Melide.

—No. Lo que yo le estoy preguntando es cuáles comen con más ansia.

El hombre de la gorra se lo queda mirando. Joder, ¿qué clase de pregunta es esa?

—Pues la verdad es que tampoco sabría muy bien qué decirle... —responde sin dejar de rascarse—. Supongo que eso depende.

—¿De qué?

—Hombre, pues del tiempo que los tenga sin comer, ¿no?

El tratante esboza una sonrisa nerviosa, buscando la complicidad del otro. Pero el hombre, este extraño cliente, no le devuelve el gesto.

—A ver —continúa, intentando sobreponerse a la incomodidad que el individuo le provoca—, si eso es lo que más le interesa... —Vuelve a echar un vistazo a su alrededor—. No sé, yo diría que ese, ese de ahí. Aunque nada más sea por su tamaño.

El vendedor señala en dirección al fondo del redil, donde un animal enorme, de piel rosada y pelaje a manchas blancas y negras, no deja de moverse, inquieto, a uno y otro lado.

—Es un celta —explica—. Estos bichos son de lo mejor que hay. Fuertes, muy robustos, y a poco que lo engorde verá cómo le da una carne muy buena, muy melosa. Ah, y para chorizos y jamones también van muy bien, porque...

—¿Es agresivo? —le interrumpe el otro.

El tratante vuelve a quedarse mirando a su interlocutor. Pero ¿qué carajo...?

—Hombre —responde, más desconcertado a cada pregunta—, agresivo, lo que se dice agresivo... No, estos animales no son muy agresivos. Más bien todo lo contrario. Pero, claro —añade—, fíjese usted en él... Una cabeza tan grande viene con una boca igual de grande, de manera que, ¿qué quiere que le diga? Como le haga pasar hambre, yo no pondría la mano muy cerca de esos dientes...

Esta vez sí, al tratante le parece adivinar un gesto de aprobación en la expresión del hombre. Es apenas nada, un movimiento casi imperceptible en la comisura de los labios. Pero sí, ahí está. Algo parecido, aunque de lejos, a una sonrisa.

—Oiga, pero ¿usted para qué...?

—De acuerdo —ataja el cliente—, me lo llevo. Una última cosa.

—Usted dirá.

—¿Sabe si en la feria hay algún puesto de ferretería?

—¿Ferretería?

El tratante de cerdos frunce el ceño al tiempo que vuelve a rascarse la cabeza, mirando en una y otra dirección.

—Sí... —responde al cabo—, creo que sí. Diría que en esa dirección, hacia la plaza. Me suena que por ahí hay un par de puestos. Aunque tampoco es que sean gran cosa. Lo digo porque si es para comprar un martillo y cuatro tornillos, pues igual le vale, pero si está buscando algo muy específico...

—Correas —vuelve a atajarlo el comprador.

—¿Correas? —repite el tratante—. ¿Para los animales?

—Algo así —le responde el otro—. Y un par de embudos. De esos metálicos. Grandes.

3

Mateo

Viernes, 20 de diciembre

Viernes. Si las cosas fueran normales, tal vez podría entusiasmarme con la proximidad del fin de semana. Pero, en mi situación, sé que lo mejor siempre es no hacerlo. No esperar nada. O, por lo menos, nada bueno. Porque este trabajo es de los que te recuerdan una y otra vez que todo en la vida son imágenes contrapuestas. Violencia y breves composiciones de paz. Sufrimiento e instantes fugaces de tranquilidad. Desesperación y pequeñas islas de calma. Como esta.

Ella y yo en la cocina de su piso a primera hora de la mañana, ajenos al mundo, sin dejar de cruzar miradas cómplices con sonrisas que nos delatan. Juega a mantenerme la mirada, a observarme, a ver quién aguanta más. Jugamos a contemplarnos como si no nos conociéramos, como si fuéramos dos extraños que se acaban de descubrir el uno junto al otro. Juego a devolverle el gesto. Pero no soy capaz. Apenas puedo resistir su mirada intensa, como de otro mundo, y siempre acabo perdiendo en una sonrisa entregada. Y, mientras desayunamos en silencio, las sonrisas que esperan permiso de nadie para asomarse vienen a refrescarnos la memoria de todos los besos y el calor de la noche pasada, aún reconocible en la manera de observarnos. O quizá en la de no hacerlo. La vida son imágenes contrapuestas, una pequeña galería de emociones enfrentadas con el único fin de recordarnos que no se puede tener todo, y que nada dura demasiado. Especialmente lo bueno.

Los dos desayunando juntos, conmigo todavía buscándolo, ese aroma tan especial, el olor de Viola flotando en todos los rincones de la mañana. Y ha de ser mi móvil el que tiene que venir a romper el silencio.

Pulso el icono verde. «Dime», y ya no hago más que escuchar. Y asentir al comprender. Se acabó.

Ella también se da cuenta, justo al tiempo que la última molécula de su aroma se desvanece entre el olor del café, humeante en su taza.

—Te tienes que ir, ¿no?

Asiento en silencio, y ella me devuelve una sonrisa resignada. No le agrada, pero sabe que no hay otra opción.

—Vaya...

—Pero podemos vernos esta noche —sugiero, así, como sin querer, al tiempo que comienzo a recoger mis cosas de encima de la mesa.

—¿Esta noche?

—Sí.

—¿Y no tendrás trabajo?

—Bueno, hoy es viernes, y en principio tengo el fin de semana libre... No sé, tal vez podríamos pasarlo juntos. Si a ti te va bien, claro.

Casi ni me doy cuenta de que sigo de pie, inmóvil a la espera de su respuesta. Y... ¿entusiasmado? No, casi ni me doy cuenta. Ahora lo único que quiero es que ella me diga algo. A poder ser un sí. Pero no lo hace. Viola se limita a observarme, y yo apenas soy capaz de mantenerle la mirada. Sus ojos, de un azul intenso y clarísimo, tan profundos... Como de otro mundo.

—De acuerdo —asiente al fin, y yo esbozo algo semejante a una sonrisa, rápida y confusa.

—Estupendo. ¿Nos vemos aquí?

—Claro —responde.

—Bien.

—Bien...

Nuestros coches detenidos ante el portal confirman que la dirección es la correcta. Uno de esos edificios viejos del Calvario, frente al mercado. Es el tercero. Sin ascensor, faltaría más. El agente que guarda la puerta se echa a un lado al reconocer mi presencia, asomándose fatigada por el hueco de la escalera

—Señor —saluda cuando paso junto a él.

Le devuelvo el saludo en silencio y avanzo hasta el recibidor, para dar casi al momento con la subinspectora Santos y, junto a ella, el subinspector Laguardia. Con la mirada perdida en el suelo, Santos permanece apoyada contra la puerta de una de las estancias mientras Laguardia toma notas en su cuaderno, inmóvil en medio del pasillo.

—A ver, ¿de qué se trata?

Al verme, Ana Santos resopla sin demasiado entusiasmo.

—Pues de una mierda del quince, jefe... De entrada, dos que ya no tendrán que discutir por la cena de Nochebuena.

—Bueno, eso que ganan. ¿Y algo que sea un poco más específico?

Por fortuna, Antonio Laguardia todavía no es tan parco en detalles como su compañera.

—Dos ancianos, un hombre y una mujer. Los hemos encontrado en el cuarto de baño.

—¿Dos ancianos? —repito—. Vaya por Dios... ¿Tenemos la causa de la muerte?

Laguardia ladea la cabeza y aprieta los labios en un ademán dubitativo.

—Pues no sabría qué responder, señor. *A priori*, parece un ahogamiento. Pero teniendo en cuenta que también les faltan las manos...

Arqueo las cejas.

—¿Cómo dices?

—Que alguien se ha pasado con la manicura —interviene Santos, siempre tan expeditiva—, y a estos dos les han cortado las uñas a la altura de las muñecas, señor.

Me la quedo mirando, considerando la posibilidad de recordarle una vez más cuáles son las maneras más adecuadas para dirigirse a un superior, mientras la subinspectora se limita a chasquear la lengua, como si me estuviera diciendo: «Pues es lo que hay».

—Vamos, que la cosa no va de violencia doméstica...

Ajeno a mi sarcasmo, Laguardia niega con burocrática pulcritud.

—No, señor. Es cierto que de momento no podemos descartar nada, y que, de hecho, ni siquiera sabemos si se trata de un matrimonio, de una pareja, o de qué... Pero, si me apura, yo diría que no, señor. O, vaya, en todo caso sería el primer caso de violencia doméstica en el que ambos cónyuges acaban amarrados en la bañera después de haberse cortado las manos el uno al otro.

Frunzo el ceño.

—¿Dices que están amarrados?

—Sí, señor —se adelanta a responder Santos, siempre mucho más impaciente que Laguardia—, más apretados que las tuercas de un submarino. Nunca mejor dicho...

—Vaya... ¿Y sabemos quiénes son?

Laguardia suelta un suspiro, rápido y seco.

—No —responde—. Por ahora lo único que hemos podido confirmar es que el piso está alquilado a una tal Pilar Pereira.

—Suponemos que se trata de la misma mujer que está ahí dentro —apunta Santos—, aguantando la respiración bajo el agua. Aunque ya le digo que aunque ella o el otro fulano estén fichados, esta vez no nos va a resultar nada fácil tomarles las huellas.

Me quedo mirando a la subinspectora Santos.

—¿Acaso se han llevado las manos?

—No, no, qué va —me responde—, si las manos están ahí, dispuestas sobre los cuerpos. Lo que pasa es que están hinchadas como si alguien hubiera soplado dentro de unos guantes de goma...

—Es cierto —corrobora Laguardia con un mohín incómodo—. A juzgar por el estado de los cadáveres, yo diría que esos dos ya llevan unos cuantos días sumergidos.

—Joder... —suspiro a la vez que niego con la cabeza—. O sea, que la bañera todavía está llena.

Los dos asienten en silencio.

—Sí, señor. Llena de agua y sangre.

Resoplo una vez más, imaginándome la escena. Todavía no he comenzado, y ya no tengo ganas de seguir.

—¿Y qué más, tenemos alguna otra cosa?

—De momento no, señor. Hemos preferido esperar a que llegase usted antes de empezar a hablar con los vecinos.

—Ya veo...

Yo también aparto la mirada, en dirección a la puerta principal. Cada vez me cuesta más hacer esto.

—¿Quién más ha venido? ¿Estamos solos?

—No —responde Santos—. Batman está en el cuarto de baño, preparando el reportaje fotográfico.

Laguardia la reprende con la mirada.

—Ya sabes que no le gusta que le llamen así.

—¿Y cómo coño quieres que le llame? —replica la otra, ajena a cualquier recomendación de discreción—. ¿Rarito? Yo creo que Batman está mejor. Es más cariñoso.

—No está bien —advierte Laguardia.

—No veo por qué...

—De acuerdo, vale ya —zanjo la disputa—. Dejémosle acabar. Y no le llames así, Santos, coño. Que ya sabes que no le gusta...

Esperamos en silencio. Y no es que no haya prisa. Por una parte, sean quienes sean las dos personas del baño, lo cierto es que ya no irán a ninguna parte. O por lo menos no hasta que un juez dicte el levantamiento de los cadáveres. Pero, por la otra, es evidente que cuanto antes entremos antes podremos empezar con la investigación. Y antes podré salir de aquí. La verdad es que de un tiempo a esta parte me cuesta cada vez más enfrentarme a este tipo de situaciones. Me siento cansado, agotado... Frustrado.

Intentando no pensar demasiado en esto, desvío la mirada hacia el interior de la estancia que se abre a la espalda de Santos, al otro lado de la puerta en la que sigue apoyada. Se trata de un salón pequeño, anticuado. Oscuro. Y me detengo en los detalles.

Porque de entrada la casa no tiene nada de especial. Un edificio viejo, probablemente de los que se construyeron durante el franquismo. Un piso deslucido, con olor a cerrado y naftalina, y un salón lleno de nada, en realidad. Un tresillo, desvencijado y raído, recortado contra los hilos de claridad que se cuelan por las ventanas que dan a la calle, peleando contra la penumbra en que se encuentra el espacio. En medio hay una mesa de centro baja, con un conjunto de platos decorativos, un par de revistas y unas agujas de punto encima. Al fondo hay un televisor, un poco antiguo ya, de aquellos con tubo por detrás. Y ante nosotros, frente a la puerta, un mueble enorme. Con la mirada fija en él, paso junto a Santos y avanzo un par de pasos para poder verlo más de cerca.

Se trata de un inmenso aparador, uno de aquellos muebles de contrachapado brillante, tan recurrentes para aparentar pequeñas opulencias en los años sesenta. Y está abarrotado. La mayor parte de los libros que ocupan los estantes son novelitas románticas en ediciones antiguas, un par de misales viejos y tres o cuatro recetarios de cocina. Apoyada contra los lomos, aquí y allá, una mujer nos observa desde varias fotografías. Es siempre la misma, mirando al objetivo desde lo que parecen imágenes de excursiones a distintos lugares. Una gran explanada, una iglesia al fondo, una catedral...

—¿Es ella?

Santos se acerca por detrás para confirmarme, después de un vistazo rápido, que sí, que se trata de la misma mujer que me espera en el cuarto de baño con un lacónico «Toda ella». Observo las fotos con más atención.

Es una mujer ya mayor, anciana, y con un aspecto muy semejante en casi todas las imágenes. Casi la misma ropa, el mismo cabello blanco, el mismo peinado... Aunque con ligeros matices. El corte de pelo, más o menos largo; las gafas, de ver o de sol; la ropa, de abrigo en unas y de verano en otras... Pequeños detalles que advierten que, aunque no todas las fotografías fueron tomadas en el mismo momento, son muy pocos los años que separan unas imágenes de otras. Y en casi todas ellas aparece con el mismo gesto, una especie de sonrisa severa, como si estuviera realmente satisfecha de encontrarse en donde quiera que cada una de esas fotos haya sido tomada. Busco algún otro protagonista, pero no lo encuentro. Y me pregunto si el fotógrafo será también el mismo. ¿Su marido?

—¿Y del hombre, sabemos algo de él?

Laguardia vuelve a dejar escapar un soplido.

—Pues no mucho, la verdad. Mayor, tal vez alrededor de los setenta. Poca cosa. Y menos aún, como le he dicho, teniendo en cuenta el estado en que se encuentran los cuerpos.

Lástima. Doy un paso atrás, y vuelvo a echarle un vistazo general al mueble. El resto de la decoración son unas cuantas piezas de loza sin valor, algunas figuritas de pastorcitos con corderos en brazos y una modesta colección de motivos religiosos. Diseminadas por todo el mueble, reconozco unas cuantas representaciones de la Virgen. En figuritas, en dedales, en souvenirs. De la de Fátima, de la de Lourdes, de la del Carmen. Un par de cristos, algunas estampas de santos, e incluso varios platos conmemorativos de diferentes visitas papales. No puedo resistir el atisbo de una sonrisa al encontrar una pequeña concesión a la avaricia: un menudo san Pancracio con su ramillete de perejil. Castigado, de cara a la pared.

—¿Quién nos ha avisado?

—Uno de los vecinos —responde Laguardia—, creo que el del piso de abajo. Según le explicó al agente que recibió el aviso, ya llevaba unos cuantos días extrañado por la falta de noticias de su vecina, pero lo que realmente acabó de preocuparlo fue el agua.

—¿El agua?

—En el cuarto de baño —me explica Santos—. Al parecer, dijo que empezó a tener goteras, y pensó que tal vez la vieja se hubiera dejado un grifo abierto, y que después le hubiera dado un patatús.

—Vaya, un hombre de principios...

—Desde luego. Por lo visto, esta mañana el buen vecino subió a protestar, pero se cansó de llamar a la puerta sin que nadie le abriera. Y ha sido entonces cuando ha decidido telefonearnos.

—Por supuesto, llevado por ese mismo fervor humanitario —apostilla Santos.

Niego en silencio. Definitivamente, cada vez me cuesta más. La violencia, la gente, el mundo... Todo.

—De acuerdo —resuelvo al tiempo que salgo de la sala—, veamos de qué va todo esto...

4

Pilar

Camino por el pasillo hasta el fondo y doblo a la derecha. Inmóvil ante la última puerta, Raúl Arroyo, el joven técnico de la Brigada Criminal a quien Santos se refiere como «Batman», observa algo en la pantalla de su cámara fotográfica.

—¿Qué tenemos?

Batman (¿para qué seguir negándolo?, en realidad todos le llamamos así) levanta la mirada al oírme, y arquea las cejas.

—Algo muy raro, señor.

—¿Algún tipo de asunto pasional?

Chasquea la lengua un par de veces al tiempo que niega con la cabeza y se ajusta las gafas sobre el puente de la nariz.

—No —responde—, yo diría que no...

Arroyo sigue negando en silencio. Vuelve a bajar la mirada hacia la pantalla de su cámara.

—Será mejor que lo vea usted mismo...

Batman se hace a un lado, dejándome el paso despejado, y yo comprendo que ha llegado el momento. De acuerdo, vamos allá.

Aún desde la puerta, me asomo al baño. Apenas nada, de momento lo justo para un primer reconocimiento del espacio. Y entonces, al ver por fin la bañera, comprendo todos y cada uno de los comentarios que mis hombres han venido haciendo hasta el momento. Santo Dios, qué barbaridad...

Doy un paso adelante y, tan pronto como pongo un pie en el interior del cuarto de baño, siento el ruido bajo mis zapatos, el chapoteo de las suelas en el agua que, desbordada, inunda el baño y casi llega hasta el corredor. Continúo avanzando hasta el centro de la pieza, intentando no resbalar, pero sin dejar de mirar en ningún momento hacia la bañera a mi derecha.

—Pero... ¿qué coño es esto?

—Ya se lo he dicho, señor —contesta Batman—. Algo muy raro...

En el interior de la bañera, llena hasta el borde de un agua rojiza, asoman dos pares de manos amputadas, tal y como Santos y Laguardia han indicado, sin el más mínimo miramiento. A pesar de estar notablemente hinchadas y decoloradas por el agua, resultan evidentes las diferencias entre ambos pares, cada uno de una forma y un tamaño distintos. Hay dos manos grandes y fuertes, de dedos gordos y rollizos, mientras que el otro par es más pequeño, con los dedos flacos y, pese a la hinchazón, todavía huesudos. Y detrás, sumergidos bajo ese pequeño mar de dedos, un hombre y una mujer abrazados el uno al otro. Si fuera otra situación, otro espacio, incluso podría haber algo hermoso en este cuadro, una pareja desnuda, abrazada bajo el agua. Pero eso es imposible aquí, donde no hay ningún tipo de belleza. Porque, a pesar de la deformación provocada por el agua, el horror aún es perfectamente reconocible en la expresión que asoma a los rostros de ambos, en sus ojos, tan abiertos como crispados, anulando cualquier idea de placidez o de calma.

Y porque, además, el abrazo no es natural.

Los cuerpos permanecen abrazados porque, tal como me ha indicado Laguardia, alguien se ha tomado la molestia de amarrarlos el uno al otro con alambre de espino, el torso de él contra el de ella, las piernas entrelazadas y las caras enfrentadas en una suerte de beso forzoso. Y, aunque el agua está teñida de rojo, enseguida caigo en la cuenta de todos esos cortes más cercanos a la superficie, las heridas provocadas por las púas del alambre de acero clavándose en la piel de los ancianos. Claro, esa es la razón... Ahora el agua ya está en calma. Pero la sangre en el agua delata que el hombre y la mujer aún estaban vivos cuando los metieron en la bañera. Se revolvieron, lucharon por salvarse y, al hacerlo, lo único que consiguieron fue tensar más y más el alambre, provocando que las púas se les fueran clavando en el cuerpo hasta dejarlos inmovilizados, al tiempo que el agua, agitada, se derramaba por todo el cuarto de baño.

Intento mirar en otra dirección. Y reconozco a la mujer. En efecto, es la misma que aparece en las fotos del salón.

—Pilar Pereira...

Observo el agua, las cuatro manos apoyadas sobre los cadáveres. Me acerco un poco más y, de cuclillas, me asomo al borde de la bañera. Con cuidado de no contaminar nada con mis huellas, saco mi bolígrafo y lo empleo para apartar los miembros amputados y poder contemplar con más detalle las partes de piel más próximas a la superficie. Ese aspecto, gomoso y azulado, me confirma lo apuntado por mis hombres, que, en efecto, los dos cuerpos ya llevan varios días en el agua.

—Ya lo ve, señor, está claro que esto no se lo han podido hacer ellos solitos —dice la subinspectora Santos desde la puerta—. Como mínimo, lo iban a tener un poco jodido para apretarse el alambre...

Cojo aire y aprieto los labios.

—Ya veo...

Me asomo un poco más, intentando adivinar si hay algo más en la bañera. Pero no puedo hacerlo. El agua está tan turbia que el fondo resulta invisible. Vuelvo a ponerme en pie con la voz de Batman a mis espaldas.

—Una forma terrible de morir —comenta.

—No —respondo negando lentamente con la cabeza, aún con la mirada fija en la bañera—. Una forma terrible de matar.

5

Montero

Ya ha comenzado a oscurecer cuando el número 11 llega a la parada de la calle Urzaiz, y los pasajeros que se bajan del bus urbano sienten las primeras gotas sobre sus cabezas. Finalmente, la lluvia que se había estado conteniendo a lo largo de toda la tarde ha empezado a caer. De momento aún es poco, pero lo bastante como para hacer que, nada más poner un pie en la acera, Montero alce la mirada. Y sí, ahí están. Nubes de gris acorazado, densas y pesadas, colgadas de un cielo que ya es nocturno, oscuro y plomizo, fugazmente iluminado por el resplandor de algún relámpago a lo lejos. La tormenta se acerca y, por un segundo, al profesor le parece que el mar hubiera saltado y girado sobre sí mismo para mantenerse ahora, ingrávido, suspendido como una amenaza sobre la tierra. En cualquier momento, la mano que lo mantiene prisionero liberará sus ataduras, y todo ese mar caerá sobre la ciudad en forma de aguacero. El anciano abre su paraguas, y piensa cuánto le gustaría poder apurar el paso. Sobre todo cuando el estruendo de la primera descarga lo pone en alerta. Aunque solo es un trueno, tan lejano como el relámpago que lo ha precedido, él sabe de sobra que la tormenta pronto se les echará encima, y Montero preferiría no estar en la calle cuando eso suceda. Porque a él no le gustan las tormentas; sus huesos no se llevan bien con la humedad y, además, la ciudad se vuelve insoportablemente torpe cuando llueve.

Así que sí, el viejo quiere apurar, caminar más rápido. Pero no puede. Y no porque le falten las fuerzas... Tal vez sea un viejo profesor jubilado, pero aún es muy capaz de caminar a buen paso, a pesar de esa cojera tan molesta en la pierna izquierda, más evidente en días como este. No, el problema no es él, sino la ciudad.

Porque las calles del centro siempre se abarrotan a media tarde, y muy especialmente en estas fechas. Señor, entre la lluvia, las compras navideñas y el maldito alumbrado con el que este año el alcalde parece haber embobado a media ciudad, resulta imposible caminar sin tropezar con alguien cada dos pasos. O sin que alguien tropiece con uno mismo. De hecho, en el breve recorrido que va desde la parada del autobús hasta el cruce con la calle Hernán Cortés, Montero ha tenido que detenerse tantas veces para no llevarse por delante a alguien parado mientras hacía una fotografía con el móvil, que a él los que venían por detrás ya lo han empujado en un par de ocasiones. Aunque, si tuviera que hacerlo, juraría que el responsable del empujón ha sido la misma persona las dos veces. Lo sabe porque en ambas ocasiones le ha parecido ver el perfil del mismo paraguas, uno verde, enorme. Alguien desde luego bien torpe...

Por fin a la altura de su calle, el viejo dobla la esquina y, ya con menos gente por delante, consigue avanzar con un poco más de fluidez. Y aunque todavía no está solo, por lo menos la proporción de torpeza por metro cuadrado ha bajado más que considerablemente. Pero no lo bastante: la primera manzana de Hernán Cortés concluye en el cruce con la calle María Berdiales, y Montero se detiene al llegar al paso de peatones. Aunque ese tramo tiene mucho menos tráfico, la lluvia también vuelve despistados a los conductores, por lo que toda precaución es poca. Y a sus setenta y cinco años, un golpe mal dado... No, mejor detenerse, mirar a ambos lados y esperar. El camión que baja desde la Gran Vía todavía está lejos. Pero tampoco hay tanta prisa. Al fin y al cabo, si te lleva por delante el camión de la basura, de poco te va a servir explicarle a san Pedro que tú tenías prioridad... No, mejor asegurarse.

Montero aguarda, inmóvil ante el paso de peatones, esperando a que pase el camión que ya se acerca. Pero el tipo de atrás parece no haberse dado cuenta. Y eso que Montero juraría que se trata de la misma persona que ha venido caminando a un par de metros a sus espaldas a lo largo de toda la manzana. Pero no, el tipo ni se ha percatado de que Montero se detenía, y ha seguido andando. Tanto, que el anciano siente el empujón en su espalda.

Justo cuando el camión está pasando.

—¡Eh!

Maldita sea, a punto ha estado de perder el equilibrio y caer al asfalto en el peor momento. Pero por favor, ¿es que no lo ha visto? Malditos teléfonos móviles... Seguro que es algún idiota con las narices metidas en la pantallita. Casi lo atropellan, y todo por culpa de un imbécil que ni siquiera le ofrece una mísera disculpa. Esto no puede ser, hombre, y Montero se da la vuelta dispuesto a llamarle la atención.

Pero no lo hace.

Porque, tan pronto como el anciano profesor gira sobre sí mismo, lo único que alcanza a identificar es el paraguas. Un paraguas verde, enorme.

Desconcertado, Montero traga saliva, y por un momento ambos permanecen inmóviles, el uno frente al otro, y sin que ninguno de los dos diga nada.

Montero no puede ver quién se oculta bajo el paraguas, pero de sobra comprende, ahora ya con total seguridad, que se trata del mismo individuo que le ha empujado antes, en la calle Urzaiz. Y el instinto le advierte que lo mejor es no decir nada. Callarse, no buscar ningún enfrentamiento. Porque resulta evidente que la situación no es normal, ni mucho menos tranquilizadora, y lo más probable es que el tipo del paraguas verde sea un perturbado.

En silencio, sin aspavientos, Montero se da la vuelta y, sin decir ni una sola palabra, se decide a cruzar la calle. Mejor dejarlo ahí, alejarse de él. El profesor comienza a caminar lentamente, hasta que, por fin al otro lado, Montero observa el reflejo en el escaparate frente a él. Y no puede evitar volver a sorprenderse. Porque al otro lado no hay nadie.

Montero vuelve a girar sobre sí mismo para comprobar que, en efecto, el tipo ya no está. Se ha ido, ha desaparecido. «Bueno» piensa, «mejor». Definitivamente, debía de ser un perturbado... Con todo, y por si acaso, el profesor se pone en marcha de nuevo, apurando el paso. Al fin y al cabo su portal ya está ahí. Ya lo puede ver, ya casi lo puede alcanzar.

Y entonces vuelve a escucharlos.

Esos pasos, los mismos pasos de antes. Esta vez no va a perder el tiempo buscando ningún reflejo, pero juraría que sí, que se trata de la misma persona, acelerando, acercándosele por detrás. Un caminar firme que poco a poco se va imponiendo sobre el suyo, hoy tan descompasado por la prisa y los nervios. Jesús, ¿qué es lo que quiere de él? Intenta disimular, mirar por encima del hombro, pero no es capaz. La lluvia ya ha comenzado a caer con fuerza. Le gustaría darse la vuelta y hacerle frente. Pero no, eso sería una temeridad, y ya no estamos para este tipo de valentías estúpidas. Solo Dios y él saben la clase de locos que hay por las calles... Mejor concentrarse en sacar la llave correcta.

Con la boca seca, Montero alcanza por fin su portal. Lo abre rápido y, tan pronto como entra, cierra a sus espaldas. Con fuerza, con decisión. Justo a tiempo para, sintiéndose por fin seguro, mirar hacia la calle y... ver cómo una mujer pasa de largo por la acera, por completo ajena a su presencia. ¡Una chica! Maldita sea. Montero exhala un suspiro, tan aliviado como cargado de reproche para consigo mismo. Por favor, el susto que se acaba de dar él solo, hombre...

Ya en el ascensor, y valiéndose de la seguridad momentánea que el trayecto hasta el quinto piso le proporciona, Montero intenta recobrar la calma. Deja escapar un suspiro largo, pronunciado. A sus años... Hay que ver, qué manera más estúpida de asustarse, hombre.

El ascensor se detiene en su planta, y mientras Montero abre la puerta de su apartamento, vuelve a pensar en lo ocurrido. La calle abarrotada, la ciudad torpe, las bolsas de las compras...

Y esas malditas bombillitas de colores, que nos vuelven a todos un poco idiotas. Solo han sido un par de empujones, y él ya se ha puesto nervioso. Bueno, eso y el tipo del paso de peatones. Pero ¿por qué?, ¿qué es lo que ha sucedido? Porque, pensándolo bien... A ver, la posición del paraguas ni siquiera le permitía verle las manos. Lo más probable es que, fuera quien fuese, estuviera tan embobado con el puñetero teléfono móvil que ni siquiera se hubiese dado cuenta de lo que había pasado. Y pensar que a punto ha estado de montar un numerito en la calle. Al fin y al cabo, tal vez sea eso, que se está convirtiendo en un anciano cascarrabias, un viejo gruñón y asustadizo.

Aunque, a decir verdad, en el fondo Montero todavía no las tiene todas consigo. ¿Y si...? «No, mira, mejor comprobarlo.»

Con las luces apagadas, amparado en la falsa sensación de seguridad que le proporciona la oscuridad de su propio piso, el viejo profesor avanza por la sala de estar hasta detenerse junto a una de las ventanas que dan a la calle. Y observa con discreción, buscando un paraguas verde allá abajo. «Un paraguas verde», piensa. Como si se tratara de algo tan especial... ¿Cuántos paraguas verdes habrá en la calle, en la ciudad, en el mundo? ¿Pues cuántos va a haber? Muchísimos.

—Muchísimos, sí —concluye en voz alta mientras acecha la calle allá abajo, todavía resguardado en la penumbra de su apartamento.

Montero permanece inmóvil junto a la ventana, contemplando el fulgor de la ciudad. Ahora sí, el cielo descarga con fuerza, y la tormenta se desata sobre la ciudad mientras, con la cara pegada al cristal, el profesor siente el impacto de la lluvia al otro lado. A Montero nunca le han gustado las tormentas, pero no puede apartar los ojos de las descargas, todos esos rayos iluminando el cielo sobre la ría. Y hace mal, porque, si en lugar de mirar hacia el exterior se diese la vuelta, con la luz del último relámpago podría ver, con toda claridad, la silueta del hombre que ahora mismo se recorta a su espalda.

6

Viola

El primer beso llegó nada más salir del ascensor. Porque, para mi sorpresa, cuando se abrió la puerta ella ya estaba ahí, esperándome con una sonrisa franca. Una de esas sonrisas amplias, generosas, capaces de iluminar cualquier oscuridad. Ya fuera la del descansillo, o la de un día como este.

Porque esa es la verdad, el día ha sido largo, duro. Un día violento... Y nosotros no hemos podido sacar demasiado en claro. Estuvimos esperando hasta que el juez ordenó el levantamiento de los cadáveres. Santos y Laguardia se quedaron en el Calvario, primero asegurando la escena y después hablando con los vecinos. Solo Arroyo bajó conmigo, de vuelta a comisaría. Pero tan pronto como llegamos fue a encerrarse en su despacho para buscar algo más de información, y ya no volví a verlo en toda la tarde. Cuando he ido a preguntarle cómo lo llevaba, antes de irme, seguía allí. Me gusta, necesitamos más gente con esa entrega. Pero Santos tiene razón, ese chaval ve menos la luz del día que un murciélago. ¿Cómo no le vamos a llamar Batman? Y esa manera suya de trabajar, fría, metódica. Obsesiva. Como con lo de la bañera. Le dije que lo dejara, que por hoy ya era suficiente. Pero él no sabe parar. O quizá no puede... Me dijo que necesitaba comprobar algo, pero no me ha dicho el qué.

Y luego está el asunto de los cuerpos. En este trabajo hay

que acostumbrarse a ver de todo, es cierto. Pero, aun así, siempre hay cosas con las que uno no cuenta. ¿Qué clase de persona es capaz de infligir semejante tormento? Y a una pareja de ancianos, además... Tal vez sea por el cansancio acumulado, o porque ya empiezo a estar harto de todo, pero la verdad es que llevo toda la tarde con esa imagen en la cabeza, y no puedo evitar un malestar en el estómago al pensar en esas dos pobres personas. Las veo inmóviles bajo el agua en calma, y han sido sus ojos, tan abiertos como blancos, los que una y otra vez han estado perturbando mi pensamiento. Esas miradas vacías... Sobre todo la de ella, horrorizada, ahogada al fondo de la casa vacía. Y pienso en lo tarde que hemos llegado. Han estado ahí, con los ojos abiertos bajo el agua, tanto tiempo como para que el vecino de abajo haya tenido goteras. Días, noches, días, los dos abrazados en silencio, bajo el agua fría. Señor...

Por eso, a las ocho de la tarde decidí que lo mejor que podía hacer con mi tiempo y con mi ánimo era dejarlo. Seguiremos mañana, pero por hoy ya ha sido suficiente. Porque yo también quiero sentirlo, probar eso que hacen los demás: desconectar, hacer por una vez como si yo también fuera una persona normal, e ir a ver a Viola. Al fin y al cabo, esta mañana nos hemos propuesto un plan. Un fin de semana juntos... No será completo. Pero será nuestro.

Y aquí estoy ahora. Un beso al salir del ascensor, y el abrazo que lo acompaña todavía no se ha deshecho, de manera que nuestras manos siguen entrelazadas cuando entramos en el piso. Y aunque sé que ninguno de los dos dirá nada, este gesto, el de avanzar cogidos de la mano, es uno de esos detalles sutiles, algo de lo que todas las partes implicadas somos conscientes. Porque, al igual que sucede en una investigación criminal, nadie es inocente ni nada resulta casual al comienzo de una relación.

Dentro, la música y el calor reciben mi llegada. Es apenas un rumor, casi un susurro, una voz femenina que canta algo acompañada de una guitarra. Y también es el olor. Y es extraño, porque en realidad se trata de dos olores muy distintos en un espacio reducido, pues el piso de Viola no es más que un pequeño apartamento. Incienso y algo cocinándose al fuego. Pero la mezcla resulta agradable. Porque, por encima de todos los demás, sigo percibiendo el aroma de Viola.

—¿Por qué no te sientas un rato? —sugiere—. Estoy preparando algo para cenar, pero enseguida vengo a sentarme contigo. Ponte cómodo...

El apartamento no es mucho más que un salón amplio, con cocina americana a un lado y el acceso a la terraza al otro. La única puerta interior es la que se abre en la pared de la derecha, frente al sofá. Pero esa puerta es la del dormitorio, de manera que quizá hablemos de ella más tarde. Por lo pronto, acepto su invitación, y voy a sentarme en el sofá.

—¿Una copa?

Parece una pregunta, pero no lo es. Porque antes de que yo diga nada, Viola ya se ha acercado con dos copas de vino blanco. Una me la ofrece a mí, y ella se limita a llevarse la suya a los labios, beber un pequeño sorbo sin apartar sus ojos de los míos —Dios, esa manera de mirarme— y, justo a continuación, agacharse para darme otro beso. Y lo cierto es que me gustaría abrazarla. Apretarla contra mí, y besarla con más intensidad. Y olvidarme de todo este cansancio, y de toda esta angustia, de todas estas dudas, y abrazarla con fuerza.

Y hacer el amor allí mismo, por supuesto. Pero no lo hago.

Impasible, me limito a dejarme querer, como siempre, y observarla cuando ella se va, de regreso a la pequeña cocina americana.

—Espero que te gusten las gulas —comenta al otro lado de la barra que separa los dos espacios.

—¿Gulas?

—Bueno —responde con una sonrisa divertida que deja asomar por encima del hombro—, ya sabes, de esas de mentira...

Yo también sonrío.

—Por supuesto que sí.

—Las estoy preparando con pasta. ¿Las has comido alguna vez así?

—¿Con pasta? —repito, como si en realidad estuviese considerando la importancia de una respuesta meditada—. Pues... No, creo que no.

—Pues ya verás lo buenas que están. —Vuelve a sonreír—. Seguro que te gustan...

Sonrío una vez más. Seguro que sí.

Porque cualquier cosa me sabría bien en ese espacio, en ese momento. Observo a mi alrededor. La música, la luz tenue, suave, ella preparando una cena para dos sin dejar de sonreír, el olor...

Y no puedo evitarlo. Es apenas nada, un leve sobrecogimiento. Pero la verdad es que me estremezco al reconocer el olor: huele a casa. No sé si a hogar y todas esas historias, pero sí a espacio compartido. Miro a mi alrededor. El incienso, la lámpara junto al pequeño equipo de música, los cojines desordenados sobre el sofá, la manta de cuadros, todavía revuelta de la noche anterior... Entonces regresan a mi mente aquellos otros detalles. El salón de la pareja ahogada en el piso del Calvario. Todas esas piezas decorativas en los estantes. Fotografías, figuras, platos... No, no son detalles, son recuerdos. Tal vez ahí esté la clave, el motor de mi angustia: el modo en que esos detalles se cuelan en nuestro espacio y giran en el tiempo para dejar de ser elementos circunstanciales, piezas sin valor, y convertirse en recuerdos. Esos detalles son las huellas que delatan nuestro paso por la vida. Las que echaremos de menos cuando ya no estén.

Vuelvo a observar a mi alrededor. El olor, la luz, esa mujer cantando en francés.

¿Serán todas esas las piezas que vestirán de hogar el recuerdo de este espacio? ¿Será este el inicio, por fin, de nuestra historia? O, simplemente, de una historia que, esta vez sí, salga bien...

La busco con la mirada, pero ella ya no está ahí, al otro lado de la barra. Ha dejado la sartén al fuego y ahora vuelve a acercarse, de nuevo con la copa en la mano. Esta vez da un trago más largo, todo el tiempo con sus ojos puestos en los míos. Dios, cómo me gusta ese modo que tiene de mirarme. Fijamente, como si yo fuera algo realmente interesante. A horcajadas, Viola se sienta sobre mis piernas.

—Hey... —susurra mientras me acaricia una mejilla.

Su voz suena dulce, cálida y suave, y yo la recibo como una sonrisa callada.

—Hay que ver —sigue, al tiempo que sus dedos comienzan a juguetear con mi pelo—, lo calladito que estás ahora, ¿eh?

Ella sonríe, sugerente, y yo también lo hago. Pero mi sonrisa es diferente. Es tímida, casi incómoda. Como la de un chiquillo al que sus compañeros de clase hubieran descubierto en un romance clandestino.

—Pues permíteme que te recuerde —continúa— que anoche no parecías tan modosito...

Mi sonrisa se hace más amplia, y ella se da cuenta de que ha reconquistado un poco de terreno.

—Veo que sabes de lo que te estoy hablando, ¿me equivoco?

Asiento en silencio, reconociéndole los hechos, y ella también sonríe.

—Pues entonces, a qué viene ahora esta cara, ¿eh?

—Bueno, ya sabes, un mal día en el trabajo...

—Vaya, ¿tan malo ha sido?

Me encojo de hombros.

—Te lo contaría, pero ya sabes que después...

Dejo el comentario en el aire, y ella frunce los labios en un mohín coqueto.

—¿Tendrías que matarme?

—Más o menos...

Y nos besamos.

Apenas llevamos un par de meses viéndonos, tal vez ni eso. Tal vez ni siquiera estemos juntos en realidad... En una vida como la nuestra, tan llena de «tal veces», quizá no seamos más que dos personas solitarias a las que el camino ha hecho coincidir en el mismo cruce. Pero yo no puedo evitar pensarlo. Hacía mucho tiempo que nadie me hacía tanto bien, que nadie me daba tanta paz como ella. Tal vez en esta ocasión...

—Ya sé que tu trabajo es complicado —dice al tiempo que se

separa un poco, lo justo para volver a acariciarme el pelo—. Pero me duele verte tan angustiado. Sabes que puedes contar conmigo, ¿verdad?

—Lo sé. Y te lo agradezco —respondo—. Pero es que en este trabajo hay cosas de las que no podemos hablar, y...

Pero tampoco esta vez me deja continuar. Me pone su mano sobre la boca, y niega en silencio sin dejar de sonreír.

—No te preocupes, que no me refería a eso, bobo. Nunca se me ocurriría ponerte en un compromiso así. Tan solo es que...

Deja la frase en el aire.

—¿Qué?

Viola sonríe de nuevo. Pero ahora su expresión ha cambiado. Parece más abierta, más sincera.

—Verás, yo tampoco he tenido mucha suerte con esto del amor, pero creo que eres una buena persona. Y no estoy dispuesta a estropearlo por nada.

—¿Una buena persona? —repito, casi escéptico—. ¿Y eso cómo puedes saberlo?

Viola vuelve a clavar sus ojos en los míos. Azules, brutalmente intensos.

—Porque he visto dentro de ti. Porque nadie me ha mirado nunca como tú lo haces. Y porque lo sé. De manera que no, amor, no voy a dejarte marchar ahora que por fin te he encontrado.

Yo también me quedo mirándola.

Todavía sentada sobre mis piernas, Viola me besa y yo me dejo llevar. Un beso largo, otro más largo aún. Entonces siento la presión de su vientre contra el mío. Por fin, la abrazo con más fuerza. Para cuando volvamos a acordarnos de ellas, las gulas ya se habrán quemado en la sartén.

7

Cerdo

Sábado, 21 de diciembre

Poco a poco, Montero empieza a recuperar la consciencia. Muy desorientado, la cabeza le pesa como si se tratase de un bulto mojado, empapada en un mar denso y ardiente, y los ojos, de plomo, se resisten a abrirse. Pero sabe que tiene que hacerlo. ¿Qué es lo que ocurre? Lo último que recuerda es la lluvia. Suspendido sobre la ciudad, el cielo era un mar que había comenzado a desatarse mientras él subía por su calle. El paso apurado. Y alguien a sus espaldas. Pero no, no sucedió nada. Se asustó, sí, pero juraría que había llegado a casa. Recuerda la imagen de la ría desde la ventana, iluminada por las descargas eléctricas. Descargas eléctricas... Y el calambre, la electricidad en la garganta.

Intenta echarse la mano al cuello, a la zona que, de hecho, todavía le duele. Pero no puede.

Se siente confundido, mareado, los párpados parecen sellados... ¿Qué le han hecho? Tal vez algún tipo de sedante. Algo fuerte, desde luego. Y además está eso otro, esa otra sensación.

Las... ¿sacudidas?

Sí, eso es, si se ha despertado es porque alguien tira de él. Pero ¿por qué, qué es lo que ocurre? ¿Acaso lo están arrastrando?

«No, espera. Intenta abrir los ojos, hazlo...»

Es apenas una grieta, y ahí está. Casi no hay luz, pero sí, reconoce la imagen. Se trata de su propio regazo. De acuerdo, esto es lo que sucede: tiene la cabeza caída sobre el pecho y, por completo aturdido, lo único que alcanza a ver es su propia barriga. Y sus piernas. Sí, claro, está sentado, puede sentir el tacto del suelo, frío, bajo las piernas. De manera que nadie lo arrastra, su cuerpo permanece inmóvil, todo el tiempo en una misma posición. Una vez más, incapaz de mantenerlos abiertos, los ojos se le cierran. Maldita sea, pero ¿qué demonios es lo que le han dado? Los ojos se le cierran, y la consciencia quiere desvanecerse. Pero sigue sintiéndolo, las sacudidas, esos tirones... Algo tira de él con insistencia, algo tira de su brazo izquierdo.

Aturdido, Montero intenta reaccionar. Se esfuerza por mover el brazo. Pero no, definitivamente no puede. Intenta mover el otro brazo, pero el resultado es el mismo. No puede mover los brazos... Y comienza a comprender.

«No puedo... porque los tengo amarrados.»

Se esfuerza un poco más, lucha por retomar el control de la situación. O algo que se le aproxime. Lo primero es reconocer la postura: abiertos en cruz, tiene los brazos anclados a la pared. Sí, eso es, está sentado en el suelo, con la espalda contra la pared, y los brazos, prisioneros, abiertos en cruz. Pero entonces ¿de dónde provienen los tirones? ¿Qué es lo que tira de él?

Esforzándose al máximo, Montero concentra todas sus energías en levantar la cabeza.

«Venga, hazlo, ¡hazlo!»

Percibe el ambiente cargado, el aire estanco. Tiene que tratarse de algún tipo de espacio cerrado. Y ese ruido, grave y húmedo, reverberado... ¿Qué es? El viejo profesor pelea por volver a abrir los ojos. Casi a oscuras, la poca luz que le llega es la que se escapa de un pequeño farol, una especie de linterna de mano que alguien ha dejado encendida junto a él, orientada hacia la pared. Es apenas nada, el fulgor de una vela no sería mayor, pero le basta para darse cuenta de que se halla en un espacio amplio. Amplio, frío, húmedo... y cerrado.

Asumiendo por fin que las cosas no van bien, nada bien, Montero reúne los últimos resquicios de fuerza para comenzar a girar la cabeza hacia su izquierda, en la dirección de la que provienen los tirones. Y también el ruido. Ese ruido qué es... ¿un gruñido? Y entonces lo ve.

«Santo Dios, ¡santo Dios!»

El horror se apodera de él. Es un cerdo, un cerdo enorme, ocupado en devorarle la mano izquierda.

El cerebro de Montero reacciona al fin, y la adrenalina acelera su ritmo cardíaco. Reanimado por la sobredosis de su propio estimulante, Montero intenta sacudirse, liberarse. Comenzando por la mano, ¡ya! Quiere apartarla, alejarla de la boca del animal. Pero cuanto más lo intenta más difícil le parece. Por alguna extraña razón, la mano del viejo no responde a las órdenes enviadas por su cerebro. Montero se bloquea, incapaz de entender lo que le está pasando. Entonces cae en la cuenta de algo más: tal vez sea por el efecto de la adrenalina, pero juraría no sentir ningún tipo de dolor en la mano, a pesar de verla todo el tiempo ir y venir como un trapo sin dueño entre las mandíbulas del cerdo. Y, en un relámpago de lucidez, comprende: lo que le ocurre es que está anestesiado.

La adrenalina sigue avanzando, y su efecto sacude al anciano activando todos sus sentidos, de manera que ahora ya puede ver con claridad las dos correas de cuero que mantienen sus brazos anclados a la pared, tanto por el codo como por el antebrazo. Sigue intentando mover la mano, pero esta apenas responde. Y lo único que alcanza a ver es que ya le faltan las primeras falanges de dos dedos, el índice y el corazón. De su garganta sale un grito estrangulado, y el animal apenas se inmuta. Tan solo se detiene por un instante, el tiempo justo para dedicarle una mirada de reojo, recelosa. Y Montero, aterrorizado, clava sus ojos en los del cerdo. Ese ojo gris, animal, terrible.

Ajeno a toda angustia, el cerdo vuelve a morder la mano del profesor, intentando hacerse con una nueva porción de carne cuando, por fin, Montero logra reaccionar. Sigue sin poder mover las manos ni los brazos, inmovilizados por las correas. Pero las piernas sí. Tal y como está sentado, puede revolverse, patalear y, tal vez con un poco de suerte, llegar incluso a alcanzar al cerdo con una patada. Sin tiempo que perder, Montero comienza a retorcerse sobre su propia cintura e, histérico, grita con todas las fuerzas que es capaz de reunir a la vez que sacude las piernas en un baile frenético. Hasta que lo consigue. Porque, aturdido por las voces del anciano, que rebotan con intensidad en la inmensa bóveda bajo la que ambos parecen encontrarse, el cerdo también se mueve. Desorientado, y para suerte del viejo, el animal se desplaza hacia la derecha, acercando su cuerpo al del anciano. Y es precisamente en ese momento cuando Montero le alcanza con su pierna derecha, propinándole en el costado la patada más fuerte que es capaz de lanzar.

Desconcertado por el golpe, el cerdo chilla de dolor y, asustado, se aleja para ir a refugiarse en la oscuridad de la estancia.

Aunque Montero es consciente de que el animal no se ha ido demasiado lejos, por lo menos ya no lo tiene encima. Aún aterrorizado, sin dejar de escuchar los gruñidos de la bestia en la penumbra, el anciano vuelve a dirigir la mirada a su mano. Y siente que está a punto de desmayarse. Horrorizado, comprueba cómo los dientes del cerdo han convertido su mano en un desecho sanguinolento de huesos y carne. Intenta tragar saliva. Aprieta los labios, y siente el temblor de sus propios dientes, repicando con fuerza y sin control unos contra otros. Ahoga un sollozo intentando mantener la compostura y no derrumbarse. Pero le resulta imposible. Por más que se esfuerza para evitarlo, las lágrimas comienzan a caer por sus mejillas. Porque la visión lo hunde en el espanto: los dedos índice y corazón han desaparecido ya casi por completo, y el anular está partido por la mitad, quebrado lateralmente en un ángulo imposible.

Un amasijo de carne destrozada, huesos y demasiada sangre...

Porque la mano no deja de sangrar, y la desesperación acaba por apoderarse de Montero. Arrasado por el terror, el anciano siente cómo su ánimo explota, roto al fin en un millón de pedazos. Las lágrimas ya son un río, y el llanto se desata. Por favor, por favor... ¡Por favor! ¿Cómo ha llegado a esto? ¡¿Qué es lo que está ocurriendo?!

El viejo vuelve a gritar, pero esta vez lo hace con todas sus fuerzas. Es algo profundo, visceral. Animal. Grita hasta deshacerse la garganta en un alarido desesperado, gutural, dejando que su voz resuene con intensidad en la oscuridad del espacio en el que se encuentra prisionero. Grita hasta agotar el aliento, y entonces, extasiado, se refugia en el silencio, con la cabeza de nuevo caída sobre el pecho mientras oye el eco de su voz extinguiéndose en la oscuridad.

Y, poco a poco, empieza a negar en silencio, intentando comprender.

Y aunque no entiende nada, lo único que sí tiene claro es que ha de calmarse. Sí, eso es, debe recuperar el control, no dejarse llevar por el pánico. De acuerdo, lo intentará una vez más. Debe tranquilizarse. Concentrarse en la mano. En el dolor...

«¿Lo ves? No, no es para tanto.»

De hecho, ni siquiera siente dolor.

«No siento dolor...»

El problema está en que, por más que lo quiera ver como algo positivo, en absoluto se trata de nada bueno. Vuelve a tragar saliva. Sea lo que sea lo que le hayan puesto en la mano, tiene que tratarse de algo fuerte, porque a estas alturas lo único que sigue sintiendo al otro extremo del brazo es un pálpito, un bombeo. El flujo de la hemorragia, lenta pero abundante. Imparable. Por pequeña que sea, el cerdo ha debido seccionarle alguna arteria, y Montero comprende que ha empezado a desangrarse.

«Piensa, piensa...»

Debería hacer algo. Volver a gritar, pedir ayuda... Pero no puede. Porque, por extraño que le resulte, al tiempo que se desangra el viejo ha comenzado a percibir otra sensación. La oleada, tan suave como irresistible, de algo semejante al... ¿placer? Sí, eso es. Sin duda, debe de ser uno de los efectos de la hemorragia, esta especie de frescura. Una onda de frescor que va y que viene, atravesándolo desde la punta de los dedos de los pies hasta la parte más alta de su cabeza. Va y viene. Va... Viene... Una sensación agradable que lo mece al tiempo que, poco a poco, suavemente, comienza a perder la consciencia. Mientras se desvanece, percibe de nuevo los gruñidos del cerdo, cada vez más lejanos, cada vez más reverberados. Cada vez más y más sumidos en una oscuridad blanca.

8

Brigada

Es sábado por la mañana, y Laguardia, Santos y Arroyo ya me están esperando, sentados frente a mi mesa, cuando entro en el despacho.

—Venga, decidme que tenemos algún avance...

—Pues... tampoco tanto, la verdad —me responde Laguardia al tiempo que me acomodo en mi silla—. Por ahora solo hemos podido confirmar la identidad de la mujer. Pilar Pereira. Nacida en Tui, 1938. Ochenta y un años en el momento de su defunción. Llegó al barrio en julio de 2003, y su casero nos ha dicho que la va a echar mucho de menos.

—¿Tenía mucho trato con ella?

—Qué va. De hecho, el tipo tan solo recuerda haberla visto en una ocasión, cuando le alquiló el piso.

—Por eso lo dice —explica Santos——, porque en todos estos años jamás le había dado ningún problema. Le ingresaba religiosamente el alquiler cada primero de mes, y nunca tuvo ni una sola queja por parte de los vecinos.

—Vamos, el sueño de todo casero...

—Desde luego.

—¿Y qué pasa con ellos, os han dicho algo los vecinos?

Santos echa un vistazo a sus notas con una mueca despectiva en los labios.

—Pues tampoco demasiado... Por lo visto, la tal Pilar no era de mucho palique. Hola, adiós y poco más.

Resoplo.

—Una ermitaña.

Santos se encoge de hombros.

—Eso es lo que nos han dicho.

—El problema es el vecino de abajo —advierte Laguardia.

—¿El de las goteras? ¿Por qué, qué pasa con él? No querrá que le paguemos la reparación...

Santos y Laguardia cruzan una mirada tan rápida como incómoda.

—Ese es el problema, señor.

Yo también me encojo de hombros.

—¿Cuál?

—Que dice que él no sabe nada de ninguna gotera...

Frunzo el ceño.

—¿Cómo dices?

—Que no fue él, señor.

—¿Cómo que...?

—No fue él —repite Santos—. Ni fue él quien nos llamó, ni tiene ninguna gotera en su baño, ni nada de nada.

—Pero entonces... —sacudo la cabeza, desconcertado—, ¿quién coño nos ha llamado?

Ambos me mantienen la mirada, pero ninguno de los dos puede ofrecerme respuesta alguna.

—La madre que me parió...

Me muerdo los labios en silencio, considerando lo que este último detalle supone para la investigación.

—¿Y qué pasa con el otro? El hombre de la bañera...

Santos y su compañero vuelven a cruzar la mirada, igual de rápida que la anterior, pero aún más cargada de incomodidad.

—Qué, ¿qué ocurre?

—Que al viejo no lo conocía nadie, señor.

Frunzo el ceño de nuevo.

—¿Nadie?

—No —confirma Laguardia—. De momento es muy poco

lo que tenemos, pero una de las cosas que podemos afirmar con seguridad es que la señora Pereira estaba soltera. Y que en todos estos años nadie vio entrar a nadie en su piso.

—¿Ninguna pareja, ninguna relación?

—No, no —aclara Laguardia—. A nadie que no fuese ella.

Me recuesto contra el respaldo de la silla.

—Joder, pues sí que estaba sola la mujer...

—Más que Adán el día de la Madre —apunta Santos—, de manera que otra de las cosas que podemos asegurar es que al fulano ese, el compañero de Pilar en la cosa del submarinismo, no lo había visto nadie antes por el edificio, y tampoco por el barrio.

—Nadie... —repito.

—Nunca —sentencia Laguardia.

—Joder, ¿y no tenemos ningún otro dato? No sé, alguien que en los últimos días haya echado de menos a algún anciano que encaje con nuestro hombre...

—De momento no —interviene Arroyo—. No hay ninguna denuncia, ni tampoco ninguna coincidencia en personas desaparecidas. De hecho, he visto que no tenemos registro de huellas; seguimos a la espera de que Troitiño nos diga algo desde el laboratorio para comenzar a tirar de algún hilo que nos aclare algo sobre él.

Me parece intuir un matiz en sus palabras.

—¿Y sobre ella? ¿Has podido averiguar algo por tu cuenta?

Batman mueve la cabeza de un lado a otro,

—Bueno, tampoco mucho más de lo que ya sabíamos —advierte, gesticulando con la cabeza en dirección a Santos y Laguardia—. Por lo que he podido comprobar, sus datos parecen estar en orden. Partida de nacimiento, pasaporte, jubilación, una cuenta en la caja de ahorros... Lo único que no he podido localizar es su vida laboral, estoy a la espera de que me la hagan llegar.

—O sea, que no sabemos a qué se dedicaba antes de jubilarse.

—Bueno, más o menos —dice Laguardia—. Según lo que hemos podido componer reuniendo los escasísimos comentarios de los vecinos que en alguna ocasión cruzaron más de dos palabras con ella, parece ser que la señora Pereira había emigrado a Francia siendo muy joven, y allí se pasó casi toda su vida, fregando portales.

—Eso explicaría —vuelve a intervenir Arroyo— los registros que he encontrado sobre un par de contratos de alquiler en las afueras de París, y una cuenta cancelada en la Caisse d'Epargne.

—¿Y después?

Laguardia aprieta los labios a la vez que sacude la cabeza.

—Nada. Por lo que nos han contado, hizo lo mismo que tantos otros emigrantes. Regresar tan pronto como se pudo jubilar.

Me quedo mirando a Laguardia.

—¿Creéis que pudo haber dejado algún asunto pendiente en Francia?

—Hombre, todo puede ser —apunta Santos—. Aunque, no sé, me cuesta imaginar a estos dos metiéndose en líos con la mafia marsellesa, si es a eso a lo que se refiere...

Dejo escapar un suspiro cargado de frustración.

—De acuerdo —acepto resignado—. ¿Y qué hay del escenario? ¿Habéis encontrado algo?

Nadie responde.

—¿Algún vecino que haya visto a alguien? ¿Alguno que haya oído algo?

Nada.

—¿Huellas?

Laguardia niega en silencio, Santos aparta la mirada, y solo Batman parece querer decir algo. Algo que, por alguna razón, no acaba de soltar.

—¿Qué ocurre?

Pero Arroyo sigue dudando.

—No lo sé, señor... —responde sin dejar de negar con la cabeza—. Es sobre el escenario en sí.

—¿Qué le pasa?

Vuelve a apretar los labios.

—Es... No sé cómo decirlo.

—Inténtalo.

Batman niega en silencio, todavía reticente.

—Es que no sé qué pensar, señor. Quiero decir, ¿a usted no le parece excesivo? Ya sabe, toda esa teatralidad...

Entorno los ojos.

—¿A qué te refieres?

—A lo de dejarlos en la bañera, al abrazo, las manos amputadas sobre los cuerpos...

—Sí, en eso yo también estoy de acuerdo. —Santos, que ha comenzado a asentir en silencio al escuchar la explicación del técnico, toma el relevo de Batman—. Si un fulano quiere cargarse a otro, entra en su casa, le pega un par de tiros, y listo. O le raja el cuello, si es que no quiere hacer ruido.

—Exacto —afirma Batman—. Pero nuestro hombre no ha hecho nada de eso. Él ha preferido otra puesta en escena. Y eso tiene que significar algo...

Los cuatro permanecemos en silencio durante unos segundos.

—De acuerdo —admito—, hay algo más en todo esto. Pero ¿el qué? ¿Qué creéis que significa?

Santos y Laguardia continúan en silencio, pero Batman chasquea la lengua, en un ademán de fastidio evidente.

—No lo sé. Pero...

—Qué.

Arroyo clava sus ojos en los míos.

—No sé qué es, señor. Pero, si tuviera que jurar, diría que yo esto ya lo he visto antes.

Vuelvo a fruncir el ceño.

—¿Un escenario semejante?

—No. Quiero decir, no como escena de un crimen. Pero sí de alguna manera, sí en alguna parte.

Me echo hacia delante, hasta apoyar los codos sobre la mesa.

—¿Dónde?

Batman se muerde los labios al tiempo que vuelve a negar con la cabeza.

—No lo sé —responde—. No lo sé...

9

A la cara

Hace ya un buen rato que ha recuperado la consciencia, pero es tanta su debilidad que todavía no ha sido capaz de moverse. Siente la humedad en el costado izquierdo, y comprende: es sangre, toda la que se le ha ido derramando desde el brazo. Ha perdido demasiada, y ya apenas le quedan fuerzas. Las justas para comprobar que la linterna ha cambiado de posición. Sea quien sea la persona que lo ha amarrado a la pared, ha movido el farol, dejándolo un poco más alejado de él, de modo que ahora ya no ilumina la pared, sino el espacio a su derecha. O quizá haya sido el cerdo, ahora mismo Montero no es capaz de recordar si en su huida el animal se llevó por delante el farol... Haciendo un esfuerzo que a él ya se le antoja sobrehumano, el anciano vuelve a levantar la cabeza e intenta aprovechar el cambio en la iluminación para examinar la estancia en la que está recluido. Tal y como había supuesto al sentir el eco de su voz, se trata de una estructura abovedada, como una especie de nave estrecha, o tal vez algo semejante a un túnel, cuya profundidad se pierde en la penumbra que se derrama a su izquierda. Pero eso a Montero ya le da igual. Si no se esfuerza por preguntar si hay alguien ahí, si tan solo se mantiene ocupado evaluando el espacio a su alrededor, en realidad es para no tener que reparar en otro punto concreto.

En su mano izquierda.

Montero prefiere no enfrentarse a ello, así que desvía la mirada en otra dirección.

Deja caer la cabeza en sentido contrario, y contempla su brazo derecho. A pesar de que este también permanece amarrado a la pared, por lo menos no presenta ningún tipo de daño, y su mano derecha sigue ahí. Sana, completa. Aunque, ahora que se fija, cae en la cuenta de que hay algo extraño en ella. La posición del farol no es el único cambio que han hecho en la escena.

«¿Qué es eso...?»

Tiene la mano impregnada en algo oscuro, algo denso y viscoso. Pero no es sangre, sino algo más consistente. Intenta afinar un poco más la vista. Le cuesta, le cuesta muchísimo, pero juraría que se trata de algún tipo de sustancia espesa que... ¿continúa por su brazo? Sí, eso es... Intenta seguir el recorrido con la mirada, y se detiene en el nacimiento del brazo. Sea lo que sea, tiene todo el brazo derecho untado de esa sustancia, desde la mano hasta el hombro. Intenta acercar la nariz, olerla. Entonces la reconoce. Apoyando la cabeza un poco más en el hombro, la lengua le confirma que se trata de grasa, algún tipo de grasa animal. La misma que ahora tiene esparcida por buena parte de la cara. De pronto cae en la cuenta. Se trata de un aliciente, un estímulo para que el cerdo no pueda resistirse. Con un fogonazo, la imagen vuelve con fuerza a su cabeza. El cerdo devorando su mano izquierda.

Traga saliva, parpadea. Sabe que está ahí. Debería mirarlo, ver hasta dónde ha llegado el daño. Pero no puede hacerlo, no puede.

«Intenta calmarte...»

Su mente escoge un recuerdo. El de aquella vez, el accidente de tráfico... Fue hace muchos años ya, de regreso a Oia. La carretera de la costa siempre ha sido muy mala, todo el mundo lo sabe. Pero aquella noche era especialmente complicada. Llovía tanto que las escobillas del limpiaparabrisas no daban abasto. Maldita sea, resultaba imposible ver nada. Con el temporal desatado, el mar golpeaba con tanta fuerza que las olas saltaban por encima de las rocas inundando la calzada. Y lo sabía, sabía que debía conducir más despacio. Pero aquella noche esperaban gente en La Granja, invitados importantes... Y él llegaba tarde.

Tan pronto como el mar se le echó encima, Montero perdió el control, y el coche acabó estrellándose contra una de las rocas del cabo. Sintió la fractura al momento, la pierna izquierda rota justo por encima del tobillo. Y ahora recuerda el dolor, sí, pero también recuerda que eso no fue lo peor.

No, lo peor fue el tiempo que pasó inmóvil a la espera de que llegase la ayuda, contemplando el efecto del impacto. Observando su propio pie, doblado en aquella articulación innatural. Recuerda la angustia al tomar conciencia del daño en su propio cuerpo. Un tobillo roto, apoyado en una posición inviable. Es la náusea de aquel momento lo que ahora le viene al pensamiento.

«Esto es mucho peor...»

Montero no puede reprimir la desesperación que siente. Solloza, resuella. Y llora. Pero no sirve de nada.

«Todo esto no te servirá de nada.»

Ha de hacerlo, tiene que hacerlo de una vez. ¿De qué sirve prolongar más la angustia? Reúne las últimas fuerzas, ya más anímicas que físicas, todas igual de escasas, y, lentamente, comienza a girar la cabeza hacia la izquierda, en dirección al otro brazo. Y, cuando por fin alcanza a verlo, no puede evitar derrumbarse.

Porque el brazo está completamente destrozado. La mano ya apenas es un muñón, un jirón de carne destrozada, huesos rotos, músculos desgarrados. No le hace falta seguir mirando para comprobar que la situación es mucho más crítica que antes, y comprende: el cerdo ha debido de volver mientras él estaba inconsciente. Impotente, acaba de derrumbarse, y solloza desesperado al entender que lo peor no es que no parezca tener escapatoria. Lo peor es que esto aún no ha acabado. Su primer enfrentamiento con el animal ni siquiera llegó a ser una victoria. Si acaso una tregua, una pausa que había llegado a su fin mientras el viejo permanecía inconsciente. Entonces el animal había continuado comiendo hasta saciarse. O tal vez hasta que alguien lo había apartado. Porque es cierto, Montero no recuerda haber visto o sentido la grasa con anterioridad. ¿Acaso hay alguien más ahí?

—¿Ho... hola? —pregunta en un hilo de voz.

Y entonces lo oye. Es el ronquido de una respiración seca, grave. Pero, para mayor desconsuelo del anciano, la voz no procede de una garganta humana.

Poco a poco, la cabeza del cerdo ha vuelto a asomarse desde la penumbra. Con paso lento, seguro, el animal emerge de la oscuridad para acercarse a un Montero por completo aterrorizado, y no se detiene hasta dejar su cara pareja a la del anciano. Inmóvil, el viejo profesor puede ver con toda claridad el ojo del cerdo, gris, frío, observándolo, analizándolo. Lentamente, haciendo todo lo posible por controlar el llanto para no alterar al animal, Montero aparta la cara hacia un lado. Pero, a tan poca distancia, la bestia lo detecta todo. Comenzando por ese mar de lágrimas que le cae por las mejillas. Y el animal empieza a olfatearlo. Montero no puede reprimir un gemido, y el cerdo responde con un gruñido amenazante. Y será entonces cuando el anciano, inmóvil, comprenda que ya no tiene nada que hacer. Justo cuando Montero intente apartarse, el animal abrirá la boca y, antes de que el otro pueda hacer nada, lanzará con ferocidad sus dientes contra la cara del viejo.

10

Sebastián

Estoy a punto de irme, de regresar con Viola. Le dije que apenas serían un par de horas, y ya llevo aquí toda la mañana. Ya me estoy yendo, a punto de salir del despacho, cuando la puerta se abre de golpe. Un poco más y me la llevo puesta... Pero no digo nada. Cuando la puerta se abre de esta manera, lo último que se me pasa por la cabeza es protestar. Porque tiene que tratarse de algo muy importante para que Batman entre en mi despacho así, corriendo y sin llamar.

—Creo que debería ver esto, señor.

Sin esperar permiso de ningún tipo, Arroyo se apoya en mi mesa y deja su portátil sobre el escritorio abierto ante mí.

—¿Qué es?

—Un correo electrónico, acaba de entrarme ahora mismo, creo que es él... —Batman habla a toda velocidad.

—¿Él?

—Sí, señor. Nuestro hombre en el Calvario. Joder...

—¿Estás seguro?

Arroyo asiente con un ademán rápido y repetitivo, dejándome claro que en su cabeza no hay lugar a dudas.

—Fíjese en esto —indica—, aquí.

Me señala un punto sobre la pantalla del portátil, un párrafo al comienzo del correo electrónico.

Me gustaría comentar con ustedes un par de cuestiones sobre el caso de los dos ancianos en la bañera. Al fin y al cabo, algo me dice que, en lo tocante a este asunto, no les vendrá mal que alguien les eche...

En la última frase tengo que volver atrás para asegurarme de que he leído bien.

—«... que alguien les eche una mano» —releo en voz alta, comprendiendo que ese es el matiz que ha llamado la atención de Batman, que ahora asiente de nuevo en silencio.

—Tiene que ser él —afirma sin dejar de sacudir la cabeza.

Desde luego. Cuando Santos y Laguardia hablaron con los vecinos, les enseñaron las fotos de los ancianos, tanto para confirmar la identidad de la mujer como para ver si alguien reconocía al hombre. Y sí, claro, les enseñaron las fotos de sus rostros fuera de la bañera, tomadas tan pronto como el juez autorizó el levantamiento de los cadáveres. Pero solo eso, los rostros, nada más. En ningún momento hicimos público ningún otro detalle, de modo que, fuera de mi equipo y el personal involucrado en el caso, nadie estaba al tanto del asunto de las manos. Nadie que no fuese el responsable.

—De acuerdo, ¿sabemos de quién se trata? —pregunto a la vez que busco algún dato en alguna parte del correo.

—No.

—Aquí hay un nombre —advierto, indicando la dirección del remitente.

—Sí, eso ya lo he comprobado. El mensaje ha sido enviado desde esa cuenta de correo, nayra.sanroman@gzmail. Pero la titular, la tal Nayra, tan solo es una chiquilla. Lo más probable es que nuestro hombre se haya hecho con su móvil, o con su ordenador, o con su lo que sea, y nos haya enviado el correo desde su cuenta.

—Comprendo... —mascullo entre dientes—. ¿Y qué es lo que quiere, entonces?

—Pues al parecer hablar. Pero advierte que solo lo hará con usted.

Levanto la vista de la pantalla y me quedo mirando a Arroyo.

—¿Conmigo?

Batman vuelve a asentir.

—Es lo que dice. Eso, y que va a llamar en... —consulta su reloj— menos de un minuto.

Desconcertado, vuelvo a dirigir la mirada hacia la pantalla del portátil. Releo el texto, intentando comprender, asimilar la información recibida cuando, de pronto, el sonido del teléfono sobre mi escritorio me sobresalta. Batman y yo cruzamos una mirada, y dejo que suene un par de veces antes de descolgar.

—¿Sí?

—Buenos días, inspector —responde una voz masculina.

—¿Con quién hablo? —Pausa al otro lado.

—Con un ladrón.

—Perdone, ¿cómo dice?

—Digo que está usted hablando con un desaprensivo, alguien capaz de robarles los móviles a un par de chiquillos despistados...

Se trata de una voz normal, calmada. Podría pasar por la de alguien sereno, de no ser porque en mi cabeza, esa voz viene a sonar junto a las imágenes de la bañera.

—Pues muy bien. Pero si es de eso de lo que quiere hablar, lo más indicado sería que le pasase con otro departamento. Tal vez mis compañeros de Robos y Hurtos le atenderían mej...

—No —me ataja—, déjese de historias. Estoy seguro de que su ayudante habrá hecho bien su trabajo, por lo que a estas alturas usted ya sabe más que de sobra que no es de ningún hurto de lo que me gustaría hablar.

Esta vez soy yo el que marca la pausa.

—Sí, es cierto. Algo me ha comentado.

—Algo —repite—, claro...

—Oiga, ¿y cómo ha dicho que se llamaba?

—No he dicho que me llame de ninguna manera.

—De acuerdo —admito—, no me lo ha dicho. Pero algún nombre tendrá, digo yo. No sé, por lo menos algo que pueda emplear para dirigirme a usted...

Vuelve a tardar en contestar. Como si se lo estuviera pensando.

—No creo que eso sea relevante, pero, si así se siente más cómodo, puede llamarme Sebastián.

—Sebastián —repito a la vez que apunto el nombre en mi cuaderno.

—De todos modos —continúa—, aquí el único nombre que importa es el suyo. ¿Verdad, Leví?

Frunzo el ceño.

—¿Leví? Disculpe, pero creo que...

—¿Que me he equivocado de nombre? —Intuyo una media sonrisa al otro lado de la línea—. Yo diría que no... Pero, aunque así fuera, lo verdaderamente relevante es lo que pone en su puerta, bajo su nombre. Dígame, Leví, ¿acaso no es usted el jefe de la Brigada de Investigación Criminal?

Batman y yo nos miramos en silencio.

—Sí, lo soy.

—¿Lo ve?

Arroyo frunce el ceño y niega con la cabeza, en un gesto de no comprender.

—De acuerdo —le respondo—, pues ahora que ya nos hemos presentado todos, ¿qué le parece si me cuenta para qué ha llamado? ¿Acaso podemos ayudarle en algo?

Sebastián resopla contra el aparato.

—No, no, no, señor... Diría que es más bien al contrario, que soy yo quien tiene algo que ofrecerles.

—¿Ah, sí?

—Me temo que sí.

—Pues usted dirá.

Nuevo silencio.

—Creo que están buscando información sobre un caso reciente, ¿me equivoco?

—Somos la policía, Sebastián. Nosotros siempre estamos buscando información.

—Pues la que tengo yo les va a encantar.

—No me diga. ¿Y de qué tipo se trata?

—Del tipo, señor, que podría echarles una mano. ¿O debería decir, tal vez, cuatro?

Esta vez Batman aprieta los labios.

—Es él —murmura entre dientes—, ¡es él!

Le hago un gesto para que guarde silencio.

—¿Me toman ya en serio? —pregunta Sebastián desde el otro lado del altavoz, endureciendo un poco más el tono—. ¿Acaso tengo por fin su atención?

—Por supuesto —respondo.

—Bien —concede el otro, a la vez que vuelve a relajar ligeramente el tono de su voz—. Creo que están buscando información sobre una persona, ¿verdad? Un hombre...

—Sí, podría ser.

—Nada de podría ser, Leví... Usted y yo sabemos que es cierto.

—De acuerdo —admito—, lo es.

Vuelvo a percibir el mismo sonido, el aire contra el aparato. Sebastián vuelve a sonreír, esta vez satisfecho.

—Mucho mejor así —declara—, siempre es bueno reconocer los propios errores, antes de que sea demasiado tarde. Pues sepa usted que esa información que busca tal vez la encuentre al fondo de la oscuridad.

—¿La oscuridad? ¿De qué oscuridad me habla, Sebastián?

Esta vez la voz tarda un poco más en responder.

—¿Conoce usted la batería J4? Ya sabe, el acuartelamiento abandonado al sur de Baiona...

—Sí —le respondo—, en la falda del cabo Silleiro.

—En efecto, ahí mismo...

—Sí, lo conozco. ¿Por qué, qué pasa en ese sitio?

Juraría que Sebastián vuelve a sonreír.

—Que ya sabe usted lo que tiene que hacer, Leví: correr hacia la oscuridad...

11

El laberinto

Llegar al cabo nos llevó poco tiempo, apenas media hora. Pero antes de hacerlo ya sabíamos que encontrar lo que fuese que habíamos ido a buscar nos ocuparía bastante más. Sobre todo a la luz de la información que Batman había ido recabando durante el viaje.

Porque, para quien no lo conozca, el antiguo acuartelamiento del cabo Silleiro, allá donde el océano Atlántico viene a encontrarse con la ría de Vigo, puede parecer muy poca cosa. Apenas una base militar elemental, construida en los primeros días del franquismo como parte de una red para mantener las costas vigiladas y protegidas ante posibles ataques enemigos, el cuartel había sido desmantelado a finales de los años noventa, y en la actualidad se encuentra en el más ruinoso de los abandonos. Aparentemente, se trata de un conjunto sencillo, compuesto por tres o cuatro pequeñas edificaciones, hoy muy deterioradas, y sin espacio para mayores dificultades. Pero, como casi todas las cosas importantes de la vida, lo verdaderamente complicado es lo que no se ve... Porque, oculto bajo la roca viva de la montaña, el grupo J4 es, en realidad, un complejo entramado de túneles y galerías que se precipitan en las entrañas del cabo a lo largo de más de doscientos metros de longitud, construido con el fin de conectar entre sí las cuatro inmensas baterías de combate Vickers que Franco había ordenado instalar en la falda de la montaña entre 1941 y 1946. Y eso, por supuesto, complicaba mucho las cosas.

Con todo, y por si acaso, lo primero que hicimos tan pronto como llegamos fue reconocer las ruinas de los edificios exteriores. Los antiguos cobertizos, el cuartel, el cuerpo de guardia, la cantina... Pero no encontramos nada. En realidad tampoco esperábamos hacerlo, de manera que no tardamos en continuar avanzando hasta el patio del cuartel, allí donde se encuentra la inmensa pared que, como si solo se tratase de un colosal muro de carga, se levanta contra la falda de la montaña. Al fin y al cabo, Sebastián ya nos lo había indicado. «Correr hacia la oscuridad...»

En aquel inmenso frontal, de unos cuarenta metros de longitud por algo más de siete de altura, hacía mucho tiempo que las cuatro enormes aberturas que daban acceso al interior de la montaña habían sido selladas. Pero Santos, que en todo momento había caminado unos pasos por delante, no tardó en ver algo.

—¡Allí! —indicó, señalando en dirección a una pequeña abertura practicada en uno de los accesos.

En efecto, y para confirmar todas las angustias de mi claustrofobia, alguien había reventado el muro de ladrillo empleado para tapiar la entrada sur, abriendo un orificio por el que acceder a los túneles. Maldita sea...

Tan pronto como pusimos un pie en el interior, la oscuridad, inmensa y abrumadora, nos hizo comprender que no podríamos seguir avanzando si no era con la ayuda de las linternas. Comprobados, pues, los niveles de carga de nuestros aparatos, dejamos que aquella gran boca negra nos devorase, y nos perdimos en las entrañas del cabo.

Comenzamos el recorrido por un amplio corredor al que daban los cuatro accesos principales por sus zonas posteriores, conectándolos al fondo con el túnel principal, en el extremo derecho de la galería. En cuanto nos asomamos a su negritud, los primeros metros del túnel ya nos dejaron muy claro que cada paso debía ir acompañado de las máximas precauciones. Mejor ir atentos para no meter un pie en el vacío dejado por los antiguos raíles de las vagonetas empleadas para el transporte de munición, ni clavarnos ninguno de los muchos remaches de hierro que asomaban aquí y allá, ni mucho menos despeñarnos por alguno de los numerosos pozos que, para el drenaje de los conductos, se abrían en el encuentro de cada nueva galería, al entrar en cualquier sala, o simplemente al doblar una esquina, precipitándose todos ellos hacia las profundidades de la montaña.

En el primer nivel, el túnel principal concluía en una bifurcación. El ramal de la izquierda continuaba recto, mientras que el de la derecha descendía, derramándose como una garganta brutal, cayendo a los niveles inferiores.

Arroyo y Laguardia escogieron el primero, pero solo para comprobar que concluía apenas unos metros más adelante, en los sótanos del antiguo búnker de telemetría, de modo que no tardaron en volver sobre sus pasos para reunirse con Santos y conmigo, que ya habíamos comenzado el descenso por las empinadas escaleras del segundo nivel.

Una vez abajo, recorrimos varias decenas de metros de corredores en tinieblas, entrando en todas las estancias que nos salían al paso. Al final de la galería dimos con la sala en la que todavía se encontraba uno de los antiguos cañones, pero tampoco allí vimos nada. Y comprendimos que ya no quedaba más opción que continuar bajando hasta el último nivel.

Esta vez, a medida que descendíamos, el ambiente se fue tornando más y más cargado. Nuestros pies comenzaron a caminar sobre mojado, y la humedad en el aire nos advertía de la proximidad del mar.

—Agua —comentó Laguardia.

—Joder —protestó su compañera—, esto no me gusta nada...

—¡Silencio! —exclamó de pronto Batman.

—¿Qué ocurre?

—Juraría que he oído algo...

Nos detuvimos. Aguzamos el oído, y entonces a Laguardia también le pareció oír algo.

—Hay algo ahí delante...

—Sí —confirmó Santos esta vez—, es como...

—Una respiración —advertí—, ¡una respiración! ¡Oiga! —le grité a la oscuridad.

Convencidos de que se trataba de eso, olvidamos todas las precauciones que habíamos tomado hasta entonces, y los cuatro apuramos el paso. Santos, dos pasos por delante, fue la primera en darse cuenta.

—¡Parece que hay algo de claridad ahí delante!

En efecto, unos escalones más abajo dimos con un poco de luz. Apenas nada, el débil fulgor proveniente de la pequeña linterna de mano que alguien había dejado en el suelo, apuntando en nuestra dirección.

—¿Hola?

Esta vez los cuatro oímos la respuesta con claridad. De nuevo ese ruido, la respiración, baja y grave, tan solo a unos metros delante de nosotros.

—¡Policía! —grité a modo de advertencia.

Y entonces lo vimos. Algo se había movido en las sombras, por detrás del farol, apenas a cuatro o cinco metros de nosotros. Algo grande, y extrañamente bajo. ¿Tal vez alguien agachado?

—Ahí, ¡ahí! —señaló Santos.

Laguardia también apuntó su foco en la dirección indicada por la sargento, y los cuatro nos detuvimos en seco.

—Pero ¿qué coño...?

Atónitos, permanecimos por un instante en silencio, intentando asimilar aquella imagen.

—¿Qué cojones es eso? —preguntó Santos.

—Pues... Yo diría que un cerdo —respondió Laguardia, sin dejar de apuntar al animal con su linterna.

En efecto, se trataba de un cerdo, si bien extraordinariamente grande, arrimado a una pared de la galería, plácidamente ocupado en comer algo a la tenue luz que le llegaba desde el farol en el suelo. Apunté hacia él con mi linterna, y me detuve en enfocarlo todo a lo largo, de derecha a izquierda, comenzando por el rabo, y sin pararme hasta llegar a su boca, amorrada al suelo. Joder...

—¡Me cago en la puta! —exclamó Santos al caer en la cuenta.

Sobre un charco de sangre, el animal masticaba lo que sin lugar a dudas era una mano humana.

—¡Detrás! —gritó Batman, apuntando el haz de luz de su linterna hacia el fondo de la galería.

Al principio, la oscuridad que envolvía la parte más profunda del túnel no me permitió reconocerlo con claridad. Pero, en cuanto avancé un par de pasos en la dirección señalada por Arroyo, lo vi: tres metros más allá del cerdo, un hombre permanecía sentado en el suelo apoyado contra la pared.

Con cuidado de no acercarme demasiado a aquella mole, dejé de lado al animal y eché a correr hacia el hombre. En cuanto estuve frente a él, comprendí que la situación era más que crítica. Sentado sobre un inmenso charco de sangre, el hombre mantenía los brazos abiertos en cruz, amarrados al muro por un par de correas. El derecho estaba brutalmente seccionado a la altura del antebrazo, y los cuatro comprendimos que esa era la pieza que estaba devorando el animal, mientras que en el izquierdo la mano también había desaparecido casi por completo. Tenía la cabeza caída sobre el pecho. Se la levanté y al momento torcí el gesto. El hombre, un anciano en realidad, tenía la mejilla izquierda destrozada, arrancada en buena parte, probablemente por una dentellada del cerdo. Más por protocolo que porque tuviera esperanzas, le puse los dedos en el cuello; además, quería comprobar un par de cosas. La primera, que, como era de esperar, no había pulso. Y, la segunda, que tenía el cuello impregnado en algún tipo de sustancia que le subía desde los brazos. Me llevé los dedos a la nariz, intentando reconocer el olor. ¿Grasa?

Con el ceño fruncido, y sin dejar de negar en silencio, seguía intentando comprender lo que estaba viendo cuando oí que Laguardia me reclamaba.

—Señor...

Levanté la cabeza y lo busqué con la mirada. Pero sus ojos no se dirigían a mí. Inmóvil en medio de la galería, mantenía la vista fija en el muro, iluminándolo con su linterna. Comprendiendo que debía tratarse de algo importante, me puse en pie y enfoqué mi linterna en la misma dirección, para comprobar que alguien había escrito algo en la pared, justo sobre el cadáver.

NO SE MUERDE LA MANO QUE TE DA DE COMER

—Pero... ¿de qué mierda va todo esto, señor? —preguntó Santos, sin dejar de contemplar el siniestro mensaje.

Y no, reconozco que no supe qué decir.

Ajeno a mi incertidumbre, Batman dio un paso adelante, se acercó al muro y, con cuidado, puso un dedo sobre la inscripción.

—Es... sangre —confirmó, volviéndose hacia nosotros.

—Es una barbaridad —replicó Laguardia—. Es una barbaridad...

Por eso ahora estoy fuera. Necesitaba respirar. Santos se ha quedado en la galería, asegurándose de que el animal no termina de destruir lo que queda del cuerpo, Batman se está encargando de dar parte, y yo paseo por los terrenos más elevados del cuartel. Dejo vagar la mirada en el océano, y recuerdo las palabras de Laguardia. «Es una barbaridad...» Sí, lo es, y a mí cada vez me cuesta más entenderlo. ¿Por qué hacemos este tipo de cosas? ¿En qué clase de animales nos hemos convertido para hacerle algo así a un semejante, a un hombre mayor e indefenso? No hay respuesta en el mar, y aparto la mirada, buscando algo de claridad en otro punto. Ya ha empezado a anochecer. Me vuelvo y dirijo los ojos en otra dirección. Hacia el sur. Las luces del pueblo brillan en la distancia. Entonces caigo en la cuenta.

«¿Por qué aquí?»

—Escucha, Laguardia, ¿recuerdas los datos de nuestra mujer en la bañera?

Metódico como siempre, Laguardia saca su cuaderno del bolsillo antes de responder y busca entre sus hojas.

—Pilar Pereira, ochenta y un años, calle Urzaiz 158... Sí, aquí están. ¿Por?

—¿De dónde nos dijo Batman que era?

Laguardia me observa en silencio unos instantes y luego vuelve a revisar sus notas.

—Lugar de nacimiento —murmura—, lugar de nacimiento... Sí, aquí. De Oia, señor.

—De Oia —repito.

Le mantengo la mirada sin dejar de asentir. Y entonces Laguardia también comprende. En silencio, los dos nos volvemos hacia el sur, con los ojos puestos en las luces del pueblo que, a lo lejos, brillan junto al mar. Las luces de Oia.

—Avisa a los otros. Diles que os espero en mi despacho tan pronto como acabéis aquí. Empieza a haber demasiadas cosas que se nos escapan en todo esto.

12

El cansancio

Apenas queda gente en el edificio. Sábado noche... Los agentes de turno, el personal de guardia y poco más. Casi todo el mundo descansa en sus casas. O en las de sus parejas... Casi todo el mundo, excepto nosotros. Y por falta de cansancio no es, ni tampoco de ganas, bien al contrario. Pero es que tampoco hay otro departamento que tenga tres cadáveres encima de la mesa. Encerrados en mi despacho, Arroyo, Laguardia, Santos y yo seguimos intentando sacar algo en claro, asomados a las fotografías de las tres víctimas expuestas sobre mi escritorio.

—¿Cómo coño encaja todo esto, jefe?

Agotada como todos, Santos masculla su frustración con el dedo pulgar entre los dientes.

—A ver —continúa—, por una parte está claro que se trata de un psicópata, joder, un chalado que disfruta reventando viejos. Pero por otra...

Santos niega con la cabeza, como si le diera vueltas a algo.

—¿En qué estás pensando?

Se frota la cara con fuerza, resopla y a continuación me devuelve una mirada cargada de incertidumbre.

—Pues no lo sé, jefe. ¿Y si se tratara de otra cosa?

Laguardia la observa al entender lo que su compañera ha querido decir.

—Te refieres a algo sexual...

Santos se encoge de hombros.

—¿Y por qué no? Recordad el numerito de la bañera. Estos dos pobres desgraciados —señala las fotografías de las dos primeras víctimas—, allí, embutidos y en pelotas. ¿A quién coño se le ocurre hacerle eso a un par de ancianos? Desnudarlos, obligarlos a abrazarse... A saber si a nuestro amigo Sebastián no se le pondrá tiesa con los yayos...

Reconozco que la hipótesis de Santos no me parece descabellada, por lo menos en lo tocante a la pareja del Calvario. Pero Laguardia niega en silencio.

—No —replica sin dejar de sacudir la cabeza—, yo no creo que esa sea la forma correcta de verlo. Tiene que haber algo en todo esto que no estamos entendiendo...

Santos le devuelve la mirada con reprobación.

—¿Algo que no estamos entendiendo, dices? —resopla—. ¿Te refieres, por ejemplo, al hecho de tener que pasar toda la tarde metida en un pozo de mierda, vigilando que un puto monstruo de un millón de toneladas no acabe de comerse al ancianito que alguien le ha dejado para merendar? Joder, Laguardia, ¿cuál te parece a ti el puto modo correcto de entender algo así?

Nadie hace demasiado caso del exabrupto. En el fondo, Santos tiene razón, yo la comprendo perfectamente. Es muy difícil concebir que pueda haber ningún tipo de lógica en algo tan atroz como lo que hemos visto en estos dos días. Y, al igual que a todos, a ella también le sobran los motivos para estar agotada.

—No lo sé —le responde su compañero, también exhausto—, yo tampoco lo entiendo, Santos. Lo único que estoy diciendo es que tal vez no deberíamos conformarnos con la explicación más evidente. ¿Una cuestión sexual solo porque los hayamos encontrado desnudos? —Laguardia vuelve a negar—. No, no creo que se trate de eso. O por lo menos no solo de eso. Porque, si así fuera, ¿por qué no nos hemos encontrado desnudo al tipo del túnel, eh? No —concluye—, no puede ser tan fácil.

—Yo también lo creo —opina Arroyo, intentando apaciguar los ánimos empleando un tono más frío, más aséptico que el de sus compañeros—; en todo esto hay mucho más. El asunto de la bañera, la inscripción...

—Exacto —intervengo, tomando una de las fotos revueltas sobre la mesa—. «No se muerde la mano que te da de comer.» ¿Qué os sugiere?

—Pues no lo sé —replica Santos, aún molesta—, ¿que el cerdo no sabe leer, tal vez?

—Sí, claro —suspiro—. Eso, y que la elección de las víctimas no es casual. De hecho, estoy seguro de que Sebastián, o como coño se llame en realidad nuestro hombre, si no las conocía ya con anterioridad, desde luego las escogió con mucha antelación.

Laguardia frunce el ceño.

—¿A qué se refiere, señor?

—Pues, para empezar, a que una escena como la de esta tarde no se prepara en un par de horas. Localizar el sitio, hacerse con el animal, asegurarse de cargar con el viejo hasta ahí sin que nadie lo viera... No, nuestro amigo ha tenido que tomarse muchísimas molestias con todo esto como para acabar coronándolo con un epitafio puesto al tuntún. Es obvio que existe alguna relación entre la inscripción de la pared y el hombre amarrado bajo ella.

—«No se muerde la mano que te da de comer» —repite Laguardia—. Es una advertencia... ¿Tal vez algo que el viejo no cumplió?

—Podría ser —admito—. Y, por otra parte... Esperad, ¿dónde estaba?

Vuelvo a dejar la foto junto a las demás y paso a buscar algo entre los papeles que se amontonan a la derecha de mi escritorio.

—Sí, aquí está. Mirad, aquí —indico, golpeando con el dedo índice uno de los párrafos del informe de la científica—. ¿Lo veis? La puerta del piso no mostraba ningún signo de haber sido forzada, de modo que, vinieran juntos o no, Pilar dejó entrar a sus visitantes voluntariamente.

Los tres asienten.

—De manera que sí, Santos, hay otra forma de entender todo esto, por lo menos a los ojos de Sebastián. Y si no queremos seguir dando palos de ciego, lo primero que debemos hacer es encontrar esa relación.

Por un instante, los cuatro volvemos a quedar en silencio. Incómoda, la sargento se frota la cara una vez más, al tiempo que Batman se queda mirando el material depositado en la mesa. Algo llama su atención, y de entre todas recoge un par de fotos, las dos en las que aparecen las primeras víctimas, tumbadas boca arriba sobre la mesa del forense.

—Tal vez algo de todo eso pase por aquí —apunta, señalando las muñecas cercenadas—. Está claro que este tío tiene algún tipo de fijación con esto.

—Las manos... —comprende Laguardia, al tiempo que también él coge una de las fotografías del hombre amarrado a la pared—. Les faltan a los tres.

—Sí, bueno —interviene Santos—, pero en el caso de nuestro hombre de las cavernas, si no tiene manos es porque un cerdo inmenso se ha encargado de emplearlas como aperitivo.

Laguardia aprieta los labios.

—Ya —responde—, pero eso tampoco ha sido algo casual.

Batman asiente, convencido.

—La grasa —explica—. Si el cerdo comenzó a comerse al hombre por las manos es porque alguien se aseguró antes de untárselas bien en grasa. De manera que no, el hecho de que ese pobre desgraciado no tenga manos tampoco es algo que se deba al azar.

Santos examina la fotografía del hombre en la pared, asintiendo en silencio e intentando comprender.

—¿Y si fueran ladrones?

Frunzo el ceño.

—¿Cómo dices?

—Ladrones —repite—, ¿y si se tratara de eso? Ya sabéis, en algunas culturas el castigo por robar es que te corten las manos, ¿no? ¿Y si ese fuera el nexo entre todos ellos?

—¿Que hayan robado algo en el pasado? —pregunta Laguardia.

Santos vuelve a encogerse de hombros.

—¿Y por qué no? Total, ¿qué sabemos de ellos?

Santos se apoya sobre la mesa, escogiendo y alineando tres de las fotos con los primeros planos de cada una de las víctimas.

—Mirad, tenemos tres cadáveres, y lo poco que sabemos es que la mujer estuvo en Francia, de donde se largó tan pronto como pudo. Y de los otros dos no sabemos ni sus nombres... A ver, ¿quién nos dice que en el pasado no le hubieran tocado los huevos a la persona equivocada, llevándose algo que ahora esa persona quiere recuperar? Usted mismo lo dijo, jefe, ¿y si se tratase de algún asunto pendiente más allá de los Pirineos?

De nuevo nos quedamos en silencio, en esta ocasión considerando la opción planteada por nuestra compañera.

—No lo sé —admito—, podría ser...

Al fin y al cabo, directa o indirectamente, ella tiene razón en unas cuantas cosas. Para empezar, está en lo cierto sobre las identidades. No solo no tenemos ni idea de quién es el anciano de la galería sino que, además, a estas alturas seguimos sin saber nada acerca del hombre en la bañera. Por otro lado, en efecto, esa no es la única laguna que rodea a todo este caso. Como el asunto de la comunicación, por ejemplo.

—¿Qué sabemos acerca del correo y la llamada, Batman? ¿Tienes localizados esos contactos?

Arroyo tuerce el gesto.

—Sí —responde—, aunque por ahí no parece que haya nada interesante. Tanto el mail como el número de teléfono desde el que nos llamó están vinculados con dos móviles robados.

—¿Lo han denunciado?

—Sí.

—¿Quiénes?

Batman niega con la cabeza al tiempo que echa mano de su cuaderno y revisa sus notas, anticipándonos que el dato carece de relevancia.

—Un par de chavales, un chico y una chica. Pero ya lo he comprobado, los dos están limpios.

—¿Una pareja?

—No, no. De hecho ni siquiera se conocían. A los dos les robaron los móviles el sábado pasado por la noche. A ella...

—vuelve a repasar los papeles—, sí, aquí está: Nayra Sanromán denunció que le habían robado el móvil en la cervecería Miguel, un bar de Canido. Y a él, Roberto Rial, tres cuartos de lo mismo: denuncia esa misma noche el robo en uno de los pubs de la calle Churruca.

Comprendo. Al fin y al cabo, él mismo nos lo dijo al presentarse: «... un desaprensivo, alguien capaz de robarles los móviles a un par de chiquillos despistados...»

—Pero, ya que hablamos de la llamada —continúa Batman, y ahora en su voz se percibe cierto optimismo—, hay algo que sí he podido averiguar...

—¿De qué se trata?

—Primero, el número desde el que nos ha llamado este mediodía es el mismo desde el que nos telefonearon ayer para darnos el aviso.

Clavo mis ojos en los de Batman.

—No me jodas...

—Así es, señor: ya sabemos quién era el hombre de las goteras.

—Joder... Pero ¿por qué haría algo así?

—Pues no lo sé, señor. Pero aún hay más.

—Dime.

—Lo segundo: ¿recuerda la fijación de nuestro hombre con cambiarle a usted el nombre?

Entorno los ojos.

—Sí, estaba empeñado en llamarme de otra manera... ¿Cómo era?

—Leví —responde Arroyo antes de que me dé tiempo a pensar.

—¿Leví? —repite Laguardia con un gesto de extrañeza—. Suena como algo religioso, ¿no?

—Bueno —Arroyo ladea la cabeza—, más o menos. De entre todos los Leví que he podido encontrar, hay uno que me ha llamado especialmente la atención. Leví de Alfeo.

—Joder, chaval, menudo nombre... ¿Y ese en qué equipo juega? —comenta Santos con ironía.

—En el Galilea Fútbol Club —responde Batman con desgana, como si le incomodasen las interrupciones de su compañera—. Leví de Alfeo era un recaudador de impuestos de Cafarnaúm que se cambió de nombre al comenzar a acompañar a Jesús.

Santos arruga la frente.

—Jesús... ¿el de Nazaret?

—¡No, Jesús Gil, el de Marbella! —le espeta Batman—. Pues claro, Santos, Jesús el de Nazaret. ¿Quién iba a ser si no?

—Bueno, bueno, tranquilito, chaval, que tampoco es para ponerse así... Solo lo preguntaba por confirmar.

Todavía molesto, Batman opta por ignorar a su compañera y seguir con la explicación.

—Leví de Alfeo era el verdadero nombre del apóstol Mateo.

Y entonces comprendo.

—Mi nombre...

—Sí —confirma Batman, sin dejar de asentir con la cabeza—, el suyo, y el de uno de los cuatro evangelistas.

Frunzo el ceño.

—Pero no lo entiendo, ¿qué es lo que nos ha querido decir con esto?

Se hace el silencio entre el grupo.

—¿Tal vez que tiene conocimientos religiosos? —sugiere al fin Laguardia.

Arroyo vuelve a ladear ligeramente la cabeza.

—Como mínimo bíblicos...

—Joder, ¿creéis que podría tratarse de algo relacionado con la Iglesia? —plantea Santos.

Batman la mira unos instantes, pero no le dice nada.

—No necesariamente —respondo—. Pero podría ser otra posibilidad, sí...

Arroyo continúa con la mirada abstraída cuando su móvil emite una alarma. Apenas un «bip» acompañado de una vibración. Santos y Laguardia siguen dándole vueltas a la opción religiosa al tiempo que Batman lee el mensaje en la pantalla de su aparato. De pronto frunce el ceño, entorna los ojos. Algo sucede.

—Un momento...

Apenas es un murmullo que ni siquiera llega a los oídos de sus compañeros. Pero yo sí lo he oído. Algo pasa. Le dejo hacer.

—¡Atención! —exclama de repente—, ¡atención!

Pero no dice nada. Sigue leyendo, al tiempo que murmura entre dientes.

—Acaba de enviarnos otro mensaje —explica al fin.

—¿Suyo? —comprende Santos.

—Sí, de Sebastián.

—Joder, qué huevos tiene este hijo de puta... ¿Y qué coño quiere ahora?

Antes de seguir, los ojos de Arroyo buscan mi aprobación, y le dirijo un ademán afirmativo.

—Dice que espera que hayamos comprendido la seriedad de la situación. Y que esto no ha hecho más que empezar.

—¿Empezar? —inquiere Laguardia. Su semblante es la viva imagen del desconcierto y la preocupación—. Pero si ya lleva tres muertes, por el amor de Dios...

Arroyo hace un gesto con la mano, indicándonos que aún no ha terminado.

—Hay algo más.

—¿El qué?

Pero Batman no responde de inmediato. Vuelve a repasar el texto con el ceño fruncido, como si estuviera intentando entender el sentido de lo que tiene delante.

—«Claro que todo esto —lee en voz alta— también podría acabarse ahora mismo si ustedes tuvieran a bien responder a una pregunta muy sencilla...»

—¿Una pregunta? —repite Santos—. ¿Qué mierda de pregunta?

Arroyo se toma su tiempo antes de hablar, mientras clava los ojos con aire perplejo en la pantalla de su teléfono móvil.

—«¿Dónde está el Minotauro?»

13

Parrado

Ni las voces en la calle ni los golpes en la puerta, nada trae buenas noticias cuando llega después de medianoche. Pero el hombre pide auxilio, y lo hace con desesperación. Con la urgencia de los que saben que la vida les va en ello.

—¡Ayuda! ¡Por favor, ayúdenme!

Corriendo, de camino al portal, todavía le lanza una nueva mirada al reloj. Las doce y cuarto... No, después de media vida en el mismo lugar, el doctor Parrado sabe perfectamente que a esas horas de la noche ya no queda nadie paseando por las calles de Canido. Sea quien sea la persona que reclama ayuda, tiene que tratarse de una emergencia.

Descorre el pasador y apenas tiene tiempo de reaccionar, pues tan pronto como abre la hoja del portal, un hombre se le desploma encima.

—Ayúdeme, por favor —es todo lo que alcanza a musitar—, ayúdeme...

Con el hombre casi desmayado en brazos, Parrado solo puede asomar la cabeza al exterior. Pero no llega a ver nada. Le parece reconocer el sonido de un motor arrancando en la oscuridad, al fondo de la calle, y el ladrido de un perro a lo lejos.

—Ayúdeme —repite el hombre, desfallecido en sus brazos.

—Pero... ¿qué le ocurre?

Parrado intenta reconocerlo, pero sin éxito. Desde su posición solo puede ver que se trata de un hombre alto, delgado, y bien vestido a pesar de llevar la ropa revuelta. A la exigua luz de la calle, intuye los rasgos de una persona muchísimo más joven que él, tal vez rondando los cuarenta.

—Me han atacado —responde casi sin aliento—, me han atacado.

Comprendiendo al fin la gravedad de la situación, el dueño de la finca tira del otro hacia el interior y cierra el portal, intentando tranquilizar al inesperado refugiado mientras atraviesa el jardín con él a cuestas, avanzando el uno apoyado en el otro hasta la casa.

—Escuche, tiene que procurar calmarse, a simple vista no parece que tenga usted ninguna herida de consideración —le asegura tras un reconocimiento rápido, con el hombre recostado en uno de los sillones de la biblioteca, junto a la chimenea—. Relájese, aquí está a salvo. ¿Qué es lo que ha ocurrido?

—No lo sé —responde el otro, aún aturdido, sin dejar de mirar a uno y otro lado con una expresión tan desconcertada como angustiada—, no lo sé... Yo bajaba por la calle, estaba paseando al perro y...

Se interrumpe. Cierra los ojos con fuerza y se lleva una mano a la frente, como si estuviera intentando ordenar los recuerdos.

—Es que apenas he tenido tiempo a... —El disgusto es evidente en su rostro—. Yo bajaba por la calle, el perro, y un coche...

Nuevo silencio.

—Intente tranquilizarse...

Pero las palabras del doctor no logran su objetivo. El hombre parece verdaderamente desorientado, y Parrado aprovecha para volver a fijarse en su pelo, corto, revuelto. Tal vez le hayan dado un golpe en la cabeza. Aunque a simple vista no se aprecia ningún rastro de sangre.

—No, no era un coche —retoma el otro su relato—, era una

furgoneta. Se detuvo a mi altura, un par de pasos más adelante. Y cuando estaba pasando junto a ella de repente...

—¿Qué es lo que ha sucedido?

—No lo sé... Alguien salió de la parte delantera e intentó agarrarme. Me asusté. Quise correr, pero él me alcanzó por detrás y me tiró al suelo. Empezó a golpearme, y yo... —Niega con la cabeza—. No lo sé, ¡no lo sé!

—De acuerdo, de acuerdo. Tranquilícese, aquí está a salvo.

—Es que no puedo recordarlo con claridad... Solo sé que eché a correr, y que pedí ayuda, y...

Perplejo, el médico menea la cabeza con pesar.

—Señor, qué horror... Oiga, ¿sabe qué es lo que creo que le ha pasado? Que han intentado robarle —sugiere—, eso es. Es que esto es terrible, terrible... Pero así estamos, ya llevamos una temporada con muchos robos en el barrio. Y, mire, hasta ahora se limitaban a entrar en las casas cuando se quedaban vacías, pero, por lo que usted me cuenta, parece que el mundo se les está quedando pequeño...

Parrado se calla unos instantes.

—Dígame una cosa, ¿vive usted por aquí cerca?

Pero el otro no responde a su pregunta. Aún aturdido, vuelve a mirar a su alrededor, y Parrado piensa que probablemente esté intentando identificar el lugar en el que se encuentra. Procura calmarlo de nuevo.

—Escúcheme, usted no se preocupe, ¿de acuerdo? Aquí está a salvo. Ahora mismo llamamos a la policía y...

Pero no llega a concluir la frase. Antes de que pueda hacerlo, el hombre se tapa la cara con las manos y rompe a llorar sin que Parrado, atónito, pueda hacer otra cosa que escucharlo sollozar.

—Oiga...

El médico vuelve a acercarse al hombre con intención de ofrecerle consuelo. Pero no lo consigue. En su lugar, lo único que hace el extraño es caer en un llanto aún mayor. Desconcertado, Parrado se ve superado por la imagen de ese hombre, llorando a mares frente a la chimenea de su biblioteca.

—Pero, por favor, no se angustie usted de esta manera. ¿Por qué llora así?, ¿qué es lo que ocurre?

Pero el otro sigue sin responder. Bien al contrario, se hace un ovillo en el sillón y, como si fuese un niño asustado, esconde la cabeza entre los brazos. Parrado no puede evitar un cierto sobrecogimiento al observar a este hombre, hecho y derecho, llorando como una criatura desconsolada.

—Escuche...

Pero nada. El hombre no reacciona.

—Escuche —insiste el doctor—, tiene que tranquilizarse.

—Es que me duele —murmura entre sollozos—, me duele muchísimo...

—Pero ¿el qué? —pregunta desconcertado el anciano médico—, ¿qué es lo que le duele?

—Que me hayan hecho esto... Me duele.

Parrado suspira, cada vez más agobiado al no comprender lo que le pasa al hombre.

—Pero ¿dónde? —reitera—, ¿dónde le duele?

—Aquí —le responde el otro, con la cabeza todavía oculta entre los brazos—, aquí...

Poco a poco, comienza a levantar el brazo derecho, y se lo pasa por encima de la cabeza señalándose la espalda.

—¿Dónde? —se le acerca el doctor—, ¿dónde le duele?

—Aquí —vuelve a señalar—. Me duele mucho.

—¿En la espalda?

Cada vez más confuso, Parrado intenta examinarle la espalda. Pero en ese momento, justo cuando está a punto de tocarlo, el hombre se revuelve en el sillón.

—¡No!

La reacción sobresalta al doctor.

—Discúlpeme, no pretendo hacerle daño, pero por lo que me dice es posible que se haya lastimado al caer al suelo, y si no me deja que le eche un vistazo...

—No —repite el hombre, encogido en el sillón—. No es de ahora. Tengo la columna destrozada, ¿sabe? La tengo rota... Está deshecha por tantos sitios distintos que ya no los puedo ni contar. Y me duele, me duele muchísimo.

Más y más desconcertado a cada respuesta, Parrado da un

paso atrás. ¿Qué es lo que le está diciendo este hombre que permanece sentado en la biblioteca de su casa con la cara oculta entre los brazos?

—Pero, oiga, a ver, creo que no le estoy entendiendo... ¿Desde cuándo dice que le duele?

—Desde niño.

Silencio. Los dos hombres permanecen inmóviles, el uno frente al otro. El recién llegado acurrucado en el sillón y Parrado con la mirada puesta en él, observándolo confuso. Ahora mismo no puede verle el rostro, pero... Entorna los ojos. Es extraño, porque hay algo en este hombre que... Entonces las preguntas comienzan a asaltarle.

«Si tanto le han golpeado, ¿dónde están las marcas?»

—Desde niño —repite el otro, aún con la cabeza agachada—. Me despertaba de noche con ese dolor. Mi espalda curvada en una postura imposible.

Lentamente, el hombre levanta la cabeza, al mismo tiempo que una nueva pregunta incómoda se abre paso en la mente de Parrado.

«Si estaba paseando al perro, ¿dónde está el animal?»

—Tengo la espalda rota, doctor, destrozada por los golpes, por las sacudidas...

—Discúlpeme, pero creo que no...

Parrado mueve la cabeza con desaliento. Hay algo en este hombre que le resulta familiar.

—Oiga, usted y yo... ¿nos hemos visto antes?

Pero el otro ya no le escucha.

—Por toda esa brutalidad descomunal —continúa—, cargada sobre una espalda que, como todo mi cuerpo, no estaba preparada para soportar nada semejante. Y ¿sabe qué más?

Inmóvil en medio de la biblioteca, Parrado comprende que las cosas acaban de torcerse mucho, muchísimo.

—¿Quién es usted?

—Por las noches no me deja dormir. —El hombre sigue hablando, ajeno a las preguntas del médico—. Y por eso he venido, porque me gustaría consultarle algo, doctor...

Ahora que tiene la cabeza erguida, Parrado advierte que su expresión ha cambiado por completo. Con la frente ligeramente hacia delante, ya no parece desorientado, sino plenamente consciente de su posición. Su gesto se ha vuelto desafiante, y en sus ojos ya no hay desconcierto, sino un fuego que el doctor no sabría decir si es el reflejo de la chimenea o, más bien, algo propio.

—Dígame, doctor, ¿cómo duerme usted por las noches?

Pero el viejo no responde. No puede, no es capaz. Ni siquiera alcanza a moverse, a reaccionar. Todo lo que hace es mantenerse en pie, y sentir.

Siente la boca entreabierta, de repente muda. Y la mirada perpleja, congelada en su visita.

Y siente el miedo. Porque acaba de comprenderlo todo.

Ya sabe quién es este hombre que ha llegado de noche a su puerta.

Antes de que Isaías Parrado logre siquiera reaccionar, el hombre del sillón frente al fuego ya se ha abalanzado sobre él.

14

El dolor

Lo ha visto cientos de veces, en películas de esas que siempre acaban mal. Un sótano a media luz, una silla vieja y, amarrado a ella, un pobre imbécil casi desnudo por completo, sin nada más encima que sus calzoncillos, y con algún tipo de trapo tapándole la boca. Lo ha visto, sí, en mil películas. Tantas, que la escena incluso le parecería vulgar.

De no ser porque ahora el protagonista es él.

Echaría a correr, pero no puede hacerlo porque está atado a una silla vieja. También diría algo. Intentaría dialogar, protestar, gritar para pedir ayuda aunque solo fuese por desesperación, sabiendo que nadie fuera de esas cuatro paredes le oiría. O incluso pediría piedad… Pero no, tampoco lo puede hacer porque, abandonado en plena madrugada como un desgraciado de una película cualquiera, Parrado no lleva más tela encima que la de sus slips y el pañuelo sucio que el hombre de la calle le ha metido en la boca, bien hundido hasta el fondo, para que nadie le oiga gritar como el perfecto imbécil que es, el tipo de cretino que le abre las puertas de su casa a un desconocido en medio de la noche. Y todo porque consideró que iba bien vestido…

«Maldita sea, viejo, ¿cómo has podido ser tan estúpido?»

De manera que así es como están las cosas ahora, con él inmovilizado en el sótano de su propia casa, e intentando no ahogarse con un trapo lleno de mierda metido hasta la garganta.

Agobiado y enojado a partes iguales, no puede hacer otra cosa que observar cómo su captor, el mismo hombre que interpretó el teatrillo del asalto en la calle, comienza a sacar objetos de una bolsa de deportes vieja que, por lo visto, debía tener escondida en algún punto del exterior, y los va ordenando encima de una mesa, disponiéndolos como si se tratara de una exposición meticulosa y necesaria.

Es cierto que, tan pronto como tomó conciencia de la gravedad de su situación, lo primero que hizo fue intentar algún tipo de comunicación con el hombre. Pero lo único que consiguió fue estar a punto de ahogarse, con el trapo cada vez más metido en la garganta, y que el tipo se detuviera por un instante, tan solo para dedicarle una gélida mirada de soslayo. De manera que, comprobada la inutilidad de tales iniciativas, Parrado ha decidido limitarse a observar los movimientos del otro, e intentar comprender.

«De acuerdo, ¿qué es lo que está sucediendo aquí?»

Aunque busca la manera de equilibrar el miedo y la rabia, lo cierto es que solo puede tragar saliva. Si la situación ya es angustiosa por sí misma, lo que su asaltante ha ido cogiendo del interior de la bolsa de deportes sirve para cualquier cosa menos para relajar la tensión. Como, por ejemplo, la pieza que ha sacado en primer lugar: un enorme gancho de hierro, semejante a los que usan los carniceros para colgar la carne, pero con una pequeña base en uno de los extremos, mediante la cual poder anclar la pieza a algún tipo de superficie.

O, peor aún, el segundo objeto: una cuerda de esparto, gruesa como el brazo de un niño.

¿Qué es lo que piensa hacer con ella? Por un momento, el doctor siente cómo se le ha vuelto a secar la boca al considerar la posibilidad de que el otro esté planeando colgarlo por el cuello...

Pero no, no. Parrado intenta tranquilizarse, tiene que hacerlo, y ese tipo de pensamientos no ayuda. A ver, las cosas tampoco tienen por qué ir por ahí... Al fin y al cabo, es evidente que después de tantos años de ejercer la profesión médica Parrado ha alcanzado una posición cómoda. Cualquiera se daría cuenta, no hay más que ver su casa. Claro, tiene que ser eso, ha venido por el dinero...

«Sí, eso es... Venga, cálmate, esto no tiene por qué ser tan espantoso, ¿no?»

Pero no puede hacerlo. Parrado vuelve a sentir la angustia a la vista de la pieza que el hombre acaba de sacar ahora. Una polea. «Maldita sea, ¿para qué quiere este desgraciado una polea si no es para levantar algo pesado?» Algo... ¿como su cuerpo? Pues claro, ¿qué si no? Un escalofrío sacude la espalda de Parrado.

La espalda... Un momento, ¿qué fue lo que le dijo antes? Todo aquel dolor de espalda... Parrado traga saliva. Y por un instante siente que vuelve a perder el control. No, no podrá calmarse... Porque, si esto es así, entonces la situación es mucho más grave de lo que le gustaría pensar.

Ajeno a las cábalas del doctor, el hombre deja la polea junto al gancho y la cuerda, y continúa sacando objetos del interior de la bolsa.

Es el turno de una caja de cartón con algo metálico en su interior. Consciente de que está siendo observado, el asaltante se recrea en la apertura de la caja y, como quien no quiere la cosa, extrae una de las piezas que resuenan en su interior. Una especie de... ¿tornillo? Sí, eso es, un tornillo de acero, grande y grueso, de no menos de unos quince centímetros de largo. Indiferente a cualquier reacción por parte del médico, deja la caja con los tornillos sobre la mesa y, a continuación, extrae otro objeto.

Una bolsa de plástico, llena de piezas también metálicas, pero estas de menor tamaño que los tornillos. Del mismo modo que ha hecho con la caja, el tipo abre la bolsa y le muestra una de las piezas a Parrado. Se trata de una arandela metálica, con una abertura central de un calibre semejante al de los tornillos, pero con un diámetro considerable que sobrepasa los cinco centímetros. Y algo más, algo parecido a unos tacos de plástico enormes, a la medida de los tornillos.

Termina de ordenar todas las piezas sobre el tablero y, una

vez que las considera dispuestas a su gusto, se inclina de nuevo sobre la bolsa de deportes. Y se queda mirando hacia su interior al tiempo que, poco a poco, una sonrisa de satisfacción comienza a dibujársele en el rostro. Como si de pronto volviera a caer en la cuenta de que no está solo, le lanza una mirada de reojo al doctor. Y, entonces sí, saca por fin la última pieza. Esta vez Parrado la reconoce sin ninguna dificultad. Y no, no es un objeto como los anteriores, sino algo más grande y contundente. Una herramienta, con un cable enrollado casi de cualquier manera alrededor. Y Parrado no puede evitar tragar saliva una vez más.

Se trata de un taladro.

«Por el amor de Dios, ¿qué diablos pretende hacer este cabrón con todo eso?»

—Se lo he dicho, doctor...

Sin aviso previo, el hombre ha comenzado a hablar a la vez que asiente con la cabeza.

—Me duele muchísimo.

Angustiado, Parrado intenta contestarle algo, aunque solo sea capaz de mascullar sonidos ininteligibles contra el paño que le mantiene la voz ahogada. Pero el otro ni siquiera repara en él.

—Duele —continúa, con la mirada perdida en el suelo—. Aquí. Y también aquí —señala, llevándose primero una mano a la espalda y luego a la cabeza—. Duele mucho...

Esa calma tensa, todos esos movimientos, el rostro casi inexpresivo, no hacen más que asustar a Parrado un poco más.

—No se imagina usted lo que es sentirse así —añade—, no se imagina lo que es padecer este sufrimiento...

Y clava sus ojos en los del doctor. Inquisitivo, expectante, como si realmente aguardase de él algún tipo de respuesta. Pero Parrado no se la da. ¿Cómo hacerlo? Se limita a mantenerle la mirada, sin tan siquiera atreverse a hacer el más leve movimiento. El miedo le advierte que lo mejor es no hacerlo. Ni siquiera intentarlo.

—Bueno, ya sabe lo que dicen, ¿no? —Habla de nuevo mientras se acerca a la mesa.

Silencio.

—Que más sufrió Cristo en la cruz...

Ajeno a la angustia y el desconcierto del doctor, el hombre comienza a asentir con la cabeza mientras va manipulando las herramientas. Y así permanece, preparando lo que sea que esté haciendo, hasta que, de pronto, se aproxima a Parrado y, por fin, le retira el pañuelo de la boca al viejo, que aprovecha para llenarse los pulmones de aire.

—¿Acaso quiere decirle algo a su amigo Sebastián, doctor?

Pero Parrado no responde. Aterrorizado, le basta con mantenerle la mirada al otro, inmóvil a dos palmos de su cara. Esos ojos de un brillo peligroso y vacíos. Dementes.

Sebastián vuelve a separarse del médico. Toma una pequeña escalera de aluminio plegable en la que Parrado no había reparado hasta ese momento, y la abre junto a la pared a su izquierda. Regresa al tablero y, con el taladro ya armado con una de las brocas más gruesas, coge los tacos y los tornillos. Y el gancho.

Con cuidado de que no se le caiga nada, sube uno tras otro los peldaños de la escalera hasta quedar lo suficientemente cerca del techo del sótano y, con paciencia, comienza a hacer, uno tras otro, los agujeros necesarios.

El estruendo es ensordecedor a lo largo de todo el proceso, y por un momento Parrado aprieta los labios con el deseo de que el ruido llegue hasta alguna de las casas vecinas. Pero casi al instante descarta la idea. En la residencial calle de Fuchiños las fincas son grandes, los jardines tupidos, y las casas quedan demasiado alejadas unas de otras como para que el ruido en un sótano atraviese los muros de alguna de las viviendas. De modo que al cabo de unos minutos, y sin que nadie haya venido a molestarlo con nada, Sebastián ha acabado de anclar el gancho de hierro en una de las vigas del techo, muy cerca de la pared. Prueba su resistencia con un par de tirones y, satisfecho, se baja de la escalera para volver a acercarse a la mesa. De espaldas a Parrado, y sin mediar palabra con él, coge algo, regresa a la escalera y, cuando está abajo de nuevo, el doctor observa que es la polea lo que ahora cuelga del gancho en el techo.

—¿Qué... qué es lo que pretende?

Pero, al igual que ha venido haciendo hasta ahora, por toda respuesta Sebastián se limita a ignorarlo. Coge la cuerda de esparto, y, después de haber pasado uno de los extremos por encima de la polea, se acerca a Parrado con el otro extremo en la mano. En silencio, y sin ningún tipo de consideración ni cuidado, pasa la soga por debajo de los brazos del viejo, rodeándolo con un par de vueltas por la espalda, y la asegura con un nudo firme a la altura del pecho, justo antes de liberar las ataduras que mantenían al médico amarrado a la silla.

Cuando Sebastián le da la espalda para regresar junto a la escalera, justo debajo de la polea, y aunque solo sea por un segundo, la sensación de volver a tener las piernas libres hace que a Parrado se le pase por la cabeza la idea de levantarse e intentar huir. Tal vez el nudo sobre el pecho no sea tan fuerte, tal vez pueda coger por sorpresa a su captor, tal vez pueda alcanzar la puerta... Aún sigue el viejo dándole vueltas a todo esto cuando siente la primera sacudida tirando con fuerza de su cuerpo. Aturdido, procura mantener el equilibrio, pero cuando quiere reaccionar ya ha llegado la segunda. Y entonces comprende que ya no hay nada que hacer. Sin dejar de tirar de la cuerda, Sebastián está izándolo en el aire sin demasiada dificultad. Los pies de Parrado ya no tocan el firme, de manera que parece que finalmente sí lo va a colgar. Pero, tal como lo ha atado, no puede ser del cuello... ¿Qué es lo que pretende?

Perdido todo contacto con el suelo, Parrado comienza a girar sobre sí mismo, intentando valerse de las manos para no golpearse contra la pared, a muy poca distancia de su cuerpo. Es Sebastián quien, tras haber asegurado el otro extremo de la cuerda para que el cuerpo del viejo no caiga al suelo, se le acerca y detiene el giro, empujando la espalda de Parrado contra el muro.

—Oiga —titubea el viejo—, por favor... No sé qué es lo que quiere de mí, pero...

—Ayudarle —le ataja—. Lo único que yo quiero es ayudarle.

Desesperado, la angustia se apodera del rostro del viejo.

—¿Ayudarme? —su voz se quiebra—. Pero no lo comprendo, ¿ayudarme... a qué?

Sebastián sube un par de peldaños de la escalera metálica y, con la cara a muy poca distancia de la de Parrado, le mantiene la mirada durante un tiempo que al anciano se le hace interminable.

—A comprender el dolor —le responde al fin el otro, mostrándole uno de esos enormes tornillos ante los ojos.

Entonces es cuando el anciano se rompe. Sus nervios ya no pueden más, y su mandíbula comienza a temblar sin control a la vez que un sonido líquido llega desde el suelo. Sebastián baja la cabeza y contempla el charco que la orina del anciano va formando a sus pies. Lentamente, vuelve a alzar la mirada y, clavando de nuevo sus ojos en los de Parrado, le habla en susurros.

—No se preocupe, doctor, yo no soy como usted. Si lo que quiere es gritar, hágalo —le sugiere al tiempo que agarra la muñeca derecha del anciano y, poco a poco, le va levantando el brazo en paralelo a la pared, guiándolo como si se tratase de la aguja de un reloj enorme para dejarlo detenido a las diez en punto—. Sí, grite, si eso es lo que quiere. Al fin y al cabo, dentro de nada tendrá motivos más que suficientes para hacerlo como Dios manda...

15

Señor, todo esto es muy extraño

Me siento mejor cuando estoy con ella. La ansiedad, la frustración, la rabia y hasta el vacío, todo se vuelve mucho más soportable a su lado. Como ahora mismo. La plaza en la última hora de la tarde, la mesa en la terraza, y nosotros dos, sentados tranquilamente al calor de las estufas de butano...

Pero no ha sido fácil llegar hasta este momento, porque a la desesperación le dan igual los domingos. Los problemas no entienden de días de descanso, y los míos han hecho que la jornada haya sido larga, como un viaje a ningún lugar. Con todo, también es cierto que el día no ha sido en balde, e incluso hemos hecho algún avance. Como averiguar la identidad de una de las víctimas. El hombre que encontramos en el túnel ha resultado ser Armando Montero, un antiguo profesor de educación primaria, jubilado en el año 2010, y con domicilio en la ciudad, en el número 13 de la calle Hernán Cortés. Lo hemos descubierto gracias al aviso de un vecino preocupado. O eso pensábamos al principio...

Todo empezó cuando alguien llamó a media mañana con la intención de denunciar la ausencia del señor Montero. El agente que atendió la llamada nos dijo que se percibía el nerviosismo al otro lado de la línea, pues hablaba de manera desordenada acerca de una persona que no respondía ni a la puerta ni a las llamadas desde, como mínimo, el día anterior. Y antes de que el agente al cargo de la centralita le preguntase nada más, el hombre, a todas luces preocupado porque su llamada no fuese desatendida, se aseguró de explicar con todo detalle el motivo de su inquietud.

—A ver, que no lo sé, oiga, que igual no es nada —advertía en la grabación de la llamada—, pero es que he visto algo, ¿sabe?

—Ha visto algo, dice.

—Sí, sí —afirmó—, eso es. Hace un par de noches, algo extraño...

Al parecer, el individuo, vecino del mismo edificio en el que vivía el señor Montero, había visto un par de días atrás, el viernes por la noche, cómo alguien detenía una furgoneta oscura delante de su portal. En realidad, y tal como explicó, fue el ruido lo que le puso sobre aviso.

En su parte más alta, la calle Hernán Cortés acaba en unas escaleras por las que los peatones pueden continuar su camino hacia la calle Ecuador. Pero, a efectos de tráfico rodado, más allá del número 13 esta vía se convierte en un callejón sin salida. En un primer momento, nuestro informador supuso que tal vez esa fuese la razón, que el conductor de la furgoneta no estuviese al tanto de esta circunstancia, y que por eso, cogido por sorpresa, se hubiera visto forzado a dar la vuelta, no quedándole más remedio que maniobrar justo debajo de la ventana del primer piso. La de nuestro denunciante. Lo estrecho de la vía, junto con los coches aparcados a ambos lados, hizo que al conductor aún le llevase un buen rato hacer el cambio de sentido. Tanto como para que al vecino acabase por llamarle la atención el ruido.

Molesto con tanta maniobra, el hombre se acercó a la ventana y se quedó mirando cómo el conductor realizaba el giro hasta el final, no fuera a ser que con tanto volante para un lado y para otro le diera un golpe al coche de algún vecino, y el muy sinvergüenza se marchara sin decir nada.

Pero para su sorpresa, cuando por fin terminó de dar la vuelta, la furgoneta no se perdió calle abajo, sino que se detuvo ante el portal del edificio, parada en doble fila y con el motor en marcha. Según la descripción ofrecida por nuestro denunciante, un hombre alto y corpulento, presumiblemente fuerte, se bajó del lado del conductor, se acercó al portal con un manojo de llaves en la mano y se metió en el inmueble. Y esto fue lo que provocó la intranquilidad de nuestro informante, porque... ¿quién que no sea uno de los vecinos puede tener las llaves para entrar en el edificio a esas horas de la noche? ¿Y para qué?

El inquilino del primero esperó un buen rato junto a la ventana hasta que volvió a oír algo abajo. De nuevo apareció el mismo hombre de antes, que ahora salía del edificio para, acto seguido, abrir el portón lateral de la furgoneta. Se acercó al portal una vez más y, a continuación, regresó a la furgoneta con algo cargado al hombro. Un bulto con pinta de ser pesado, largo, grueso. Y flexible. Lo dejó caer en el interior del espacio de carga y cerró. Luego ocupó el asiento del conductor, retiró el freno de mano y reanudó la marcha, girando en dirección a la Gran Vía por la calle Luis Braille.

Preocupado por lo que había visto, nuestro informante contaba en la llamada cómo al día siguiente había hablado uno por uno con todos los vecinos, a ver si la extraña mudanza guardaba relación con alguna de las viviendas, o si ellos también habían visto u oído algo. Pero todos le respondieron lo mismo, que ni habían encargado ningún transporte ni habían visto ni oído nada. Todos le dijeron lo mismo, excepto uno: Armando Montero, el profesor jubilado que vivía en el 5.º A. De este no sacó nada porque, en realidad, no pudo hablar con él. Y eso que subió varias veces a preguntar, pero nadie le abrió la puerta. De manera que, cuando esta mañana había vuelto a subir, al ver que el resultado seguía siendo el mismo, la imagen del bulto en la furgoneta regresó a su mente.

—Y por eso les llamo. Ya sabe, no es que uno quiera ponerse en lo peor, pero ¿y si...?

—¿Y dice usted que se trata de un hombre jubilado?

—Sí, sí —le confirmó el otro—. ¡Y ya hace años, eh!

—¿Podría usted indicarnos una edad aproximada?

—Pues... No sé, yo diría que unos setenta, setenta y pocos...

Por supuesto, el agente al teléfono pensó al momento en nuestro caso.

—De acuerdo, no se preocupe. Enseguida enviamos una patrulla.

Obviamente, una vez recibido el aviso, fueron Santos y Laguardia los que se personaron en el lugar.

Con la fotografía más neutra que pudimos obtener del hombre hallado en el túnel, los dos comenzaron a hablar con todos los vecinos del número 13. Y sí, todas las identificaciones fueron positivas, sin un solo vecino que no reconociese al inquilino del 5.º A. De manera que por ahí la cosa estaba clara: nuestro tercer hombre no es otro que Armando Montero, profesor de educación primaria, jubilado en 2010 con un expediente intachable. Ahora bien, como ya he dicho, en este trabajo no todo son alegrías. Más bien al contrario...

Porque, para empezar, todos los vecinos que se concentraron en la pequeña reunión que Laguardia y Santos habían ido improvisando en el portal del edificio coincidieron en señalar lo mucho que nuestra presencia les llamaba la atención.

—Pero... —Laguardia frunció el ceño—, si nos han llamado ustedes.

—¿Nosotros? —Se miraron unos a otros.

Una idea cruzó el pensamiento de Laguardia.

—A ver, discúlpennos ustedes —intervino uno que se había identificado como el presidente de la comunidad—, pero, hasta donde yo sé..., aquí nadie ha llamado a nadie.

No me cuesta nada imaginar a Santos arqueando las cejas.

—Pero, a ver, vamos a ver si nos aclaramos un poquito... El viernes por la noche uno de ustedes vio una furgoneta oscura aparcada delante del portal.

—¿Ah, sí?

—Sí —continuó Santos—. Y ayer, ese mismo vecino habló con todos ustedes para preguntarles si alguno más había visto algo.

Ese fue el momento, el instante preciso en que Santos y Laguardia se dieron cuenta de que algo iba mal. Otra vez. Porque todos los vecinos de la comunidad se quedaron en silencio mirándose unos a otros, con la misma expresión de no comprender nada.

—Señor —reaccionó por fin uno de los residentes del inmueble—, a nosotros nadie nos ha preguntado nada sobre ninguna furgoneta.

Tuve que pedirle que me lo explicara dos veces cuando Laguardia me llamó para contármelo.

—Pero a ver, Antonio, si ellos no nos han llamado... entonces ¿quién coño lo ha hecho?

—Pues no lo sé, señor. Y lo peor es que esta situación no es nueva...

Entonces caí en la cuenta.

—La llamada sobre el piso del Calvario...

—La misma, señor.

—¿Crees que se trata de la misma persona?

Silencio.

—No sabría qué decirle, señor. Si tuviese que apostar... diría que sí. Ahora —añadió—, lo que sí le puedo asegurar es que el vecino del primero no ha sido.

—¿Os lo ha dicho él?

Fue entonces cuando Laguardia me soltó lo que en realidad ya llevaba un buen rato temiendo escuchar.

—Señor, ese piso lleva vacío desde hace más de dos años.

Lo sabía... Apreté los labios con rabia.

—¡Me cago en la puta!

—Yo también, señor. Y, si me lo permite, le diré que todo esto es muy extraño.

Tan pronto como colgué el teléfono, lo primero que hice fue avisar a Batman para ordenarle que accediese al registro y localizase la llamada, y que averiguase también desde qué número se habían puesto en contacto con nosotros. Mientras volví a escuchar la grabación de la llamada. Aunque, para mi desesperación, tampoco esa vez pude sacar mucho en claro.

En efecto, se trataba de una llamada muy confusa. La voz

sonaba extraña, casi impostada. El ruido de fondo (en el que, por increíble que parezca, incluso me pareció reconocer algo semejante a una gaita) hacía que resultase muy difícil identificarla. Joder, qué escándalo... Hubiera llamado desde donde hubiera llamado, se trataba de un lugar con mucha gente alrededor.

Todavía seguía peleándome con el sonido de la gaita cuando Arroyo entró en mi despacho. En efecto, y tal como constaba en el registro, el teléfono desde el que se había efectuado la llamada sí estaba en la calle Hernán Cortés. Pero no en el número 13, sino un poco más abajo. Y comprendí... Volví a coger el teléfono.

—¿Sí, señor? —respondió Laguardia al otro lado de la línea.

—Rikitrí.

Desconcertado, Laguardia permaneció en silencio un par de segundos.

—Perdone, señor, ¿cómo ha dicho?

—¡Rikitrí! —insistí—, la llamada se hizo desde el teléfono de la taberna Rikitrí. La tenéis ahí mismo, un poco más abajo, en el cruce con la calle Doctor Colmeiro.

—Ah, sí —me confirmó—, ya la veo. De acuerdo, señor, vamos para ahí.

Por desgracia, y para seguir complicando el día, la visita a la taberna apenas serviría de nada.

—Escuche, jefe —esta vez fue Santos la que llamó—, por aquí tampoco hay mucho que rascar. El dueño del bar es un tal Argimiro Rodríguez. Pero dice que él ni ha llamado a nadie ni tiene idea de quién ha podido hacerlo.

—Pero ¡eso es imposible! —protesté—. A ver, o mucho me equivoco, o juraría que el Rikitrí es un bar muy pequeño. ¡Y los de informática dicen que el número es el suyo, coño! Si han llamado desde ahí, alguien tiene que haber visto algo.

—Sí, eso sí.

—¡Joder, Santos! Pero ¿no me acabas de decir que no?

—No —respondió—, lo que yo le he dicho es que el tipo no sabe de quién se trataba, pero ver sí que vio a alguien usando el teléfono.

—Maldita sea, Santos, ¿y no podías haber empezado por ahí?

—Pero es que da igual, jefe. El dueño lo único que dice es que sí, que alguien usó el teléfono. Que de hecho lo recuerda porque le llamó la atención, pues aquí ya nadie usa el cacharro este, y al tal Argimiro incluso le dio la sensación de que el fulano pasó un buen rato ahí, dándole al palique.

—Bueno, pues ya es algo. ¿Y qué más?

—Nada más.

No me lo podía creer...

—¿Nada más?

—A ver, jefe. Es que hoy es domingo, y los domingos por la mañana aquí se monta un cristo que no veas. El tal Argimiro tiene un grupo tocando en el local con una puta gaita que me está poniendo la cabeza como un bombo, y en la calle instala hasta una pulpeira que ocupa toda la acera y buena parte de la calzada, de modo que, por lo que nos cuenta, habitualmente aquí se junta tanta gente los domingos que es imposible saber quién entra y quién sale. ¡Y más hoy, con toda la mierda esa del sorteo de la lotería de Navidad!

Era verdad, ni siquiera había caído en la cuenta... Domingo, 22 de diciembre, y ese soniquete tan característico de fondo por todas partes.

—Así que sí, dice que recuerda a un fulano ahí metido, en el rincón del teléfono, pero que ni siquiera está seguro de haberle visto bien, porque juraría que hablaba de cara a la pared. Y que tampoco le dio más importancia. Un fulano que viene, habla, y cuando se vuelve a acordar de él, ya se ha largado.

—Pero no me jodas... ¿De verdad no vio nada?

—¿Y cómo quería que lo hiciera, jefe? Esto es tan pequeño y está tan abarrotado, que yo ahora mismo no me veo ni el culo. Y mire que lo tengo grande, coño... Que no, jefe —insistió Santos—, que si esto ahora aún está así, por la mañana, que era cuando estaba a tope, ya podía haber venido el papa de Roma a llamar por teléfono, que aquí no se habría fijado en él ni el Tato...

—Mierda... —lamenté al tiempo que me mordía el labio con fuerza.

—Yo diría que alguien se está riendo de nosotros, jefe.

—Sí —respondí—. Eso parece.

Por eso ahora necesitaba salir. Bajar a la calle, respirar. Porque la tarde no ha dado para mucho más. Metódico, casi obsesivo, Batman ha preferido quedarse, seguir reuniendo información sobre el tal Montero, pero yo ya no podía más. El cansancio acumulado, la certeza de que alguien se divierte a nuestra costa, el hastío...

Necesitaba estar con ella, verla sonreír, e improvisar esta terraza a última hora de la tarde en la que ahora nos refugiamos, escuchándola hablar de cosas que nada tienen que ver con todo eso que, cada vez más, me revuelve el estómago. En la plaza de la Constitución, la ciudad se recoge tras un fin de semana que ya roza su final. Viola habla, y yo no puedo dejar de pensar en lo solo que me siento sin su compañía.

—¡Mateo!

La voz me coge por sorpresa.

—¿Me estás escuchando o no?

Asiento, intentando disimular. Pero no, la verdad es que no sé qué era lo que me estaba diciendo.

—Por supuesto que sí.

—Por supuesto que sí —repite, imitándome con sorna—, seguro que sí...

—Perdóname —admito—, estaba pensando en otra cosa.

—Ya. El trabajo, ¿no?

Vuelvo a asentir en silencio, esta vez sinceramente.

—¿Quieres hablar de ello?

Ladeo la cabeza, incómodo.

—Ya sabes que no...

—Ya, ya —me ataja—. No puedes.

Viola esboza una sonrisa ligeramente tocada de impotencia y resignación.

—Es que no sé, Mateo, igual es como tú dices, y lo que tengo que hacer es acostumbrarme. Pero es que me sabe mal verte así, tan... agobiado.

Yo también sonrío.

—Bueno —me encojo de hombros, queriendo quitarle importancia—, son gajes del oficio. Pero mira, siempre me puedes hablar del tuyo.

—¿Del mío? —Viola hace un gesto como si se lo pensase por un instante—. Bueno, oye, no es tan apasionante como el tuyo, pero tampoco está mal. También tiene sus cosas...

—Cuéntame una.

Se me queda mirando. Y de pronto vuelve a sonreír.

—Jamás adivinarías quién ha entrado hoy por la puerta del bar —comenta, divertida.

—Pues no...

—¿Quieres saberlo?

—Claro.

Entorna los ojos, en un gesto satisfecho.

—¿De verdad quieres saberlo? —insiste bajando esta vez el tono, como si estuviera a punto de revelar un secreto de Estado.

—Me muero de ganas.

—Pues ahora no te lo digo.

Se me escapa una sonrisa. Y pienso que me lo tengo merecido mientras ella, risueña, me observa fijamente, convencida de haberme dado a probar mi propia medicina. Le mantengo la mirada. Y sonrío. Y no puedo evitar que un escalofrío me recorra la espalda al pensar en lo a gusto que me siento con ella. Justo ahora, cuando ya había abandonado toda esperanza.

16

El amor

Viola y yo llevamos un par de meses juntos. La conocí cuando ella empezó a trabajar en el Círculo, el bar que hay frente a la comisaría. Y no, no soy capaz de adivinar quién puede haber entrado hoy por la puerta del local porque en un establecimiento como el suyo, casi puerta con puerta con nuestra jaula de grillos, puede aparecer toda clase de gente rara. Como yo mismo. Yo soy una de esas anomalías a las que, a estas alturas del fracaso personal, en que una caricia, una muestra de cariño por pequeña que sea, ya es poco menos que el recuerdo de algo que realmente no sé si existió jamás, todavía les pilla por sorpresa una sonrisa amable. Y ese tipo de sonrisas, francas y generosas, es un género que Viola reparte como si no hubiera un mañana.

No recuerdo el momento en que la vi por primera vez. No recuerdo el día, no recuerdo la luz, ni muchísimo menos la canción que sonaba ni nada por el estilo. Pero sí sé que, de pronto, un día me vi queriendo ir a tomar el café allí. No es que lo necesitase, como cada mañana desde hacía más de cuarenta años. Es que, de repente, quería ir. Porque algo había cambiado... Aquella camarera nueva, esa que siempre me sonreía cuando me traía el café, la que me preguntaba qué tal estaba, la que me deseaba un buen día... Esa a la que, sin darme cuenta, yo también había empezado a recibir con una sonrisa. Y supongo que lo demás no tiene importancia. Una mañana me apeteció pedir otro café después del primero. Seguimos hablando un rato más, quedamos para vernos fuera, tomamos algo... Y esa noche no dormí en casa.

En realidad no creo que pueda decir que somos novios, ni siquiera nos presentaría como una pareja. Ella no ha cumplido los cuarenta, yo los he pasado ya. Ella siempre le sonríe a todo el mundo, yo no sé qué esperar ya de la gente. Ella es camarera, y yo... Yo ni siquiera encuentro fuerzas ni para preguntarme en qué me he convertido. Tal vez en la tristeza que me arrastra, o en una sombra, o en una botella lanzada al mar. En un náufrago que, hasta ayer mismo, solo quería que el océano se lo llevase al fondo de una vez...

... Hasta ayer mismo.

Hasta que conocí a Viola.

Y ahora nos vemos. No somos pareja, pero cada vez pasamos más tiempo juntos. No somos novios, pero empiezo a tener dificultades para recordar cuándo fue la última vez que dormí dos noches seguidas en mi casa. No somos nada, pero... Bueno, ya se sabe, estamos aquí, juntos, tranquilos, e intentando que Viola me diga de una puñetera vez quién demonios ha entrado en su bar esta mañana.

Y creo que sí, que por fin está a punto de decírmelo, cuando oigo el sonido del móvil. Aprieto los labios, maldigo entre dientes e, instintivamente, echo la mano al bolsillo. Pero no, no es mi teléfono el que suena.

17

Una amenaza

Viola saca su móvil del bolso y se queda mirando la pantalla. Tuerce los labios en una mueca dubitativa, y por fin contesta.

—¿Sí?

Pero no parece que haya respuesta.

—¿Hola?

Se encoge de hombros, como si no entendiera lo que sucede.

—No se oye nada —me explica—. Deben de haberse equivocado.

Ya está a punto de colgar cuando algo llama su atención. Vuelve a llevarse el teléfono a la oreja.

—¿Oiga?

Entonces escucha algo que le hace fruncir el ceño en un gesto de extrañeza.

—Sí —responde, al tiempo que me mira—, sí...

Ahora soy yo el que no comprende.

—¿Qué ocurre?

Pero en lugar de responderme, Viola arquea las cejas y me pasa el teléfono.

—No sé quién es.

Yo también frunzo el ceño.

—¿Y entonces por qué me lo das?

Viola vuelve a encogerse de hombros.

—Porque dice que es para ti.

De inmediato me pongo en alerta. Intento disimularlo, hacer memoria mientras le cojo el teléfono. Pero sé que no es necesario: no le he dado el número de teléfono de Viola a nadie, y todavía tengo el ceño fruncido cuando atiendo la llamada.

—¿Sí?

—Hola, inspector. ¿Disfrutando lo que queda del domingo?

Mierda...

—¿Sebastián?

—El mismo.

La expresión de mi rostro, a todas luces de disgusto, llama la atención de Viola, que arruga la nariz en un gesto inquisitivo.

—¿Qué pasa? —pregunta—, ¿quién es?

Pero no le respondo. Me limito a esbozar una mueca de indiferencia, como si el hecho de que alguien tan peligroso como Sebastián tenga su número de teléfono no tuviese importancia. Trago saliva antes de encarar la conversación.

—Oye —le advierto en voz baja, intentando que ella no me oiga—, quiero que me digas ya mismo cómo has conseguido este número, o te juro que...

—¿O qué me jura usted? —me interrumpe—, ¿que vendrá a detenerme? Por favor, Leví, no diga estupideces... Que yo haya conseguido el número de teléfono de su amiguita no es más que un detalle circunstancial. Uno a tener en cuenta por su parte si las cosas se tuercen, eso no se lo niego, pero no se trata de algo relevante. O, por lo menos, no de momento...

Cabrón de mierda, ¿acaba de amenazarme? Un resorte me levanta de golpe de la silla y, para que nadie me escuche hablar, me alejo de la mesa.

—¡Mateo!

Mi reacción ha desconcertado aún más a Viola. Pero no me detengo a responderle. Esto es mucho más importante.

—Escúchame, hijo de puta —le espeto a Sebastián mientras avanzo hacia el centro de la plaza—, ni se te ocurra tocarme los cojones, ¿me entiendes? No sé qué mierda pretendes demostrar llamándome a este número. Pero como le hagas daño a esta persona, te mato. ¿Me has oído? Te mato, cabrón.

Curiosamente, Sebastián tarda un poco en reaccionar.

—Pero... ¿quién coño se ha creído que es usted? ¿El puto sheriff del pueblo? —Algo en el tono de su voz me resulta extraño, chocante. Como si realmente le pareciese intolerable mi manera de hablarle—. Yo lo único que le estoy diciendo es que usted no está colaborando, ¿me entiende? ¡Usted no está colaborando!

—¿Que yo no...? —Me detengo, e intento dominar el desconcierto—. Pero a ver si nos entendemos... ¿Se puede saber de qué cojones me estás hablando? ¡Aquí el que tiene que colaborar eres tú, y entregarte de una vez!

—¡Yo ya estoy colaborando! —Esta vez sí, Sebastián explota claramente desde el otro lado de la línea—. Yo ya estoy colaborando...

La rabia de Sebastián es patente en cada palabra que acaba de pronunciar, pero no le respondo. Prefiero callarme y esperar, dejar que ahora sea él quien se tranquilice.

—Ya estoy colaborando, inspector... ¿O cómo cree que han averiguado ustedes la identidad del señor Montero, eh? ¿Porque son muy listos, tal vez?

Maldigo entre dientes.

—Eres tú quien ha hecho la llamada de esta mañana, ¿verdad?

—Por supuesto.

Lo sabía. En la grabación no se podía oír con claridad, pero algo me decía que era él. Aunque no lo entienda.

—Pero ¿por qué?

—Por lo mismo por lo que en su momento les llevé hasta el piso de la señora Pereira.

«Por supuesto...»

Aprieto los labios y maldigo entre dientes al comprender. Por eso cuando Santos y Laguardia interrogaron al vecino de abajo, este les dijo que él no sabía nada de ninguna llamada. Coño, si ni siquiera tenía goteras...

—Tú nos avisaste.

—¿Acaso lo dudaba?

Niego en silencio.

—Pero ¿por qué? —insisto—. ¿Es por todo ese rollo de que en el fondo todo psicópata quiere que lo atrapen? ¿Es por eso? Porque, si es así, solo tienes que decirme dónde estás y yo mismo paso a recogerte encantado.

Sebastián suspira, divertido, desde el otro lado de la línea.

—No, Leví, diría que no es por eso.

—¿Y entonces por qué es? Venga, dime, ¿para qué cojones llamas?

—Para ayudarles a comprender —responde, ajeno a mi provocación.

¿Para ayudarnos? Maldito engreído... Esta vez soy yo el que está a punto de explotar. Doy vueltas alrededor de la farola que hay en el centro de la plaza, intentando recuperar la calma.

—De acuerdo, ilumíname pues: ¿qué se supone que es lo que tenemos que comprender? ¿Que hay alguna lógica en torturar hasta la muerte a un pobre profesor jubilado?

Pero Sebastián no me responde al momento. Se queda en silencio, y poco a poco comienza a respirar con más fuerza. Por un instante, me parece percibir algo semejante a la rabia al otro lado de línea.

—No está entendiendo nada —me advierte al fin—. Cree que soy una bestia, ¿verdad? Un desalmado que disfruta con el sufrimiento de esos pobres ancianos, ¿no es así?

—Eso no es lo que he dicho.

—¡Pues tal vez sea cierto! —vuelve a gritar—. Sí, tal vez sea una bestia, ¿sabe? ¡Y si no tengo alma es porque esos desgraciados no supieron cuidar de ella! Yo la quería, ¿sabe? ¡La quería, maldita sea, la quería! Y la necesitaba...

Frunzo el ceño.

—¿De quién me estás hablando, Sebastián? ¿De quién no supieron cuidar?

Pero el hombre al otro lado de la línea no me responde, y el silencio vuelve a instalarse entre nosotros.

—Escúchame, Sebastián, yo...

—¡No! —me interrumpe—. ¡Escúcheme usted a mí! Y esta

vez hágalo con atención, si no quiere que esto se convierta en una auténtica pesadilla aún mayor para todos.

La ira que percibo en cada una de las palabras de mi interlocutor aconseja mi silencio.

—Les ofrecí un acuerdo —continúa, de nuevo pausando la voz, aunque solo sea ligeramente—, la posibilidad de un intercambio, pero ya han pasado veinticuatro horas y no veo que ustedes hayan hecho nada por considerar mi oferta.

—Sí, sí, lo recuerdo —respondo con gesto cansado a la vez que me llevo una mano a la frente.

Su *acuerdo*, como él lo llama. Pero... ¿a qué se refiere con eso del Minotauro?

—Pero vamos a ver, ¿qué es lo que quieres, exactamente? Es que no comprendemos a qué...

—Un nombre —me interrumpe—. ¿Tan difícil les parece? Lo único que quiero es un nombre, inspector. Uno que está a su alcance.

Desconcertado, niego con la cabeza.

—¿Un nombre? Pero ¿de quién?

Sebastián tampoco responde en esta ocasión a mi pregunta.

—Sigue usted ciego, señor... Les he puesto en el camino, pero no lo han seguido. Les dije que me tomaran en serio, pero no lo han hecho. De acuerdo —concluye tras un breve silencio—, sigamos adelante. Deje que le haga un nuevo regalo, Mateo. Tal vez esto le ayude a comprender.

Y ya está. No hay nada más. Sin ningún tipo de aviso previo, un sonido sordo me advierte que Sebastián ha cortado la comunicación.

Me cuesta ocultar la preocupación cuando regreso a la mesa y le devuelvo a Viola su teléfono móvil.

—¿Qué es lo que ocurre? —me pregunta con una expresión tan desconcertada como preocupada.

—Nada —respondo intentando disimular—, nada serio.

—¿Nada serio? —repite ella al tiempo que arquea las cejas—. Pero ¿qué dices, Mateo? Si te he visto mientras hablabas, por Dios. Parecías muy preocupado...

—Era un compañero que necesitaba darme un aviso...
—vuelvo a mentir.

Sorprendida, Viola se inclina hacia delante.

—¿Un compañero? —repite, dejando ver lo rara que le parece mi explicación—. ¿Y te llama a mi móvil?

En efecto, eso es lo que más me inquieta de todo. A punto estoy de soltar alguna nueva mentira, algo que tranquilice a Viola, que no la haga pensar en eso, cuando el teléfono vuelve a sonar. Pero esta vez sí es el mío.

Agobiado al ver cómo todo se me está yendo de las manos, reconocer en la pantalla el número de Batman me intranquiliza todavía más. Joder...

—Dime.

—Señor, acabamos de recibir otro correo.

Y comprendo. «Un nuevo regalo.»

—De Sebastián, ¿verdad?

—Sí, señor. Tiene usted que venir. Y cuanto antes mejor...

18

Batman

Cuando entro en su despacho veo que Arroyo está concentrado en el monitor de su ordenador, reflejado en el cristal de sus gafas, apenas a un palmo de la nariz.

—¿Qué ocurre?

—Nada bueno —asegura casi sin mirarme—. Parece que nuestro amigo está aprendiendo a hacer las cosas bien...

Continúo avanzando hasta rodear el escritorio para inclinarme junto a él.

—¿Qué es eso? —pregunto, señalando la página que Batman tiene abierta en la pantalla.

—Central Park —me responde del mismo modo que si le hubiera preguntado la hora, todavía sin apartar la vista del monitor.

—Claro, por supuesto, Central Park —repito—. Y eso viene siendo...

Arroyo chasquea la lengua y, esta vez sí, se deja caer contra el respaldo de su silla. Cruza las manos por detrás de la cabeza y, al tiempo que suelta el aire que mantenía retenido, se me queda mirando con aire de disgusto.

—Eso viene siendo una putada, señor. Una putada enorme...

Según me explica Batman, Sebastián ha debido de comprender por fin que seguir empleando el móvil para comunicarse directamente con nosotros es una vía de contacto cuando menos peligrosa para sus intereses. Sabe que ya estamos más que prevenidos, por lo que ninguna llamada se quedará sin ser rastreada. Por mucho que se trate de un teléfono robado, del que se deshaga tan pronto como haya finalizado la comunicación, corre el riesgo de dejarnos más información de la que él desearía. De modo que ahora ha comenzado a emplear otras vías. Para empezar, nada de llamar a ninguno de nuestros números...

—Por eso me ha llamado al móvil de Viola.

Arroyo me dedica una mirada rápida por encima de la montura de sus gafas.

—¿Ha vuelto a ponerse en contacto con usted? —Frunce el ceño—. ¿Ha dicho usted... Viola?

—Sí, bueno, luego te cuento. Escucha, ¿a qué otras vías te refieres?

Batman pone el dedo sobre la parte superior de la pantalla, toqueteando la zona en la que se encuentra la barra de dirección a la vez que aprieta los labios.

—A la red profunda, señor.

Mi gesto también se tuerce en una mueca incómoda.

—Mierda...

La internet que todos conocemos, la llamada «red visible» o *clear web*, apenas supone una pequeña porción de todo lo que es realmente la red. En realidad, el espacio completo sería algo así como un gigantesco océano, en el cual esa internet conocida tan solo sería la superficie. Y, como en todos los mares, bajo esa superficie es donde está todo lo demás. La internet oscura, también conocida como *deep web*, es un pozo casi sin fin, un precipicio profundo como una pesadilla en el que, una vez iniciado el descenso, uno nunca sabe con qué se va a encontrar, y donde, por lo general, la única constante que se mantiene es que, de todo lo que pueda salirnos al paso, casi nada será bueno... Ahí abajo hay de todo, desde páginas dedicadas a la contratación de hackers, mercenarios o incluso sicarios, hasta otras especializadas en todo tipo de compras, ya sea de tarjetas de crédito clonadas, de drogas, de armas o de pornografía infantil. En ese mar hay monstruos, y me hago cargo perfectamente de la expresión de disgusto de Batman: si Sebastián ha decidido llevarnos a sus profundidades, es porque lo que tiene para compartir con nosotros no es nada bueno.

—De acuerdo, ¿qué es lo que tenemos?

—Pues de momento poco, señor. Ya sabe —añade sin dejar de negar con la cabeza—, esto siempre va muy lento...

En efecto, y aunque mi experiencia en este campo es más bien escasa, una de las pocas cosas que me constan acerca de la internet profunda es que su navegación es mucho más lenta que la habitual.

—¿Y cómo has llegado aquí?

Batman se encoge de hombros.

—Seguía revisando el expediente del señor Montero, cuando de pronto ha entrado un nuevo mensaje en el correo de la brigada.

—¿Sebastián?

—Sí, señor.

—¿Ha empleado una cuenta nueva?

—Sí. Y antes de que me lo pregunte le diré que sí, que ya la he rastreado. Pero por ahí no hay mucho que hacer. La huella se pierde ya en el primer servidor, un nodo con una dirección IP indonesia. Pero el remitente es él, sin lugar a dudas.

—¿Por lo que dice?

Batman ladea la cabeza.

—Decir no dice nada, señor. Es más bien por lo que contiene.

—¿Que es...?

—Un enlace a una extensión .onion.

Me doy cuenta de lo que eso significa.

—Joder...

Porque, del mismo modo que una extensión .doc indica que el archivo en cuestión es un tipo de documento que solo se puede abrir con procesadores de texto, los .onion son ficheros vinculados a un programa específico.

—Tor.

—Sí, señor —me confirma Batman con gesto preocupado—, la cebollita...

Esta vez soy yo el que chasquea la lengua, incómodo. Efectivamente, Tor, cuyo icono es una cebolla, es el navegador por excelencia para moverse por la *deep web*.

—¿Y adónde te ha llevado?

—Pues primero a una cuenta de correo dentro de la red oscura... Ahí nos ha dejado otro enlace .onion, indicándonos que es en esa nueva página en donde debemos buscar y abrir lo que él ha llamado «la caja de nuestro regalo».

Entonces recuerdo el último comentario que Sebastián hizo antes de colgar. «Deje que le haga un nuevo regalo», dijo.

—Ya veo... Y ese enlace es el que te ha llevado a esta página, ¿no es así?

—En efecto. Central Park —repite—, una especie de directorio desde el que se accede a otras páginas .onion.

—Comprendo. ¿Y a cuál se supone que debemos ir?

—A esta —señala con determinación—. No puede ser otra...

Leo el nombre del enlace señalado por Arroyo, y asiento con la cabeza. *The gift box exchange*. No, no puede ser otra: el intercambio de regalos...

—¿Aún no la has abierto?

Batman hace un gesto de negación.

—No. He creído oportuno esperar a que usted llegara.

—De acuerdo, pues no perdamos más tiempo. Veamos de qué va la cosa.

Arroyo acerca el puntero al enlace y pulsa el botón izquierdo. Pero la página no se abre al momento. Por lo que me parece entender de la explicación ofrecida por Batman, esto se debe a un cifrado de datos mucho más complejo que el habitual en la internet normal, creado con el fin de proteger por encima de todo el bien más preciado en la red oscura: la privacidad, el anonimato de sus usuarios.

Cuando por fin la página comienza a abrirse, el logotipo que poco a poco, línea a línea, casi píxel a píxel, se va formando en la pantalla nos resulta familiar. Se trata de un diseño muy semejante al de YouTube. Solo que aquí la primera palabra es diferente. DeepTube. Y los dos comprendemos.

—Parece...

—Sí —se me adelanta Arroyo—, es una plataforma para el intercambio de vídeos. Joder, qué putada...

—¿Por?

—Porque si abrir una página web ya es lento, ni se imagina lo que nos puede llevar cargar un vídeo completo.

—Pues no parece que nos sobre el tiempo —respondo, señalando el monitor con el dedo.

En efecto, la imagen que se ha quedado congelada en el centro de la pantalla mientras los datos comienzan a cargarse no augura nada bueno.

Nada ni de lejos bueno.

Ni mucho menos placentero...

19

Nada bueno

Un buen rato después, Batman y yo todavía seguimos con la mirada fija en el monitor, asumiendo que, sea lo que sea lo que estamos a punto de ver, no resultará agradable, cuando Santos entra en el despacho.

—Siento el retraso, jefe. Hemos llegado tan rápido como hemos podido.

—¿Hemos?

Me responde con un gesto del mentón señalando hacia la puerta, por donde ahora también aparece Laguardia. Y no puedo evitar entornar los ojos.

Porque hoy es domingo, y a pesar de las circunstancias tan especiales que rodean a estos casos, también es cierto que en principio ambos tenían el día libre. Pero llegan juntos... Por un momento se me pasa una idea por la cabeza. Nada serio, tan solo una curiosidad. Pero ¿de verdad podría ser posible que estos dos, tan diferentes el uno del otro, estuvieran...?

—Joder, chaval —es la voz de Santos, tan delicada como siempre, la que me saca de mis disquisiciones—, menudo careto...

En efecto, y aunque a su manera, Santos tiene razón. Porque a pesar de que la página todavía no ha cargado lo suficiente como para iniciar la reproducción, el vídeo continúa congelado en su primer fotograma, un primer plano de unos ojos cerrados con fuerza, constreñidos en un gesto de dolor evidente. Un gesto que, desde luego, no aventura nada bueno.

Laguardia, que también ha venido a colocarse junto a nosotros, se acerca un poco más a la pantalla y frunce el ceño en un gesto de extrañeza que no me pasa desapercibido.

—¿Qué ocurre?

Pero Antonio Laguardia no me responde.

—¿Acaso lo conoces? —insisto.

El subinspector mueve la cabeza lentamente, en ademán dubitativo.

—No lo sé. Por un momento me ha recordado a alguien, pero...

Deja la frase en el aire y se limita a apretar los labios.

—Ya está —advierte Batman—, ha terminado de cargar.

—Por fin...

Arroyo pulsa el icono triangular, y el vídeo comienza a reproducirse. Y, cada uno a su manera, ninguno tarda demasiado en mostrar algún tipo de repulsa.

—Santo Dios...

Cuando se inicia la reproducción, lo primero que se ve en la pantalla es el parpadeo, exageradamente intenso. Crispada la expresión, el hombre en el centro de la imagen, en realidad un anciano, abre y cierra los ojos sin cesar, con las cejas, canosas y tupidas, apretadas en un gesto de dolor brutal. Pero entonces el plano comienza a abrirse. Y la sensación no hace más que empeorar.

Sangre: varios regueros surcan la frente del anciano, convergiendo sobre las cejas, espesas, para ir a caer a ambos lados de los ojos.

—Sí —asiente de pronto Laguardia—, sí que lo conozco...

—¿De quién se trata?

—Del doctor Parrado, señor.

—¿Quién? —pregunta Batman.

—Isaías Parrado —concreta Laguardia—, en su momento uno de los médicos más importantes de la ciudad.

—Pues será muy importante, pero ahora está bien jodido...

Tal vez el de Santos no sea el comentario más afortunado, pero desde luego sí es el más acertado.

Porque el rostro de Parrado, ahora ya por completo visible, es la viva imagen del dolor. El anciano boquea, respirando con muchísima dificultad. Es como si se estuviera ahogando, a punto de expirar de un momento a otro, como si ya no le quedaran las fuerzas necesarias para la siguiente bocanada de aire. La cámara se recrea en su gesto, en su expresión desesperada. Se ahoga, cada aliento parece el último hasta que, ya en el último segundo, aspira una nueva bocanada. Pero —y esto es lo extraño— cada una de esas bocanadas va acompañada de un gesto de dolor aún mayor, aún más desgarrado que el anterior. Como si para este pobre hombre el mero hecho de respirar fuese una tortura en sí.

Ninguno de nosotros acierta a comprender qué es lo que ocurre, y seguimos observando con atención cuando el plano se abre un poco más, comenzando a mostrarnos su cabeza al completo. Entonces lo vemos.

—¡Su puta madre!

Los demás no somos tan expresivos como Santos. Pero tampoco le sorprendería a nadie que lo fuéramos si otros tuvieran que ver lo que nosotros estamos viendo. Porque ahora ya sabemos de dónde viene toda esa sangre: a modo de un renovado Jesucristo, Parrado tiene la cabeza rodeada por una corona elaborada por varias vueltas de alambre de espino.

—Su puta madre... —repite Santos, esta vez en un tono más recogido, a la vez que se lleva la mano a la boca—. No me digáis que está...

Pero no, no es necesario que nadie le diga nada.

Porque, en efecto, a medida que el plano continúa abriéndose, comprobamos que se trata de lo que todos tememos. Y sí, la imagen que ahora ocupa todo el encuadre es la del doctor Parrado, casi por completo desnudo, y crucificado, directamente clavado sobre una pared de hormigón.

—Santo Dios... —lamenta Laguardia.

Atónito, Batman se ajusta las gafas sobre el puente de la nariz, Santos niega en silencio, y ninguno de nosotros puede dejar de contemplar la imagen. El doctor Parrado, clavado a la pared por tres puntos. Arriba los brazos, abiertos en cruz, se mantienen anclados a la pared por algún tipo de piezas metálicas que le atraviesan los antebrazos a la altura de las muñecas. Y, abajo, soportando todo el peso del cuerpo, los tobillos permanecen de lado, ensartados uno sobre otro por otra pieza de metal, aún mayor que las de los brazos.

—Qué barbaridad —vuelve a lamentar Laguardia.

—Qué hijo de la gran puta...

A ninguno de los dos les falta razón, pero a mí me parece haber oído algo.

—¡Callaos!

Todos guardan silencio. Y sí, ahí está.

Batman también lo percibe, y sube el volumen del ordenador hasta dejarlo al máximo. Aunque apenas es un susurro, una voz comenta la escena.

—Aquí tenéis al rey de los doloridos —explica.

—Es él —advierte Batman al reconocer la voz.

—Un médico —continúa Sebastián— que nunca comprendió a sus pacientes porque, en realidad, nunca supo lo que era el dolor....

Silencio. Se sigue escuchando un leve zumbido de fondo, como si se encontrasen cerca de algún aparato eléctrico. Pero Sebastián ha dejado de hablar, y el vídeo muestra de nuevo un primer plano del doctor, ya casi extenuado por completo.

—Hasta ahora —murmura Sebastián.

Y así, sin más, el vídeo llega a su fin. De golpe, sin más aviso que el silencio y la oscuridad en la que se funde la imagen. Arroyo y Santos permanecen con la mirada fija en la pantalla del ordenador, casi sin apenas pestañear, al tiempo que Laguardia se lleva las manos a la cabeza.

—Santo Dios —exclama, todavía aturdido por lo que acaba de ver—, santo Dios...

20

Jesucristo en el sótano

Gracias a la rapidez de Laguardia a la hora de reconocer al hombre del vídeo, apenas tardamos diez minutos en llegar al escenario.

Porque, en efecto, la persona que aparece en la grabación es el doctor Isaías Parrado, un personaje muy conocido en la ciudad, tanto por las familias más acomodadas como por aquellas parejas con problemas de fertilidad que pueden permitirse el acceso a alguno de sus costosos métodos de reproducción asistida en los que su clínica, el Centro Médico Parrado, es un referente. Y, aunque ahora ya lleva unos años jubilado, el hecho de que el señor Parrado haya sido uno de los principales responsables de haber traído al mundo a buena parte de la burguesía y la aristocracia local lo ha convertido en una de las caras más reconocibles del pequeño animalario vigués.

Nuestros coches han recorrido en menos de diez minutos los ocho kilómetros escasos que separan la comisaría central de la playa de Fuchiños, una de las zonas más exclusivas de Canido, en donde el doctor tiene su residencia. Pero, una vez más, tan solo hemos llegado a tiempo de constatar la demora y contemplar los restos de un espectáculo dantesco.

La casa parecía en orden cuando llegamos. El jardín en calma, el fuego todavía encendido en la chimenea de la biblioteca...

Pero todo ha cambiado en cuanto hemos bajado al sótano.

Allí, al fondo, hemos encontrado el cuerpo sin vida del doctor Isaías Parrado, crucificado sobre el hormigón de una de las paredes maestras de la casa.

Con la cabeza caída sobre el pecho, su cuerpo está casi por completo desnudo, apenas cubierto por uno de esos antiguos slips blancos, ahora manchado de sangre e inmundicia. Los brazos, abiertos en cruz y ensartados por dos enormes piezas de acero que le atraviesan las muñecas, son los únicos puntos de los que pende todo el peso. Abajo, en el extremo de las piernas flexionadas, el cadáver se apoya únicamente en una tercera pieza metálica, la que le atraviesa los tobillos, montados lateralmente uno sobre otro, y está clavada en la pared.

Y, aunque estoy seguro de que en el vídeo no aparecía, veo que hay una herida más. Una que, a la luz de tanta iconografía, sé que ha sido la última. Porque, para cerrar la liturgia, Sebastián se ha asegurado de completar el cuadro con otro estigma: una herida abierta en el costado derecho, justo debajo de las costillas, hecha con algún objeto punzante, por la que brota una abundante lengua de sangre. Me llama la atención. No es la primera vez que me encuentro con una herida a la altura del hígado, y por eso sé que la sangre debería ser más espesa y sobre todo oscura. Pero esta no lo es... Por alguna extraña razón, la sangre que fluye por esta última herida es incluso más clara y líquida que la que se observa alrededor de las otras heridas.

«... Alrededor de las otras heridas...»

Entonces me descubro a mí mismo observando esas otras heridas. Contemplando, por completo desbordado, el conjunto: un hombre mayor, un anciano, crucificado sin ningún tipo de miramiento en una de las paredes de su sótano. Expuesto, de la manera más absurda y despiadada, como si todo él no fuese nada más que un simple *ecce homo* en su propia casa.

Y yo ya no sé cómo explicarlo.

Cómo explicárselo a mis hombres, cómo explicármelo a mí mismo.

Nunca, nunca antes, en veinticinco años de servicio, había visto nada semejante. Jamás. Y he visto cosas... He visto dolor, he visto desesperación. He visto violencia desatada y atrocidades que mis noches han tenido que aprender a conciliar con el sueño. Pero nunca nada como esto. Inmóvil ante el cuerpo crucificado del doctor Parrado me pregunto cuál es la razón por la que la humanidad aún no ha sido arrasada de la faz de la tierra. Y me voy.

Fuera, la madrugada es ya un manto derramado sobre las playas de Canido, tan frías como desiertas allá abajo, cuando me asomo a ellas desde el jardín de la casa.

—¿Por qué estamos aquí? —pregunto en voz alta al tiempo que me inclino hacia delante, con las manos apoyadas sobre la barandilla de piedra que bordea el jardín—. Quiero decir, Sebastián nos señala los lugares, nos muestra los rostros, nos trae hasta ellos...

—Tal vez quiera que lo encontremos —sugiere Laguardia, inmóvil a mi lado.

Aprieto los labios.

—No —respondo sin dejar de negar con la cabeza—, sé que no es eso. Esta tarde me ha reprochado que...

Laguardia hace un gesto de extrañeza.

—¿Esta tarde? —me interrumpe—. ¿Ha vuelto a llamar?

—Sí. Y me ha reprochado que, según él, no estemos entendiendo nada. De hecho, lo último que me dijo antes de colgar era que tal vez el vídeo nos ayudaría «a comprender». No, Laguardia, nos está aleccionando. Nos señala algo...

—¿Una relación, quizá?

Aprieto los labios de nuevo y ladeo la cabeza.

—Sí. Pero sea cual sea no acabamos de verla... ¿Qué es lo que se nos escapa, amigo?

Pero Laguardia no responde esta vez. Se mantiene en silencio, al igual que yo, los dos con la mirada perdida en la oscuridad de la ría. E intento repasar, hacer memoria de todo lo que hemos descubierto hasta el momento, a saber:

Cuatro cadáveres ya, todos brutalmente mutilados.

De los dos primeros, tan solo tenemos un poco de información sobre ella, de él seguimos sin saber nada.

Al tercero llegamos gracias al propio Sebastián, que nos ha llamado hasta en tres ocasiones. (Bueno, cuatro si contamos el primer aviso, el que nos condujo hasta el piso del Calvario.)

Y ahora esto, un último cuerpo que también hemos encontrado gracias a él.

Porque, hasta donde sabemos, el doctor Parrado vive (o, mejor dicho, vivía) solo. En estos momentos desconozco si en la casa hay algún tipo de servicio, algún asistente, cuidador, empleado del hogar... Supongo que sí, porque en esta parte de la ciudad la gente suele contar con esos servicios. No lo sé, tal vez alguien habría hallado su cuerpo al llegar a trabajar. O tal vez no... De todos modos, eso ahora me da igual: si estamos aquí es porque, de un modo u otro, Sebastián habla con nosotros. Pienso en la primera vez que hablamos. La llamada al teléfono de mi despacho. El aviso que nos llevó hasta los túneles del cabo Silleiro. El cerdo...

«Leví.»

De pronto, el nombre regresa a mi pensamiento. Tanto a lo largo de toda aquella llamada, como esta tarde, en el móvil de Viola, Sebastián se ha empeñado en llamarme así, Leví. El nombre del apóstol Mateo. Pero ¿por qué?

Frunzo el ceño.

Mateo, uno de los apóstoles... de Cristo.

Lentamente, comienzo a girar sobre mí mismo, y me quedo mirando la casa. Pensando en lo que guarda en su interior.

—Jesucristo en el sótano... —murmuro.

—¿Cómo dice?

Pero no respondo. Sigo dándole vueltas. ¿Qué es lo que ocurre aquí? ¿A qué viene todo esto?

Entonces caigo en la cuenta de otro detalle. Un comentario que Sebastián hizo esta misma tarde. Y algo comienza a conectarse en mi cabeza.

—No era ella...

—¿Qué?

—Que no era «ella».

Laguardia frunce el ceño.

—Disculpe, señor, pero creo que no...

—Que me equivoqué, Laguardia. Esta tarde, Sebastián ha dicho algo más.

—¿Algo más?

—Sí, que si no tenía alma era porque ellos no habían sabido cuidarla, y que él la quería, que la necesitaba, y no sé qué más. Y yo me precipité al preguntarle. Estaba tan desconcertado, que me equivoqué.

—¿En qué?

Niego a la vez que aprieto los labios.

—No en qué, sino en quién.

Laguardia sacude la cabeza.

—Señor, no me lo tome a mal, pero como no se explique un poco mejor, de verdad que yo no...

—Le pregunté a quién se refería.

—¿Y?

A mí se me escapa una sonrisa frustrada.

—Que no le hice la pregunta correcta: no era «a quién», sino «a qué».

—Perdone, señor —Laguardia se esfuerza por seguirme—, pero creo que sigo sin ver... ¿«A qué» qué?

Chasqueo la lengua, molesto con mi propia torpeza.

—En ese momento no le presté la atención necesaria. Estaba furioso por el hecho de que hubiera llamado al móvil de Viola, y luego todo empezó a suceder demasiado rápido. Lo de su regalo, la llamada de Batman... En fin, todo esto.

—Claro...

Laguardia asiente al tiempo que yo le hablo, si bien sin entender en realidad casi nada de lo que le digo. De pronto cae en la cuenta.

—Perdone, señor... ¿ha dicho usted Viola?

Hago como que no lo he escuchado.

—El caso es que luego lo olvidé, y no me he dado cuenta hasta este momento. Pero ahora está claro. No se refería a quién, sino a qué: es el alma, Laguardia.

El subinspector vuelve a sacudir la cabeza.

—¿El... alma?

—Por supuesto. Eso es a lo que Sebastián se refería: ellos no supieron cuidar de su alma.

Laguardia entorna los ojos, comenzando por fin a comprender por dónde van los tiros.

—Cuidar de su alma, claro...

—Exacto. Tal y como él mismo lo entiende, Sebastián no tiene alma porque quien estaba al cuidado de ella no supo hacer bien su trabajo.

—Pero entonces... —El subinspector sigue atando cabos—. ¿De quién cree que estamos hablando? ¿De un religioso?

Vuelvo a apretar los labios.

—Yo lo afinaría un poco más —puntualizo—. Como si de un rebaño se tratase, el encargado de cuidar las almas no es un religioso cualquiera...

Tras comprenderlo ya del todo, Laguardia clava sus ojos en los míos.

—Es el pastor —concluye sin dejar de asentir con la cabeza.

—En efecto: un sacerdote.

El subinspector Antonio Laguardia aparta la mirada, dirigiéndola ahora hacia la casa.

—Vale, de acuerdo —admite—, podría ser. Pero entonces... ¿quién? Porque este hombre es médico. Y el otro era profesor, y...

Deja la frase en el aire. Y yo también asiento en silencio.

—El otro...

—Eso es —afirmo—. El otro.

—Joder...

—Escucha, esto es lo que vais a hacer. Coged las fotos del tipo de la bañera, y mañana a primera hora tú y Santos os acercáis al obispado. Preguntad allí, a ver qué averiguáis. Quién sabe, tal vez alguien haya extraviado un cura...

21

Habitaciones compartidas

Lunes, 23 de diciembre

No importa que sea lunes por la mañana, en el depósito de cadáveres el ritmo siempre es el mismo. Lento. Y frío. El cuerpo sin vida de Isaías Parrado reposa sobre la mesa de autopsias, y el doctor Paco Troitiño termina de lavarlo mientras yo, inmóvil, permanezco en silencio junto a ambos.

He perdido la cuenta de todas las veces que he tenido que bajar a esta sala fría en los sótanos del hospital Nicolás Peña y, muy a mi pesar, lo más probable es que aún tenga que venir unas cuantas más. Pero, de todas esas veces, esta es la primera que no me atrevo a decir nada. El cadáver del doctor Isaías Parrado está ahí, tendido sobre la mesa de aluminio, pero en mi mente sigo viéndolo tal como me lo encontré ayer. Colgado, crucificado sobre el hormigón de su casa.

—Era horrible —murmuro al fin—. Horrible.

Troitiño no me responde. Tan solo enarca las cejas un instante y ladea ligeramente la cabeza. La mínima expresión para dar a entender que comprende mi comentario.

—Llevo más de veinticinco años dedicándome a esto. Más de veinticinco, Paco. Y he visto de todo, tú lo sabes...

—Es cierto —asiente, casi en voz baja, sin dejar de limpiar los rastros de sangre que todavía marcan aquí y allá el cuerpo del anciano.

—De todo... —repito—. Pero nunca antes algo como esto. Nada que me impactase tanto.

—Te entiendo perfectamente —admite al tiempo que se acerca a la pileta metálica que hay en una de las paredes laterales—. Al fin y al cabo, a todos nos resulta muy familiar esa imagen, ¿verdad? Claro que sí... La puñetera Iglesia católica se ha encargado de ir metiéndonosla hasta en la sopa desde bien pequeñitos.

El forense habla sin levantar la vista, con la mirada puesta en las manos, que no deja de frotar con fuerza bajo el chorro de agua.

—Y claro, ahí está el problema —advierte al tiempo que cierra el grifo y echa mano de un puñado de toallas de papel—, que estamos tan acostumbrados a la imagen de Cristo en la cruz que ni siquiera somos capaces de recordar que, en realidad, lo que veneramos es uno de los objetos de tortura y ejecución más atroces jamás diseñados por el hombre. Porque eso es la crucifixión, Mateo, una barbaridad...

Troitiño me dirige un vistazo rápido por encima de sus gafas mientras termina de secarse las manos.

—Supongo que sí...

—Nada de suponerlo —me reprende—, lo es. Pero claro, igual que sucede con casi todo en la vida, uno no se da cuenta de lo terribles que son las cosas hasta que las tenemos delante de las narices, ¿eh? Vamos, hasta que vemos con nuestros propios ojos lo salvajes que podemos llegar a ser.

—Es una barbaridad...

Troitiño niega con la cabeza.

—Es más que eso —matiza—. La crucifixión es uno de los sistemas de ejecución más dolorosos a los que se pueda exponer un cuerpo humano. Fíjate si no en nuestro amigo, el doctor Parrado, aquí presente. ¿Cuál crees que ha sido la causa de la muerte?

Vuelvo a observar el cuerpo del viejo.

—Pues supongo que una mezcla de todo... —aventuro—. Me imagino que el pobre hombre se habría ido desangrando hasta que Sebastián decidió ensartarlo con algún tipo de objeto punzante —añado, señalando la herida abierta en el costado derecho, bajo las costillas—. Vamos, al igual que lo que le hicieron a Cristo en la cruz, ¿no?

En silencio, Troitiño vuelve a hacer un gesto de negación con la cabeza.

—Tu hombre murió como consecuencia de un proceso en el que se fueron sucediendo varios cuadros graves, empezando por un síndrome de estrés agudo...

Frunzo el ceño.

—¿Estrés?

—Por supuesto. Me has dicho que en realidad nuestro doctor no estaba clavado sino, siendo exactos, atornillado a la pared, ¿no es así?

—Sí.

—Bien, pues para poder llegar a eso lo primero que hizo tu amigo Sebastián fue elevar a Parrado en el aire, y luego perforarle las muñecas con algún tipo de broca que facilitara el paso de esos dos tirafondos de cabeza hexagonal —explica, señalando las dos piezas de acero de más de once centímetros que descansan sumergidas en alcohol en un recipiente junto al cuerpo de Parrado—. El problema es que, al hacerlo, además de los huesos de la muñeca el taladro también destrozó el nervio mediano, lo cual provoca un dolor tan atroz que resulta incomparable con ningún otro. Tanto es así que, para que te hagas una idea, los portugueses lo llaman *dor excruciante*. «El dolor de la cruz.»

—Comprendo...

—No —replica con una sonrisa resignada—, ni mucho menos, porque la cosa no ha hecho más que empezar. Cuando Parrado estuvo clavado a la pared, y todavía intentando asimilar esa descarga de dolor tan insoportable que se propaga desde los brazos a través de la médula espinal, el tal Sebastián debió de soltar las cuerdas que mantenían a su víctima en el aire, dejando que fueran sus brazos los que soportaran el peso de todo el cuerpo, algo menos de cien kilos según he podido constatar, a través de sus muñecas.

—¿Cómo lo sabes?

—Porque este pobre hombre tiene los dos hombros dislocados, y, por la manera en la que la articulación está desplazada, solo puede haber sido por tener que soportar la caída súbita de todo su cuerpo con los brazos en alto.

Troitiño gesticula, abriendo los brazos en cruz por encima de la cabeza.

—De modo que, cuando aún no ha tenido tiempo de asimilar ninguna de esas dos lesiones, tu amigo Sebastián le flexiona las piernas y le pone los pies juntos, uno encima de otro, en paralelo a la pared, para perforárselos bajo el tobillo, arrasando los nervios plantar y calcáneo.

—Más dolor...

—Muchísimo más. Fíjate en esto.

Troitiño se acerca al recipiente de antes y saca una pieza diferente, en esta ocasión una vara metálica de unos treinta centímetros de largo.

—Esto es lo que tu amigo Sebastián utilizó para clavar los tobillos del pobre Parrado a la pared...

Los dos nos quedamos contemplando la pieza de hierro en silencio, y por un instante ninguno se atreve a decir nada.

—Como comprenderás, si a todo esto le sumas el hecho de coronar al pobre anciano con esa maraña de alambre de espino que le he sacado de la cabeza, la situación es cuando menos estresante.

—Ya veo. Pero eso tampoco es lo que lo ha matado.

Troitiño esboza una suerte de sonrisa resignada.

—No. La causa de la muerte es la consecuencia de todos esos cuadros de los que te hablaba: hipertensión arterial, anemia aguda por pérdida de sangre, shock por hipotensión... Todos graves por separado, pero que, al sumarse, acabarían conduciéndolo al inevitable encuentro de tres situaciones críticas: la asfixia, la insuficiencia cardíaca y, finalmente, el infarto.

—¿Asfixia?

—En efecto —me confirma el forense—. De hecho, ese es el principal problema en esta situación. La muerte, en realidad, comienza por un problema respiratorio.

Y entonces caigo en la cuenta. El vídeo que Sebastián nos envió. En él, lo primero que se veía, antes de mostrarnos ninguna crucifixión, era a Parrado respirando con muchísima dificultad.

—No podía respirar...

—Apenas. Al estar colgado de esa manera, la presión ejercida sobre los músculos del tórax pone el pecho en posición de inhalación, de modo que, para poder exhalar, al crucificado no le queda más remedio que relajar esa presión apoyándose en los pies. El problema es que los pies ya están clavados a la pared, y atravesados por esta pieza de hierro.

Despacio, asiento con la cabeza, intentando asimilar lo atroz de semejante dolor.

—Como imaginarás —continúa el forense—, con cada exhalación, con cada nuevo apoyo, la rosca de la vara metálica va desgarrando tanto el nervio como la articulación un poco más cada vez, incrustándose en los huesos tarsianos —señala, tocándose el tobillo.

Me descubro a mí mismo tragando saliva.

—Una vez agotado ese llamémosle breve lapso de relax posible tras la exhalación, Parrado debía volver a coger aire. Y, para inhalar, no le quedaba más remedio que volver a impulsarse hacia arriba a la búsqueda de una nueva bocanada de aire.

—O sea, volviendo a apoyarse en los pies...

Troitiño arquea las cejas.

—No hay otra opción.

—Santo Dios...

—Pues si todo esto te parece ya de por sí muy doloroso, ahora intenta imaginártelo repitiendo la misma secuencia para cada respiración. El proceso, cada vez más insoportable, continúa hasta que el pobre hombre ya no puede más.

—De ahí la asfixia.

—Así es —confirma el doctor—. De manera que, al mismo tiempo que la víctima va reduciendo el ritmo respiratorio, entra en lo que se denomina «acidosis respiratoria», un proceso mediante el cual el dióxido de carbono no eliminado provoca la aparición de ácido carbónico en la sangre, produciendo en su cuadro más agudo un pulso irreversiblemente irregular que acabará derivando, de manera inevitable, en un fallo cardíaco. Vamos, que en última instancia Parrado falleció a causa de un infarto.

—Sí, claro —respondo—. A causa de eso, y de que un desgraciado lo clavó a una cruz de hormigón...

—Bueno, para ser exactos, lo que hizo fue atornillarlo —puntualiza el forense.

—Pero ¿y entonces la herida bajo las costillas? ¿No fue eso lo que lo remató?

Troitiño vuelve a negar con la cabeza.

—No. Es cierto que el objeto le atravesó el hígado, parte del pulmón, y acabó alcanzando el corazón, reventándole el ventrículo derecho. Pero, al igual que en la liturgia bíblica, para entonces este hombre ya estaba muerto.

Frunzo el ceño.

—Pero, si ya estaba muerto... ¿cómo pudimos encontrar tanta sangre alrededor? Se supone que un cuerpo muerto no sangra.

—Y no lo hace. Pero en este caso la situación es diferente. Ten en cuenta que fuera cual fuese el objeto empleado para ensartarlo y reventarle el ventrículo, antes tuvo que atravesar tanto la pleura pulmonar como el pericardio, donde el ritmo acelerado constante le había provocado la acumulación de fluidos.

—Por eso había tanta sangre... —digo al comprenderlo.

—Y por eso era tan clara. Porque se trataba de la sangre contenida en el corazón junto con todos esos fluidos, liberados por el objeto punzante. Algo que, por cierto, también se describe en la Biblia.

Vuelvo a fruncir el ceño.

—¿Ah, sí?

Troitiño saca un papel que lleva doblado en el bolsillo superior de su bata.

—He supuesto que lo querrías comprobar, así que te lo he buscado. Aquí, escucha... —El forense vuelve a ajustarse las gafas sobre la nariz, y lee en voz alta—: «Pero uno de los soldados le abrió el costado con una lanza, y al instante salió sangre y agua». Juan, 19:34.

Troitiño me entrega el papel con el fragmento impreso y deja escapar un suspiro, largo y profundo.

—Desde luego —advierte—, una cosa está clara, Mateo: vuestro hombre sabe lo que hace.

Me quedo en silencio, de nuevo con la mirada absorta en el cuerpo de Parrado.

—Sí —respondo—, eso parece...

El forense también contempla el cuerpo del anciano.

—Tienes razón —concluye, como si estuviera respondiendo a alguna pregunta que yo le hubiera hecho en algún otro momento—, yo tampoco sabría decirte cuándo fue la última vez que vi algo que se pueda comparar a esto. Y sí, es una barbaridad... Bueno —añade al cabo de unos segundos—, en la línea de los otros tres cuerpos, en realidad. El anterior que me trajisteis, ya sabes, el tipo que sacasteis anteayer de los túneles del cabo Silleiro...

—Armando Montero.

—Ah, ¿ya le habéis puesto nombre?

—Sí —respondo por lo bajo, sin demasiadas ganas de explicarle cómo hemos conseguido el dato.

—Bueno, pues ese mismo. No te creas que ese estaba mucho mejor, eh...

Yo asiento en silencio, y el forense suspira con desgana a la vez que se aparta de la mesa de autopsias, como si allí ya no hubiera nada más que hacer.

—¿Habéis podido averiguar algo? —pregunta, al tiempo que se sienta a una pequeña mesa en la pared del fondo y comienza a tomar notas sobre el informe de la autopsia—. Quiero decir, ¿tenéis idea ya de qué va todo esto?

Resoplo, todavía con más desgana.

—Pues la verdad es que no —le confieso—. Está claro que hay alguna relación entre las víctimas.

—¿Ah, sí?

—Sí —contesto, esta vez con seguridad—, eso sin duda.

A ver, no puede ser que se trate de un perturbado que disfruta matando viejos así, sin ton ni son.

—Bueno —vacila Troitiño—, yo no me atrevería a negar nada de un modo tan rotundo... Que por aquí vemos pasar de todo.

Reconozco que, aunque solo sea por un momento, la reflexión del forense me hace dudar.

—No en esta ocasión —me reafirmo—. De hecho, sospechamos que la vinculación podría ser de tipo religioso...

El forense deja de escribir para volver a dedicarme una mirada por encima de sus gafas.

—¿Religioso?

—Sí. Al fin y al cabo, tú mismo lo has dicho: el tipo ha sido capaz de recrear un pasaje bíblico imitando hasta el más pequeño detalle, con lo de la sangre y el agua.

—Sí —admite Troitiño—, eso es cierto...

—Aunque, si quieres que te diga la verdad —me sincero, de nuevo dejándome llevar por la desgana—, lo cierto es que tampoco lo podemos confirmar. Por ahora, lo único que sabemos con seguridad es que tenemos un médico jubilado, un profesor, también jubilado, una mujer que se tiró toda la vida fregando escaleras, y otro tipo más que no sabemos quién es. Aunque tengo una sospecha...

—¿Te refieres al tipo de la bañera?

Asiento con la cabeza.

—Pues vaya —comenta—, siento mucho ser yo quien te lo diga, pero...

Se produce un silencio. En concreto, uno de esos silencios que incomodan.

—¿Qué ocurre?

—No lo sé con certeza —me responde—, pero, si tuviera que jurar, diría que hay algo más en todo eso que tampoco podréis confirmar.

Le dirijo una mirada reticente.

—¿A qué te refieres?

—A su compañera de baño.

—¿A la señora Pereira?¿Por qué, qué le pasa?

—Pues le pasa que acabas de decir que se trata de una antigua limpiadora, ¿no?

—Sí. O, a ver, al menos eso es lo que nos han dicho los vecinos... ¿Por?

—Porque no me cuadra.

—¿Cómo que no te cuadra?

El médico se enfrasca una vez más en el caos de papeles que se amontona sobre su mesa. Busca, saca, abre y cierra varias carpetas hasta que da con la correcta, y comienza a leer en zigzag, murmurando algo a medida que se desliza por el texto.

—Mujer, años, Calvario... No, esto no es. Bañera, sangre... ¡Ah, sí, —exclama con gesto satisfecho—, aquí está! Mira, tanto por lo que pone en vuestro informe como por lo que me acabas de decir tú, aseguráis que trabajó toda su vida fregando portales, ¿me equivoco?

—No —respondo—, ya sabes que no te equivocas... Si te lo acabo de decir, joder, se pasó media vida trabajando en París.

Pero Troitiño no me mira. Apenas levanta los ojos del papel, y se limita a apretar los labios y negar en silencio.

—Pues yo te digo que no.

—¿Ah, no?

El forense vuelve a hacer un gesto de negación con la cabeza sin apenas levantar los ojos del papel.

—Pero ¿por qué, qué ocurre? ¿Acaso acabas de descubrir que no hablaba francés?

No me contesta. Repasa sus notas una vez más y, por fin, me devuelve la mirada.

—Pues no, no es eso lo que he descubierto —responde con aire incómodo, haciéndome ver que no le ha hecho gracia mi comentario, a la vez que cierra la carpeta con determinación—. Pero sí un detalle que te puede resultar más interesante. Ven, deja que te enseñe algo...

Cruza la sala de autopsias hasta la pared del fondo, en la que están todos los nichos frigoríficos, y se detiene ante el número 5. Abre la pequeña portezuela de aluminio y tira de la camilla metálica que se guarda dentro, deslizándola suavemente hacia el exterior.

Y así es como reaparece ante mí el cadáver de Pilar Pereira.

No puedo evitar una cierta impresión al ver sus manos seccionadas expuestas en la plancha metálica, separadas apenas un par de centímetros de los antebrazos.

—Lo que sucede es que no puede ser, Mateo. Vuestra información tiene que ser incorrecta. Mira, fíjate en esto.

El forense coge una de las manos seccionadas de Pilar Pereira, y me la pone delante de la cara.

—Joder, Troitiño...

Pero él no hace caso de mi protesta.

—Comprendo que en el momento no os dieseis cuenta. De hecho, lo que me dijiste es que, cuando los encontrasteis, las manos estaban en el agua, ¿no es así?

Tardo en contestar, todavía desconcertado por la mano que Troitiño mantiene extendida ante mí.

—Sí —le digo al fin—, apoyadas sobre los cuerpos.

—Bien —asiente—, y por la hinchazón deduzco que ya debían de llevar allí algo menos de una semana.

—Vaya... Pero ¿a dónde quieres llegar?

—A que en ese momento estaban hinchadas, pero ya no lo están —advierte, moviendo la mano ante mis ojos—. De manera que ahora tal vez puedas fijarte en esto.

El forense vuelve a depositar la mano de Pilar Pereira sobre la superficie metálica y, con la palma boca arriba, la abre hasta dejarla extendida. Acto seguido, pasa la yema de mis dedos sobre los de la mujer.

—¿Lo ves?

Lo único que veo es que ese contacto no me ha parecido agradable en absoluto, y un escalofrío sacude mi espalda. Intento disimularlo. Pero entonces, y a pesar de mi incomodidad, de pronto caigo en la cuenta.

«La suavidad...»

Eso es, eso es lo que Troitiño intenta señalarme. Y comienzo a comprender.

—La piel...

El forense asiente con la cabeza.

—En efecto —me confirma—. Tersa y pulida.

—Pero, en ese caso, los portales...

Troitiño esboza una sonrisa sin alegría.

—No —concluye—. Tal vez estuviera en París, eso no te lo niego. Pero si algo te puedo asegurar, es que esta mujer no ha fregado un portal en su vida. Es más —añade—, si tuviera que jurar, me atrevería a decir que tu Pilar Pereira no ha hecho nunca ni un solo trabajo físico.

Y los dos nos quedamos en silencio durante unos instantes. Yo observando las manos amputadas y Paco Troitiño sonriendo.

—Joder...

Entonces se me ocurre algo más.

—¿Y qué me dices del otro?

—¿Su compañero de natación? —El forense ladea la cabeza—. Tres cuartos de lo mismo.

No doy crédito. Por una parte, este último dato confirma mis sospechas. Pero, por la otra, nos aleja un poco más de cualquier verdad. ¿Quién coño es esta gente?

A punto estoy de decir algo más cuando siento la vibración de mi teléfono. Es Laguardia.

—Dime.

—Estamos saliendo ahora mismo del obispado.

—¿Y?

—Tenía usted razón, señor.

El subinspector Antonio Laguardia no se caracteriza por ser una persona especialmente expresiva. Pero, así y todo, juraría detectar un cierto grado de excitación en su voz.

—No me jodas...

—Nunca se me pasaría tal cosa por la cabeza, señor.

—¿Lo habéis encontrado?

—Sí. Su nombre era Fausto Calvo

Silencio. Sé que hay algo más.

—Y sí, hay algo más. —Bingo—. El señor Calvo era sacerdote.

22

Las aguas del Loira

De pie junto a su mesa, Laguardia y Santos están terminando de explicarme todo lo que han averiguado en el obispado cuando Batman entra en la sala para unirse a nuestro grupo.

—¿Qué —pregunta—, qué es lo que ocurre?

—El hombre de la bañera, que era un sacerdote —responde Laguardia.

Batman arquea las cejas, sorprendido.

—¿Cómo?

—Lo que oyes, chaval. Al final nuestro pollo misterioso ha resultado ser un cuervo.

—Joder...

—Uno de los sacerdotes con los que hemos hablado en el obispado lo reconoció en la fotografía —explica el subinspector.

—¿Y os han dicho a qué parroquia pertenecía?

—A ninguna. Al parecer, ya llevaba unos cuantos años retirado. —Laguardia revisa sus notas—. Cinco, para ser exactos.

—Y me estabais diciendo —intervengo— que nadie lo había echado en falta...

—Así es —me confirma la sargento—. Por lo que nos han contado, en lo tocante a las relaciones sociales el señor Calvo debía de parecerse bastante a su amiga de balneario, la señora Pereira: los dos más sosos que una piruleta de palo.

—Por lo visto, y aunque en el obispado nos han dicho que le

ofrecieron entrar en una de sus residencias, al jubilarse, el señor Calvo prefirió retirarse a una casa que había heredado de su familia.

—¿Sabemos dónde?

—En el obispado no nos lo han concretado, aunque uno de los curas con los que hemos hablado nos ha dicho que le sonaba algo de una finca cerca del monasterio de Santa María, en Oia. Parece ser que allí es donde ha estado viviendo estos últimos años.

—¿Solo?

—Eso creemos, sí...

—Acercaos por allí, a ver qué encontráis. Buscad la casa y preguntad a los vecinos, tal vez alguien os cuente algo...

—Joder, claro, eso es —exclama de repente Batman—, ¡eso es!

Sorprendidos, los tres nos volvemos hacia él.

—¿Qué ocurre?

—El cuadro —responde sin dejar de mirarnos—, ¡el cuadro!

Santos arruga la nariz.

—¿El cuadro? Pero ¿de qué cuadro hablas, chaval? Aquí no hay ningún cuadro...

—Desde luego que sí —replica Arroyo—, uno que acaba de decirnos quién es la mujer de la bañera.

—¿Cómo dices?

Por toda respuesta, Batman se limita a sacar su teléfono móvil, y comienza a escribir algo, tecleando con tanta determinación e intensidad que la pantalla parece que se vaya a partir con cada nuevo impacto. De pie, inmóvil junto a la mesa, no podemos ver qué es lo que busca, pero tampoco nos atrevemos a interrumpirle. Por la velocidad a la que sus ojos se desplazan por la pantalla y su gesto de concentración, los tres comprendemos que se trata de algo importante.

—Aquí está —anuncia de pronto, con aire de satisfacción.

Batman orienta la pantalla del teléfono hacia nosotros, y pasa el dedo índice sobre una de las miniaturas, haciendo que la imagen se agrande al momento.

—Esto era —afirma sin dejar de asentir con la cabeza—. El matrimonio republicano.

Los tres nos concentramos en la imagen, pero ninguno logra comprender nada. Santos y Laguardia cruzan una mirada desconcertada, mientras yo cojo el móvil de las manos de Batman y me lo acerco un poco más.

Aún confundido, coloco los dedos índice y pulgar sobre la imagen y los separo para hacerla todavía más grande, intentando ver con algo más de claridad lo que sea que tenga que ver. Y mientras Arroyo mantiene su mirada fija en mí, yo busco en la pantalla del teléfono algún tipo de explicación, algo que me ayude a comprender un poco mejor qué nos está queriendo mostrar Batman.

Pero no encuentro nada...

Lo que tengo delante es algún tipo de ilustración, supongo que el cuadro al que se refería Batman. Por las prendas de algunos de los personajes que aparecen en él, principalmente soldados y oficiales de algún ejército, diría que se trata de una escena ambientada en el siglo XVIII, tal vez XIX, en la que el espacio central está ocupado por una extraña pareja: un anciano desnudo a la izquierda y, a la derecha, una mujer, mucho más joven, con el torso descubierto y sujeta desde atrás por un tercer personaje que la mantiene retenida en actitud intimidatoria. Aunque solo sea por la insistencia de Arroyo, comprendo que la situación, a todas luces violenta para los dos protagonistas del cuadro, tiene que guardar algún tipo de relación con nuestro caso, y que debe de tratarse de algo verdaderamente importante para que Batman nos lo muestre con tanta determinación. Pero sigo sin ver la conexión. Busco en los detalles, pero lo único que acierto a identificar es el lugar, una especie de embarcadero, y una turba airada al fondo.

—A ver, muchacho, escucha una cosa. Está siendo una mañana larga, la noche se nos ha hecho interminable, y el día de ayer tampoco es que haya sido de los que ayudan, precisamente... Qué tal si nos echas una mano, ¿eh? ¿Qué se supone que es esto?

—*Los ahogamientos de Nantes en 1793*, una tabla pintada por Joseph Aubert en el año 1882.

—Vaya —replico desde el más agotado de los sarcasmos—, qué interesante...

—Por supuesto que lo es, señor. Pero lo que de verdad nos importa no es el cuadro en sí, sino lo que representa.

—¿Ah, sí? —respondo sin demasiado interés.

—Desde luego, señor. Porque esto que aquí se nos muestra son los preparativos para una ejecución.

De acuerdo, ahora sí: Batman acaba de captar mi atención.

—¿Una ejecución, has dicho?

—Sí, señor: el «matrimonio republicano».

Entorno los ojos y niego ligeramente con la cabeza, desconcertado.

—No lo conozco...

—Pero yo sí. —La voz de Arroyo suena determinada, segura—. Sabía que había visto antes toda esa parafernalia de la bañera, pero no conseguía recordar dónde. Le di mil vueltas, intenté encontrarlo. Pero no hubo manera. Hasta ahora mismo: al oír que nuestro hombre era sacerdote, mi cerebro terminó de unir los cables.

—¿De qué cables me hablas?

Orgulloso, Batman esboza una sonrisa satisfecha.

—Verá, señor: lo que hemos visto en el piso del Calvario no es otra cosa que una interpretación moderna del «matrimonio republicano». O, lo que es lo mismo, un método de ejecución bastante empleado durante la época del Terror en la Francia revolucionaria.

—¿La Revolución francesa? —Laguardia frunce el ceño—. Yo pensaba que esa gente era más de darle a la guillotina.

—Por supuesto. Pero esta técnica también tuvo sus seguidores, principalmente en la Bretaña.

—Ya veo... —musita el subinspector, echándole ahora él un vistazo a la pantalla del teléfono—. ¿Y en qué consistía?

—Pues en algo muy sencillo —responde Batman, al tiempo que hace un gesto para que Laguardia le devuelva el aparato, y así poder acompañar la explicación—. Mirad, según parece, y siempre que los condenados cumplieran cierto requisito, a los vecinos de Nantes les gustaba ejecutar a aquellos pobres desgraciados de dos en dos, siempre un hombre y una mujer, atándolos desnudos el uno frente al otro para, a continuación, ahogarlos en las aguas del Loira.

Santos niega con la cabeza.

—Pues muy bien, muy civilizados los gabachos estos. Pero sigo sin ver a dónde quieres llegar, chaval. Entiendo la relación con el asunto del Calvario, un hombre y una mujer, atados, desnudos y ahogados. Pero ¿por qué dices que ya sabes quién es la mujer de la bañera? Al fin y al cabo, en ese caso siempre hemos sabido de quién se trataba, ¿no? Pilar Pereira...

—O tal vez no —le advierto, de nuevo con el comentario de Troitiño en el pensamiento: «Tu Pilar Pereira no ha hecho nunca ni un solo trabajo físico»—. ¿Qué es lo que sabes?

Arroyo sonríe satisfecho.

—Cuando digo que ya sé quién es, no me refiero a cómo se llamaba, sino a cuál era su verdadero oficio.

Santos entorna los ojos.

—¿A qué te refieres?

—A que el «matrimonio republicano» no era un método de ejecución cualquiera. Aunque, como os decía, los ajusticiados por ahogamiento en el Loira fueron muchos, incluyendo mujeres, ancianos e incluso niños, algunos historiadores afirman que este método, el del matrimonio, estaba reservado para un tipo de parejas muy concreto. Y, aunque esto que os voy a contar es un detalle muy poco conocido, no tengo ninguna duda de que si nuestro hombre se ha tomado tantas molestias para recrear el método es porque él también estaba al tanto de esta cuestión. Y creedme, estoy seguro de que esto es así, sobre todo ahora que ya sabemos a qué se dedicaba el señor Calvo.

—Era cura...

—Exacto —asiente Batman—. Y eso encaja perfectamente con el detalle del que os hablo, porque el «matrimonio» era el método empleado para la ejecución de las parejas formadas por curas...

Batman vuelve a mantenerme la mirada, y las palabras del forense regresan a mi pensamiento una vez más.

«Pilar Pereira no ha hecho nunca ni un solo trabajo físico...» Y comprendo.

—Y monjas.

Arqueadas, las cejas de Laguardia delatan su sorpresa.

—En efecto —confirma Batman—. Los ajusticiados de este modo, abrazados con cuerdas y sumergidos en el agua hasta el ahogamiento, eran siempre curas y monjas.

—Joder, chaval —murmura Santos—, su puta madre...

Yo también resoplo.

—Mierda.

—Esto se nos va de las manos, jefe...

Me quedo mirando a Laguardia, considerando cuánta razón tiene. Profesores devorados por animales, médicos crucificados... Y ahora también curas y monjas desmembrados en una bañera. Niego en silencio y, a la vez que intento encontrar algún rayo de luz, algo que me ayude a comprender de qué demonios va todo esto, siento la vibración de mi móvil en el bolsillo de mi chaqueta. Un vistazo rápido a la pantalla me pone en tensión. Viola... Aprieto los labios y vuelvo a guardar el teléfono en el bolsillo. La llamaré tan pronto como pueda.

23

Todo lo que no te dije a tiempo

Esa sensación incómoda, casi molesta. Obsesiva, pertinaz. Agotadora... La de saber que tienes algo entre las manos. Algo que apenas puedes ver, pero que sabes que está ahí, que lo intuyes. Algo que se escurre entre los dedos, como si peleara por volver al agua. Y ya no sé cuánto tiempo llevamos a vueltas con esto...

—Vale, de acuerdo —concluyo al cabo de un rato, intentando poner un poco de orden—. Volveremos a preguntar en el obispado, a ver si alguien sabe algo más, tanto del tal Fausto como de la mujer.

—¿Preguntamos por Pilar Pereira?

—Sí, bueno —respondo con una mueca torcida, desconfiada—, por Pilar Pereira... si es que ese es su verdadero nombre. No olvidéis que lo único que les contó a los vecinos, toda aquella historia sobre su trabajo en Francia, fregando portales y todo eso, no era cierto, de manera que tampoco me sorprendería demasiado que ese no fuera su verdadero nombre.

Batman también tuerce el gesto.

—Pero tenía toda su documentación en regla...

—Pues ya ves lo que nos ha dicho Troitiño. De limpiadora nada.

Arroyo niega con la cabeza.

—Joder, señor, esto no me gusta. No me gusta nada...

—¿A qué te refieres?

—A que si su identidad no es auténtica, entonces estaremos ante un problema serio.

—¿Por?

—Porque sus papeles sí lo son. La cuenta en el banco francés, el número de la Seguridad Social...

—Y sobre todo —señala Santos—, el carnet de identidad.

Y todos comprendemos.

—Mierda...

Porque Batman tiene razón, esto complica aún más las cosas: ese tipo de documentación no es del que uno se pueda comprar por Amazon. Hay que estar muy bien protegido, o por lo menos muy bien relacionado, para conseguir un carnet auténtico.

Maldigo en silencio por enésima vez.

—Bueno, mirad, si se da el caso, ya veremos cómo lo resolvemos. De momento, vosotros no dejéis de enseñar las fotos de la mujer, a ver si alguien la reconoce. Venga, ¿qué más tenemos?

Laguardia coge aire al tiempo que echa mano de su libreta.

—Pues no mucho. Un par de comentarios sobre el profesor Montero, pero tampoco gran cosa, la verdad...

—Hemos confirmado lo que nos contaron anteayer en el barrio —explica Santos—. Un tipo serio, respetado... En los últimos años había estado echando una mano en una academia de la calle María Berdiales.

—¿Una academia?

—Sí, ya sabe, alumnos con dificultades, clases de apoyo, recuperaciones... Todo eso.

El teléfono vuelve a vibrar en mi bolsillo.

—¿Os han dicho algo de interés?

Laguardia niega con la cabeza.

—No. Por ahí no parece que haya mucho que rascar.

—Más bien nada —puntualiza su compañera—. Lo peor que nos han dicho es que se caracterizaba por ser muy estricto, muy severo con sus alumnos.

—Lo cual puede que incomodase a alguno de los chavales —añade Laguardia—, pero tenía especialmente contentas a todas las madres, que eran las que pagaban, de manera que... No, no creo que el responsable sea ningún alumno cabreado por no haber sido capaz de aprobar las mates en septiembre.

—Ya, claro... ¿Y qué pasa con Parrado? ¿Hemos averiguado algo más? ¿Algún problema con la clínica?

—No —esta vez es Batman el que responde—. Estuve allí a primera hora, y llevo toda la mañana revisando todo lo que tenemos sobre ellos. Pero por ahí tampoco hay nada, señor. El Centro Médico Parrado está limpio como una patena.

—O como el culo de un bebé... —bromea Santos.

Una vez más, el teléfono vuelve a vibrar. Lo juro, juro que llamaré a Viola tan pronto como tenga un respiro...

—¿Y lo otro? —pregunto—. ¿Cómo era? Aquello que nos dijo Sebastián...

—¿Lo del Minotauro?

—Sí, eso. ¿Hemos averiguado a qué se refería?

Esta vez es Batman el que resopla.

—Es que eso... —Frunce los labios—. No sé qué decirle, señor. Se trata de algo muy ambiguo.

—¿Por qué?

Batman se encoge de hombros.

—A ver, hasta donde todos sabemos, el Minotauro es un personaje mitológico.

—Sí, sí —le interpelo, haciéndole ver que hasta ahí llegamos—, una especie de bestia recluida en un laberinto, ¿no?

—Sí —asiente Arroyo—, en el de Creta.

—Vale, ¿y qué más?

—Al parecer, cada mes se le hacía una ofrenda de siete hombres y siete mujeres para saciar su hambre, hasta que llegó Teseo y pudo vencerlo con la ayuda de Ariadna. Vamos, un mito clásico, pero no mucho más...

—El laberinto... —repite Santos—. ¿Creéis que puede estar relacionado con los túneles del cabo Silleiro? Al fin y al cabo, aquello también es un laberinto...

—Ya —le responde Laguardia—, solo que con un cerdo en lugar de un minotauro.

Cansado, me froto la cara con fuerza.

—Para laberinto, el nuestro...

No me gusta esto, no me gusta nada. Esa sensación de seguir como al principio... Supongo que estoy a punto de maldecir, esta vez en voz alta, cuando caigo en la cuenta del sonido. Ya hace un buen rato, creo que el móvil ha dejado de vibrar en mi bolsillo, pero ahora es el teléfono del escritorio de Laguardia el que ha comenzado a sonar.

Responde. Frunce el ceño.

Asiente sin dejar de observarme.

—Señor, preguntan por usted. Dice que es Viola. Ya sabe, la chica... de la cafetería —me indica en el más discreto de los tonos, aun cuando los dos tenemos más que claro que ya todo el mundo está al tanto de nuestra relación—. Dice que es importante. Que está muy preocupada.

El primer impulso es el de decirle que no. Seguir con el caso. Mantenerme junto a mi equipo. Y, por una décima de segundo, un pensamiento atraviesa mi cabeza con la claridad de un relámpago en medio de la oscuridad.

«Claro, por eso siempre estás solo.»

Por supuesto, Viola tiene motivos no solo para llamar con tanta insistencia sino, y sobre todo, para estar preocupada. Al fin y al cabo, ayer me fui de repente, sin darle explicaciones. Lo hago siempre, doy por sentado que los demás comprenderán la urgencia de mis situaciones. Pero lo cierto es que tampoco le expliqué demasiado. Tan solo le dije que lo sentía mucho, que era muy importante, y me fui, dejándola allí, en la terraza del Grettel, en la compañía de una cerveza tibia y... Joder, su teléfono. El teléfono que Sebastián había empleado para ponerse en contacto conmigo.

—Sí —concedo al fin—, claro... Laguardia, por favor, pásame la llamada a mi despacho.

A medida que me alejo de mis hombres, oigo la voz de Santos, tan discreta como siempre, preguntándole algo a su compañero.

—¿Has dicho Viola?

Cierro la puerta de mi despacho pensando que ya está, ahora sí que ya lo saben todos, y descuelgo el auricular.

—Hola, Viola.

—¡Por fin! —exclama desde el otro lado de la línea—. Joder, Mateo, ¿se puede saber dónde te metes? No regresaste al bar, no contestas al teléfono... Esta noche no has venido a casa, y tú tampoco me llamas... No sé nada de ti desde ayer, Mateo; me tenías preocupadísima.

Aprieto los labios. Por un lado, siento mucho la angustia que le he provocado. Pero, por el otro, reconozco que no me ha pasado inadvertido ese detalle: no he ido «a casa»....

—Oye, lo siento mucho, de verdad. Pero, escucha, no tienes por qué preocuparte. Ya sabes cómo va esto.

—¿Que no tengo por qué preocuparme? ¡¿En serio?! ¡Venga, Mateo, no me jodas! ¿Cómo quieres que no lo haga? Vale que tu trabajo no sea como el mío, pero esto...

Viola está muy alterada. Y aunque mi primera reacción es la de insistir en tranquilizarla, ambos sabemos que hay algo, un motivo, una razón para no estar tranquilos. Aprieto los dientes con rabia un segundo antes de que ella misma me lo eche en cara.

—¿De verdad esperas que no me preocupe, cuando ayer desapareces así, sin más, justo después de que uno de tus compañeros llame a mi móvil?

Porque eso es, esa es justamente la razón. Viola no sabe toda la verdad, pero ello no le quita ni un ápice de gravedad al asunto: el hecho de que Sebastián haya llamado directamente a su número de teléfono es todo menos tranquilizador...

—Escucha, ¿te ha llamado alguien más? Quiero decir, es que no sé qué le pasa a mi móvil —miento—; hoy se me ha vuelto a quedar sin batería, y...

—Pero ¿qué dices? —pregunta extrañada—, ¿cómo que no tienes batería? Si te he estado llamando ahora mismo, y no ha dejado de darme línea...

—Sí, ya, ahora sí. Pero porque lo he recargado. Oye —insisto en mi mentira, intentando averiguar si Sebastián ha vuelto a ponerse en contacto con ella—, ¿te han llamado de nuevo preguntando por mí, sí o no?

—¿Que si me han...? —Viola se queda en silencio—. A ver, Mateo, creo que no estoy entendiendo nada. ¿Qué pasa, que ahora no tenéis a nadie que os dé los avisos, que tenéis que ir dejándoos recaditos en los teléfonos de los amigos y las novias?

Y sí, también me he dado cuenta de que Viola ha empleado la palabra «novia». Pero esta vez prefiero centrarme en verificar ese otro detalle.

—¿A qué te refieres? ¿Acaso te han dejado algún mensaje para mí?

—¡Que no! —protesta—. ¡No me han dejado ningún recado para nadie porque, de hecho, no me ha llamado nadie! ¡Empezando por ti, idiota! Y sí, es cierto que yo sí he intentado llamarte, pero no ha habido manera. Ni en tu número ni en el otro...

Vuelvo a ponerme en alerta.

—¿Cómo que en el otro?

—En el otro —repite.

—¿En qué otro, Viola?

—¿Pues en cuál va a ser? En ese desde el que llamaron ayer para hablar contigo...

Mierda, mierda, mierda...

—¿Y... te ha dicho algo?

—No.

—¿No, qué?

—¡Pues que no, que no me han dicho nada, Mateo! No he podido llamar porque tu compañero utilizó un número oculto. ¿Qué pasa, que no es lo normal?

Dejo escapar el aire, casi aliviado. Un número oculto, claro...

—Sí, sí, claro. Solo que no entendía a qué te referías...

—¡Pues joder, Mateo!, ¿a qué querías que me refiriese? ¡A que estaba preocupada por ti! ¿Tanto te cuesta entenderlo?

Todo el equilibrio que estoy haciendo por protegerla, por intentar no preocuparla todavía más, se está convirtiendo en una torpeza tras otra, y lo único que estoy logrando es que la situación se me vaya de las manos.

—No, no es eso, Viola. Solo ocurre que...

De pronto Viola cae en la cuenta.

—Un momento —me ataja—, ¿y a qué vienen tantas preguntas?

Vuelvo a apretar los labios.

—¿A qué te refieres?

—A todo eso de si me ha llamado alguien... ¿Acaso tenían que hacerlo? Oye, a ver, Mateo, qué es lo que pasa, ¿eh? ¿De qué va esto?

Aparto el teléfono de la oreja para que Viola no me oiga maldecir entre dientes.

—No es nada, no te preocupes.

—¿Que no me preocupe? —Silencio—. Joder, Mateo, pues ahora sí que me estoy preocupando...

—Bueno, mira, escucha, hagamos una cosa. ¿Estás en casa?

—Sí.

—Vale, pues espérame. Yo todavía tengo bastante jaleo aquí, pero te doy mi palabra de que tan pronto como pueda hago una escapada y me acerco hasta ahí para explicártelo todo, ¿de acuerdo?

La oigo resoplar contra el auricular.

—Y, ya puestos —añado—, para que me expliques un poco mejor cómo debo tratar a una novia...

Escucho la respiración de Viola al otro lado de la línea. Y quiero pensar que ese último golpe de aire ha sido una sonrisa.

—De acuerdo —murmura al fin—, tú ven cuando puedas, que yo ya veré si te abro la puerta.

Yo también sonrío.

—Vale.

Ya estoy a punto de colgar cuando algo más me viene a la cabeza.

—¡Oye!

—¿Qué?

Pero en el último momento, supongo que por la misma razón de siempre, no me atrevo a decírselo.

—No, nada. Que luego nos vemos...

El silencio se vuelve incómodo.

—Claro —responde al fin.

Y, esta vez sí, cuelgo. Pero no salgo del despacho. En lugar de regresar junto a mis hombres, me quedo mirando el teléfono. Sé que debería ir con ellos. Que es demasiado el trabajo que tenemos pendiente, y que ahora no les puedo fallar. Pero también sé que lo que acabo de hacer no ha sido honesto. Ni tampoco prudente. Y, sobre todo, sé que ella no se merece esto.

Desbloqueo mi móvil y le envío un mensaje. «Lo que te iba a decir es que te quiero. Voy ahora mismo.»

Cuando salgo de mi despacho lo hago ya con la chaqueta en la mano y, al cruzarme con mis compañeros, les digo que tengo que salir, que he quedado para comer. Tampoco es que me esfuerce demasiado en revestir mi historia. ¿Para qué seguir disimulando? Total, a estas alturas ya todo el mundo sabe que Viola es mi chica.

Incluso Sebastián...

24

Crac

Apenas tardo cinco minutos en llegar al portal de Viola. Ni siquiera cojo el coche; ella vive en un piso alquilado en el encuentro de las calles López Mora con Tomás Alonso, a un tiro de piedra de la comisaría. Pulso el botón de su apartamento, el 4.º A.

Pero no me responde.

Vuelvo a intentarlo, y mantengo el botón pulsado un poco más de tiempo, a ver si así. Pero no, tampoco.

Saco el teléfono, y reviso el mensaje. «Lo que te iba a decir es...» Según el servidor, parece que sí lo ha leído. Pero, entonces, ¿dónde está? Pruebo a llamarla directamente, pero en vano. Viola no coge el teléfono, y yo aprovecho que uno de sus vecinos sale a la calle para entrar en el edificio.

—Gracias.

El tipo, un hombre alto y delgado que ni siquiera levanta la vista del suelo, ni tampoco me contesta. Faltaría más... De hecho, ha salido tan rápido que casi me lleva por delante.

«Imbécil...»

En otras circunstancias le hubiera dicho algo. Pero hoy no. Me limito a resoplar de mala gana y me meto en el ascensor. Y, mientras subo, no dejo de pensar.

En ella.

Y en que no me contesta.

Y en si le habrá pasado algo.

Y otra vez en ese tipo, saliendo a toda velocidad. Y en por qué no contesta.

Y entonces, de pronto, al mismo tiempo que el ascensor se detiene en la cuarta planta, mi cabeza también se detiene en una idea incómoda.

«¿Y si el tipo ese...?»

Salgo del ascensor y avanzo con determinación hasta su puerta. A punto estoy de llamar al timbre cuando caigo en la cuenta de que la puerta no está cerrada. Alguien la ha dejado entornada, pero sin cerrar del todo. Joder, esto sí que no es normal...

—¿Viola? —pregunto, empujando la hoja ligeramente—. ¿Estás ahí?

Avanzo un par de pasos, hasta entrar en el pequeño recibidor que lleva al salón. La casa está en silencio. Y no, nadie me responde.

—Hola —insisto.

Pero el resultado es el mismo. Ninguno. Joder, esto no me gusta nada.

Continúo avanzando hasta el salón, y entonces lo veo. El móvil de Viola, caído en el suelo junto al sofá.

Justo en ese instante, al agacharme para recogerlo, lo percibo.

Crac.

Ha sido apenas nada. Una sombra, un movimiento rápido a mi espalda. Y, antes de que pudiera reaccionar, ha llegado el golpe, fuerte y seco, en la base de mi nuca. Un crac, y ya nada más. Una explosión de estrellas arrasa mis ojos desde dentro, y el espacio se desvanece a mi alrededor; el fulgor se convierte en oscuridad. Y ya no hay nada más. Quizá mi cara golpeándose contra el suelo.

O quizá no.

25

Dile adiós

Me despierto aturdido, con el tacto de algo duro y frío contra mi cara. La cabeza es un nido de alfileres, y me cuesta muchísimo orientarme. Esto es... ¿el suelo? Sí, estoy tumbado en el suelo. Abro los ojos, e intento reconocer el espacio a mi alrededor. Lo veo todo borroso, y a mi vista todavía le cuesta unos segundos hacerse a la situación. Veo los muebles, las patas de la mesa baja y el sofá. Y la barra al fondo. Y todo en una orientación extraña. Joder, estoy tirado en el suelo del salón, en el apartamento de Viola. Sí, claro, recuerdo haber llegado aquí. Pero algo ha cambiado...

La luz.

Apenas hay, tan solo la poca que se cuela desde el exterior, por el ventanal que da al balcón. Luz naranja, de farolas. ¿Acaso se ha hecho de noche? Sí, eso parece. Pero... Procuro recordar. No debían de ser más de las dos, quizá algo menos, cuando llegué. ¿Qué hora es ahora? Intento ver la esfera de mi reloj. Estoy mareado, la cabeza me da vueltas. Me cuesta enfocar con claridad, pero ahí está. Sí, ya son más de las seis. Las seis... ¿Qué ha pasado?

«El golpe...»

Cuando llegué, la puerta estaba abierta, el recibidor, la sala. El móvil en el suelo. Y una sombra a mis espaldas.

Y el golpe.

Alguien me golpeó por detrás.

Claro, por eso tengo este dolor en la nuca. Pero hay más. Siento la cabeza pesada, extraña y densamente pesada. Y este escozor... Aquí, debajo de la oreja. Me llevo la mano al cuello, y mis dedos rozan algo, algo que antes no estaba ahí. Es apenas nada, el tacto sutil de una marca minúscula. ¿Un pinchazo? Y comprendo. Primero me han tumbado con un golpe por la espalda, y después me han puesto a dormir la siesta toda la tarde. Joder, anulado como un novato cualquiera...

—¿Viola?

Pero no hay respuesta. Maldita sea... ¡Maldita sea! Tengo que reaccionar.

«Va, muévete, ¡muévete, coño!»

Intento levantarme. No sé qué es lo que me han inyectado, pero tiene que tratarse de algo fuerte, porque después de tantas horas mi organismo aún no ha logrado sobreponerse a su efecto, y mi cuerpo pesa como si todo él fuera de plomo. Me incorporo y, no sin muchísima dificultad, recorro el apartamento. El dormitorio. El baño. La cocina...

—¡Viola!

Pero es inútil. Viola ha desaparecido.

Estoy aturdido, todo me da vueltas. Necesito sentarme, recuperarme. Me acerco al sofá, e intento poner algo de orden mientras mi cabeza, confusa, comienza a ponerse de nuevo en marcha. Poco a poco, con la parsimonia de un motor diésel, lento y pesado. Me echo hacia delante y, con los codos apoyados sobre las rodillas, hago todo lo posible por reactivarme a la mayor brevedad. Entonces caigo en la cuenta: sobre la mesa frente al sofá hay un papel con algo escrito a mano. Entorno los ojos. ¿Acaso estaba ahí antes? No, juraría que no... Lo cojo, y me encuentro con una letra redonda, firme. Y un mensaje claro:

Te dije que me tomaras en serio. Pero tú has preferido no hacerlo. De acuerdo, ahora dile adiós a tu chica.

Mi primer impulso es el de avisar a mi equipo. Pero no puedo hacerlo. Sebastián no se ha llevado mi pistola, ni mi placa ni nada por el estilo. Repartidos por los diferentes bolsillos de mi chaqueta voy hallando la cartera, las llaves, el bolígrafo y hasta las gafas esas de cuatro duros que he empezado a utilizar, intentando que nadie se dé cuenta, para poder ver de cerca con un poco de nitidez. Pero no lo tengo todo: me falta el móvil. Y sé, porque ya han sido unas cuantas las veces que he dormido aquí, que en esta casa no hay teléfono fijo. Hijo de puta, sabe bien cómo tocarme los huevos.

No, no vale la pena maldecir. No hay tiempo que perder, y, por fortuna, el apartamento de Viola está cerca de la comisaría. Basta, hay que centrarse, reaccionar. Siento el efecto de la adrenalina trabajando para ayudar a despejarme. Me pongo en pie y, a pesar de seguir teniendo alguna dificultad, salgo del apartamento y me lanzo a la calle.

En realidad no es mucho más de medio kilómetro andando, pero cada metro me cuesta como si se tratase de correr sobre el sol. Cada curva, cada persona que se cruza en mi camino, cada cuerpo con el que tropiezo en mi carrera me supone un esfuerzo demoledor. ¿Qué coño es lo que me ha inyectado ese cabrón? Todas las calles, el último tramo de la de Pi y Margall, la de López Mora, e incluso el último repecho de la de Frau Ruiz, en la que se encuentra el acceso a la comisaría, se convierten en túneles interminables por los que tengo la sensación de avanzar casi a la misma velocidad a la que su final se aleja de mí.

Al entrar en el edificio no le devuelvo el saludo al agente de guardia. Lo siento, lo siento, no tengo tiempo que perder. Me lanzo a las escaleras, subiendo los peldaños de dos en dos. La cabeza sigue dándome vueltas, y todavía me cuesta hablar con claridad, completamente exhausto, cuando por fin alcanzo la sala de la brigada, en la segunda planta.

Santos, la primera en verme llegar, me observa con gesto sorprendido.

—Joder, jefe, vaya pinta...

Supongo que mi aspecto no es el más tranquilizador. De hecho, al escuchar el comentario de su compañera, Laguardia también mira en dirección a la entrada.

—Pero... ¿qué le ha pasado?

—Se la ha llevado.

Los dos cruzan una mirada de alarma.

—¿Cómo dice?

—¡Que se la ha llevado! —estallo—. ¡Se la ha llevado!

Desconcertados, los dos guardan silencio, Laguardia observándome por encima de la montura de sus gafas y Santos con el ceño fruncido.

—Pero... ¿a quién? —pregunta el subinspector, aún sin comprender de qué demonios les estoy hablando.

—¡A Viola, coño!

—¿A quién ha dicho? —vuelve a preguntar Santos, cuya expresión de confusión ha ido en aumento.

Santo Dios, a punto estoy de darle una patada a su mesa, a ver si así reaccionan. Pero ¿a qué viene tanta pregunta?

—¡A Viola! —repito—, a... la chica del bar, a mi...

Ambos vuelven a cruzar una mirada de extrañeza absoluta. Santos se queda mirando a Laguardia con los hombros encogidos a la vez que el subinspector niega con la cabeza. Y, por un momento, juraría que me parece detectar algo semejante a un brillo divertido en su expresión. Eso es... ¿una sonrisa?

—Señor, sabemos perfectamente quién es Viola —me aclara.

—Claro: su chica —puntualiza Santos, por si todavía me quedase alguna duda de que en la brigada todos están al tanto de mi vida sentimental.

Reconozco que esta reacción sí me coge por sorpresa.

—Sí, bueno, yo...

Pero entonces lo entiendo todavía menos: si todos lo saben, ¿por qué nadie hace nada?

—Pero, señor, no entendemos...

—A Viola no le ocurre nada —sentencia Santos.

—¿Cómo dices?

Vuelve a encogerse de hombros sin dejar de negar con la cabeza.

—Que está bien —me explica, con su voz aún sonando confundida, como si le resultase absurdo tener que explicar tantas veces una obviedad—. O, vamos, por lo menos lo estaba hace un rato...

—Pero a ver, creo que no entiendo. ¿Cómo puedes estar tan segura?

Y también a ella se le escapa una sonrisa.

—Hombre, jefe. No es que esto sea el Ritz... Pero tampoco se está tan mal.

Ahora sí que no entiendo nada.

—¿Esto? —repito—. ¿Quieres decir que está aquí?

—Claro —contesta Laguardia.

Ahora soy yo el que frunce el ceño, el labio entreabierto.

—¿Aquí? —insisto.

—Sí. En su despacho.

Arqueo las cejas. ¿Qué dicen estos dos?

—De hecho, ya lleva un buen rato esperando por usted...

Reconozco que por un instante siento cierto alivio al contemplar la puerta cerrada de mi despacho, al fondo de la sala. Alivio... y un nuevo acceso de confusión. Porque entonces... ¿qué ocurre con la nota? No, espera...

«Algo no va bien.»

—¿Y cuánto tiempo decís que lleva esperándome?

Santos y Laguardia cruzan una nueva mirada, una de esas que parecen decir: «Joder, chaval, y yo qué sé...».

—Pues la verdad es que no sabría decirle... Una hora, tal vez dos.

—Sí —corrobora Laguardia—. Llegó hace ya un buen rato. Nos explicó que estaba muy preocupada por algo que les sucedió ayer.

—Sí, la llamada de Sebastián...

Santos frunce el ceño.

—¿La llamada de Sebastián?

—Sí, bueno, es que me llamó a través de su número...

—Claro —comprende Santos—, eso explica que estuviese tan asustada. Aunque no lo quisiera decir, a mí me lo pareció.

—Y nos dijo que por eso había venido. Porque, como le daba un poco de miedo quedarse sola, usted le había dicho que esperase aquí...

Ese es el momento, el instante exacto en que el mundo enmudece a mi alrededor.

—¿Cómo dices?

El desconcierto en mi expresión pone en alerta a Santos.

—Que usted le dijo...

Pero yo ya no escucho nada más. Echo a andar hacia mi despacho, caminando más rápido a cada paso, y abro la puerta de golpe.

—Pero ¿qué coñ...?

La pregunta de Laguardia se queda en el aire, y yo cierro los ojos al comprender. Y aprieto los labios.

Porque no es cierto, nada de lo que Viola les ha dicho es verdad.

Porque ella y yo no hemos vuelto a hablar desde la conversación por teléfono. Porque en ningún momento le he dicho nada acerca de vernos aquí.

Y porque, al igual que sucede en un mal sueño, en uno de esos en los que peleas con todas tus fuerzas por mantenerte abrazado a algo que en el fondo sabes que no es real, lo único que descubrimos al abrir la puerta es una habitación vacía.

Y porque, hiriente, el único rastro de Viola que queda en mi despacho es ese que tan solo yo alcanzo a identificar. Su aroma en el aire. El olor, frío y sutil, de una mentira.

SEGUNDO RECINTO

Contra nosotros mismos

Aunque fuéramos almas de serpientes...

Divina Comedia, canto XIII

1

En la penumbra del buen vecino

Martes, 24 de diciembre

Son las diez de la mañana. El único ascensor del número 12 de la calle Ecuador tarda una eternidad en completar el recorrido. Tan solo es un viaje de seis pisos hasta la planta baja, pero la cabina se demora como si tuviera que descender desde el mismo cielo. Cuando por fin llega a su destino, la puerta todavía tarda un poco en abrirse. Tanto como lo que le lleva a su único ocupante a empujar la pieza de hierro y cristal traslúcido. Por fin abierta, del interior asoma la barriga de un hombre corpulento. La gorra que le cubre la cabeza apenas deja adivinar su rostro: una gruesa montura de pasta con cristales oscuros, barba blanca, corta y afeitada sin demasiado esmero, y una expresión grave, concentrada.

Concentrada, sí. Pero no lo bastante como para captar todos los detalles.

«Porque no estás solo...»

Como un depredador, oculta en lo alto de las escaleras Viola permanece al acecho, observando la escena desde la penumbra del descansillo, entre la planta baja y el entresuelo. Ni el oído más fino sería capaz de captar el roce de su respiración contra el aire, y en sus ojos de cazadora, fríos y despiadados, no hay más reflejo que el de su próxima víctima.

2

Si tuviese que jurar

Me costó entenderlo. O tal vez no, tal vez eso no sea lo más correcto. En realidad, y si tuviese que jurar ante un juez, declararía
que comencé a entenderlo cuando Santos dijo que yo había quedado con ella, y terminé de hacerlo en el momento en que abrí la
puerta y vi que en mi despacho no había nadie. No, no me costó
entenderlo: lo que realmente me ha costado ha sido aceptarlo.

Aceptar no solo que Viola no está, sino empezar a pensar
que lo más probable es que nunca hubiera estado. Que nos había engañado a todos.

Que me mintió.

No es que Sebastián la hubiera amenazado en ningún momento. Es que Sebastián y ella son la misma amenaza, el mismo
misterio. La misma incógnita.

Tan pronto como encontré mi despacho vacío, tan pronto
como percibí su aroma en el ambiente, comprendí que, fuera
cual fuese el motivo que la había llevado hasta allí, la parte de su
trabajo que pasaba por mí ya estaba hecha. Salí del despacho y,
sin mediar palabra con mis hombres, eché a correr.

Regresé al piso de Viola. Pero, por supuesto, tampoco esta
vez hallé a nadie. La puerta del 4.º A seguía entreabierta, tal
como yo mismo la había dejado apenas una hora antes, de manera que no esperé a la autorización del juez para entrar. Al fin y
al cabo, había llegado a fantasear con la posibilidad de que aquel

fuese mi hogar algún día. Y uno no pide permiso para entrar en su puto hogar.

Pero no, allí no había nadie. Fue entonces, al salir de nuevo al descansillo, cuando acabé de asumirlo todo. Allí no había nadie, y maldije en silencio al encajar que ya nunca volvería a haber nadie esperándome al otro lado de esa puerta.

Con todo, y por si acaso, no dejé de llamar a las puertas de los otros tres pisos con los que el apartamento de Viola compartía planta.

De dos de los vecinos apenas pude sacar unas cuantas respuestas vagas. Nadie estaba muy seguro de poder decirme nada con demasiada concreción. Tan solo un par de comentarios sobre una buena vecina que llevaba poco tiempo en el edificio, un mes, tal vez dos. Una chica discreta, amable, risueña, seria... Nada en realidad. A decir verdad, me di cuenta enseguida de que aquella gente no solo no conocía a Viola sino que, además, cuando el juez me lo preguntase, no me quedaría más remedio que declarar que ni siquiera sabían de quién les estaba hablando...

Pero lo más interesante vino cuando ya estaba a punto de tirar la toalla. Y llegó desde la última puerta, la del 4.º D.

La vecina, que resultó ser una mujer mayor, envuelta en una bata de boatiné rosa, abrió la puerta casi antes de que yo pulsara el timbre. Demasiado rápido... A punto estuve de llamarle la atención por estar escuchando mis conversaciones con sus vecinos.

—No entiendo a qué vienen ahora todas esas preguntas —me espetó por todo saludo—. Si quiere que le diga la verdad, yo siempre he pensado que usted también estaba en el ajo.

No supe a qué se refería.

—¿En el ajo? Perdone, pero creo que no la entiendo... ¿De qué ajo me habla?

—¿Pues de cuál va a ser, hombre? —preguntó, señalando en dirección a la puerta de Viola—. Está claro que en ese piso pasan cosas. Bueno, usted ya me entiende, ¿no?

—Pues no —le respondí—, la verdad es que no. ¿Qué tal si me lo explica?

La mujer me dirigió una mirada de desconfianza.

—Oiga, ¿de verdad es usted policía?

Le enseñé la placa, y la mujer la escrutó con la nariz arrugada y los ojos entrecerrados.

—Pues nadie lo diría...

—Pues ya ve que sí, que ahora le dan la placa a cualquiera. ¿Qué le parece si me cuenta lo que sea que sabe?

La mujer soltó un suspiro incómodo, resignado.

—Yo lo único que sé es que lo de ese apartamento no es trigo limpio —murmuró con reticencia, como si le molestase tener que insistir en algo que para ella resultaba evidente—. La chica esa por la que usted pregunta...

—Viola —la atajé.

—Sí, bueno, como se llame... —insinuó, así como sin querer—. El caso es que ella no vive ahí.

Sacudí la cabeza.

—¿Cómo dice?

La mujer arqueó una ceja, en un gesto de incredulidad.

—Qué pasa —respondió con desgana—, que ahora me va a decir que no lo sabía, ¿verdad?

Se quedó observándome de medio lado, con los ojos entornados y el labio torcido, en una mueca como la de quien estuviese considerando la veracidad de mi ignorancia. Por toda respuesta, yo también arqueé una ceja en señal de concesión.

—No me fastidie... —murmuró al comprender—, ¿en serio? ¿De verdad me está diciendo que no se había olido la tostada?

Le regalé un segundo de silencio, para que pudiera disfrutar de la contemplación de mi derrota.

—¡Ja! —exclamó de pronto, al tiempo que daba una palmada en el aire—. Pues no se preocupe, hombre, que estos tampoco —añadió con sorna, señalando esta vez en dirección a las puertas cerradas de los otros dos vecinos—. ¡Y eso que ellos sí que viven aquí! Mire, he oído cómo le decían que sí, que la conocían, que si una chica estupenda, que si patatín, que si patatán... Pero en realidad no tienen ni idea —sentenció—. ¡Ni puñetera idea, se lo digo yo!

—Ya veo...

—Es que ahora ya nadie se fija en nada, ¿sabe? Pero yo sí —advirtió en un arranque de orgullo, al tiempo que se ajustaba la bata cruzada sobre el pecho—. Desde que murió mi marido tengo mucho tiempo para observarlo todo. Y este piso es muy grande, y por aquí apenas pasa nadie...

—Comprendo.

—Por eso sé que esa chica en realidad no vive aquí.

—¿Está usted segura de eso?

La mujer frunció los labios con fuerza, como si estuviese a punto de darle un beso al aire, sin dejar de asentir con gesto seguro.

—¡Y tanto! Esa chica solo viene de vez en cuando. De hecho, al principio pensé que estaba usando el piso como un picadero.

Fruncí el ceño.

—¿Un picadero? ¿Quiere decir que se dedica a la prostitución?

La mujer arqueó las cejas a la vez que se encogía de hombros, como queriendo dejar claro que aquello lo había dicho yo y no ella.

—Ah, yo eso no lo sé. Igual usted sí —sugirió como si tal cosa—, pero yo desde luego no. Mire —añadió tras un breve silencio, con aire confidente—, yo lo único que sé es que esta chica siempre hace lo mismo: aparece un cuarto de hora antes y se va un cuarto de hora después. Así, más o menos...

Volví a sacudir la cabeza.

—¿Antes y después? —pregunté, mientras mi desconcierto iba en aumento ante sus explicaciones—. Perdone, pero creo que no la sigo. ¿Antes y después de qué?

Entonces su rostro mostró extrañeza. Esta vez parecía ser ella la que no entendiese mi pregunta. Miró a uno y otro lado antes de responder.

—Perdone, ¿me lo está preguntando en serio?

—Señora, créame, ni estoy para bromas ni me sobra la paciencia...

Se le escapó una sonrisa, entre sorprendida y divertida.

—¿Pues de qué va a ser, hombre? ¡Antes y despés de que usted llegue!

Y los dos nos quedamos en silencio, observándonos el uno al otro. Yo con la perplejidad dibujada en el rostro, y ella con el gesto satisfecho de quien acaba de pillar al otro en un engaño.

—¿Qué pasa? —preguntó entornando los ojos—, ¿acaso se había pensado usted que no le había reconocido? ¡Pues claro que sí, hombre! Esta no es la primera vez que le veo por aquí... Y ella siempre hace igual, ¿eh? Si no se marcha con usted, lo hace al poco rato.

En silencio, no pude más que apartar la mirada, y quedarme abstraído contemplando la puerta del 4.º A. Y entonces, por fin, la mujer cayó en la cuenta de lo que estaba sucediendo.

—¡Vaya por Dios! —exclamó con sorna, ya sin ocultar lo divertido que le resultaba todo aquello—, pero ¿de verdad me lo está diciendo en serio? ¿No sabía usted nada de nada?

Desde luego que no, maldita sea. Cada vez más dolido, no me quedaba más remedio que empezar a aceptar que durante todo aquel tiempo yo no había sido más que un pelele en las manos de Viola. O, como había insinuado su vecina, de quien quiera que fuera esa mujer en realidad...

Aturdido, desconcertado, furioso, tan solo le hice una pregunta más a la vecina cotilla.

—¿Alguna vez vio a alguien más?

—¿Alguien más, aquí?

—Sí.

La mujer se quedó pensando durante unos instantes, pero no tardó en negar con la cabeza.

—Yo diría que no. A ver, que si alguna vez ha venido alguien más, yo no lo he visto. Pero, desde luego, si tuviese que jurar, yo diría que sea cual sea el juego que esa muchacha se trae entre manos, solo lo juega con usted...

3

Reina negra

Y por eso ahora estoy aquí, en mi despacho. O, mejor dicho, por eso ahora sigo aquí. Porque ayer no quise regresar a mi apartamento. ¿Para qué hacerlo? Preferí volver a comisaría, revisarlo todo, intentar comprender qué propósito tenía ella acudiendo aquí. Y, sobre todo, no dormir en una cama vacía.

Y por eso ahora sigo aquí. El amanecer me ha encontrado dándole vueltas a todo. O, para ser exactos, a una sola pregunta. Una en la que se resumen todas las demás.

«¿Quién eres?»

Desde que ha amanecido, tan solo he salido una vez. A primera hora, después de la reunión con el equipo. Y ha sido para bajar al bar. Aunque esta vez no tuviera ninguna gana de hacerlo.

—Un ángel, inspector, ¡esa chica es un ángel que me ha caído del cielo!

Fue lo primero que me respondió Germán, el dueño del Círculo, cuando le pregunté por su camarera.

—¿Te acuerdas de Mar? Ya sabes, la chica que estaba antes...

Apreté los labios en un gesto dubitativo.

—¿La del pelo de color rojo?

—No, no, esa era Andrea.

—¿La de las trenzas?

—No, esa era Julia.

—¿La de la cabeza rapada?

—Coño, inspector, ese era David...

Suspiré.

—Pues mira, la verdad es que no —admití.

Al fin y al cabo, lo cierto es que hasta la llegada de Viola Germán cambiaba de camareros como quien cambia de camisa. O incluso puede que con mayor frecuencia... Hasta donde yo sé, el dueño del Círculo no es que sea el más generoso de los jefes, de manera que tampoco era tan raro que, a la menor oportunidad, los empleados se le largaran sin pensárselo dos veces, e incluso alguno entonando el *Arrivederci, Roma*.

—Bueno, el caso es que la puñetera Mar me dejó tirado. A ver, tampoco es que fuera una maravilla de camarera, pero por lo menos era puntual, y además no protestaba por el sueldo tanto como los demás —añadió, como dejándolo caer—. Pero me dejó tirado, chico. Así, un buen día y de repente, ¡y sin avisar ni nada, eh! Con lo modosita que parecía...

Eso me llamó la atención.

—¿No se despidió?

—¡Qué va! Simplemente no vino a trabajar y punto. Así, sin más, y si te he visto no me acuerdo...

—Un poco raro, ¿no?

Germán se encogió de hombros, como diciendo: «Pues ya ves...».

—¿Y tú qué hiciste?

—¿Y qué querías que hiciera? ¡Cagarme en san Pito Pato, macho! A mí lo único que me importaba es que era lunes, y que tenía el bar hasta los topes. Que ya sabes cómo se pone esto, inspector, que parece que os pongáis de acuerdo vosotros, los de la aseguradora y también los de la oficina de la Seguridad Social para que os entren las ganas de desayunar al mismo tiempo, ¡y yo aquí, más solo que la una, chaval!

—Bueno, sí, ¿y qué?

—¿Cómo que y qué?

—¡Que qué fue lo que pasó, Germán!

—Ah, eso... ¡Pues que apareció ella!

Fruncí el ceño.

—¿Viola?

—¡Sí, claro!

—¿Así, sin más?

Germán arqueó las cejas, en un gesto que parecía decir: «Coño, ¿y qué esperabas, que entrara con una fanfarria?».

—¿No la buscaste tú?

—¡Qué va! —respondió con contundencia—. Apareció ella. Ya te digo, como caída del cielo.

—Pues eso es todavía más extraño, ¿no te parece?

—¿Que si me parece? —El hostelero volvió a arquear una ceja—. Mira, Mateo, yo lo único que sé es que estaba a punto de comerme un marrón del carajo, y justo en ese momento Dios misericordioso se apiadó de este pobre pecador, y me envió la ayuda por la puerta. ¡Y pidiendo trabajo, chaval!

Germán abrió los brazos de forma teatral y se me quedó mirándome, como diciendo: «A ver, tío listo, tú qué cojones harías, ¿eh?».

—Le pregunté si podía empezar ya mismo —continuó—, y me dijo que sí, de manera que...

Mientras hablaba, yo lo miraba sin pestañear.

—¡Joder, Mateo, no me mires así! ¡Que solo la tuve un día sin contrato, coño!

Negué en silencio, pero no porque los trapicheos laborales del hostelero me importasen un carajo, sino intentando asimilar lo que estaba escuchando.

—Oye, mira —siguió el dueño del Círculo—, yo lo único que te puedo decir es que esa chica es la camarera ideal, y que en estos dos meses no me ha dado ni un puñetero problema... —Germán echó un vistazo rápido al reloj sobre la barra. Las diez en punto—. Bueno, hasta hoy, que ya van siendo horas... ¿Dónde coño se habrá metido?

Y entonces, como si el dueño del bar hubiese comenzado a atar cabos, me miró fijamente, esta vez con el ceño fruncido y una expresión desconfiada.

—Un momento... ¿Y tú por qué coño me estás preguntando

todo esto ahora? Y precisamente hoy, que no llega a su hora... Espera —advirtió, arqueando las cejas—, no le habrá pasado nada, ¿verdad?

Pero no le respondí. Me limité a apartar la mirada, y Germán terminó de comprender por su cuenta.

—¿Está bien?

Resoplé con desgana.

—Pues no lo sé, Germán. Lo único que te puedo decir es que ya puedes esperar sentado, porque algo me dice que hoy no vendrá a trabajar.

El hostelero torció el gesto en una mueca de disgusto, y golpeó la barra con la bayeta que llevaba al hombro.

—Joder, chaval... ¡Si es que es la historia de mi vida! Mujeres en general y esposas en particular, todas se me largan sin avisar. ¡Y con el bar lleno, macho! —protestó al tiempo que se volvía a acomodar el trapo sobre el hombro—. ¿Por qué coño me tiene que pasar siempre lo mismo? ¿Me ven cara de imbécil, o qué?

Y mientras Germán se alejaba maldiciendo, a punto estuve de decirle que no se preocupase, que él no era el único al que le habían visto cara de imbécil. Pero preferí no decir nada. Callar, y considerar hasta qué punto estarían Viola y Sebastián involucrados en la desaparición de la camarera anterior. Apreté los labios al imaginármelo... Por supuesto que lo estaban, de eso no había duda. La cuestión era discernir la gravedad de la situación. ¿Se trataría de otra víctima? No, una chica joven, como acostumbraban a ser casi todos los camareros de Germán, no encajaba en el perfil... Lo más probable es que no hubiera sido más que un susto, algún tipo de maniobra para sacarse de en medio un peón incómodo, y favorecer así la entrada de la reina en el juego. Mi reina negra...

Y entonces, pensando en blanco y negro, seguí haciendo cábalas. Si Viola era la reina negra de esta partida, el objetivo de su jugada no era el de favorecer su entrada en el juego. No, ni mucho menos. De hecho, a esas alturas solo Dios sabía cuánto hacía que ella había empezado la partida. Como mínimo dos meses.

Si no más...

No. El objetivo de Viola no era entrar en el juego, sino provocar la aparición de una nueva pieza.

Yo.

La idea me hizo apretar los dientes. ¿El rey blanco?

Me fui del Círculo pensando en cuáles serían los papeles de los demás participantes. Todos esos cadáveres... ¿Peones? No, imposible. Tenía que tratarse de piezas de más valor. Una monja y un cura. Alfiles... Un profesor, un médico. ¿Caballos? ¿O tal vez algo más?

No, espera, espera un momento... Si su objetivo hubiera sido desaparecer, Viola podría haberlo hecho antes. Y desde luego sin pasar por mi despacho. ¿Para qué arriesgarse? No... Si algo evidencia esta última maniobra de Viola es que el juego sigue en marcha. Y, si esto es una partida de ajedrez, el juego no se acaba hasta que no cae el rey.

«Luego no soy yo...»

Algo parecido a una sonrisa resignada afloró a mis labios. «Imbécil...»

Y por eso ahora estoy aquí, de regreso en mi despacho, intentando atar cabos, relacionar más piezas. Otras piezas. Como la de Sebastián...

«¿Quién eres tú?»

Un ejecutor implacable. ¿Acaso la torre negra? ¿O tal vez... el rey? Y entonces ato otro cabo más. «Un momento... ¿quién me dice que el ejecutor sea él... y no ella?» Por un instante incluso llega a pasárseme por la cabeza la posibilidad de que Viola y Sebastián sean la misma persona.

Pero no, la descarto enseguida. No, claro, no pueden serlo: la llamada. Viola sentada en la terraza de la plaza de la Constitución mientras yo hablo con Sebastián por teléfono. Por teléfono... Y sigo comprendiendo. Claro, ¿cómo no iba a tener el número de Viola? Maldita sea, cada vez me siento más estúpido... Niego en silencio con la mirada perdida al otro lado de mi ventana.

«¿Quiénes sois? ¿Quién coño sois?»

El ruido de la puerta abriéndose a mi espalda me trae de vuelta a la realidad. Santos y Laguardia acaban de regresar.

—¿Habéis encontrado algo?

—Algo —responde lacónico Laguardia.

—Un huevo de cosas, señor —matiza Santos, siempre más optimista que su compañero.

Lo primero que les he pedido es que vayan al Registro de la Propiedad, a ver qué averiguaban sobre el piso de Viola. Y, al parecer, allí les han dado el nombre de una propietaria. Ese nombre les ha puesto en contacto con la agencia inmobiliaria que gestiona el alquiler. Y, en la agencia, les han facilitado el nombre de una arrendataria. Y, para mi sorpresa, el nombre resulta ser el último que jamás me hubiera esperado.

—Viola Blanco —revela Laguardia.

—¿Viola? —repito—. Pero entonces...

—Sí —me ataja el subinspector—, es el mismo nombre.

—¿Creéis que se trata del verdadero? —pregunto extrañado.

—Pues eso parece. En la agencia nos han dado un número de DNI, que ya hemos comprobado, y nos ha salido una dirección anterior.

—¿Una dirección? ¿De dónde?

—Andoain.

Frunzo el ceño.

—¿Andoain? Pero eso es...

—En Gipuzkoa, muy cerca de San Sebastián.

San Sebastián... No puedo evitar la extrañeza. Es cierto que no fue mucho el tiempo que compartimos, pero juraría que en ningún momento detecté nada en su acento que me hiciera pensar en semejante procedencia.

—¿Y decís que ya lo habéis comprobado?

—Sí —responde Laguardia.

—Y parece en orden —apunta Santos—. Viola Blanco Expósito, con DNI número 00120881, expedido en la oficina de Madrid-Centro.

Vuelvo a fruncir el ceño.

—¿Madrid-Centro?

—Eso es lo que nos ha salido...

—¿Y qué más?

—Su último domicilio conocido es en la calle Agustín Leitza, número 4, segundo derecha. En Andoain.

—Y, tirando del hilo —continúa Santos—, hemos encontrado algo más. Al parecer, según figura en su vida laboral, durante varios años estuvo de cajera en el Eroski del pueblo.

Arqueo las cejas.

—No me jodas, ¿en un Eroski?

—Sí, es una cadena de supermercados que...

—¡Ya sé lo que es un Eroski, Santos! Lo que no entiendo es qué mierda hace una cajera de Andoain con un carnet expedido en Madrid, metida en... —Me muerdo los labios—. En esto.

Por un momento nadie dice nada. A Santos no le ha gustado mi reacción. Laguardia disimula haciendo ver que revisa algo en sus notas. Y yo me hago la misma pregunta una y otra vez: «¿Por qué yo?».

—¿Habéis encontrado algo más?

—Tan solo una cosa más —responde Laguardia—. Algo que a los de la inmobiliaria les llamó la atención...

—¿El qué?

—Las mensualidades. Cuando Viola firmó el contrato, a comienzos de noviembre, dejó pagados cuatro meses.

—¿Cuatro? Pero lo normal son dos, ¿no?

—Tres, en realidad. Una mensualidad a modo de fianza, otra para el primer mes y una tercera, que es la que se queda la agencia. Pero Viola dejó pagada una más por adelantado.

—La de diciembre...

Laguardia asiente en silencio, y yo comprendo. No tenía pensado ocupar el piso durante más tiempo que el estrictamente necesario...

«... Para engañarme.»

Por supuesto, sean cuales sean sus intenciones, está claro que Viola lo tenía todo planeado. Dos meses. Cuatro objetivos. Y un pelele, yo. Y luego aire, desaparecer.

Pero ¿por qué yo? La pregunta me golpea por dentro, una y

otra vez. ¿Por qué? ¿Cuál es mi papel en todo esto? O, dicho de otra manera, ¿para qué me necesitaba? Y entonces continúo atando cabos. Cuatro objetivos... No, espera. ¿Y si no fueran cuatro?

Porque ella ha estado aquí. ¿Por qué? Claro, porque esto no ha terminado aún.

Porque Viola podía haber desaparecido, pero ha preferido arriesgarse viniendo aquí. Ella ha estado aquí... después de haber pasado muchas noches conmigo.

Ha venido aquí... buscando algo.

«Después de haber pasado muchas noches conmigo...»

Y con acceso a mis cosas.

Y... ¿con acceso a mis claves? Joder...

Lentamente, comienzo a girar la cabeza hasta fijar la mirada sobre el ordenador de mi escritorio. En realidad ya lo he revisado, lo hice ayer mismo. Pero... ¿y si se me ha pasado por alto algo?

Joder... ¡Joder!

—¡Su puta madre!

Santos se pone en alerta.

—¿Qué ocurre, señor?

Pero no le respondo. Me limito a maldecir en silencio.

—¡Id a buscar a Batman, que venga echando leches! ¡Que venga echando leches!

4

Rey blanco

Dos horas más tarde, Arroyo da por concluido el rastreo de mi ordenador. No es que yo no lo hubiera hecho antes. Por supuesto que sí. De hecho, y tal como le he explicado al propio Batman, tan pronto como anoche regresé al despacho, eso fue lo primero que hice, revisar el historial de búsquedas, dando por sentado que lo más probable era que esa fuera la intención de Viola, acceder a algún tipo de información protegida. Al fin y al cabo, ¿para qué iba a venir aquí si no? Pero lo descarté al comprobar no solo que no se veía nada en el historial, sino que tampoco aparecía ningún registro de acceso, ni con mi clave ni con ninguna otra. Todo parecía estar tal como yo lo había dejado.

Pero después de la conversación con Santos y Laguardia lo he visto de otra manera. Al fin y al cabo, Viola ha estado engañando a todo el mundo desde hace ya casi dos meses. Si no más... ¿Por qué no también a mi ordenador?

—Tenía usted razón, señor —concluye Batman—. Alguien ha estado aquí.

—¿Has encontrado algo?

Arroyo asiente en silencio con gesto grave.

—Sí —admite—. A usted.

—¿A mí?

Vuelve a asentir.

—Usted no pudo verlo porque ella se aseguró de borrar

cualquier actividad posterior a la hora en que se coló en su despacho, tanto en el historial de su ordenador, como en el registro del servidor central de la comisaría. Pero a Clara no hay quien la engañe...

El nombre me pone en alerta.

—¿A quién has dicho?

—No es a quién, señor, sino a qué.

—Clara —repito.

—En efecto, señor. El ordenador central de la Dirección General de la Policía. Y ahí sí, señor: las huellas de su clave están por todas partes...

Cierro los ojos el tiempo justo para tragar saliva. Si esa es la intención de Viola, entonces las cosas acaban de complicarse mucho más de lo que jamás habría imaginado.

Porque, en efecto, tal como acaba de señalar Batman, Clara es el nombre que recibe una especie de superordenador central, en el que se guarda todo tipo de información relevante. En base a mi experiencia previa, sé que Clara guarda copias no solo de todos los historiales delictivos del país, sino incluso cualquier otro dato relacionado con todo tipo de información ciudadana. Pero también sé que eso no es lo único que se almacena en Clara.

—Joder, entonces la cosa sí que es seria —murmura Santos con gesto preocupado—. Porque ahí dentro hay...

—Todo —se le adelanta Batman—. En los discos duros de Clara se guarda toda la información sensible, por decirlo de un modo sutil... Desde la relacionada con los documentos nacionales de identidad de cada ciudadano, hasta las bases de datos policiales de cada uno de los que estamos en este despacho, pasando, por ejemplo, por los expedientes de absolutamente todos los delincuentes fichados, tanto en el país como en medio mundo. Filiaciones políticas e informes médicos incluidos.

—Su puta madre...

—Pues sí —murmura Arroyo—, de ella también: si tiene ficha, placa o DNI, sus datos también los tendrá Clara.

—¿Y estás seguro de que ha logrado entrar?

Batman gira el monitor del ordenador y, orientándolo hacia

mí, me muestra toda una serie de líneas, accesos a diferentes enlaces en los servidores de Clara. No puedo evitar maldecir entre dientes al reconocer, en efecto, mi clave de registro al comienzo de cada línea.

—No hay duda, señor.

Y así, sintiéndome imbécil del todo, termino de encajar la última de las piezas que llevan mi nombre.

«Para esto me querías...»

Resignado, sonrío al recordar que por un momento he llegado a considerar la posibilidad de que Viola me hubiera reservado un papel relevante en todo esto. ¿Un rey? Por favor... Maldigo al comprender que en todo este tiempo no he sido más que otro peón. Un simple peón.

—De acuerdo —acepto por fin—. ¿Y qué es lo que se supone que ha estado buscando, entonces?

Arroyo vuelve a orientar el monitor hacia sí mismo, y frunce el ceño en un gesto de concentración al repasar las entradas del historial.

—Pues teniendo en cuenta que la búsqueda está a su nombre... Yo diría que va usted detrás de alguien, señor.

«Del rey blanco», concluyo para mis adentros.

—¿Puedes ver de quién se trata? O qué clase de delincuente es, al menos...

Lentamente, Batman comienza a negar con la cabeza.

—No, señor...

—¿No puedes verlo?

—No —replica, haciendo un gesto con la mano—, no es eso. Viola no está buscando a ningún delincuente...

Esta vez soy yo el que frunce el ceño.

—¿Cómo que no? Pero entonces...

Arroyo se me queda mirando.

—Señor, su chica está buscando a un compañero.

Arrugo la frente.

—¿Un policía?

Batman se pasa las manos por la cabeza, arrastrándose el pelo hacia atrás.

—Eso parece, señor.

Joder, ¿en serio? ¿De verdad pretende ir a por uno de los nuestros?

—¿Sabes quién es?

Arroyo aprieta los labios al tiempo que vuelve a inclinarse sobre el teclado.

—Todavía no lo tengo... Pero diría que se trata de un agente, porque esa es la base en la que ha realizado todas las consultas. A ver, déjeme probar algo...

Batman teclea una serie de comandos en el ordenador, y yo no puedo hacer otra cosa que seguir el movimiento del cursor, reflejado en el cristal de sus gafas.

—Mierda...

—¿Qué ocurre?

Batman se muerde el labio inferior y niega con la cabeza sin dejar de teclear.

—No es fácil, señor. Todo aparece... —Entorna los ojos—. ¿Tapado?

—¿Tapado? —repito—. ¿Cómo que tapado?

—No lo sé, señor. Tal vez se trate de algún tipo de identidad encubierta. Espere. —Teclea algo más—. Sí, aquí está.

—¿Lo tienes?

—Sí. La información aparecía sesgada, apenas un hilo en cada una de las entradas. Pero lo he encontrado.

—¿Y de quién se trata?

—Pues de un tal... Domingo Bejarano.

Silencio. El nombre no me dice nada.

—¿Bejarano, has dicho?

—Sí, señor.

Niego en silencio.

—¿Y ese quién coño es, Arroyo?

Por toda respuesta, Batman se limita a teclear de nuevo.

—Aquí está —vuelve a señalar—. Un antiguo miembro de... ¿Estupefacientes?

Los ojos de Batman se deslizan a toda velocidad sobre el expediente que acaba de abrirse en la pantalla.

—... Narcóticos... —continúa—. Seguridad... e Información. Arrugo la frente.

—¿El Departamento de Información? Joder, Arroyo, pero si eso es más viejo que andar a pie. Hace años que no existe...

—Según esto, ahí fue donde el tal Bejarano empezó su carrera en el cuerpo.

—O sea, que no se trata de ningún chaval...

—Ni mucho menos. De hecho, al parecer ya lleva unos cuantos años jubilado. En concreto, desde el 2011.

—¿En el 2011? Pues no hace tanto tiempo, entonces... ¿Qué más dice?

Batman vuelve a revisar la ficha.

—Domingo Bejarano Almagro, nacido en Benavente, Zamora, en 1946.

—1946 —repito—, luego ahora tendrá...

—Setenta y tres años.

Es Batman quien responde, pero los dos comprendemos la gravedad de semejante dato: con esa edad, el tal Bejarano podría encajar perfectamente en el perfil de las víctimas que se nos amontonan sobre la mesa.

—Al parecer, el tal Domingo ingresó en el cuerpo en 1967, y tuvo varios destinos iniciales hasta que fue trasladado de manera estable a... Vaya.

Arroyo se queda en silencio.

—¿A dónde?

—Aquí, señor.

—¿A Vigo?

—Eso es lo que pone. En 1976 comenzó a trabajar aquí, primero como miembro de la Brigada Social, y a partir del 82 como responsable de Estupefacientes. —Arroyo sigue leyendo—. Antes, muchos años en la secreta, subinspector, y... —Nueva pausa—. Esto es raro.

—¿El qué?

—Un par de propuestas para ascensos, pero sin confirmación.

Vuelvo a fruncir el ceño.

—¿Un policía que no quiere medrar?

Batman me dirige una mirada rápida.

—No sé, tal vez le hubiera cogido el gusto a la calle...

Niego en silencio.

—Nadie le coge el gusto a la calle. ¿Alguna condecoración?

Arroyo busca el dato.

—Varias, señor. Pero todas al final de su carrera.

—Vaya, un policía modélico... ¿Y qué más?

—Pues... no mucho más —dice Arroyo al cabo de unos momentos.

—¿Cómo que no mucho más? Un miembro del cuerpo ejemplar, ¿y no hay nada más?

Batman aprieta los labios al tiempo que niega con la cabeza.

—Es que no hay más, señor. El resto de su expediente aparece en blanco.

—Joder...

Esta vez soy yo el que mira el monitor para cerciorarme.

—No lo sé, señor, igual no tiene importancia, pero... Fíjese en este dato, aquí.

Batman señala algo en la ficha.

—¿Lo ve? Trabajó como miembro de la secreta varios años. Y en Estupefacientes en los ochenta...

—¿Y qué?

—Pues que esos son los años del narcotráfico. Tal vez estuviera infiltrado...

—Ya —comprendo—, entonces esos datos no aparecerían aquí.

—No. De hecho, de ser así, su ficha estaría en una entrada diferente. Ya sabe, con otro nombre...

—Sí —acepto a regañadientes—, podría ser... Pero, entonces, ¿qué pasa con los demás años de servicio?

Cansado, Batman vuelve a negar con la cabeza.

—No sabría qué decirle, señor. Es como si alguien se hubiera esforzado mucho por tapar ese rastro. Tal vez, si me da un poco más de tiempo, podría buscar su historial completo.

Lo malo es que eso es justamente lo que no tenemos: tiempo.

Sí, claro, sin lugar a dudas ese historial, si es que aún existe, nos podría ayudar a entender un poco mejor qué demonios es lo que está sucediendo. Tal vez Batman tenga razón, y la clave esté en todos esos años en Estupefacientes. Quizá, al fin y al cabo, Santos sí tenía razón, y la causa de todo esto podría estar en algún antiguo negocio pendiente. Pero es que, por una parte, no tenemos tiempo que perder. Y, por la otra, si Viola está buscando a este hombre, lo más probable es que ella ya esté al tanto de su historial. No, definitivamente no tenemos mucho tiempo que perder...

—Debemos localizarlo lo antes posible. ¿Ves algún contacto en su ficha?

Arroyo vuelve a teclear una serie de comandos. Y otra. Y otra más. Hasta que por fin la búsqueda da resultado.

—Vaya...

—¿Qué ocurre?

—Tanto esfuerzo por ocultarse, y resulta que el viejo sigue viviendo aquí.

Enarco las cejas.

—¿Aquí?

Arroyo asiente con la cabeza.

—Compruébelo usted mismo.

Me señala un punto en la pantalla, y dirijo la atención al monitor una vez más. Y maldigo al verlo.

En efecto, la dirección corresponde a una calle de Vigo: Ecuador, 12.

5

Aguantar hasta lo imposible

Ha hecho todo lo posible por aguantar. Pero la situación es complicada, y empieza a desfallecer. Desnudo en la caja, el frío muerde su cuerpo sin piedad. Comenzando por las manos y los pies, las extremidades que, junto con la cabeza, su captor le ha dejado fuera. Las siente heladas, casi congeladas. Tiemblan sin control, y Domingo sabe que es por ese líquido denso, viscoso y frío, en que el hombre se las ha impregnado. Es sangre, según él mismo le había aclarado. «A las ratas les encanta», dijo antes de marcharse y dejarlo allí, solo y a oscuras. Desde entonces, el viejo no ha podido relajarse. Porque, a pesar de todo lo que ha vivido, y de la evidente gravedad de la situación en que se encuentra, ese último comentario no ha hecho más que empeorar todavía más la situación: las ratas son una de esas angustias con las que el viejo Domingo nunca ha podido lidiar. Esos animales asquerosos, siempre sucios, malolientes... y agresivos.

De todos modos, y a pesar de la amenaza, lo cierto es que no ha aparecido ningún animal. O, si lo ha hecho, él no se ha dado cuenta. Es cierto que en la oscuridad que poco a poco ha ido engullendo el espacio en que se encuentra ha percibido algo. Ruidos sutiles a su alrededor, quizá el roce de alguna pisada furtiva, tal vez el contacto de algo en una mano. Pero no, si tuviera que hacerlo, juraría que no se trataba de ratas. A ver, al fin y al cabo una cosa así no pasa desapercibida. De manera que no, no hay ratas, ni tampoco otro tipo de amenaza por el estilo.

O, por lo menos, no de momento.

Pero eso no quita que los problemas son otros.

Para empezar, lleva ya un par de horas en la misma posición, y aunque no sabe cuáles son las intenciones de su captor ni cuánto tiempo tendrá que pasar así, de sobra entiende que esas intenciones no pueden ser buenas, por lo que da por sentado que el tiempo tampoco va a ser breve. Porque a pesar de que aún no lleva ni una tarde metido en la caja, el dolor ya se le ha presentado de múltiples formas.

Una de ellas es a través de la madera.

La caja está hecha de pino, pero las tablas que la componen han sido cortadas sin ningún tipo de miramiento ni cuidado. Se trata de madera brava, sin pulir, de modo que cualquier movimiento que intente en su interior, ya sea para buscar la manera de liberar las manos, los pies o la cabeza, o simplemente para hallar algún acomodo en la medida de lo posible, acaba convirtiéndose en un arañazo, en un corte, o incluso en una astilla clavada en cualquier parte del cuerpo. Especialmente en las articulaciones que le han quedado al descubierto. Como en las muñecas, por ejemplo. En su intento por palpar la superficie al alcance de sus manos, no ha hecho más que rozarlas contra las aberturas una y otra vez. Y ahora siente el dolor, húmedo e intenso, de la piel rasgada alrededor de las muñecas.

Y la situación no es mucho mejor en el cuello. Se ha revuelto, intentando inspeccionar el espacio que le rodea. Pero lo único que ha logrado, además de lastimarse dolorosamente la piel del cuello, ha sido poco más que identificar el suelo de algún tipo de sótano. Un suelo de tierra batida, húmedo y frío, con ese aroma amargo y pesado en el ambiente de los espacios que llevan demasiado tiempo cerrados. Los focos que rodean la caja siguen apagados, pero ya hace un buen rato que los ojos de Domingo se han acostumbrado a la oscuridad y, aunque con dificultad, ha reconocido en la luz que se cuela por el pequeño tragaluz, sucio y estrecho en lo alto de la pared a su derecha, los colores azulados, oscuros y fríos del anochecer.

En uno de esos giros últimos de cabeza, al percibir la luz, se ha clavado una astilla, y ahora lo siente ahí, el dolor agudo y continuo, como un alfiler de madera clavado en el cuello. Persistente, constante. Domingo daría lo que fuera por poder echarse la mano al cuello y arrancarse la astilla. Pero no puede.

Y, por si no fuese bastante, a todo esto hay que sumarle ahora los primeros calambres.

Porque aunque solo hayan transcurrido un par de horas, para Domingo, un anciano en realidad, esas dos horas son demasiado tiempo en la misma posición, tumbado sobre una superficie terriblemente dura, e inmovilizado en un espacio que ni admite ni permite ninguna otra postura. Y el cuerpo se resiente. La espalda, desnuda contra la madera, comenzó a dolerle cuando ni siquiera debía de llevar ni una hora en la caja.

Maldita sea, comienza a sentir que se ahoga. La presión en el pecho... Domingo necesita sus pastillas.

Intenta calmarse, no prestar atención al dolor, distraerse con cualquier otra cosa. Y por alguna razón que se le escapa, lo que le viene a la cabeza es el olor de su edificio al regresar esta mañana. Los aromas que lo impregnaban todo. Hace unas pocas horas, Domingo despreciaba el olor a langostinos cocidos que acompañaba su viaje en ascensor, y ahora está ahí, inmovilizado, tumbado en una caja de madera, sin poder escapar y sin tener ni idea de qué pretenden hacer con él.

Se esfuerza por no pensar demasiado en esto último cuando un nuevo calambre le sacude con violencia la pierna derecha. Aprieta los dientes con fuerza, intentando que la rabia contenga el dolor. En ese sentido las piernas se están llevando la peor parte. Inmovilizadas, sin espacio apenas para flexionar las rodillas ni mucho menos poder estirarlas, el anciano ha comenzado a perder el control de las extremidades inferiores, sacudidas cada vez con más frecuencia por los calambres, sutiles al principio, ligeros, apenas perceptibles, pero más y más violentos a medida que pasa el tiempo. El viejo ha intentado controlarlos, buscar algún tipo de movimiento que le ayude a reactivar la circulación. Pero es inútil, y cada tentativa solo sirve para hacerse más daño. Ya sea por el roce de los tobillos con la madera, ya sea por las propias sacudidas. Haga lo que haga, Domingo ha comenzado a comprender que la respuesta siempre será la misma: dolor.

Pero sabe que ahora mismo lo peor no es eso. No, lo peor es otra cosa.

Otra cuestión que ya lleva un buen rato ahí, revolviéndose. Empujando. Amenazando. La bebida, claro...

El laxante.

Ha hecho todo lo posible por aguantar. Pero la situación es complicada, muy complicada. Aún hace un último esfuerzo por retenerlo, pero es inútil. Tanto esfuerzo le provoca unos espasmos terribles en el vientre, y cada sacudida es un nuevo acceso de dolor. Domingo siente que ya no puede más... Ignora qué es lo que el hombre le ha dado con la bebida, pero es evidente que se trata de algo fuerte. Es inútil seguir resistiéndose...

Y ya no puede más.

El anciano deja de hacer fuerza, libera su vientre, y casi al instante comienza a sentir la humedad, densa y cálida, derramándose, extendiéndose bajo sus piernas.

Mientras hace todo lo posible por levantar las rodillas hasta donde la madera se lo permite, y evitar así el contacto de la piel con su propia inmundicia, comprende que ya no hay vuelta atrás: atraídos por el olor, si no son las ratas serán los insectos los que no tarden en llegar.

Y, entonces sí, la desesperación y la rabia se materializan en su boca, en la forma de un grito largo y desgarrado.

6

Jadeos

Anochece, y el cansancio comienza a poder conmigo. Es esa sensación, la de que no conseguimos avanzar...

En realidad hemos ido tan pronto como lo hemos descubierto. Pero este mediodía, al llegar a la dirección que Batman había localizado, no hemos encontrado a nadie. Tan solo unas gafas caídas en el rellano del sexto piso, a los pies del ascensor, los restos de un pastel aplastado en el suelo, y nada más.

Cansados de llamar a la puerta de Bejarano, Santos, Laguardia y yo comenzamos a preguntar a los demás vecinos. Aunque sin demasiada fortuna. De hecho, la única que nos arrojó algo de luz sobre los últimos movimientos del tal Bejarano fue la mujer del 7.º B, el ático que queda justo encima del apartamento del policía retirado. Nos atendió en la puerta de su casa. Una chica atractiva a pesar del aire fatigado, y todo el tiempo con su hija en brazos, un bebé de meses al que mecía de manera casi automática.

Según nos explicó, se había cruzado con Bejarano a primera hora, a eso de las diez de la mañana, cuando ella y su niña regresaban de la consulta del pediatra. Y no, ni tenía idea de adónde se dirigía el viejo, ni había vuelto a verlo, ni tampoco había visto u oído nada extraño. Ni siquiera pareció inmutarse cuando le enseñamos las gafas que acabábamos de recoger del suelo.

—¿Sabe si son las de su vecino? —le preguntó Laguardia.

Le bastó con una mirada rápida.

—No —respondió sin más.

—¿No lo sabe, o no lo son? —puntualicé yo.

Me dirigió una mirada reprobatoria. Seria, severa, como si mi pregunta no hubiera sido de su agrado.

—No lo sé, no soy de las que se fijan en esos detalles. Pero... no sé, tal vez sí lo sean.

Del mismo modo que había venido haciendo con todas las anteriores, Laguardia, siempre eficiente, también tomó nota de esta última respuesta. Aunque, a decir verdad, estaba claro que no era necesario. En realidad, cada respuesta ofrecida hasta el momento no era más que un ejercicio de parquedad, una colección de afirmaciones y negaciones reducidas a su mínima expresión. Una exhibición de economía verbal que hasta un pez habría podido memorizar. Por supuesto, no pude evitar que me llamara la atención. Había algo irritante, casi agresivo, en la actitud de aquella mujer.

—No parece que sienta usted demasiada simpatía por su vecino.

Esta vez su mirada se cargó de desconfianza, de recelo.

—Bueno, tampoco es eso...

Un paso atrás. Decidí tensar un poco más la situación.

—Muy bien, pues dígame qué es entonces.

La mujer arqueó las cejas al tiempo que apretaba los labios y mecía un poco más rápido a su niña, dejando entrever la poca gracia que le hacía tener que responderme.

—¿Qué ocurre? —insistí.

—A ver... —resopló mientras apartaba la mirada en otra dirección—. No es que yo quiera meterme en la vida de nadie, pero ¿cómo quiere que se lo diga...?

—Preferiblemente, de un modo claro y conciso.

La mujer clavó sus ojos en mí una vez más. Tuve la sensación de que me habría fulminado si pudiera.

—Lo que ocurre es que, entre que el señor Bejarano debe de estar quedándose sordo, y que está claro que es un viejo verde..., ¿pues qué quiere que le diga?

Se me escapó un suspiro de fatiga.

—Algo más claro y más conciso.

La chica apretó los labios en un mohín de contrariedad.

—Lo que le estoy diciendo es que hay noches que casi se escuchan más los gemidos que vienen del piso de abajo que la conversación con mi pareja. ¿Qué, le parece bastante claro, o acaso necesita más concisión?

Cogí aire.

—Ya veo... Laguardia, apunta: jadeos. Y dígame, ¿eso es todo?

Se encogió de hombros a la vez que negaba con la cabeza, como si no entendiera que a mí todo aquello no me pareciera significativo.

—Bueno, mire, pues a mí no es que me parezca tan poca cosa, la verdad... La explotación de la mujer como objeto sexual está mal se mire como se mire, ¿no? Pero bueno, allá cada uno con su conciencia. Pero allá —remarcó, apuntando con el mentón en dirección al piso inferior—, cada uno en su casa, y sin molestar a los demás, que aquí hay noches que no se puede dormir con tanto escándalo.

Laguardia frunció el ceño.

—Disculpe, señora, pero, para que me quede claro... ¿Quiere decir que el señor Bejarano mantiene una intensa vida sexual?

Sorprendida por lo directo de la pregunta, la mujer se limitó a arquear una ceja.

—Ya sabe —insistió Laguardia—, cuando habla de explotación... ¿Se refiere a que su vecino acostumbra a recibir prostitutas en su piso?

Ella soltó un suspiro cargado de desprecio.

—No. Lo que le estoy diciendo es que el señor Bejarano se pasa las noches viendo porno. Siempre los mismos vídeos, una y otra vez. De hecho, algunos los repite tantas veces que al primer jadeo ya sé cómo acaba la película.

Santos, que en todo momento se había mantenido en silencio a nuestras espaldas, dejó escapar una risita entre dientes.

—En boda seguro que no...

Laguardia le reprochó el comentario con una mirada por encima del hombro.

—Y nos ha dicho usted que desde esta mañana no lo ha vuelto a ver...

—En efecto, se lo he dicho, y si quieren también se lo repito. Pero ahora, si me disculpan, me gustaría volver a mis cosas. Se me hace tarde, y todavía tengo que darle el biberón a la niña.

—Por supuesto. De todos modos, si vuelve a ver a su vecino...

A Laguardia no le dio tiempo a terminar la frase. Antes de que pudiera hacerlo, la mujer ya había dado por bueno el «Por supuesto» para cerrarnos la puerta en las narices.

—... no dude en llamarnos —concluyó igualmente Laguardia, siempre eficiente.

Y eso fue todo. Un suspiro, un jadeo incómodo, y nada en claro más que el comentario de una vecina enojada y unas gafas tiradas en el suelo.

A primera hora de la tarde conseguimos que la jueza de guardia, la magistrada Celia Torres, nos firmase una autorización para entrar en el apartamento de Bejarano. Por supuesto, avisados como estábamos de los vicios y debilidades del señor Bejarano, lo primero que hemos hecho ha sido reparar en una pequeña colección de cintas VHS, apiladas en uno de los estantes centrales del mueble del salón.

A simple vista, y a juzgar por los títulos que se leen en las etiquetas, podría parecer una especie de modesta filmoteca para principiantes. *Superman*, *Rambo*, *Ciudadano Kane*, *El exorcista*, *Los Intocables*, *Manhattan*... Decenas de títulos, todos escritos a mano, que invitan a imaginarse a Bejarano cómodamente sentado en el sofá de su salón, disfrutando del séptimo arte y hasta puede que comiendo palomitas. Pero todo barniz cinéfilo desaparece en cuanto Santos introduce la primera cinta, una escogida al azar, en el reproductor de vídeo. *La princesa prometida*.

—Señor, yo no soy mucho de ver películas, pero... —interviene Batman tan pronto como la imagen aparece en la pantalla—. Hasta donde yo la recuerdo, juraría que esta escena no salía en la versión que vi en el cine.

—Bueno, si hay una segunda parte, y comienza en la noche de bodas, igual sí... —comenta Santos, sin apartar la vista del televisor.

La escena se repite una y otra vez, película tras película, cinta tras cinta. Y sí, todos comprendemos que la vecina de arriba está en lo cierto. Lo que Bejarano tiene en el salón de su apartamento es una más que considerable colección de porno casero. Y sí, teniendo en cuenta el volumen al que estaba puesto el televisor cuando lo hemos encendido, es comprensible el enojo de la mujer. Pero en realidad, y en lo que a nosotros atañe, la cosa no tendría mayor interés de no ser por un par de detalles.

Para empezar, no se trata de películas comerciales. De hecho, incluso se podría pensar en algún tipo de producción propia. ¿De qué otra manera explicar el hecho de que la localización sea siempre la misma en todas las cintas? Todas las películas están rodadas desde algún punto elevado en una habitación amplia, de aire más o menos elegante. Techos altos, las paredes cubiertas de cuadros... Parece que la pared exterior sea la del fondo, por unos enormes cortinones cerrados que la cubren de arriba abajo.

Y luego está esa otra particularidad, la del elenco: los actores siempre son los mismos.

Aunque en la primera grabación escogida por Santos no llegaba a distinguirse con claridad el rostro del hombre, en la segunda sí. Y todos lo hemos reconocido. Es cierto que hasta ese momento nunca lo habíamos tenido delante, pero esa cara, la misma que de vez en cuando parece no poder evitar mirar a cámara, se asemeja mucho a la que consta en la ficha de Domingo Bejarano, si bien su aspecto no se corresponde con el que debería tener en la actualidad. El que aparece en las grabaciones no es un anciano, sino un hombre maduro, tal vez en torno a los cincuenta años, por lo que no tardamos en deducir que las filmaciones deben de tener ya un tiempo, no menos de veinte años. Pero sí, más joven o más viejo, no hay duda: el tipo de los vídeos es el inspector Bejarano. Pero a mí lo que me preocupa no es él.

Es ella.

No puedo tener la certeza porque apenas se la puede ver con claridad. Es como si ella también supiese que la cámara está ahí, grabándolos, pero, al contrario de lo que sucede con el hombre, ella supiese que no debe mirar en esa dirección. O no quisiese... Apenas llega a vérsele la cara, es cierto, y desde luego nunca al completo.

Por un instante, la imagen de Viola cruza mi pensamiento.

«¿Y si...?»

Pero no, no puedo confirmar nada. Una y otra vez, la mujer esconde la cara. No lo sé, no sé de quién se trata. Y no, desde luego tampoco parece una violación. O, desde luego, ella no parecer ofrecer ningún tipo de resistencia.

Pero...

Niego en silencio. Parece sexo consentido, sí. Pero, aunque en ningún momento le podemos ver la cara con claridad, algo en su cuerpo hace pensar que, sea quien sea, es demasiado joven para participar en semejantes producciones.

Incómodo, salgo del salón y me doy un paseo por el resto del apartamento, buscando el dormitorio. Quiero comprobar si... Pero no, un vistazo rápido sirve para darse cuenta de que este no es el mismo sitio que aparece en las grabaciones. De hecho, este es mucho más pequeño y, sobre todo, tiene poco que ver con ese aire elegante que se distingue en el del vídeo. En realidad, como toda la casa en general. El apartamento de Domingo Bejarano no es más que un muestrario de ceniceros repletos de colillas de tabaco negro y latas vacías, calcetines colgados a secar sobre una bañera que algún día fue blanca, y sábanas amarilleadas por el uso y el sudor. La casa, fría y sucia, de un anciano cualquiera que probablemente siempre ha vivido solo y sin ningún interés por la higiene personal.

Laguardia y Santos se quedan completando el registro, pero yo no. Yo prefiero regresar a comisaría. Al fin y al cabo, la de Bejarano es una casa que me advierte con demasiada fiereza de cómo podría ser la mía dentro de unos cuantos años... El porno y los calcetines aparte, claro está.

7

El séptimo círculo

Lenta pero implacable, la tarde se ha ido desplomando sobre mi propio agotamiento hasta hacer que todo se convierta en noche. Santos ha llamado hace un par de horas, y definitivamente en casa de Bejarano parece no haber nada especial. Pero al salir han hecho otra parada. Porque el pastel que encontramos en el suelo del rellano, aplastado junto a las gafas, venía en un envoltorio de la pastelería Arrondo, en la calle Policarpo Sanz.

Y sí, la encargada no solo conoce al anciano, sino que lo había visto esta misma mañana. Pero no, se le antojó como siempre. «Bueno, se trata de un tipo peculiar, un viejo gruñón, que según el pie con que se levante puede venir de mejor o peor humor. Y con sus rarezas, claro. Bueno, como todos los viejos, ¿no? Hoy, sin ir más lejos, de pronto se le metió en la cabeza que le había parecido ver a alguien en la calle. Alguien, no sé, como si le estuvieran observando, ya ve usted...»

—¿Te ha dicho a qué hora ha sido eso?

—Sí, entre las diez y media y las once, más o menos.

Y aprieto los labios al comprender. Viola no ha perdido el tiempo.

Al colgar el teléfono he seguido buscando. En los archivos, en el antiguo registro. Y también he preguntado a todo el mundo. A compañeros de otros departamentos. A los de mi quinta y también a los más veteranos. A todos.

Pero nadie ha sabido decirme nada al respecto.

Bejarano es un nombre vacío, una voz sin eco. Alguien de quien prácticamente nadie ha oído hablar. A algunos (más bien pocos) les suena algo, tal vez un rumor en algún momento, alguna historia de otro tiempo escuchada en la vieja comisaría de la calle Luis Taboada. Hay quien ha hecho el esfuerzo de salir en la búsqueda de algún recuerdo, alguna mirada perdida, una mueca torcida, casi incómoda. Pero nada más.

Nada de interés, en realidad, y la tarde se ha ido perdiendo hasta que, poco a poco, el edificio ha comenzado a quedar en silencio. Al principio no he querido prestarle atención a ese detalle. He preferido hacer como si no supiera lo que pasaba, como si el calendario no fuese conmigo. Pero por más que nosotros hagamos como que no lo conocemos de nada, el tiempo siempre nos devuelve la mirada... Todos los compañeros se han ido yendo a sus casas, dejando atrás al personal de guardia y un par de luces encendidas.

Una es la de mi escritorio.

La otra, la del despacho de Batman, en el piso de abajo, acaba de apagarse ahora mismo. Porque, de un modo u otro, todos tienen a alguien esperándoles para sentarse alrededor de una cena de Nochebuena. Y yo he hecho como que no me importaba. Hasta que Arroyo se ha asomado a mi puerta.

—Señor, yo ya me voy. Me preguntaba si usted...

No le dejo seguir.

—Sí, bien. Santos y Laguardia también se han ido ya.

—Claro. ¿Y usted no...?

Pero no, esa es una conversación que no vamos a tener.

—Oye —le atajo—, antes de que te vayas, ¿has podido averiguar algo?

Batman aprieta los labios, inmóvil junto al marco de la puerta.

—No sabría decirle, señor. Tal vez haya encontrado algo, aunque no estoy demasiado seguro de que sea relevante para la investigación. O por lo menos aún no.

—¿Algo? ¿De qué tipo?

—Bueno, en realidad se trata de dos cosas diferentes.

—Muy bien, pues empieza por la primera.

—Es sobre el asunto ese del Minotauro, he encontrado algo más.

Frunzo el ceño.

—¿Sobre una bestia mitológica? Vaya —respondo con gesto cansado—, no sabía que pudiese haber novedades en un campo tan antiguo...

—Y no las hay —asiente—. Por eso al principio no le di importancia. Al fin y al cabo la historia del Minotauro es la que es. Pero luego pensé en Sebastián y en...

Arroyo se detiene antes de acabar la frase. Se ha dado cuenta de que estaba a punto de decir «su novia».

—Y en Viola, sí. ¿Qué ocurre con ellos?

—Bueno, a estas alturas es evidente que hay algún tipo de vínculo entre ambos, y que los dos se han tomado muchas molestias para encontrar a alguien: Sebastián no dudó en ponerse varias veces en contacto con nosotros para exigirnos una información, y Viola incluso se arriesgó a que la descubriésemos entrando aquí para localizar al tal Bejarano. De modo que si ambos están relacionados, y tanto Viola como Sebastián están buscando algo o a alguien...

Comprendo a dónde quiere llegar Batman. Yo también lo había pensado.

—Crees que Bejarano es el Minotauro...

Batman menea la cabeza arriba y abajo.

—Yo diría que sí. Y por eso he seguido buscando. Porque la descripción del animal que yo conocía no tenía sentido. O por lo menos no parecía encajar con las reclamaciones de Sebastián. Entonces se me ha ocurrido que tal vez hubiera otras posibilidades.

—¿Otros minotauros?

—O por lo menos alguna otra historia acerca de ese mismo animal que encaje mejor en nuestra búsqueda.

—Ya veo... ¿Y es eso lo que has encontrado?

Batman chasquea la lengua.

—Bueno, no sé si es «eso», pero creo que he dado con algo.

Resulta que el Minotauro también es el guardián del séptimo círculo del infierno.

Frunzo el ceño. Cada rato que pasa mi cansancio va en aumento.

—Escucha, muchacho, no sé de qué me estás hablando...

—Del círculo de los violentos, señor. Lo explica Dante en la *Divina Comedia*...

Le mantengo la mirada, tan perplejo como incrédulo. Y agotado.

—¿Me lo estás diciendo en serio?

—Sí, señor. Según el libro, el séptimo círculo del infierno era donde pagaban sus pecados los violentos. Y el Minotauro era el responsable de vigilar y guardar su entrada.

Un momento, ¿el vigilante de los violentos? Hago un esfuerzo por comprender lo que Arroyo intenta señalarme.

—A ver, muchacho, a ver si te estoy entendiendo bien. ¿Quieres decir... que de eso es de lo que se trataba? ¿De dar con el guardián de algo?

Batman ladea la cabeza con gesto de apuro, como si mi apreciación no hubiera sido correcta.

—No, señor, de algo no —me corrige—. De alguien.

—Joder...

Me froto la cara con fuerza y maldigo entre dientes.

—Os lo he dicho, hay algún tipo de relación entre todos ellos... Pero ¿cuál?

Batman niega en silencio.

—Eso ya no lo sé, señor.

—Bueno —respondo con gesto resignado—, no te preocupes, no está mal... ¿Y qué es lo otro que has averiguado?

Esta vez Arroyo tarda más en responder. Vuelve a apretar los labios, y yo comprendo una vez más: lo gordo está por venir.

—Es sobre Viola y Sebastián: creo que ya sé cuál es la relación que hay entre ellos.

Por supuesto, y tal como acaba de señalar el mismo Batman, a estas alturas ya no hay duda de que entre Sebastián y Viola existe un fuerte vínculo. Las llamadas, los comentarios de uno sobre la otra, las desapariciones... El engaño, en definitiva. De hecho, ahora también conocemos el porqué: con un nombre o con otro, ambos buscaban dar con la misma persona. Alguien que, al parecer, ya han encontrado. Pero lo cierto es que hasta este momento no me había preguntado por lo que los podía unir. Y noto una sensación de malestar en el estómago al imaginar los posibles vínculos. Uno de ellos me duele especialmente.

—¿De qué clase de relación se trata?

—A ver, no puedo asegurarlo...

—Ya, ya —le atajo—. Pero ¿si tuvieras que hacerlo?

Arroyo clava sus ojos en los míos.

—Si tuviera que hacerlo —responde al fin—, diría que son hermanos.

Silencio.

«Mierda...»

Hermanos.

No, no es la que más duele.

Pero tampoco es la más tranquilizadora.

Porque, en este tipo de empresas, los hermanos no suelen asociarse por motivos económicos. No, cuando es de sangre, el vínculo siempre es más profundo. Más visceral...

—Hermanos, dices...

Todavía en silencio, Batman se limita a responder moviendo la cabeza arriba y abajo.

—Hermanos gemelos —matiza.

—Joder... ¿Y qué es lo que te hace pensarlo? —Me echo hacia delante, apoyando los codos sobre el escritorio—. ¿Acaso has encontrado algo en la base de datos de Clara?

—No. Y sí, es cierto que lo he intentado. Siguiendo la pista del DNI de Viola, he buscado los números inmediatamente anteriores y posteriores al suyo, por si al registrarla a ella también hubieran hecho el registro de alguien llamado Sebastián. Pero no, por ahí no ha aparecido nada. O por lo menos no de momento. Tal vez en otra oficina, con otro número, otros apellidos. Al fin y al cabo, tanto Blanco como sobre todo Expósito son apellidos muy recurrentes cuando se trata de darles apellidos a niños de los que no se conocen sus orígenes...

—¿Entonces?

Arroyo se encoge de hombros.

—Google, señor.

Arqueo las cejas.

—¿Cómo dices?

—Lo probé después al ver que en nuestros archivos no encontraba nada. He introducido una búsqueda con los dos nombres, y esto es lo que he encontrado en una de las entradas.

Arroyo saca un papel que lleva doblado en el bolsillo posterior de su pantalón, y me lo pasa por encima del escritorio.

—¿Qué es esto? —pregunto al desplegarlo.

—La sinopsis de *Noche de Reyes*.

Lo miro fijamente.

—Venga, no me jodas, Batman. ¿Primero Dante y ahora Shakespeare? Pero ¿qué coño es esto, un maldito club de lectura?

Batman vuelve a encogerse de hombros.

—Ya le dije que igual no era nada, señor. —Su voz suena incómoda, a excusa—. Pero está todo ahí. Mírelo. El personaje principal es Viola, y tiene un hermano mellizo.

—Sebastián... —aventuro.

—En efecto. Es la historia de dos hermanos que sobreviven a un naufragio y comienzan una especie de juego de enredos y engaños en el que involucran a todo el mundo, empezando por la autoridad.

—¿La autoridad?

—El duque Orsino —me aclara.

Arqueo una ceja. No tengo ni idea de quién es el tal Orsino. Pero algo me dice que lo relevante no es el quién.

—¿Cómo lo hacen?

Batman aprieta los labios.

—Intercambiándose las identidades sin que nadie se dé cuenta...

Niego en silencio a la vez que maldigo entre dientes.

—Por supuesto —añade Arroyo después de una breve pausa—, el cerebro es ella.

Cansado, vuelvo a frotarme la cara con las manos. Cada vez más rápido, más fuerte, sin dejar de maldecir en ningún momento.

—Joder, joder, joder... ¡Joder!

Mi confusión va en aumento. Me dejo caer contra el respaldo de la silla.

—¿Qué es lo que está ocurriendo aquí? —pregunto a la vez que me llevo las manos a la cabeza, desbordado—. Pensaba que las identidades eran reales, por lo menos la de ella. El carnet de identidad, y todo eso... ¿Qué coño pasa, acaso no era auténtico?

—Lo es, señor. Lo he vuelto a comprobar, y sí, se trata de un registro correcto.

—¿Pues entonces?

Batman me mantiene la mirada, como si la respuesta fuese tan evidente que no necesitara ser pronunciada.

—Son sus nombres reales, señor.

Me quedo mirando la hoja de papel.

—Joder, ¿Viola y Sebastián? No puede ser casualidad, ¿verdad?

Batman mueve la cabeza con vehemencia.

—No, señor —responde—. Creo que, quienquiera que les pusiera esos nombres, conocía la historia.

Y es entonces, en ese preciso momento, cuando una maquinaria, lenta y pesada, comienza a ponerse en marcha en mi cabeza.

—Oh, joder, dos hermanos gemelos que sobreviven a un naufragio...

8

Antenas

En efecto, al olor de la sangre se le ha añadido el de los excrementos, convirtiéndose todo junto en un reclamo irresistible para los primeros visitantes que, finalmente, han respondido a la llamada.

Y ya están aquí.

En un momento en que ha girado la cabeza, a Domingo le ha parecido detectar algo en el suelo, a muy poca distancia de su cara. De hecho, juraría que incluso le ha rozado la mejilla. Algo considerablemente grande, compacto. Y con antenas.

Cucarachas.

Han tardado poco en llegar. Varias cucarachas, moviéndose sin orden ni concierto, como llevadas por una suerte de danza incomprensible, en la que van de un lado a otro, descendiendo desde la parte superior de la caja hasta su cara, y de ahí al suelo, sin dejar en ningún momento de intentar reconocer el espacio a su alrededor a través de sus antenas, rozándolas nerviosamente contra todo. Y, a pesar de lo desagradable que al anciano le resulta el espectáculo, lo cierto es que no son estas cucarachas las que le preocupan. No son las que asoman desde la parte superior de la caja, ni tampoco las que corretean por el suelo junto a su cara. No, no son estas, sino otras.

Las que ya siente moverse en el interior de la caja.

Domingo se revuelve, intentando librarse de ellas. Si no espantarlas, por lo menos deshacerse de tantas como pueda, aunque sea aplastándolas con su propio cuerpo. Pero lo único que consigue es hacerse daño contra la madera, abriéndose más cortes, clavándose más y más astillas, y, lo que es aún peor, impregnándose cada vez más de sus propios excrementos. Sea lo que sea lo que el hombre le haya hecho ingerir, a estas alturas ya es más que obvio que se trata de algo terriblemente fuerte, de manera que tras haberse dejado ir por primera vez, ya no ha podido parar, y ahora todo el suelo de la caja es un río de inmundicia que le empapa las piernas y buena parte de la espalda. De hecho, Domingo no encuentra más consuelo que pensar que, después de haber expulsado tanto líquido, debe de estar a punto de la deshidratación. Ya no puede quedarle mucho más que expulsar.

Entonces vuelve a sentirlo. Una nueva acometida, esta vez cargada de angustia y desesperación.

Porque Domingo es un hombre con toda una vida a sus espaldas, con una larga experiencia. La vida de Domingo (no, espera, la vida de Domingo no, la vida del inspector de policía Domingo Bejarano) es la de un hombre que se ha dedicado a luchar por los demás. A defender unos ideales, a hacer todo lo posible por favorecer el bienestar de mucha gente. De manera que... ¿a qué viene esto ahora? ¿Qué sentido tiene, qué clase de justicia hay en humillarlo, en degradarlo de esta manera?

Desesperado, Domingo aprieta los dientes con fuerza, y la rabia quiere convertirse en furia. En un grito exasperado, primario. Abre la boca, coge aire y lanza el grito.

Pero esta vez no le sale.

No le sale. Domingo tiene la boca abierta y los ojos cerrados, apretados con fuerza. Pero no sale nada. Apenas un grito hueco, seco. El eco sordo de una voz que no suena a nada. Vencido, ya por completo desbordado, Domingo quiere llorar. Pero del mismo modo que ya no hay voz, tampoco hay lágrimas. Y entonces lo oye.

—No puedes, ¿verdad?

Sorprendido, abre los ojos. Lo hace despacio, lentamente.

Y, aunque no se atreve a mirar, comprende, por la altura a la que ha percibido la voz, que hay alguien junto a él sentado en el suelo.

—Siempre ocurre. Llega un momento en que no importa cuánto lo intentes, los gritos dejan de salir. Porque, por más que tú lo necesites, ellos saben que gritar no servirá de nada.

En silencio, aún sin responder, Domingo percibe la diferencia. Se trata de la misma voz de antes, la del hombre que le dio a beber el laxante. Pero algo ha cambiado en ella. Parece menos dura, menos seca. Como si su dueño hubiera bajado la guardia. Y, aunque solo sea por un instante, le parece detectar algo. Algo... ¿conocido?

Domingo está a punto de contestar cuando, de pronto, los pequeños focos de obra vuelven a encenderse alrededor de la caja.

Deslumbrado, el anciano cierra los ojos con fuerza, intentando protegerse del estallido de luz. Pero no puede. Al abrirlos de nuevo, apenas alcanza a ver nada. Con los ojos aún doloridos, lo primero que hace es intentar reconocer el punto desde el que le llega la voz, pero apenas logra identificar una sombra. Se trata de un bulto, una mancha oscura, que permanece agachada, sentado junto a él con las rodillas abrazadas. Domingo se esfuerza por enfocar la vista en esa dirección, pero de momento no puede hacer otra cosa que identificar la silueta recortada en el contraluz. La figura de alguien delgado, de poca complexión física.

—¿Quién... quién eres? ¿Qué quieres de mí?

Pero Sebastián no responde a ninguna de sus preguntas.

—Te he encendido las luces porque me da la sensación de que estás asustado. Aunque, si quieres saber la verdad, yo prefiero la oscuridad.

La voz del hombre suena trémula, frágil. Casi casi infantil. Y familiar.

—¿Por qué me has encerrado aquí?

Pero tampoco esta vez hay respuesta.

—La prefiero porque ahí, a oscuras, puedes imaginar que no estás solo, ¿sabes? Puedes imaginar que hay un padre, e incluso una madre. Alguien que vela por ti... Todo lo que en realidad sabes que no estará si enciendes la luz.

Bejarano entorna los ojos, intenta comprender. Pero no puede, y solo alcanza a intuir algo entre las manos del hombre. Algo que... ¿se mueve?

—Escucha, no sé de qué me estás hablando, yo...

Pero no, Sebastián no escucha.

—También es cierto que en la oscuridad el diablo se puede esconder en muchos más lugares, ¿verdad? El diablo puede ser un ruido en la noche. Incluso un susurro, una palabra amable...

A marchas forzadas, los ojos de Bejarano luchan por enfocar el espacio. Algo, lo que sea, cualquier cosa que le ayude a comprender qué está pasando.

—O, quién sabe —continúa Sebastián, indiferente a los esfuerzos del anciano—, tal vez incluso pueda esconderse en un pequeño animal.

Entonces, por fin, lo ve. En un último esfuerzo, los ojos del viejo alcanzan el punto de lucidez justa. Y lo identifica: el bulto que se revuelve, nervioso, entre las manos de Sebastián es una rata.

9

Carballo

—¿Qué? —murmura de pronto un hombre a mi lado en el que ni siquiera había reparado hasta ese momento—, ¿un mal día?

Me ha cogido a medio trago, de manera que, lentamente, vuelvo la cabeza hacia él y, todavía con mi cerveza en el aire, lo observo. Se trata de un tipo alto y delgado, de pelo canoso, que ahora apenas repara en mí. Mantiene la vista al frente mientras apura su café. Sonrío con desgana, y devuelvo la mirada al interior de mi vaso.

—Sí —respondo—, una mala vida...

Supongo que en el fondo me había hecho ilusiones. Y si en algún momento había logrado despistarlas, todas regresaron con fuerza cuando Batman se dio la vuelta. Ya se estaba marchando pero, justo en el último instante, tuvo que volverse y preguntármelo.

—Señor... ¿Qué va a hacer usted?

—Pues no lo sé —respondí—, supongo que deberíamos intentar tirar un poco más de esto que has encontrado, tal vez no sea tan irrelevante como piensas, y...

—No, no —me interrumpió con una sonrisa amable—. Me refiero a ahora, a esta noche.

Y, entonces sí, comprendí a qué se refería.

—Ah. La Nochebuena y todo eso...

—Sí, señor. No sé si usted...

Pero no concluyó la frase. ¿Para qué hacerlo? Al fin y al cabo es un hecho: por más que yo pensara que no era así, por más que me hubiera intentado convencer de que lo había estado llevando con la mayor discreción posible, lo cierto es que a estas alturas todos en la comisaría están al tanto de todo lo referente a mi vida privada. Comenzando por sus aspectos más patéticos.

Por lo menos Arroyo tuvo el valor de decírmelo a la cara.

—Si no tiene otros planes, Dulce y yo estaremos encantados de que nos acompañe, señor...

Tardé en responder, casi tan perplejo como incómodo.

—¿Dulce?

—Sí, señor. Mi novia.

Y ahí sí que ya no supe qué decir. No tenía ni idea de que Batman tuviese novia. Qué digo novia, ni siquiera me había parado a considerar la posibilidad de que el muchacho tuviera una vida fuera de este trabajo, mucho menos de que saliera con alguien que se llamase Dulce... De modo que ese fue el momento exacto en que la escena pasó a convertirse en una pelea a cara de perro con la realidad.

Golpe número 1: el instante en el que sentí el contacto con el fondo del pozo. «Mierda, tengo que estar realmente jodido para que incluso alguien tan frío y metódico como Batman resulte parecer más humano que yo.»

Golpe número 2: «¿En serio, de verdad crees que estás jodido? Pues espera por nosotras, que tenemos algo que decirte». Y ahí vienen ellas. Justo en el instante siguiente, en el que, cansadas de aguardar, todas las ganas, todas las esperanzas que hasta entonces había querido ocultarme a mí mismo se levantan en pie de guerra, dispuestas a echar abajo todas mis resistencias, a pasar por encima de todas mis trincheras, y a arrasar conmigo. Porque la verdad es que, por más que me lo hubiera estado negando, me había ilusionado con la idea de que esta vez sería distinto. Que era ella, que Viola era la opción correcta, el plan que saldría bien...

Pero no, no podría haber salido peor.

—No, no —le respondí, en una tentativa mal disimulada de coger aire y ganar tiempo—, no te preocupes. Por supuesto que tengo plan —mentí—, ¿cómo no voy a tenerlo? Vete, anda, que ya es tarde. ¡Y dale un beso a Dulce de mi parte!

Y ahí está, el golpe número 3: «Acabas de mentirle a un compañero, tal vez incluso a un amigo, de manera que ya no te queda más opción...».

Mi ánimo besa la lona al tiempo que, a lo lejos, me parece oír la campana.

KO.

Se acabó.

De manera que ahora la pregunta es: «¿Qué es lo que se hace cuando uno está hundido, con el culo pegado a lo más profundo del pozo?».

En ese instante lo vi muy claro: darse la vuelta y escarbar, averiguar qué es lo que hay debajo del fondo. Por eso ahora estoy aquí.

Por supuesto que era mentira, claro que no tenía ningún plan. Pero el de Nochebuena es un día complicado, porque a medida que se va acabando la tarde comienza a ser más y más difícil encontrar algún lugar en el que refugiarse, sobre todo si lo último que quieres hacer es irte a tu casa y descubrirte a ti mismo solo en el sofá. Y tal vez sea por la inercia. O porque simplemente no sé adónde ir, pero, cuando me quise dar cuenta, ya estaba entrando por la puerta del bar Carballo.

La verdad es que no he sido honesto. Porque les juré a Antonio y a Alberto, los dueños, que solo sería una caña rápida. «Una caña, y tal vez una empanadilla, ya sabéis, para ir haciendo boca antes de ir a cenar con la familia.»

Y por eso ahora sigo aquí.

Apoyado en la barra, intento poner algo de orden entre mis dudas y mis frustraciones, mientras Alberto, paciente, acompaña cada nueva cerveza con una empanadilla más. Y, sinceramente, no sé cuántas llevo ya. Ni cervezas, ni empanadillas... Ni frustraciones.

Porque, por un lado, está el asunto de Bejarano. Por increíble que parezca, lo cierto es que no hemos conseguido averiguar nada sobre él. No solo es como si hoy no existiera: es que, lo que me resulta aún más incomprensible, es como si apenas hubiera existido en el pasado. De hecho, lo único que he sacado en claro es que la capacidad para borrar un rastro de tal manera solo está al alcance de alguien muy poderoso. O de alguien con contactos muy poderosos...

Por otra parte, Viola. Al margen de cómo me sienta con respecto a nuestra situación personal (bueno, a mi situación personal), Viola es, por supuesto, nuestra principal sospechosa junto con Sebastián, y a estas horas seguimos sin tener ni rastro de ella. Ni de ella ni de... ¿su hermano? Sea como sea, he dado la orden de dejar una patrulla de guardia camuflada frente a su portal. Por si tuviera que regresar por algo... Aunque sé perfectamente que no lo hará.

Y, al fondo del escenario, yo.

De hecho, a punto estaba de comenzar a compadecerme de mí mismo cuando este hombre me ha preguntado por la mala calidad de mis días.

—Una mala vida —repito.

El tipo, un hombre mayor, deja la taza en el platillo y, esta vez sí, me devuelve la mirada.

Es una mirada extraña, desconfiada. Dubitativa, como si estuviese considerando la conveniencia de seguir hablando conmigo.

—Pues no parece que vaya a mejorar...

Frunzo el ceño al tiempo que vuelvo a observarlo de reojo. Entonces caigo en la cuenta: en realidad no es que sea tan mayor, es que está bastante demacrado... Puede que mis circunstancias no sean las mejores, pero las marcas en su cara ponen de manifiesto que las suyas tampoco lo han sido. Entorno los ojos. ¿Quién demonios es este hombre que se me ha acercado?

—Perdone, ¿cómo dice?

—Su vida, digo. No tiene pinta de que vaya a mejorar.

—¿Ah, no? Vaya... —respondo con una sonrisa tan fatigada como desafiante—. ¿Y eso por qué, amigo?

El hombre aprieta los labios con gesto cansado, incómodo, como el del maestro al que le molesta tener que explicarse ante un alumno poco aplicado.

—Porque tengo entendido que está usted buscando a alguien..., amigo.

Por supuesto, su respuesta me pone en alerta.

—¿Quién le ha dicho eso?

El tipo me sonríe con desgana.

—Alguien, nadie... Ya sabe, llegados a una edad, los viejos comenzamos a oír voces.

Le mantengo la mirada. No, definitivamente este hombre no es tan viejo como insinúa. De hecho, yo diría que tal vez esté más cerca de los sesenta que de los setenta.

—Pero esa no es la pregunta correcta —continúa.

—Vaya, ¿y cuál es, si no?

El otro aprieta los dientes.

—Lo que usted debería preguntarse es si realmente está preparado para buscar a esa persona...

Él también me mantiene la mirada, sus ojos, marrones, casi negros, clavados en los míos.

—¿Por qué?

Silencio.

—Porque a lo mejor encuentra monstruos.

10

Tú

Al irse, el hombre ha apagado las luces, y la oscuridad ha vuelto a envolverlo todo. Pero él puede sentirla. Sabe que está ahí, la oye corretear...

Las cucarachas se han multiplicado. O al menos eso es lo que le parece. Las nota yendo de un lado para otro por el interior de la caja. Su olor, sus desechos, la sangre, su propio calor, todo se ha convertido en un reclamo irresistible para los insectos, y ahora Bejarano siente el movimiento frenético de las cucarachas a lo largo de todo su cuerpo, moviéndose sin parar nerviosas en el interior de la pequeña estructura de madera. Las puede sentir sobre el pecho, bajo los hombros, alrededor de los tobillos. Entre las ingles... Las percibe por toda su piel y, aunque no deje de intentarlo, la verdad es que ya apenas le quedan fuerzas para deshacerse de ellas. Sigue procurando revolverse cada vez que los insectos rozan alguna parte especialmente sensible, pero lo único que consigue con cada sacudida es hacerse más y más daño.

Pero, con todo, y a pesar de lo enormemente desagradable de la situación, lo cierto es que para el viejo este asunto ha comenzado a pasar a un segundo plano. O, por lo menos, a compartir su atención con un nuevo aspecto. Porque las cucarachas ya no son lo único que le preocupa.

Porque él sabe que está ahí. La oye corretear.

En el silencio absoluto del espacio en el que se encuentra, lo que más angustia a Bejarano es la claridad con la que percibe ese otro sonido. El contacto persistente de las pequeñas garras contra la madera, el movimiento nervioso, errático, hacia uno y otro lado. La rata. Avanza en una dirección. Se detiene. Vuelve a avanzar. Se detiene una vez más y luego reanuda la marcha, ese correr inquieto, casi frenético, pero esta vez en cualquier otra dirección. No puede verla, pero sabe que está ahí. En el silencio aplastante de la noche, el oído de Bejarano puede percibir con toda claridad el ruido, fino y acelerado, del roce de las garras sobre la madera de la tapa. Rac, rac, rac, rac, rac... La oye cuando corre, la oye cuando se detiene, e incluso la oye respirar cuando olfatea el ambiente, intentando reconocer el espacio a su alrededor. Y a su presa.

Desesperado, el viejo intenta gritar. Pero lo que sale de su garganta no es más que una voz hueca, sorda.

—¡Por favor —exclama, a punto de derrumbarse—, no puedo más!

Pero no hay respuesta.

—No puedo más...

Y, ahora sí, el ánimo de Bejarano se viene abajo. Su cuerpo rompe a temblar, convertido en un mapa de pequeños espasmos incontrolables. Es frío, dolor, nervios... Desesperación. Aprieta con fuerza los ojos, intentando ya sin éxito contener las lágrimas.

Y entonces lo oye.

Es apenas nada, un roce sutil. Y no proviene de la caja.

Se esfuerza por serenarse.

—¿Estás ahí?

Tampoco esta vez hay respuesta.

Pero Domingo está seguro de haberlo oído. ¿O no? Lleva demasiadas horas en esa situación. Y todo el sufrimiento... Quién sabe, tal vez sus sentidos ya no sean de fiar. Pero no, no puede ser... Quizá él sea viejo, pero sabe que hay una parte de sí mismo que no envejecerá jamás. La que siempre ha permanecido alerta, la que nunca ha bajado la guardia.

La que lo ha mantenido vivo a lo largo de todos estos años, por muy mal que vinieran dadas...

De modo que sí, lo ha escuchado. Ha sido una respiración seca, rápida y sutil. Como si alguien, agazapado en la oscuridad a su alrededor, hubiera ahogado un acceso de risa. Y Bejarano desconfía.

—¿Eres tú? —pregunta, esperando escuchar la voz del hombre.

Pero no.

—Buenas noches, viejo.

Y a Domingo se le congela la respiración.

Se trata de una voz nueva. No es la del hombre, sino una diferente. Más dura, más afilada. Más peligrosa.

Y femenina.

Domingo gira la cabeza hacia su derecha y busca. Intenta enfocar, adivinar algo en la oscuridad. Pero no puede. Todo lo que le rodea es la negrura más impenetrable.

—¿Quién... quién eres?

De nuevo ese sonido, el golpe de aire repetido, rítmico. Alguien se ríe en silencio.

—Lo sabes perfectamente.

Bejarano vuelve a sentir la boca seca, y cómo se le acelera la respiración. Intenta controlarla.

—¿Eres...?

Deja la pregunta en el aire, pues de pronto se ha encendido una luz. Viene de la misma dirección desde la que llega la voz, y le apunta directamente a la cara deslumbrándolo. Pero, a pesar de ese primer instante de confusión, enseguida cae en la cuenta de que no se trata de la misma luz que las veces anteriores. No son los cuatro focos de obra que rodean la caja, sino algo más pequeño. Algo mucho menos agresivo, un pequeño foco, tal vez una linterna. Domingo entorna los ojos, siente el impulso de protegérselos con la mano. Pero no lo hace. Porque no puede, pero también porque ahora la luz ha comenzado a moverse.

Lentamente, la persona que sostiene la linterna deja de apuntar a Bejarano y comienza a dirigir el haz de luz hacia sí misma.

Y ahí está.

Alumbrado desde abajo por una pequeña linterna que mantiene apoyada en el regazo, el rostro de la mujer se descubre ante Bejarano: a poco más de dos o tres metros del viejo, Viola permanece sentada en el suelo, la espalda apoyada en la pared y las rodillas recogidas contra el pecho.

—Buenas noches, viejo.

Atónito, Domingo no responde.

—¿Cómo te encuentras? —continúa, observándolo fijamente—. Dime, ¿estás cómodo?

Pero Domingo, todavía perplejo, no escucha las preguntas de Viola. Agotado, hace un esfuerzo por tragar saliva.

—Eres tú, ¿verdad?

Sin apenas alterar su posición, Viola se limita a acercarse un poco más la linterna a la cara, para que el hombre en la caja pueda reconocerla.

—Sorpresa.

En realidad no puede verla con claridad. Le siguen faltando sus gafas. Pero para esto tampoco las necesita. Por supuesto que sí, Domingo la ha reconocido. Por su voz, pero también por algo más.

—Debí suponerlo...

Los temblores vuelven a estremecer el cuerpo de Domingo, pero Viola no se inmuta. Ni siquiera responde; se limita a mantener la mirada, fría, casi inexpresiva, fija sobre el rostro del anciano.

—Por favor —suplica Bejarano en un murmullo casi inaudible—, sácame de aquí.

Pero tampoco esta vez hay respuesta.

Domingo solloza, se revuelve, e intenta golpear la caja con desesperación. Por supuesto, todos los esfuerzos son en vano.

—De acuerdo, de acuerdo... —Opta por seguir hablando—. Escucha, vamos a tranquilizarnos, ¿sí?

Viola sonríe con desdén.

—¿Acaso no te parezco tranquila?

El anciano intenta tragar saliva de nuevo.

—Sí, claro... Pero, oye, dime una cosa, ¿qué es lo que está pasando, eh?

Viola no deja de mantenerle la mirada.

—¿De verdad no lo sabes?

Domingo siente la boca tan seca que le parece que la lengua se le vaya a deshacer de un momento a otro.

—No, no lo sé... ¿Qué queréis de mí?

Viola tarda en responder. Está demasiado ocupada contemplando al anciano como si él mismo fuese una de las muchas cucarachas que se agolpan a su alrededor, entrando y saliendo por los orificios de la caja, observándolo con una mezcla de curiosidad e indiferencia muy parecida al desprecio.

—¿Acaso no es obvio? —contesta por fin—. Verte morir, Domingo.

Bejarano aprieta la mandíbula.

—No...

—Por supuesto que sí —le ataja Viola—. Pero lo interesante no es el qué. Es el cómo.

La mujer apunta la linterna hacia la caja, recorriéndola lentamente con el haz de luz a lo largo de la madera.

—Un cómo lento y doloroso —continúa— tomado literalmente por los insectos, devorado por las alimañas...

Bejarano intenta mantenerle la mirada.

—No serás capaz de hacer algo así.

Viola sonríe con desdén sin dejar de alumbrar la caja de madera todo a lo largo, como si la presencia de la misma hiciese innecesarias más explicaciones.

—Yo diría que ya lo estoy haciendo...

—Pero no puedes hacer esto. No a mí.

—¿Ah, no? ¿Y eso por qué?

—¡Porque yo no soy un hombre cualquiera! —explota el anciano—. ¡Y he hecho muchísimo por todos!

Indiferente al arranque de cólera de Bejarano, Viola esboza de nuevo una sonrisa cínica y cansada.

—Por supuesto, claro que sí —concede—. Pero vas a morir igual, viejo.

—Has perdido el juicio —protesta—, ¡no eres consciente de con quién estás hablando!

—No, te equivocas. Sé perfectamente con quién estoy hablando. De hecho, diría que lo sé mejor que tú... Por eso vas a morir. Y yo seré tu oscuridad.

Sin ponerse en pie, Viola se acerca un poco más a la caja, enfatizando cada palabra que pronuncia.

—Y entonces dará igual quién seas —continúa—, o quien hayas sido. Porque no habrá nada. No habrá voces que te llamen por tu nombre para llevarte a casa, no habrá flores para ti. Me gustaría que supieras que, cuando te encuentren, no habrá rosas, ni nadie querrá poner tu foto en un marco de plata. No habrá lamentos, ni panegíricos, ni nada. Morirás sin el calor de nadie que te haya amado.

La cabeza de Bejarano se estremece, sacudida por los temblores. Es el frío, el dolor, los nervios... Pero también la cólera. Aprieta los dientes con rabia, y por un segundo parece que esté a punto de responder algo. O de reventar. Pero Viola se le adelanta. Le pone el dedo índice sobre los labios, indicándole que no hable.

—No sé si te lo estarás preguntando pero, por si acaso, deja que te diga que, si uno hace bien su trabajo, este proceso, del que ahora eres parte interesada, puede durar algo más de dos semanas —le explica ella—. ¿Te lo puedes imaginar? Quince días aquí metido, con los insectos anidando en tu interior mientras las ratas te devoran por fuera...

El anciano intenta apartar los ojos, pero de repente ella se lo impide. Le agarra la mandíbula con fuerza y, con gesto serio, violento, le obliga a mantenerle la mirada.

—No te preocupes, viejo, que no te entretendré tanto. Será más breve...

Viola acerca su cara a la del anciano, hasta que ambos perciben con claridad el aliento del otro.

—Pero no se acabará antes de que tú y yo nos contemos unas cuantas cosas. Y te lo advierto, más te vale colaborar.

—¿Y qué pasa si no lo hago?

Viola sonríe.

—¿Estás seguro de querer comprobarlo?

Furioso, Bejarano aparta la mirada.

—Tú y yo no tenemos nada que decirnos —masculla con dificultad pero sin esconder la rabia.

—¿De verdad crees que no?

—¡No, hija de puta!

Viola no se altera. Impasible, se limita a mantener la mirada, furiosa, del anciano.

—De acuerdo —le responde—. Veremos si mañana sigues pensando lo mismo.

La mujer se pone en pie, deja la linterna encendida sobre la caja de madera y sale del campo visual de Bejarano.

—¡Espera! No me dejes aquí, ¡no me dejes aquí!

—No te preocupes —replica, ya desde la oscuridad—. Las ratas te harán compañía.

11

Encontrarás monstruos

¿Cómo hemos acabado aquí? «Monstruos», había dicho... El hombre que se me había acercado en el bar me advirtió de que lo correcto era preguntarse si uno estaba preparado para encontrar monstruos. Y, lo reconozco, en aquel momento no supe qué pensar. ¿A qué se refería el tipo este? O, mejor dicho..., ¿a quién?

—Oiga... ¿Nos conocemos?

Pero no me respondió.

Todavía inmóvil ante la barra del Carballo, el hombre desvió la mirada hacia el fondo del bar, y yo aproveché su silencio para observarlo un poco mejor. Un tipo flaco y curtido, a quien las marcas en la cara y la mala vida habrían hecho confundir con un anciano, si bien tendría poco más de sesenta. Las ojeras, la piel oscurecida, y aquellos trazos que asomaban bajo los puños del chaquetón, pequeños tatuajes de un solo color hechos sin demasiado esmero mucho tiempo antes de que tatuarse la piel se pusiera de moda, eran las marcas que advertían de que, fuera quien fuese, aquel hombre era un superviviente, un náufrago de otra época.

En silencio, con gesto de incomodidad, se limitó a girar sobre sí mismo y, con la espalda apoyada contra la barra, comenzó a contemplar el paso apurado de la gente en la calle caminando en todas direcciones, como si la vida al otro lado de los ventanales solo fuese una suerte de producto en un escaparate, algo que no iba con él.

—Digamos que tenemos conocidos en común —respondió al fin—. Pero eso ahora no es lo que importa, ¿verdad?

Arqueé una ceja.

—¿Ah, no?

—Por supuesto que no. Escuche —advirtió, girando ligeramente la cabeza en mi dirección—, esta tarde me han llamado para decirme que tal vez haya alguien a quien le pueda interesar mi historia.

—Supongo que se referían a mí...

El tipo sonrió con desgana.

—Vaya, veo que es usted un fiera, Sherlock... ¿Qué me dice, de verdad quiere pasar y conocer a los monstruos?

—Sí, claro, pero... —Por un momento me asaltaron las dudas—. Oiga, dígame una cosa, ¿de qué clase de monstruos estamos hablando?

Frunció el ceño, observándome de nuevo con curiosidad.

—Bueno, supongo que eso depende de a cuánta gente esté buscando.

Sonreí sin ningún entusiasmo.

—Soy policía, siempre estoy buscando a alguien.

El otro también sonrió, aunque tampoco con demasiado interés.

—No le veo muy animado...

—Créame —le respondí—, me sobran los motivos para no estar animado tanto como me faltan ganas para charlar sobre ello, de manera que si no es usted un poco más concreto...

—Bejarano —me atajó—. Tengo entendido que está usted buscándolo, ¿no es así?

Esta vez fui yo el que no le devolvió la mirada.

—Vaya, así que eran esos monstruos...

Respondí sin apartar los ojos del fondo del vaso. Y apreté los dientes con rabia. Porque no se trataba de Viola.

Y porque lo sabía, joder, sabía que algunos de los policías de más edad no habían sido sinceros. Lo noté en sus ojos al preguntarles en comisaría. Arrugaban la nariz, miraban para otro lado. Callaban más de lo que contaban.

—Pues entonces creo que ya sé cuáles son esos conocidos en común. De hecho, supongo que se trata de los mismos conocidos que le han dicho dónde encontrarme...

El tipo arrugó la nariz y despreció mi comentario con un gesto de la mano, como diciendo: «Eso ahora es lo de menos...».

—Dígame una cosa: ¿es cierto lo que me han contado? Ya sabe, lo de que ha desaparecido...

Arqueé una ceja, fingiendo que la cosa tampoco tuviera tanta importancia.

—Bueno —respondí—, dejémoslo en que no conseguimos localizar al señor Bejarano.

Al tipo se le escapó una sonrisa extraña.

—El señor Bejarano —repitió—, tiene gracia... ¿Cree que podría estar en peligro?

Me llamó la atención la pregunta. ¿Qué clase de anciano desaparece y no se da por sentado que pueda estar en peligro?

—Sí, tenemos motivos para creerlo, sí.

En silencio, el tipo volvió a quedarse observándome. Y esta vez tuve la sensación de que fuese él quien me estuviera evaluando a mí.

—Ya, claro. Y supongo que lo que les preocupa es que tenga que ver con ese asunto, ¿no? Ya sabe, el de todos esos viejos muertos...

En esta ocasión preferí guardar silencio. Por muy discretos que intentásemos ser, los medios de comunicación habían divulgado ya unas cuantas cosas. Bien es verdad que tampoco tantas como yo temía, y que, por la razón que fuese, parecían retener a propósito la información, como si estuvieran al acecho de algo más... Pero lo cierto es que ahí estaban, de manera que tampoco había ninguna necesidad de alimentar aún más la situación con la propagación de posibles rumores. Con todo, el hombre percibió la afirmación oculta en mi silencio.

—Ya veo...

No pude evitar que me llamase la atención la expresión de

su rostro. Extraña, ambigua, no parecía la de un hombre preocupado, sino, en todo caso, la de alguien que valorase la oportunidad.

—No saben nada, ¿verdad?

—¿Sobre Bejarano?

—Sí.

—No mucho —admití con disgusto—. Un buen policía, respetado, un expediente limpio...

—Sí, sí, claro... De hecho, incluso se podría decir que demasiado limpio, ¿no le parece?

Sí, reconozco que yo también lo había pensado. Pero no lo dije en voz alta. Cada vez más desconcertado, me limité a mantenerle la mirada.

—Oiga, es tarde, estoy cansado... ¿Se puede saber quién coño es usted?

Nuevo silencio, nueva evaluación.

—Nadie —respondió sin más.

Clavé mis ojos en él, expectante, aguardando algo más. Pero el tipo se limitó a dejar escapar una risilla entre dientes, divertido con la situación.

—Nadie —repitió—, pero si lo prefiere puede llamarme Lalo.

—Lalo qué más —insistí.

—Lalo Nometoquesloscojones.

Fruncí el ceño.

—Perdone, ¿qué ha dicho?

—Lo que ha oído. Que no venga a tocarme los huevos con cómo me llamo o cómo dejo de llamarme. ¿Usted de quién coño quiere saber, de mí o de Bejarano?

Comprendí.

—¿Lo conoce?

El tal Lalo sonrió con gesto resentido.

—Por supuesto. De hecho, lo conozco desde finales de los setenta. Ya sabe, en aquellos años todo parecía un poco más permisivo, y daba la sensación de que por fin habría oportunidades para todos... Y, joder, chaval, alguien como Bejarano, que por aquel entonces aún era subinspector, no iba a dejar pasar aquello ni de coña. No, ni de puta broma...

—¿A qué se refiere?

Pero Lalo no me respondió. Volvió a girarse hacia la barra y cruzó una mirada rápida con Antonio y Alberto.

—Oiga, es tarde ya. Ahí fuera es Nochebuena, y esta gente querrá cerrar. Digo yo que tendrán familias con las que reunirse...

Lo dijo acompañando el comentario de un ademán del brazo en dirección a la sala, haciéndome notar que ya no quedaba ningún otro cliente en el local.

—Sí, claro, tiene razón...

Y entonces clavó sus ojos, negros, quemados, en los míos.

—Algo me dice que usted es de los que esta noche no tienen prisa por ir a cenar, ¿me equivoco?

Esbocé una sonrisa con aire de derrota.

—Ninguna.

—De acuerdo. Pues entonces deje de perder su tiempo y el de los demás, y acepte mi convite.

—Vaya, ¿quiere usted invitarme a cenar?

Lalo negó con la cabeza.

—No. Lo que quiero es invitarle a escuchar. Venga, acompáñeme.

Y por eso ahora estamos aquí.

A estas horas ya nadie recuerda al rey ni mucho menos nada de lo que haya dicho en su discursito de cada año. Los langostinos ya se habrán acabado, y lo más probable es que el turrón se esté derritiendo en las bandejas. Pero en esta casa no hay nada de eso. En este piso, anclado en medio de la noche que ya se acerca a la madrugada, no ha habido cena, no ha habido villancicos, no ha habido nada. Si me descuido, casi ni hay luz. En esta habitación apenas iluminada por una lámpara de pie a punto de venirse abajo, tan solo hay una mesa camilla con un mantel sucio y viejo, una botella vacía de vino malo y dos vasos como dos salas de cine de barrio, agotadas de tanta reposición barata.

De camino a su casa, Lalo apenas me ha contado un par de cosas.

—¿De qué se conocen ustedes dos?

El hombre ni siquiera levantó la vista del suelo.

—Ahora ya hace muchos años que no nos vemos. Por suerte, también se lo digo... Pero supongo que se podría decir que durante un tiempo hicimos negocios juntos.

—¿Negocios? —Fruncí el ceño—. Pero Bejarano es...

—¿Policía? Por favor, no sea usted estúpido. Ya se lo he dicho, en aquel momento Domingo era un hombre que no estaba dispuesto a dejar pasar ninguna oportunidad.

—Entonces ¿eran ustedes amigos?

Lalo ni se lo pensó.

—¿Amigos? —resopló con desprecio al tiempo que metía la llave en la cerradura de su portal—. Por favor, inspector, ni el mismísimo diablo habría querido ser amigo de ese desgraciado...

Lalo abrió la puerta del ascensor y me hizo un ademán para que pasara yo primero.

—Mire —siguió—, no es que yo esté muy al tanto de todos esos méritos que constan en su expediente. Por cómo lo ha dicho usted mismo, se ve que han debido de ser muchos... Yo le conozco algunos, aunque seguro que no se trata de ninguno de los que figuran en el historial. Pero, si quiere que le diga la verdad...

—No me interesa otra cosa.

Lalo se encoge de hombros al tiempo que el ascensor llega al noveno piso.

—Mire, tal vez ese cabrón haya sido capaz de engañar a muchos... Pero no a mí, yo sé cómo es en realidad. Quién es. Tuve la mala suerte de conocerlo cuando todavía era joven, ni siquiera había llegado a los veinte. Y ¿sabe qué?

Lalo guardó silencio. Bajó la cabeza, soltó un suspiro, como si asumiera que desde ese momento en adelante ya no habría vuelta atrás, y volvió a levantar la mirada para observarme fijamente.

—Bejarano era un animal —dijo—. Una bestia.

Recordé lo que había leído en el expediente. Muchos años en la Brigada Político-Social...

—¿Quiere decir que era un torturador?

Lalo abrió la puerta de su piso sin apenas inmutarse.

—No, hombre, no —desechó al tiempo que entrábamos en su apartamento—. A Domingo todo aquello de los partidos políticos, los sindicatos o las luchas por las libertades le importaba un carajo. De hecho, y si me apura, le diré que a ese desgraciado lo único que le importaba del movimiento estudiantil eran los estudiantes. En concreto —añadió, advirtiéndome con el dedo índice— las estudiantes, ya sabe usted a qué me refiero...

Me indicó que me sentase a la mesa, abrió la botella de vino y, tras llenar un par de vasos, fijó sus ojos en mí.

—Mire —dijo después de un buen trago—, su amigo Bejarano no es quien usted cree. No tiene nada que ver con ese buen policía al que andan buscando. De hecho, y hasta donde yo sé, ni siquiera se parece en nada a una buena persona.

Apartó la vista durante un par de segundos, en dirección a una ventana que daba a un minúsculo patio interior, y, todavía con la mirada perdida en la oscuridad, continuó.

—Escuche, preste atención, y escúcheme. Tal vez, cuando acabe, ya no tenga las mismas ganas de encontrarlo...

El bar de mis padres

1978

Da igual lo que seamos. Embusteros, desgraciados, malnacidos. Digan lo que digan, la mala gente siempre se reconoce entre sí. No sé a qué se debe, tal vez por el olor, el ansia, o por el hambre en la mirada, pero esa es la verdad: un miserable siempre reconoce a otro. Y Bejarano era un malnacido. Lo sé porque yo también lo soy.

Por una razón o por otra, llegó un momento a finales de los años setenta en que todos en la ciudad comenzamos a estar al tanto de sus movimientos. Todos los que no queríamos que nuestro camino se cruzase con el de la policía, claro. La mayoría incluso habíamos tenido la oportunidad de verlo en acción, explicándole a cualquier otro desgraciado la conveniencia de no atreverse a tocarle los huevos mientras le reventaba la cara contra la pared o le esparcía los dientes por la acera. Porque ese cabrón por el que usted pregunta aspiraba a cualquier cosa menos a convertirse en un policía de expediente inmaculado. Tal vez fuese porque el sueldo era una mierda, porque él quería más o, simplemente, porque la bondad no formaba parte del carácter del subinspector Bejarano. Pero, créame, ese tipo era un auténtico hijo de puta. Y estaba metido en todas...

Como con las chicas, por ejemplo. Por supuesto, la prostitución era un negocio ilegal. Pero a él eso le importaba un cojón. Domingo no tardó en comprender que si, en vez de detenerlas a todas, se reservaba a dos o tres putas para que trabajasen para él, podría obtener más beneficios. Más pasta, más cariño y, sobre todo, más información. No se imagina usted la cantidad de cosas que puede llegar a escuchar una de esas mujeres...

Pero no se vaya a pensar que eso era todo. Qué va, ni mucho menos. De hecho, cuando yo lo conocí, Bejarano ya estaba metido en chanchullos con chorizos, con chulos, con contrabandistas... Y de todos sacaba su buena tajada. Me cago en la puta, oiga, en aquellos años muchos habrían preferido que los detuviera cualquier otro policía antes que cruzar sus pasos con los del subinspector Bejarano.

Muchos... menos yo.

No, yo no. De hecho, yo era tan desgraciado, tan imbécil, que cuando la peste pasó por mi puerta, salí a recibirla con los brazos abiertos.

No sé cuántas veces había estado antes el subinspector en el bar de mis padres. Bueno, el bar... A ver, en realidad solo era una tasca de mala muerte en la calle Irmandiños. Pero a él esa zona le interesaba especialmente. Ya sabe, era mucho más discreta que la de la Ferrería, donde estaban todos los burdeles y los gitanos, y por aquel entonces no llamaba tanto la atención como ahora... Así que ya le digo, no sé cuál fue la primera vez. Pero la vez que sí recuerdo con detalle fue otra, en los últimos días de 1979. La recuerdo bien porque fue la primera vez que me atreví a hablarle.

En aquella ocasión, Bejarano entró en el bar con la intención de proponerle un negocio a mi padre. Sabía que llevábamos un tiempo pasando apuros, y, según él, podía haber una solución. Lo único que tenía que hacer mi padre era dejar que el subinspector le colocara una partida de botellas de contrabando con las que se había hecho en la frontera con Portugal. Pero mi viejo, que al igual que todos conocía la reputación del madero, no quería líos y le dijo que no. Y entonces ¿sabe qué? Hostia, no me lo pensé dos veces... Vi la oportunidad, y me tiré a por ella.

Salí detrás de él, y lo alcancé en la calle.

—Tu viejo no sabe escoger a sus amigos —me dijo con malestar.

—Ya, él no. Pero yo sí.

Le dije que no se preocupara, que yo me encargaría de convencerlo.

Al día siguiente, cuando un par de portugueses detuvieron su furgoneta delante del bar y comenzaron a descargar un montón de cajas con botellas llenas de algo que lo mismo podría ser aguardiente que matarratas, mi padre, que al principio no entendía un carajo, me echó las manos al cuello, exigiéndome una explicación a la vez que intentaba arrancarme la cabeza. Y yo hice lo único que por aquel entonces sabía hacer de puta madre.

Mentir, por supuesto.

Le dije que lo había hecho por el bien de todos, que nadie que se atreviera a llevarle la contraria a Bejarano salía bien parado. O acababa teniendo problemas con sus compañeros de comisaría, o acababa necesitando muletas o, probablemente, las dos cosas. Pero no era cierto. Lo hice porque soy un desgraciado. Un miserable que vio una posibilidad de hacer dinero fácil. Y, al dejarla pasar mi padre, yo me lancé a por ella. Ahí comenzó todo.

Por supuesto, aquella no era una partida puntual, como el subinspector le había contado a mi padre, sino el producto de un negocio de contrabando en el que Bejarano era más que parte activa. Una vez que se sintió cómodo en nuestro bar, asentado, lo siguiente en llegar fue el tabaco, y después, a comienzos ya de los años ochenta, el hachís. Él lo traía, y yo me encargaba de moverlo. Al fin y al cabo, tampoco tenía nada mejor que hacer, y aquel era el dinero más fácil del mundo. Pero lo más interesante no era eso. No, claro que no. Lo mejor... Bueno, para qué darle más vueltas, ¿no? Lo mejor eran las chicas.

No sé cómo lo hacía ni de dónde las sacaba. Pero aquellas dos o tres a las que chuleaba al principio no tardaron en ser bastantes más. Solo en el bar, ya convertido en un pequeño burdel, llegamos a tener casi una docena de manera permanente. Y más y más guapas cada vez, ¿eh?

El negocio prosperó rápido, mis comisiones empezaron a ser realmente buenas, y Bejarano pensó que lo mejor era hacerse con el piso que había en el primero, justo encima del bar, de manera que las chicas no tuvieran que irse demasiado lejos con sus clientes. Cada vez más chicas, cada vez más guapas. Cada vez más clientes y, lo que era más interesante, cada vez mejor vestidos. Es cierto que durante un tiempo seguimos teniendo a los mierdas de siempre, supongo que porque a Domingo le venía bien tener controladas a las ratas de la cloaca. Al fin y al cabo, nunca se sabe cuándo vas a necesitar a alguien que esté dispuesto a hacer el trabajo sucio por ti, ¿no? Pero poco a poco el panorama se amplió y empezamos a recibir visitas de más alta condición. Y en la sombra, siempre, la mirada atenta, afilada y satisfecha del subinspector Bejarano.

Estaba al tanto de todo. Siempre sabía quién entraba y quién salía, qué consumía y qué le gustaría consumir. Y si algo no lo había, se conseguía. Alcohol, drogas, mujeres... Lo que fuera con tal de tener a sus clientes contentos.

De hecho, no tardé en darme cuenta de que muchos de aquellos servicios no se cobraban. Me costó entenderlo. ¿Qué sentido tenía correr tantos riesgos, si no íbamos a sacar ningún beneficio económico de todo aquello? Recuerdo la expresión en el rostro del subinspector cuando me atreví a preguntarle el porqué de tanta generosidad.

—Desde luego, debes de ser mucho más estúpido de lo que pareces, pajarito... ¿Acaso no sabes quién es toda esta gente?

Lo entendí con el tiempo. Porque, en efecto, todos aquellos clientes venían de otros lugares. De barrios que no eran el nuestro, ya sabe a lo que me refiero, ¿verdad? Joder, si es que alguna vez incluso los había visto llegar en uno de esos coches enormes, de esos junto a los que no suele ser raro ver a algún maromo abriendo la puerta de atrás a algún pez gordo... Y entonces lo comprendí: al fin y al cabo, nunca se sabe cuándo vas a necesitar a alguien realmente bien posicionado como para poder pedirle algún que otro favor... Aunque para Bejarano la idea de «pedir» tal vez no fuera como para usted o para mí.

—No falla, pajarito: a un tipo duro le pones una chorbita, se la tira... y ya es tuyo.

De eso se trataba. El verdadero beneficio para Bejarano no estaba en el dinero, sino en lo que obtenía a cambio de todo aquello. De los favores, de todo lo que le conseguía a aquella gente y, probablemente, también de todo lo que callaba. Menudos imbéciles... Allí estaban, convencidos de que Bejarano era algo así como su «conseguidor», sin darse cuenta de que el único que siempre salía ganando era él. La madre que lo parió, ¡pero si él mismo lo decía de vez en cuando!

—Estamos cogiendo al mundo por los huevos, pajarito. Por más que se quieran hacer los duros, nosotros no tendremos más que ponerle una de nuestras amiguitas delante. O dos. O tres, o las que hagan falta. Tan pronto como se las hayan tirado serán ellos los que ya estarán jodidos. Y créeme, chaval, a estas mujeres no hay hombre que se les resista...

Y sí, es cierto que podría haber dicho o hecho algo. Pero bueno, ya sabe cómo va esto, ¿no? Oiga, algunas drogas son así, ayudan a que te creas mejor tus propias mentiras. Y para entonces yo ya estaba enganchado a todas. A las drogas, y también a las mentiras. A todo, y todo lo controlaba Bejarano.

De modo que supongo que sí, que se podría decir que todo iba bien. Hasta que apareció ella, claro...

Cuquita

1981

¿Conoce eso que dicen sobre los años ochenta? Ya sabe, eso de que si los recuerdas es que no los disfrutaste a tope. ¿Lo conoce, eh? ¿Lo había oído? Joder, chaval, ¡pues yo los disfruté tanto que lo único que recuerdo es que deberían haberle puesto mi nombre a la puta década! De hecho, hoy apenas puedo enganchar unos cuantos recuerdos borrosos de los primeros años... Como, por ejemplo, los que tienen que ver con él.

Debíamos de estar a comienzos de 1981 cuando empezó a frecuentar el local una cara nueva. A ver, también es verdad que por aquel entonces apareció mucha gente que no habíamos visto antes, la mayoría capullos de diseño con ropas raras y caras de imbéciles. Pero este que le digo era especial... Un capullo, sí. Pero en poco tiempo acabó convirtiéndose en uno de nuestros mejores clientes. Bejarano se refería a él como Titín cuando lo tenía delante, y como «el Marquesito» cuando no. En realidad, lo llamase como lo llamase, lo único cierto es que aquel fulano era un gilipollas, un malparido tan estirado como arrogante, que no hacía el más mínimo esfuerzo por disimular el desprecio que sentía por quienes él consideraba chusma. Lo que, para qué engañarnos, veníamos siendo todos nosotros... Joder, para aquel cabrón nunca había bastante, ni siquiera con las chicas, y lo mismo le valían dos que doce. Y oiga, qué quiere que le diga, a mí aquello se me antojaba cojonudo. Al imbécil aquel parecía que la pasta se le cayese de los bolsillos, de modo que a mí lo único que me preocupaba era que todo estuviese a su gusto para lograr que, antes de que llegase al suelo, esa pasta acabase en mis manos. Y, ya se lo imaginará, cuando digo todo me refiero a todo. Chicas, drogas, silencios...

Y no le digo que no, a lo mejor debí haber estado un poco más atento, pero lo cierto es que tardé mucho en darme cuenta de quién se trataba. Porque, aunque para mí no fuera más que otro capullo al que sacarle el dinero, el caso es que el tipo no era un tonto cualquiera. Imagínese usted la cara de idiota que se me quedó cuando me enteré de que el tal Titín era en realidad Esteban Durán, el puto heredero de una de las familias más ricas y poderosas de la ciudad. Joder... Los mismos Durán que llevaban desde el siglo anterior haciéndose de oro primero con las conservas y después con las armadoras, los astilleros y con su puta madre... Y allí estaba el tipo, en nuestro puto negocio, ¡y con el culo al aire! Joder, chaval...

Veo por su cara que ya sabe de quién le hablo, ¿verdad? Sí... El mismo cabrón que hoy preside el consejo de administración de... Hostia, ¿cómo se llama la empresa ahora? Ah, sí, Millennia, eso es. Los que construyen barcos para el gobierno en China. O no, espera, los construyen aquí pero son para los chinos. O... Bueno, mire, da igual, lo importante es que yo no tenía ni puta idea de quién coño era el fulano ese, pero él y Bejarano parecían entenderse a las mil maravillas. Supongo que sobre todo porque, ya le digo, el tipo era un auténtico vicioso. Ya sabe, de esos a los que les va el rocanrol. De hecho, alguna de las chicas incluso llegó a quejarse al subinspector. Al parecer, se ve que de vez en cuando al muy cabrón le daba por sacar la mano a pasear con ellas... Como se imaginará, Bejarano zanjó el asunto poniendo a la pobre imbécil de patitas en la calle, no sin antes recordarle la conveniencia de mantener la boquita cerrada si no quería saber lo incómodo que podría ser tener que usar muletas hasta para respirar, usted ya me entiende. De manera que sí, se entendían bien, Bejarano y el Marquesito, pasaban tiempo juntos. Y claro, el jefe no tardó en coincidir con ella.

Porque el Marquesito tenía una hermana, ¿sabe? Isabel Durán. Cuquita. Y ella fue la que lo jodió todo. Todo...

Mire, en aquellos años, y como dirían los políticos, hubo que hacer frente a un nuevo problema, dos nuevas drogas que aparecieron poco después del hachís. La primera, más exclusiva, fue la cocaína. Y, un poco más tarde, la heroína. La verdadera reina del mambo... Por supuesto, la policía no podía permanecer impasible ante semejante amenaza, y por ello se creó un nuevo departamento, centrado específicamente en la lucha contra los estupefacientes. Y, como ya se imaginará, Bejarano volvió a ver una nueva oportunidad de hacer negocio.

Como argumentos principales, el subinspector Domingo Bejarano puso encima de la mesa su amplia experiencia en la calle y sus contactos con todo tipo de maleantes y desgraciados, lo cual, según él, le garantizaba una posición privilegiada a la hora de conocer de primera mano cualquier movimiento que se produjera. Nos ha jodido, ¡como que era él el que estaba detrás de la mayoría de esos movimientos! Pero oiga, a esas alturas yo ya no sé si es que sus superiores ignoraban sus manejos, o si preferían hacer como que no lo sabían. Joder, al fin y al cabo algunos de ellos también eran clientes nuestros, así que...

El caso es que Bejarano pasó a estar al mando de la primera Brigada de Estupefacientes que hubo en Vigo. Y así, por sus santos cojones, llegó a tener bajo su control buena parte del tráfico de drogas que se movía en la ciudad. Claro, coño, ¿acaso conoce usted una manera mejor de satisfacer la demanda que gestionándola uno mismo?

Mientras tanto, y como ya le he dicho, para el Marquesito nada era suficiente. Bueno, ya sabe lo que se rumoreaba, ¿no? Al parecer, lo del vicio y el exceso le venía de familia.

Y, por supuesto, tratándose de un asunto familiar, la hermanita tampoco se iba a quedar atrás...

En especial, la pequeña Isabelita, Cuquita para las amistades, sentía una debilidad irrefrenable por las drogas. Sobre todo por la coca. Y Bejarano, obviamente, se aprovechó de ella.

Porque esa era la razón, amigo, el verdadero motivo por el que Domingo se llevaba tan bien con el Marquesito. Estaba obsesionado con su hermana. Aquella mujer, por entonces una chiquilla, le hizo perder el seso... Pero no se vaya usted a equivocar, Mateo: como ya le he dicho, Bejarano siempre había sido un monstruo, atrapado en su propio laberinto de fuerza y brutalidad. Y, qué quiere que le diga, ese tipo de gente... No, señor inspector, esos no aman, esos poseen. Y por supuesto tampoco se enamoran. Someten... Esa mala bestia no conocía más que un impulso: el control sobre los demás. De modo que eso fue lo que hizo.

Aprovechándose de la debilidad de aquella pobre desgraciada, Bejarano no tardó en engancharla. Pero no a la coca, sino al caballo. Le dio todo el que quiso y más. Y la muy idiota ni se enteró. Antes de que pudiera darse cuenta ya era una adicta de manual. Hoy cualquiera le dirá que en aquellos días, cuando todo era nuevo y desconocido, nadie sabía lo peligrosa que era aquella mierda y todo eso... Como yo mismo, que tampoco tardé demasiado en engancharme. Pero ese no era el caso de Bejarano. No, él lo sabía perfectamente. Joder, pero ¿cómo no iba a saberlo, si él, como muchos otros policías, era quien se estaba asegurando de que el jaco llegase a todas partes?

¡Pues claro que lo sabían, hombre, sabían perfectamente lo que aquello supondría! Más adictos, más control. Y más clientes...

De manera que el muy cabrón lo hizo a conciencia. No ignoraba el daño que le estaba haciendo a aquella muchacha. Pero a él eso le importaba un carajo. Lo único que quería era tenerla. Reducirla, poseerla. Y, cuando por fin la tuvo anulada por completo, hizo con ella todo lo que le dio la gana. Primero la usó de todas las maneras que se pueda imaginar. Y, luego, la echó a los perros.

Porque sí, es cierto. Al principio, yo pensaba que la parte sexual de nuestro negocio iba a ser la de las chicas. Ya me entiende, al modo tradicional... Pero con el tiempo comprendí mi error. A ese respecto, Bejarano era todo un innovador. No se imagina usted lo que por aquel entonces llegué a ver. Todo tipo de orgías, de sexo, de drogas, hombres, mujeres, algún animal, todos con todos... Joder, cuántas veces me habré preguntado hasta dónde es capaz de llegar el ser humano cuando Dios se olvida de sujetar la correa... Y, por supuesto, aquella muchacha era carne fresca. ¿A quién no le habría apetecido hincarle el diente?

Y, por si se lo está preguntando, la respuesta es no: el Marquesito no hizo nada por ayudar a su hermana. O por lo menos no que yo supiera... ¿Qué coño? Si me apura, incluso me atrevería a jurar que a aquel desgraciado lo que le ocurriese a su hermana le importaba tres cojones. A él todo le daba igual, siempre y cuando pudiera seguir con lo suyo. Con sus orgías, con sus propios vicios y sus mierdas... De manera que no, ese no fue el problema.

El problema fue lo que ocurrió entonces.

No me pregunte el qué, pero a comienzos del año 82 sucedió algo entre ellos. Algo que hizo que todo cambiase para siempre. Recuerdo la noche en que Titín Durán apareció en el bar con gesto serio. Entró con Bejarano en uno de los reservados, y allí estuvieron discutiendo un buen rato. Se oían voces, sobre todo por parte del Marquesito, pero tampoco le puedo decir mucho más. No pude oír de qué hablaban, solo sé que de pronto escuché un par de golpes. Mesas arrastradas y unos cuantos vasos rotos. Cuando me asomé para asegurarme de que la situación no se había salido de madre me encontré a Bejarano agarrando por el cuello a Durán, a punto de partirlo en dos ya con la mirada. Ni siquiera dejó de clavarle los ojos cuando me advirtió de que me largara de allí cagando leches. Al cabo de un rato también salió Durán, caminando a toda velocidad y sin dejar de intentar recolocarse el pelo, revuelto a pesar de las toneladas de gomina que llevaba encima, maldiciendo y sin mirar atrás.

Después de aquella noche, el Marquesito apenas regresaría una o dos veces. Su hermana, sin embargo, no volvió jamás.

12

El indio y la serpiente

Algo entre ellos... ¿Y qué fue lo que sucedió? Mientras escucho hablar a Lalo, las grabaciones encontradas en el apartamento de Bejarano vuelven a mi mente. Me pregunto si se trata de eso. ¿Acaso es esa tal Cuquita la mujer que aparece en las cintas con Bejarano? Pero no, no puede ser... El Bejarano de los vídeos ronda la cincuentena (si es que no la pasa), y el inspector ni siquiera había alcanzado los cuarenta en la época referida por Lalo. Y además está el asunto del espacio, claro... Lalo me ha hablado de una serie de encuentros sexuales realizados en un piso de la calle Irmandiños, encima del bar. Pero esas casas están muy lejos de la amplitud y la elegancia de la habitación que aparece en todas las películas. No, no puede ser el mismo lugar... Y, sin embargo, no puedo dejar de pensar en las grabaciones. ¿Acaso hay algún tipo de conexión entre una época y otra?

—¿Y no sabe qué fue lo que sucedió?

Lalo frunció los labios.

—Ni puta idea. Y mire que me lo he preguntado veces... Pero no, no lo sé. Tal vez al final el Marquesito acabó tomando conciencia de hasta dónde había llenado de mierda el bueno de Bejarano a su querida hermanita —explicó, sarcástico—. O vaya usted a saber.

—Ya veo...

—Lo único que puedo asegurarle es que tuvo que tratarse de algo serio, porque desde aquel día las cosas ya no volvieron a ser igual.

—¿A qué se refiere?

Lalo chasqueó la lengua.

—¡A que se nos acabó el chollo, compadre! Bueno, qué coño digo —se corrigió, casi al momento—, se me acabó a mí...

—¿Por qué dice eso?

El antiguo mandado del subinspector Bejarano meneó la cabeza.

—Después de aquella noche las cosas empezaron a cambiar. Es cierto que el negocio siguió abierto. Pero poco a poco la clientela habitual comenzó a dejar de venir. Las chicas se aburrían en la barra, sentadas en los taburetes sin más ocupación que contemplarse las uñas o buscarse alguna carrera en las medias, y los únicos que seguían viniendo eran los yonquis del barrio, cada vez más y más enganchados, cada vez más y más hechos una mierda... Pero claro, esos solo alimentaban el negocio del vicio, pero no el del amor, usted ya me entiende. Y entonces comenzaron a producirse los otros encuentros.

—¿Otros encuentros? —Fruncí el ceño—. ¿A qué otros encuentros se refiere?

Lalo se me quedó mirando con una sonrisa escéptica.

—A los encuentros en la cumbre, amigo...

Tal como me explicó a continuación, algunos de los clientes más importantes regresaron al bar. Pero no para el servicio habitual. En lugar de subir a las habitaciones con las chicas, se encerraban con Bejarano en el reservado al fondo del local, y allí conversaban durante horas, dejando advertido antes que nadie se atreviese a molestar.

—Y entonces...

Lalo cerró una mano juntando las yemas de los dedos, se los acercó a la boca y, soplando sobre ellos, los abrió en el aire.

—Domingo Bejarano desapareció.

Entorné los ojos.

—¿Cómo dice?

—Que desapareció —repitió—, se esfumó en el aire. Una noche salió del bar y nunca más volvió a aparecer.

Sacudí la cabeza.

—¿Quiere decir... que no volvió a verlo nunca más?

Lalo arqueó las cejas, como si quisiera reforzar lo evidente de su respuesta.

—No en mucho tiempo —matizó—. O, por lo menos, no en persona.

—¿A qué se refiere?

El hombre tomó aire.

—La siguiente vez que lo vi, la última en muchísimos años, fue en el periódico. Debió de ser un mes o dos después de aquella última noche. Y sí, señor, allí estaba su puto careto, sonriendo junto a un montón de fardos expuestos, bien alineados para que los periodistas los pudiesen ver con claridad.

Esta vez fui yo el que arqueó las cejas.

—¿Fardos? Quiere decir... ¿que lo detuvieron?

Lalo esbozó una mueca cargada de cinismo.

—Caramba, inspector, empiezo a pensar que es usted un fenómeno... Por supuesto que no. Al parecer, si nuestro amigo Bejarano aparecía junto a todos aquellos paquetes era porque había tenido algo que ver en la desarticulación de una supuesta red de narcotraficantes portugueses.

No me pasó inadvertido el matiz, el tono incrédulo que Lalo había empleado para explicarme la noticia.

—Pero usted no cree que fuese cierto...

Ladeó la cabeza, exagerando un gesto dubitativo.

—Digamos que me pareció un poco extraño, sobre todo porque el tipo que aparecía en la imagen junto a Bejarano, y al que el pie de foto identificaba como el supuesto cabecilla de la red, era el mismo fulano que cada semana nos había estado llenando el almacén con botellas y tabaco de contrabando.

—Ya veo...

—Si nuestro querido subinspector hubiera tenido verdadero interés en atraparlo, podría haberlo hecho mucho antes, ¿no le parece?

Asentí en silencio.

—De manera que usted cree que se trataba de un montaje...

Lalo frunció el ceño y, con gesto irónico, fingió reflexionar la respuesta.

—¿Que si lo creo? —Se llevó la mano al mentón—. Pues no lo sé... A ver, dígamelo usted. ¿Qué pensaría si esa misma mañana, al mismo tiempo que lee la noticia, ve usted aparecer por la puerta al mismo fulano que, según el periódico, acaba de ser detenido por ser el cabecilla de una peligrosa banda de narcotraficantes?

Permanecí en silencio.

—¿Qué pasa, que no me cree? —Lalo reprimió una sonrisa cínica—. Pues ya le digo yo que sí, hombre, ¡que todo aquello no era más que un paripé! Aún hoy desconozco la razón, pero de lo que no me cabe duda es de que a Bejarano lo estaban protegiendo. Y le diría más...

—¿Qué?

Lalo meneó la cabeza, pensativo.

—No sé qué es lo que pasó —dijo al cabo—, si tuvo que ver con el asunto del Marquesito y su hermana, o con todas aquellas reuniones, o con todo junto, o yo qué coño sé... Pero, fuera lo que fuese, aquello disparó el progreso de Bejarano. Obviamente no dejó el cuerpo. Pero yo ya no lo volví a ver más por el bar...

—Pero entonces... ¿a qué fue el gorila portugués a su bar?

Lalo volvió a sonreír con desdén.

—A traerme un regalito...

—¿Un regalito? ¿De qué tipo?

Levantó la cabeza y clavó sus ojos, viejos, cansados, en los míos.

—Del tipo que se parece mucho a un kilo de caballo, amigo... —Arqueó una ceja, como diciendo «¿Qué te parece?»—. Lo puso encima de la barra, y a continuación me explicó que Bejarano enviaba dos mensajes. El primero, que el caballo era por los viejos tiempos, y que me lo administrase con salud. Que mientras supiera mantener la boca cerrada, ni a mí ni al bar nos pasaría nada.

—Muy considerado por su parte... ¿Y el segundo?

Lalo dirigió la mirada hacia el suelo.

—Que si por el contrario alguna vez contaba a alguien una sola palabra acerca de lo que habíamos hecho juntos, mi cabeza vería la luz del nuevo día a muchos kilómetros de distancia de mi cuerpo.

—Vaya, una razón de peso —admití—. ¿Y usted qué hizo?

Suspiró al tiempo que se encogía de hombros.

—¿Usted qué cree? Meterme en el cuerpo toda la mierda que pude, trapichear con el resto, y engancharme al caballo hasta el final de la década.

Lalo se quedó en silencio un buen rato, meneando la cabeza sin cesar.

—¿Sabe, amigo? No importa lo que le cuenten, los años ochenta fueron una mierda... Y lo que vino después tampoco es que fuese mucho mejor. Cuando llegaron los noventa, y yo intenté desengancharme por primera vez, lo primero que descubrí fue que mi padre había muerto, que mi madre se había deshecho del bar y que a mí no me quedaba un puto agujero en el que meterme... Teníamos un negocio, y yo lo arruiné. Tuve dinero, y lo malgasté. Tenía una familia... y la perdí. Lo perdí todo, ¿sabe? Gracias a nuestro amigo Bejarano... Supongo que me pasó como al indio ese del cuento.

—¿Un indio? Perdone, pero no...

—Ya sabe, ese de una película, ¿cómo era? Sí, joder, uno que un día vio a una serpiente de cascabel que necesitaba ayuda. Estaba enferma, o alguna mierda así, si es que las serpientes del Oeste se pueden poner enfermas... El caso es que el imbécil del indio la acogió en su casa, la cuidó, y hasta llegó a pensar que se habían hecho amigos. Pero cuando el bicho estuvo recuperado, lo primero que hizo fue morderle. Y matarlo, claro. ¿Y qué cojones se esperaba el muy idiota? Al fin y al cabo, siempre había sido una puta serpiente...

—Ya, comprendo. Pero así y todo usted nunca contó nada.

Lalo negó con seguridad.

—Ni mucho menos. Ya se lo he dicho, ese cabrón me arruinó la vida, ¡me la jodió bien! Lo bastante como para tomarme muy en serio su amenaza...

Hablaba sin dejar de pasarse la mano por el cuello.

—Oiga, explíqueme una cosa. Antes dijo que no volvió a verlo en mucho tiempo...

—Sí. Fuese de lo que fuese la historia aquella, ahí desapareció Bejarano, y con él también se acabó nuestro negocio. Aunque, bueno, si quiere que le diga la verdad...

—Por favor.

Lalo volvió a apretar los labios.

—Mire, un negocio tan lucrativo, tan beneficioso para todas las partes como ese no se deja así como así.

—Insinúa usted que...

—Yo no insinúo nada —me atajó—, estoy seguro de que en realidad solo fue un traslado. O una ampliación de negocio, o de sede, o de capital, o como coño lo quiera llamar. Una vez conseguida su «cartera de clientes» ideal, como la llaman los que saben, o quizá gracias a la aparición de algún nuevo socio, tal vez alguno de aquellos fulanos con los que se reunía en el reservado, el muy cabrón vio la oportunidad de quitarse de encima a los muertos de hambre y se largó, mandándonos a todos a tomar por culo. Y no, antes de que me lo pregunte ya le digo yo que no tengo ni idea de a dónde se fue, ni de cómo ni de nada. Lo único que le puedo asegurar es que tuvo que tratarse de algo muy gordo. Y que debió de contar con mucha ayuda, por supuesto.

—¿Por qué lo dice?

Lalo volvió a sonreír casi con condescendencia, como si mi pregunta tuviera la respuesta más obvia.

—Le ha costado mucho dar con su rastro, ¿verdad?

Resoplé.

—Ni se lo imagina...

—Pues ahí tiene la respuesta. Sus compañeros me han llamado porque me conocen. He trabajado como confidente durante muchos años, y alguno de los hombres de su comisaría están al tanto de mi historia. Pero nadie ha sabido decirme nada seguro acerca de nuestro amiguito. O no han querido, supongo... Lo único que me han dado año tras año es la firme recomendación de mantener la boquita cerrada. De modo que, ¿qué quiere que le diga? Después de haber hecho las cosas que Bejarano hizo, es imposible desaparecer de esa manera y durante tiempo si no es con la ayuda de amigos muy influyentes, ¿no le parece?

Reconozco que en aquel momento las posibles implicaciones de todo aquello hicieron que me sintiera incómodo.

—Pero... A ver, vamos a ver, ¿qué es lo que me está contando? Quiero decir, lo que usted insinúa es muy grave —señalé, intentando poner un poco de orden en un asunto que había comenzado a desbordarme—. Me está hablando de una red de contrabando, prostitución, narcotráfico...

—Chantaje, extorsión... Sí, lo sé mejor que usted. ¿Y?

—¿Cómo que «y»? ¿En serio me lo pregunta? ¿De verdad pretende que me crea que usted, Bejarano o el papa de Roma fueron capaces de sacar adelante semejante red criminal durante varios años sin que nadie se diera cuenta de nada?

—Eh, eh, eh, pare el carro, amigo, a mí no me meta en eso. Ya se lo he dicho, hombre, yo solo le serví de tapadera. Joder, ¿acaso no tiene usted ojos en la cara, o qué? Mire a su alrededor, coño. ¿Le parece esta la mansión de un mafioso retirado? Joder, chaval... Yo fui su tonto útil, y eso mientras me necesitó. Pero el único responsable era él, Bejarano. O por lo menos hasta donde yo sé. Porque, ahora que lo comenta, al papa de Roma lo ha mencionado usted. Pero si yo estuviera en su lugar tampoco lo descartaría demasiado rápido... Al fin y al cabo, a él no, pero a alguno de sus obispos le abrí yo la puerta del bar en más de una ocasión.

Clavé los ojos en los de Lalo.

—Pero ¿qué cojones me está contando...?

Lalo no se inmutó.

—¿Qué pasa, que ahora tampoco oye bien?

—¿Un obispo, en serio?

—Joder, ¿no se lo estoy diciendo? El muy cabrón venía siempre de paisano. Yo qué sé, tal vez pensara que así no lo reconocería nadie. Pero yo sí, yo sí que lo vi venir... Y ya me puede creer, la de ese cuervo no fue la única cara conocida que pasó por el bar.

No daba crédito.

—Pero...

—Ya, ya —volvió a interrumpirme—. Pero cómo puede ser, ¿verdad? Grandes empresarios e industriales de la ciudad, mandos policiales, políticos, algún cantante famoso, responsables de banca, e incluso altos cargos del clero metidos en el barro hasta las orejas, calentitos y revolcándose a gusto en su propia mierda, ¿y usted se pregunta cómo es posible que nadie haya hecho nada antes, no es eso?

Los dos nos quedamos en silencio, observándonos el uno al otro. Lalo contemplándome con una expresión tan curiosa como divertida, esperando una respuesta que no llegaba. Y yo por completo desbordado.

—Mire, esta tarde, cuando me han llamado para decirme que Bejarano había desaparecido, y que tal vez fuese un buen momento para contar lo que sabía, lo primero que he hecho ha sido preguntar si podía confiar en usted. ¿Y sabe qué me han dicho?

—Sorpréndame...

—Que es usted una buena persona.

—Vaya...

—Pero, ahora que lo veo, no lo tengo tan claro. Quiero decir, no sé si usted es bueno o simplemente idiota. ¿En serio se está preguntando cómo es posible que algo así suceda? ¿Acaso no ve las noticias? Pero por favor, hombre, ¿en qué mundo se ha creído usted que vive? ¡Era posible porque todos estaban en el ajo!

De pronto, Lalo había comenzado a hablar con rabia.

—Mire —continuó—, se lo voy a explicar de otra manera, a ver si así me entiende mejor. No sé dónde está ese hijo de puta, como tampoco supe jamás adónde se fue después de que hubiera desaparecido. Es cierto que alguna vez me ha parecido verlo a lo lejos. Teniendo en cuenta su edad cuando nos conocimos, comprendo que si ha regresado a la ciudad es porque ya llevará tiempo retirado. Pero, a pesar de todo, siempre que me ha parecido verlo a lo lejos, yo he hecho todo lo posible por cambiar de acera. O incluso de calle si he podido. Es un anciano, pero yo le sigo teniendo miedo...

—Pero ¿por qué?

Lalo volvió a negar en silencio.

—Porque yo estaba ahí, inspector. Yo vi cómo empezó todo. Y, créame, si ya entonces las personas que deberían haber intervenido eran las mismas que estaban ocupadas revolcándose en el lodo, dígame, compadre...

Silencio.

—¿Hasta dónde cree que podría haber llegado la mierda?

El puritano de Sodoma

Miércoles, 25 de diciembre

Los demás no tienen la culpa de mis fracasos. La tarde anterior había descubierto que Batman tenía pareja, y algo me hacía pensar que tal vez Santos y Laguardia pudiesen estar celebrando la Navidad juntos, de manera que el único que no tenía ni plan ni mucho menos entusiasmo era yo. Por eso preferí hacerlo yo solo.

Por supuesto, sé que esa fue la razón de que me costase tanto dar con él.

Lo intenté por mi cuenta; busqué algún tipo de contacto en el archivo, pero allí no había nada, de modo que, como no quería llamar a Batman, no me quedó más remedio que pedir ayuda donde menos me apetecía. Muy a mi pesar, me hice con el número gracias a una llamada rápida a Nicolás Torrón. Desde su nombramiento como comisario jefe, mi superior había comenzado a relacionarse con las élites de la ciudad, por lo que pensé que si él no lo tenía, tal vez conociese a alguien que me pudiese facilitar el número personal de Esteban Durán. Y sí, sí lo tenía. Pero tan solo me lo dio una vez estuvo seguro de haberme dejado claro que lo único más estúpido que molestar a un superior la mañana de Navidad era molestar a uno de los empresarios más importantes del país. Y todo en el mismo día.

Sin embargo, para mi sorpresa, Durán accedió a hablar con

migo tan pronto como le expliqué el motivo de mi llamada. Lo que fuera con tal de ayudar a esclarecer la desaparición de un compañero. Y sí, aunque fuera el día de Navidad.

El cabo de Monteferro, al sudoeste de Vigo, es un pequeño laberinto de calles estrechas y caminos oscuros que apenas sugieren la posibilidad de que a su amparo se escondan algunas de las viviendas más exclusivas de la provincia. Tenía las indicaciones de Durán, «La primera calle al pasar el hostal». «¿Qué hostal?» «Pierda cuidado, no hay más que uno...» Y sí, eso había hecho. Pero ahora... A los ojos de cualquiera, aquello no era más que otra curva del cabo, donde la carretera se convertía en camino para perderse en una zona de bosque frondoso, en la parte por la que la península se elevaba sobre la playa de Patos. A punto estaba de dar la vuelta, seguro de que por ahí no podía ser, cuando la vi. Disimulada bajo enormes eucaliptos, allí se hallaba la entrada. Grandes pilares de piedra enmarcaban un portal de dos hojas de hierro forjado. A pesar de que ahora me lo encontrase abierto, era evidente que se trataba del acceso a una propiedad privada. Más allá, el bosque, particular de ahí en adelante, protegía el terreno de las miradas curiosas.

Gracias a las indicaciones sabía que la casa de Esteban Durán estaba al final del camino. «No tiene pérdida», me había asegurado. Pero, por si dudaba, me aclaró que antes tenía que dejar atrás un par de construcciones. La primera, pequeña y cerrada, apareció junto al sendero, apenas a unos veinte o treinta metros del portal. De planta baja y con un modesto porche de piedra, tenía toda la pinta de haber sido en otros tiempos la vivienda de los guardias de la finca. La segunda, bastante más adelante, la vi por casualidad. Apartada, para llegar a ella había que tomar un camino que se desviaba desde un claro hacia la derecha, y, a pesar de estar en buena medida oculta por los árboles cercanos, pude observar que era una construcción mucho más grande que la anterior.

Por la forma comprendí que debía de tratarse de una de las

principales del terreno, una de aquellas antiguas casas de piedra, tan al gusto de la burguesía gallega de principios del siglo veinte. Con todo, los andamios que la rodeaban y la grúa que asomaba de su interior indicaban que se hallaba en pleno proceso de restauración. Continué avanzando, y ya no detuve el coche hasta llegar al final del camino. Ahí estaba, esta vez sí, la casa que me habían señalado como la de Esteban Durán. Una casa de factura mucho más moderna, levantada casi por completo en ladrillo rojo, acero y cristal.

Detengo el coche ante la puerta principal y, antes tan siquiera de que me dé tiempo a intentar localizar el timbre, una mujer del servicio viene a recibirme.

—Buenos días.

—Buenos días, soy...

Pero la mujer no me deja continuar.

—Pase, por favor. El señor Durán le está esperando.

Se hace a un lado para cederme el paso, y me guía por la casa hasta una especie de biblioteca, en la que me indica que entre.

—El señor Durán vendrá en un momento —me dice antes de cerrar la puerta.

Sin saber muy bien qué hacer, solo en esta sala tan grande, avanzo hasta los enormes ventanales que se abren al fondo de la estancia. Y, a pesar de que me esperaba algo así, la vista no deja de impresionarme. Porque a ese lado ya no hay árboles, y, asomada a una de las paredes del cabo, la casa ofrece una vista privilegiada de la ría de Vigo, desde el cabo Estai a la derecha hasta las islas Cíes al fondo. Sigo con la mirada puesta en el embarcadero privado, allá abajo, cuando la puerta de la biblioteca se abre a mis espaldas.

—Buenos días, inspector. Le ruego que me disculpe la espera.

Alto, fuerte, el pelo cano engaña. Este hombre apenas ha llegado a los setenta.

—No, por favor —respondo al tiempo que le tiendo la mano—. En todo caso soy yo el que le debe una disculpa por venir a molestarle en un día como este. Comprendo que no es el mejor momento...

—Oh, no se preocupe usted por eso. A medida que pasan los años, este tipo de celebraciones empieza a dejar de importar demasiado —explica al tiempo que se acerca al mueble bar junto a uno de los ventanales—. Ya sabe, la Navidad solo es divertida cuando aún tienes la edad suficiente para creer en la existencia de Santa Claus, los Reyes Magos o los políticos honrados. Pero a estas alturas del partido, ¿qué quiere que le diga? Si por lo menos hubiera niños en la casa...

—¿Tiene usted nietos? —pregunto, más por romper el hielo que por otra cosa.

—No. A mi mujer, que en paz descanse, y a mí nos habría encantado, no se lo voy a negar. Pero bueno, por el momento no parece que mi hija esté muy por la labor —comenta mientras sirve un par de vasos de whisky—, de manera que hoy solo están ella, mi yerno y unos cuantos invitados más.

—Vaya, no pretendo interrumpir nada importante...

—Pierda cuidado —me contesta—, tan solo se trata de una marchante amiga de mi hija y un par de artistillas sin demasiado talento a los que, honestamente, ¿sabe qué es lo único que les importa? —Arquea una ceja—. ¡Cuánto dinero me habrán podido sacar al final del día!

Esteban Durán sonríe con gesto divertido, como si estuviera muy por encima de ese juego, al tiempo que me tiende uno de los vasos.

—De manera que, insisto —continúa, ofreciéndome un brindis—, no se preocupe. En todo caso soy yo quien le da las gracias por rescatarme de semejante reunión de buitres, aunque solo sea por unos minutos. Veo que estaba usted contemplando el paisaje. Hermoso, ¿no le parece?

—Desde luego, lo es. Y permítame que le felicite, tiene usted una casa preciosa.

—Gracias. Celebro que sea de su gusto, pero yo no tengo ningún mérito en esa empresa —responde antes de darle un primer trago a su copa—. A comienzos de la década de los cuarenta mi padre logró hacerse con buena parte del cabo por cuatro duros. Ya sabe, en aquellos años la gente no valoraba demasiado estos espacios. ¡Lo chic era vivir en la ciudad! Señor, cuánta estupidez... —murmura para sí—. De manera que mi única virtud ha sido la de hacerle caso a mi madre, que siempre me decía que si algún día me construía una casa aquí, lo hiciese en esta parte del terreno, porque al anochecer las puestas de sol son insuperables.

—Me lo puedo imaginar.

—Desde luego... Pero no creo que usted dejase a su familia y se haya acercado hasta aquí en un día como hoy para hablar de puestas de sol, ¿verdad? Cuénteme, inspector, ¿en qué le puedo ayudar? Y no me diga que usted también necesita una subvención...

No hay duda de que Durán bromea.

—No, señor —respondo con una sonrisa—. Como le he dicho por teléfono, estoy investigando la desaparición de un antiguo compañero.

—Sí, lo recuerdo.

—Bien, pues el caso es que ayer alguien me comentó que tal vez usted podría ayudarnos a arrojar un poco de luz sobre su historia...

—Si está en mis manos, cuente con ello, desde luego. Entiendo que si han contactado conmigo debe de ser porque conozco a esa persona, ¿me equivoco?

Aprieto los labios. Esto no va a ser cómodo.

—Según me han contado, parece ser que mantuvieron ustedes algún tipo de relación en el pasado.

—Vaya, ¿y de quién se trata, pues?

—De Domingo Bejarano.

Aún con el gesto erguido, la frente ligeramente levantada y el mentón echado hacia delante, el señor Durán me mantiene la mirada. Entorna los ojos, y es apenas nada, un matiz casi imperceptible.

Pero yo lo he visto.

Tan solo ha sido un destello, pero el nombre no ha resultado del agrado del anciano.

—Bejarano, dice usted...

—Sí. Tengo entendido que les unía... —busco las palabras— algún tipo de vínculo.

Esteban Durán aparta la mirada, y con la vista perdida en la enorme alfombra persa que cubre el suelo de la estancia, aprieta los labios en un mohín de incomodidad.

—Sí —admite sin demasiado entusiasmo—, es verdad que en cierto momento nuestros caminos se cruzaron... Y créame si le digo esto, inspector: lamento que el señor Bejarano haya desaparecido, y por supuesto espero y deseo que no le suceda nada malo, pero si quiere que le diga la verdad...

—Por favor.

Durán desvía la mirada en dirección al mar. Chasquea la lengua.

—Me trae usted a la memoria a un hombre que ojalá nunca hubiera conocido.

—Vaya —finjo desconcierto—, reconozco que me sorprende oírle decir eso. Por lo que me han contado, tenía entendido que eran ustedes buenos amigos...

El hombre me mira con severidad.

—Yo no diría tanto como eso, inspector. Es cierto que durante un tiempo compartimos... ¿cómo se lo podría describir? Ciertas experiencias, por así decirlo.

—¿Experiencias?

Durán me observa de reojo, supongo que sopesando hasta dónde puedo estar al tanto de su historia.

—Intente comprenderlo, señor. Eran los primeros años ochenta, acabábamos de salir de una dictadura, y aquello nos cogió jóvenes y despreocupados, no sé si me entiende...

—Sí —admito—, estoy al tanto de los negocios que el señor Bejarano manejaba por aquel entonces.

Durán hace un gesto con la cabeza, como si no fuera necesario extenderse en los detalles.

—Bueno, pues mucho mejor, porque entonces me ahorra la vergüenza de tener que explicárselo. Como ya le he dicho, era joven y estúpido. Y sí, lo admito, cometí no pocos excesos. Pero en ningún momento se me pasó por la cabeza que fuesen a concluir en semejante incidente...

—¿Incidente? —digo fingiendo sorpresa—. ¿A qué incidente se refiere?

Todavía inmóvil frente al ventanal, Esteban Durán deja su copa sobre una mesita auxiliar y cruza las manos por detrás de la espalda.

—Escuche... No es que me agrade especialmente rememorar aquel tiempo. Como usted comprenderá si realmente está al tanto de los ambientes en los que se movía el señor Bejarano, no se trata de episodios de los que uno pueda sentirse orgulloso. Pero, si eso ya es incómodo de recordar, no se imagina lo doloroso que me resulta tener que hablar de aquello...

De pronto, toda esa energía, casi arrogancia, que Durán exhibía al despreciar los intentos de sacarle dinero por parte de sus invitados ha desaparecido y, en su lugar, el lenguaje corporal del hombre es una exhibición de pudor e incomodidad. Como un beato que se viera en la obligación de describir Sodoma y Gomorra.

—Mire —se decide a hablar, volviéndose hacia mí—. Es cierto lo que le he dicho, yo era joven y estúpido. Pero por lo menos tenía algo de experiencia. Tenía mundo, ya me entiende... No así mi hermana. Ella era una chiquilla, apenas había cumplido los veintidós cuando sucedió todo aquello. Imagínese usted, veintidós años... Todavía la recuerdo en aquella época. Voluble, impresionable, con la cabeza tan llena de pájaros como de dinero los bolsillos. Por supuesto, nuestro común amigo el subinspector Bejarano se lanzó a por ella.

—¿Qué quiere decir con eso de que se lanzó a por ella?

Durán niega en silencio, y el rostro se le ensombrece.

—Aquel desgraciado se encaprichó de ella. Mi hermana era muy guapa, ¿sabe? Era una chiquilla preciosa... ¿Quién no se habría enamorado?

Arquea las cejas a la vez que me devuelve la mirada, como si estuviese esperando una confirmación por mi parte. Pero no lo hago. Al fin y al cabo, todo esto es muy diferente de la versión que Lalo me contó ayer, de manera que prefiero dejarlo. Callar, escuchar, y ver hasta dónde llegan las siete diferencias.

—Pero lo de aquel sinvergüenza era otra cosa... —continúa—. Domingo se obsesionó con ella, y no paró hasta que la tuvo donde quería.

—¿A qué se refiere?

Resignado, Durán se encoge de hombros y permanece en silencio durante unos momentos.

—Como tantos otros —retoma su relato—, mi hermana estaba buscando nuevas experiencias. Ya sabe, todas aquellas sandeces sobre abrirse a la vida mediante las drogas, el amor libre y demás estupideces. Discursos de baratillo, en realidad, restos de la época hippie. Pero a mi hermana, joven e influenciable, aquel tipo de aventuras le llamaba la atención. Y Bejarano se las ofreció todas. Cuando me quise dar cuenta, Isabel ya estaba tan enganchada a la heroína que ni siquiera sabía cómo se llamaba. Intenté avisarla, convencerla de que lo dejara. Pero ya era tarde. Aquel miserable la había atrapado, y para entonces ya no había quien los separara. Ella lo necesitaba, y él la tenía dónde y cómo quería. Completamente entregada. Y, claro —añade tras un breve silencio—, pasó lo que tenía que pasar, y las cosas se complicaron de verdad.

Frunzo el ceño.

—¿De qué manera?

Pero Durán no responde. Incómodo, diría que apenado, se apoya sobre el marco del ventanal y dirige la mirada hacia el mar, dejando escapar un suspiro tan largo como profundo.

—Mi hermana se quedó embarazada.

Y entonces comprendo. Por supuesto...

—¿De Bejarano?

Durán reprime un suspiro resignado, tal vez de dolor. Y niega en silencio.

—¿Quién lo sabe? —responde al cabo—. Si he de ser sincero, en aquel momento podría haber sido de cualquiera.

—Entiendo. De modo que ese fue el motivo de su enfrentamiento, ¿verdad?

Esteban Durán mantiene la vista fija sobre la ría.

—Vaya, inspector, veo que está usted mejor informado de lo que parecía... —Hay cierto reproche en el tono de su voz—. Sí, claro, ese fue el motivo. Tan pronto como me enteré de lo sucedido fui a hablar con él.

—¿Y qué ocurrió?

Veo cómo aprieta la mandíbula.

—Que nos enzarzamos en una discusión terrible. Le grité que había ido demasiado lejos. Que las cosas no podían continuar así, que esto era muy grave. Pero ¿sabe qué? En realidad, aquel desgraciado ni siquiera pareció inmutarse. Me dijo que mi hermana no era como yo pensaba. Que era una viciosa y una depravada, y que él no tenía la culpa de sus excesos.

—¿No se hizo cargo de nada?

Durán exhala un suspiro rápido, como una especie de risa escéptica.

—¿Hacerse cargo, aquel malnacido? Por favor, inspector, ¿acaso no conoce usted al hombre que busca? —Por fortuna, Durán no me da tiempo a responder—. Por supuesto que no... Despachó la situación con tanta velocidad como desprecio, diciendo que aquello no era su responsabilidad, y que si nosotros no queríamos hacernos cargo de la criatura ya sabíamos qué hacer. Que seguro que nuestra familia no tendría ningún problema para pagar una clínica en Londres que nos quitase el bulto de encima...

—Vaya, no sabe cuánto lo lamento.

—Y yo.

—¿Y qué fue lo que ocurrió entonces? Quiero decir, el hijo...

Dejo la pregunta en el aire. Pero no hay respuesta. Durán deja caer la cabeza y, con los ojos cerrados, es su silencio abatido el que me responde.

—Ya. No hubo hijo, ¿verdad?

Incómodo, casi avergonzado, Durán no me mira al hablar.

—Intente comprendernos, inspector. Para cuando logré alejarla de la influencia de Bejarano, mi hermana ya se había convertido en poco más que un despojo, un mal sueño. Adicta, enferma, no habría sido capaz de sobreponerse a todo aquello. Y nuestra familia... Bien, digamos que nosotros dos éramos los únicos que pertenecíamos a otra generación, más moderna y tolerante. Pero no el resto de la familia. Tal y como ellos lo vieron, aquello habría sido un escándalo inaceptable.

—Entiendo.

—No hubo ningún tipo de discusión —continúa—. Entre todos decidimos que lo mejor era hacerlo. Yo mismo me encargué de acompañar a mi hermana a Inglaterra... Y ahí se acabó todo.

Esta vez soy yo el que entorna los ojos.

—Lo que me está diciendo es que su hermana abortó, ¿verdad?

Durán vuelve a apretar los labios.

—No —responde con voz grave—. La nuestra siempre había sido una familia de fortísimas convicciones religiosas, educada en una serie de valores y preceptos católicos inamovibles. No sé si lo sabrá usted, inspector, pero la enorme generosidad de mi familia para con los más necesitados ha sido notoria generación tras generación.

—Sí, algo he leído...

—Tómelo usted como nuestra manera de entender la caridad cristiana en su más amplia expresión.

—Ya, comprendo... Oiga, para asegurarme de que le estoy entendiendo correctamente, lo que me está usted diciendo es que, del mismo modo que practican esos valores, también hay una serie de cuestiones que no son concebibles en su manera de pensar. Como...

—Sí —me ataja—, como el aborto.

—Pero entonces el niño...

Silencio.

—Señor Durán...

—Lo dimos en adopción —responde al fin—. Nuestro padre consideró que esa era la mejor opción, pero no aquí.

—¿En el extranjero?

—Por supuesto. Lo organizó todo para que mi hermana pudiese abandonar el país sin levantar demasiadas sospechas, pero asegurándose de que en ningún momento estuviese sola.

—Comprendo...

—A los allegados se les explicó que a mí me enviaban al extranjero para que me encargara de una ampliación de negocios en Inglaterra, lo cual tampoco era del todo incierto, y que mi hermana aprovecharía la ocasión para acompañarme y continuar sus estudios allí. Y así fue como desaparecimos hasta que ella dio a luz, sin que nadie sospechase nada.

—Pero nunca hubo tales estudios, claro...

—No. Mi hermana ingresó en un centro de desintoxicación, y allí continuó hasta que llegó el momento. Entonces entregamos a la criatura a un orfanato católico, y nunca más volvimos a tener relación con todo aquello, allende las más que generosas donaciones que a lo largo de los años realizamos a la inclusa. Hasta que nos comunicaron que nuestro caso había sido cerrado.

—¿Cerrado?

—Que se había procedido a la adopción.

—Claro...

Una idea se abre paso en mi mente.

—¿Y nunca supieron nada de la criatura? O de las criaturas —insinúo—, no sé...

Durán aparta la vista del ventanal y me dirige una mirada extraña, suspicaz.

—No —me ataja—. Nunca más volvimos a saber nada de la criatura.

—¿Ni tampoco sabe quién se hizo cargo de la adopción?

—Le estoy diciendo que no —me responde, esta vez con un tono sutilmente más duro—. ¿Para qué íbamos a hacer algo así? Eso habría supuesto un dolor intolerable, ¿no le parece?

—Quizá no tanto como el del pequeño huérfano...

Ha sido una provocación. Y sí, lo he hecho a propósito. Quiero ver cómo reacciona. Y lo noto, sé que mi comentario le ha indignado, y que por un instante ha estado a punto de responderme algo. De reprochármelo, quizá incluso de llamarme la atención. Pero no, no lo hace. Esteban Durán reprime el impulso, y vuelve a apartar los ojos. Permanece con la mirada clavada en el horizonte, haciendo un esfuerzo a todas luces inútil por disimular la lágrima que le rueda por la mejilla.

—Entiendo que nunca más volvieron a verse. Usted y Bejarano, quiero decir...

—Por supuesto que no. Oiga, puede que haya hecho muchas cosas mal en mi vida, inspector. Pero, por más que el hombre sea el único animal que tiene el vicio de tropezar dos veces con la misma piedra, ese es un error que nunca he estado dispuesto a cometer. Me equivoqué entonces, sí, lo reconozco. Pero ¿qué más podía hacer? Al fin y al cabo, yo estaba solo; como ya le he dicho para según qué cosas no se podía contar con mi familia. Y sí, lo admito, la situación me desbordó y perdí los papeles. Pero eso fue todo. Después de aquella noche en la que nos enzarzamos en el club en el que solíamos vernos, mis pasos nunca se volvieron a cruzar con los de Domingo Bejarano.

Esta vez soy yo el que deja escapar un suspiro de frustración.

—De modo que no ha sabido usted más acerca de...

—¡Ya le he dicho que no!

Esta vez sí, Durán explota, molesto ante mi insistencia. Los dos nos mantenemos la mirada, y durante tres o cuatro segundos nadie pronuncia una sola palabra.

—Oiga —dice por fin, al tiempo que se pasa una mano por el pelo, intentando recuperar la compostura—, le ruego que disculpe mi impertinencia, señor inspector, siento haber perdido la paciencia. Pero creo haber sido lo bastante sincero con usted como para haberle hecho comprender que ese hombre no goza de mi afecto. Ni lo he vuelto a ver ni, como le he dicho al principio, le deseo ningún mal. Pero tampoco ningún bien... Me dice usted que ha desaparecido. Pues deje que le confiese algo. —Durán clava sus ojos, de un azul clarísimo, en los míos—. Si ese miserable no regresa, no seré yo quien le eche de menos.

—Me hago cargo. Y le ruego que me disculpe —respondo, intentando volver a recuperar el tono calmado de la conversación—, pero, como sin duda comprenderá, es mi obligación asegurarme de obtener toda la información posible al respecto...

—Lo sé —admite el hombre, por fin algo más relajado—. Pero ya le he dicho que yo...

—¿Y su hermana? —le interrumpo.

—¿Mi... hermana?

Durán parece desconcertado.

—Sí, ¿sabe usted si ella volvió a tener contacto con él?

Esteban sonríe desdeñoso.

—Lo dudo mucho...

—¿Cree que nos lo podría confirmar ella misma?

De pronto Esteban Durán entorna los ojos y me mantiene la mirada con una expresión a caballo entre la perplejidad y el desconcierto.

—¿Acaso pretende usted hablar con mi hermana?

—Si fuera posible... He intentado localizarla esta mañana, pero tan solo he dado con usted. Me pregunto si sería tan amable...

«... de facilitarme su contacto.» Eso es lo que pensaba decir. Pero no llego a hacerlo. Algo en la expresión de Durán me advierte de que me calle.

—Debería usted informarse mejor antes de venir a según qué casas a hacer según qué preguntas, señor.

Y entonces, de golpe, comprendo.

«Mierda...»

—Mi hermana falleció hace un año, inspector. Un desafortunadísimo descuido. De hecho, si se hubiera informado bien antes de venir aquí a preguntar por ella, tal vez habría atado cabos usted mismo.

—Perdone, pero...

—¿No ha visto la casa en obras al entrar?

Recuerdo la grúa y los andamios.

—Sí.

—Era la antigua casa familiar, la construyeron mis padres. Y ahí estuvo, en pie durante casi cien años. Hasta que el año pasado mi hermana le prendió fuego. —Silencio—. Con ella dentro.

14

Feliz Navidad

Todas aquellas ocasiones en que él mismo infligió dolor a alguno de aquellos pobres desgraciados que de vez en cuando caían
en sus manos regresan a la memoria de Bejarano. No es que él
fuera ese tipo de sádico. En el fondo, a él todo aquello, los famo-
sos métodos de tortura heredados de los tiempos de la Brigada
Político-Social, le importaba un bledo. Si en algún momento tenía que participar en un interrogatorio, lo hacía, y punto. Pero
porque era lo que tocaba. Porque sus compañeros también lo
hacían.

Y porque en el fondo se aburría...

A él todo aquello le daba igual. Sus verdaderos intereses se
hallaban fuera de la comisaría, muy lejos de aquel edificio en la
calle Taboada Leal. Pero tenía que disimular. Con el verdadero
negocio ya en marcha, ahora más que nunca había que guardar
las apariencias. Sobre todo ante los más desgraciados. Y para
ello Domingo Bejarano tenía que seguir pareciendo el más cabrón de todos los policías. Así que es precisamente por eso, por
la experiencia acumulada en el fino arte de hacer daño, por lo
que sabe que la tendencia de cualquier situación dolorosa, desesperada, siempre es ir a más.

Y eso es exactamente lo que está sucediendo.

Bejarano comienza a sentirse realmente mal. No ha podido
dormir ni un minuto en toda la noche, y el dolor no ha dejado de

aumentar. Aunque él haga todo lo posible por no mostrarlo, sabe que ha empezado a derrumbarse. ¿Y qué va a hacer, si no? En el interior la situación no mejora. Sigue notando la misma humedad, incontenible ya, cálida y densa, esparcida bajo su espalda y sus piernas. La misma inmundicia que ha ido atrayendo a más y más insectos durante la noche. Siente el movimiento, frenético, enloquecido, de las cucarachas correteando por su cuerpo, desnudo y cada vez más lastimado. Apenas le quedan fuerzas y, cada vez que logra reunir las pocas que tiene, las emplea para intentar revolverse y, si no aplastarlas, por lo menos apartarlas. Pero es inútil. Los insectos son demasiados, han tomado el interior de la caja, y aunque de vez en cuando percibe el crujido de algunas al aplastarlas bajo sus hombros, enseguida vuelve a detectar el movimiento de otras tantas en la misma zona. O más abajo. O por todas partes. Porque sí, cada vez hay más.

Pero eso no es lo peor.

En efecto, a la rata que le había mostrado Sebastián no han tardado en sumársele algunas más. En total a Domingo le ha parecido identificar cuatro, tal vez cinco. De momento aún no han accedido al interior, y se limitan a corretear alrededor de la caja, cruzándose unas con otras. Olisqueándose entre ellas. Como si fuesen soldados reconociendo el terreno...

Las ha visto poniéndose en pie, levantándose sobre sus patas traseras para poder olfatear mejor el ambiente. Una de ellas, juraría que la más grande, incluso se ha atrevido a subirse a la caja desde el extremo opuesto. Domingo no puede reprimir un escalofrío al notar el roce de su cola, grande y húmeda, casi viscosa, deslizándose como una pequeña serpiente entre los dedos de sus pies. Inmóvil, se concentra en los pasos del animal, ric rac, ric rac.

Nota la rata avanzando sobre la tapa.

Ric rac, ric rac.

Hasta detenerse en el borde.

Ric...

Y ahí está, asomada sobre él. Ese rostro pardo, frío. Y los ojos, dos alfileres de negro intenso. El animal no se pone en pie. No chilla. Simplemente se limita a observarlo. La rata clava sus ojos en los de Bejarano mientras su hocico, nervioso, febril, no deja de moverse arriba y abajo, olfateándolo con descaro a muy poca distancia de su propia boca.

Paralizado por una mezcla de impresión y rabia, Bejarano tarda en reaccionar. No es capaz de apartar la mirada del rostro del animal. Y entonces cae en la cuenta del sonido.

Tatatatá...

Se trata del repiqueteo de los dientes en la boca del animal. Domingo busca con la mirada, y ahí están, dos enormes incisivos de color pardo, casi marrón. Bejarano imagina esas piezas desgarrando su carne, y un escalofrío le atraviesa la espina dorsal, estremeciéndole todo el cuerpo. La rata también percibe el movimiento. Se mueve, se agita nerviosa, y Domingo considera la posibilidad de que tal vez el animal, asustado, se le eche encima. Entonces reacciona, soltando un gruñido gutural al tiempo que se revuelve una vez más dentro de la caja, intentando sacudir la madera, aunque solo sea para espantarla.

Y sí, azorada, la rata se va. Pero Domingo no sabe si es por su movimiento, o porque justo en ese momento alguien ha entrado donde lo tienen cautivo.

—Feliz Navidad, viejo. Ahora sí.

Bejarano retuerce el cuello hasta lo imposible, intentando localizar el punto desde el que le ha llegado la voz de Sebastián.

—Por favor...

Indiferente a la súplica de Bejarano, Sebastián se sienta en el suelo, a su lado.

—Escucha —suplica el anciano—, escúchame. Tú y yo nos conocemos. Por favor, te ruego que me contestes...

Pero el otro sigue sin decir nada, y su única reacción es arrugar la nariz. Porque, en efecto, el hedor procedente de la caja comienza a ser insoportable, y Sebastián se lleva una mano a la nariz, sin ocultar en absoluto la repugnancia que el olor le produce.

—¡Te estoy diciendo que me contestes, hijo de puta! —explota el viejo—. ¡Me lo debes!

—¿Que te lo debe?

De nuevo esa voz en el otro extremo del lugar. Ella.

—¿De verdad te atreves a decirle a mi hermano que él te debe algo? ¿En serio? ¿Y qué hay de mí, entonces?, ¿acaso también guardas alguna cuenta pendiente con mi nombre en la factura?

Viola avanza rodeando la caja hasta detenerse detrás de Sebastián. Se agacha, lo justo para poder abrazarlo por la espalda.

—¿De qué te quejas, viejo, qué es lo que te molesta tanto? ¿Acaso no estás cómodo? Mírate ahí, atrapado en tu pequeño mundo, revolcándote en tu propia inmundicia... Dime, viejo, ¿acaso no es esto lo mismo que has estado haciendo toda tu miserable vida?

Bejarano siente cómo le hierve la sangre.

—¡Ya está bien! —protesta—. ¡Sacadme de aquí, hijos de puta! ¡Sacadme de aquí!

Pero sus captores no se inmutan. Por toda reacción, Sebastián arquea las cejas, como si la explosión de Bejarano realmente le hubiera cogido por sorpresa. Viola ni tan siquiera ha movido un músculo del rostro.

—No —le responde—, no lo está... No está bien, ni mucho menos. ¿Qué pasa, crees que ya has sufrido bastante?

Domingo no responde. Intuye que es mejor no hacerlo.

—Solo había una condición —murmura Viola—. Una nada más... Eso que no debías haber tocado nunca. Jamás.

—Y no lo hice.

—Dímelo...

—Te lo estoy diciendo, no lo hice.

—Dímelo —insiste ella.

—¡No sé de qué me estás hablando!

—Lo sabes perfectamente. Dímelo, cabrón, ¿dónde está?

—Escucha, yo...

—¡Que me lo digas, hijo de puta! —La mujer se arroja violentamente contra la caja, deteniéndose apenas a un par de centímetros de Bejarano—. ¡¿Qué es lo que hiciste?!

A tan poca distancia, Domingo puede percibir con claridad el aliento de Viola, seco y cargado, fuerte, filtrándose a través de sus dientes. Los observa, apretados con fuerza a muy poca distancia de su propia boca. Le parecen increíblemente blancos.

Y afilados... Y de pronto Domingo vuelve a pensar en los dientes del animal que hasta hace apenas un minuto le observaba desde la misma posición. Le invade la misma sensación de peligro inminente. A tan poca distancia, aunque solo sea por un segundo, al viejo le parece identificar en Viola la furia de un perro rabioso. O de un lobo, una bestia que estuviera a punto de abalanzarse sobre él, dispuesta a arrancarle el rostro a dentelladas, violentas y salvajes.

—Qué es lo que hicisteis...

Pero Bejarano sigue sin responder. Y, por una milésima de segundo, a Viola parece que le cueste hablar.

—Maldita sea, viejo. —Viola aprieta los dientes—. No era más que una niña...

—Yo no le hice nada —responde al fin.

Viola vuelve a levantar la vista. Y clava sus ojos, de fuego negro, en los del anciano.

—No me mientas.

—No te estoy mintiendo.

—No me mientas...

—¡Te estoy diciendo la verdad! ¡Yo no le hice nada!

De nuevo se hace el silencio, frío, gélido, entre ambos.

—¿En serio? ¿De verdad es eso lo que me estás diciendo?

—Viola, por favor, te lo ruego...

Pero no, Viola está a años luz de atender cualquier súplica que salga por la boca de Bejarano.

—Después de todo lo que hemos vivido... ¿De verdad crees que no me lo merezco?

Los dos se mantienen la mirada. Expectante la de él, tensa, afilada y peligrosa la de Viola.

—¿Qué pasa, hijo de puta? ¿Acaso ya has olvidado todo lo que nos hiciste pasar?

No sé dónde nací. Mi apellido me sugiere una posibilidad, pero no estoy segura. Tampoco sé cuándo. En mis documentos hay una fecha, pero no tengo demasiados motivos para confiar en ella. Al fin y al cabo, es evidente que mi hermano y yo somos gemelos, y sin embargo él tiene una fecha distinta en sus papeles. Es curioso, ¿verdad? Somos los únicos hermanos gemelos que han nacido en días diferentes... No, nada de todo eso es cierto. De hecho, siempre he pensado que mi verdadero cumpleaños es el día en que por fin pude salir de allí. Y de mi madre, solo sé que no nos quiso.

De todo aquello, lo único en lo que creo es en mis primeros recuerdos. Y, a la luz de lo que aparece en ellos, cualquiera diría que no son reales. Pero el fuego, la intensidad con la que han sido grabados en mi memoria y la fuerza con la que no han dejado de aparecer en mis sueños a lo largo de los años no me permiten olvidar lo reales que son. Y, de todos ellos, el primer recuerdo es el del olor del mar.

Eso lo recuerdo perfectamente, el mar entrando por todos los rincones. Su olor, la sal que lo impregnaba todo. Y, en la oscuridad, el ruido... Las noches en vela, con el embozo de la sábana apretado con fuerza sobre la nariz, oyendo el estruendo de las olas contra las rocas, allá abajo, en el frío de la noche, negra y húmeda. Y, a pesar del miedo que sentía, no puedo decir que se tratase de un mal recuerdo. Porque, mientras fuese el ruido del mar o incluso el de la lluvia lo que se escuchase, todo iba bien. O, por lo menos, nadie sufría.

O eso pensaba entonces...

Los primeros años de Viola Blanco

Entre 1982 y 1989

Es curioso, viejo. ¿Sabes cuál es mi segundo recuerdo? El del fuego. Un fuego azul...

Me acuerdo perfectamente de aquella noche. Apenas debía de tener tres años, cuatro como mucho, pero la recuerdo con toda claridad. ¿Cómo no hacerlo? Al fin y al cabo, ese recuerdo me lo grabaron a fuego.

Al parecer, yo llevaba varias noches mojando la cama, y las monjas decidieron tomar medidas drásticas. Esa noche en concreto, cuando nos llevaron al pabellón, hicieron que todas las niñas se metieran en las camas como siempre. Todas, menos yo. Las demás se dieron cuenta de que ocurría algo. Aquella tensión en el ambiente, como si el aire se hubiera cargado de electricidad estática. Ninguna se tumbó. Con todas mis compañeras sentadas en sus camas, expectantes, a mí me obligaron a quedarme de pie en medio del pasillo central, entre dos de las hermanas.

—Hoy, niñas, vamos a enseñarle a la pequeña Viola a recordar que cada noche, antes de meternos en la cama, debemos vaciar nuestras vejigas, para así no avergonzar al Niño Jesús a la mañana siguiente, ¿verdad? Y vamos a hacerlo entre todas, de manera que no dejéis de observar.

Por aquel entonces, el vocabulario que explica el mundo aún

no había llegado a mi cabeza. De haberlo hecho, habría podido señalar que la palabra para describir el tono que se escondía sutil en la voz de sor Caridad, la madre superiora, era «sádico».

—Hermana.

A su señal, una de las monjas que acompañaba a la hermana Caridad, una mucho más joven, se acercó trayendo algo en las manos, uno de aquellos orinales de loza blanca, con un ribete azul a lo largo de todo el borde superior, y lo dejó en el suelo, a mis espaldas. Aunque solo pude verlo por encima del hombro, me bastó para comprobar que no venía vacío. Un líquido incoloro se mecía en su interior.

La hermana Caridad me hizo un gesto con la cabeza, indicándome que no esperase más. Asustada, sin comprender qué estaba sucediendo, volví a observar el líquido en el interior del bacín.

—No...

La monja también lo miró, como si no comprendiera a qué venía tanto temor.

—Oh, eso... ¿Qué ocurre, acaso te preocupa que te hayamos traído un orinal sucio? No temas, pequeña, que no es lo que piensas. Venga, hazlo.

Asustada y muerta de vergüenza, apenas me atreví a levantar la cabeza.

—Es que... yo, no me gusta... —musité.

Sentía las lágrimas a punto de brotar. Pero aquella mujer no estaba dispuesta a negociar en absoluto.

—Has de acostumbrarte, pequeña —me advirtió, de pronto con una voz exageradamente dulce, al tiempo que me ponía una mano en el hombro—. ¿O acaso quieres hacer llorar al Niño Jesús?

A la vista de las demás niñas, que observaban la escena en silencio, aquella podría parecer una mano cariñosa, apoyada en mi hombro para acompañar con ternura la recomendación. Pero yo la sentía como lo que realmente era: una garra, fuerte y feroz, que me atenazaba con la firmeza del depredador que ha capturado una presa, empujándome, impasible, hacia la pieza en el suelo. Intenté resistirme lo que pude.

—Es que no tengo ganas —sollocé, ya incapaz de retener las lágrimas.

La hermana Caridad sonrió con desprecio.

—Ya verás cómo después de esta noche —murmuró, asegurándose de que solo la pudiera oír yo— tampoco las vuelves a tener de hacerlo en la cama...

Y ese fue el momento. Sin apenas ser consciente de lo que estaba ocurriendo, la misma monja que había traído el bacín encendió una cerilla y la arrojó al interior del orinal.

El alcohol de quemar prendió al instante.

Aún hoy recuerdo la sensación, el calor de aquel fuego azul iluminando la sala. Y el terror.

—Siéntate.

Atónita, y con la cara arrasada por las lágrimas, volví a mirar a la hermana Caridad.

—¿Q... qué?

—¿Qué ocurre, que te has quedado sorda?

Paralizada, no fui capaz de articular palabra.

—¡Que te sientes ahí, estúpida!

El bramido me aturdió todavía más. De pronto con la cara desencajada, cualquier atisbo de dulzura había desaparecido del rostro de la hermana Caridad, y su expresión solo reflejaba cólera y rabia. Por completo aterrorizada, mis ojos de niña buscaron la ayuda de alguna de las otras monjas. Pero todo fue en vano: inexpresivas, las demás mujeres se limitaban a contemplar la escena.

—¡Venga! —volvió a gritar la madre superiora—. ¡No tenemos toda la noche, pequeña asquerosa!

Antes de que pudiera asimilar lo que estaba sucediendo, una de las monjas ya me había bajado las bragas sin ningún tipo de miramiento. Mi memoria guarda ese momento en un mar de lágrimas, ahogado por el silencio de mis compañeras. Y, aunque no recuerdo el sonido de mi voz, sé que grité, grité de puro pavor cuando otra de aquellas bestias me agarró por los brazos y empujó mi cuerpo, frágil y pequeño, contra el fuego del orinal.

—¡No! —supliqué a gritos—. ¡No! ¡Por favor!

No recuerdo más de aquella noche... Lágrimas, terror y dolor. Esa fue la última vez, la última que mi cuerpo fue pequeño y frágil. Después de aquella noche siguió siendo pequeño.

Pero nunca más volvió a ser frágil.

Y sí, es cierto, desde ese día en adelante todo fue terrible. Pero por lo menos ya sabía a qué atenerme. Bueno, ¿y qué esperar, si no? Al fin y al cabo, aquello era un orfanato perdido de la mano de Dios, colgado bajo la lluvia en uno de los rincones más inhóspitos que uno pueda imaginarse. Un edificio de piedras viejas como el mismo tiempo que se levantaba en una roca inmensa al sur de Galicia, una mole hundida en el Atlántico, que la golpeaba sin cesar, frío y violento, sumergiéndonos a todos en una bruma densa y gris que nunca levantaba y jamás dejaba de envolverlo todo. Como todo el mundo sabe, las de los orfanatos nunca son historias alegres. El problema es que la nuestra es todavía peor...

Todos los días comenzaban del mismo modo, con una cama mojada, casi siempre de alguno de los recién llegados, y con un niño muerto de miedo. Recuerdo una mañana en que oímos gritos en la sala de los chicos. Todas nos abalanzamos sobre las ventanas. Y lo vimos. Frente a nosotros, en el pabellón masculino, la hermana Caridad había abierto uno de los ventanales y, desde atrás, agarraba a uno de los niños por el cuello, obligándole a asomarse al borde. Asustado, casi con medio cuerpo fuera, el crío luchaba por no perder el equilibrio. Y, mientras lo hacía, con la otra mano en alto la madre superiora mostraba las sábanas sucias.

—¡Mirad! —gritó para que lo oyéramos todos—, ¿acaso no diríais que este mocoso es una vergüenza para Dios Nuestro Señor?

Aquella mañana el niño no cayó al vacío. Pero tardó mucho tiempo, mucho, en volver a levantar la mirada del suelo. Ojalá hubieras estado allí, viejo, para comprender la clase de pánico que teñía nuestra rutina.

Después de arreglar nuestros catres, pasábamos directamente a las clases. En realidad no eran más que unas nociones básicas de matemáticas, historia, latín, lengua y literatura, repetidas hasta la saciedad. Y de religión, claro... ¿Y para qué enseñarnos más, si en el fondo aquellas desgraciadas estaban convencidas de que nunca llegaríamos lejos? Pero, a pesar de todo, aquellas miserables no dejaban de recordarnos una y otra vez que nos estaban ofreciendo una educación mucho mejor que la que unas almas sucias como las nuestras se merecían. De hecho, las monjas nos lo explicaban todo con tanta saña, que la mayoría de las veces no entendíamos nada. Obligarnos a traducir a Catulo y a Suetonio, a Virgilio, a Euclides o a Aristóteles no era más que otro de los múltiples caminos que aquellas bestias utilizaban para tener una excusa para golpearnos...

De todas ellas, la peor en el aula era la hermana Visitación, una hiena sádica a la que le encantaba golpearnos cada vez que uno de nosotros erraba en uno solo de los cientos de versos y versículos que nos mandaba memorizar. Lo mismo le daba Hesíodo que la Biblia, todo le valía con tal de seguir machacándonos. Pero ella no lo hacía con una regla en los nudillos como las demás. No, el método favorito de la hermana Visitación era la vara fina de avellano. ¿Tú sabes, viejo, lo mucho que puede llegar a doler un golpe con eso en las pantorrillas? Yo sí... Recuerdo el sonido de la vara cortando el aire, el silbido antes de recibir el impacto, rápido, seco, brutal en nuestras piernas pequeñas y desnudas. Mi hermano y yo pagamos a Dante y a Shakespeare con mucha más sangre que la que ellos mismos llegaron a tener jamás en sus cuerpos.

Después, y en el silencio que siempre lo envolvía todo, llegaba la comida. Bueno, digo «comida» por denominar de alguna manera lo que nos servían... Nosotros, Sebastián y yo, al igual que todos los que llegamos a Santa Saturnina siendo unos recién nacidos, crecimos engullendo aquello desde siempre, por lo que apenas podíamos comparar. Pero no así los que llegaban al orfanato ya con alguna edad. Recuerdo especialmente el caso de una niña que procedía de Vigo. Era un poco más pequeña que yo, apenas debía de tener cuatro años, tal vez cinco, y, por lo que después pude escucharle a una de las monjas, la pobre desgraciada acababa de quedarse sin padres, dos toxicómanos muertos de hambre a los que habían dejado secos a la puerta de una farmacia. Sabes de qué te hablo, ¿verdad, viejo? Uno de esos palos que no salen como el atracador espera... Sin más familia que se hiciera cargo de los despojos que aquellos dos diablos dejaban atrás, la niña acabó con nosotros.

Aún no se le había pasado el susto de la desparasitación, la lluvia de desinfectantes con que rociaban a cada nuevo interno, cuando la sentaron en la mesa, frente a mí. Tan pronto como le dejaron el cuenco con aquella agua gris llena de tropezones, la niña levantó tímidamente la vista y se me quedó mirando. Por aquel entonces, gracias al descuido en las conversaciones entre una de las monjas en la cocina y el mozo de reparto, yo ya sabía que la carne que nos daban no era otra cosa que los despojos que sobraban del matadero que había en Tui. Los matarifes apartaban lo que ninguna persona quería, y, cuando estaban seguros de que ya no lo podrían vender para dárselo a los animales, tenían la generosidad de enviárnoslo a nosotros. Como ya te imaginarás, la mayoría de las veces aquella carne ya llevaba días podrida cuando caía en nuestros platos. Y yo sabía que aquel día era una de esas veces. Pero no me atreví a hundir todavía más el ánimo de mi nueva compañera. Y me callé. El hambre es fuerte como pocos ejércitos, y, a pesar del mal aspecto, la pequeña se llevó la cuchara a la boca. Apretó los ojos y tragó.

Reprimió la primera arcada. Y la segunda.

Pero con la tercera no pudo. Y, para su desgracia, el contenido regresó de su estómago al plato.

Atenta como estaba a la posibilidad de que esto sucediese, la madre superiora, que en ningún momento le había quitado el ojo de encima, se le acercó por detrás.

—¿Qué haces, niña?

—No me gusta...

—¿Qué es lo que no te gusta? —preguntó la hermana Caridad, como si no comprendiera de qué le hablaba.

—La comida —respondió la niña—. No está buena...

Entonces comenzó el espectáculo. La madre superiora entornó los ojos, afiló la mirada, y, con su voz más acerada, volvió a la carga.

—Con el hambre que el diablo siembra en este mundo, ¿acaso insinúas que tú vas a ser tan arrogante como para desperdiciar un plato lleno de comida? —La monja hablaba muy despacio, como si se estuviese asegurando de desgranar el significado oculto en cada palabra que pronunciaba—. Dime, niña, ¿de verdad pretendes ofender de semejante manera al Niño Jesús?

Nerviosa, angustiada, los ojos de la niña se llenaron de lágrimas.

—No, yo no...

No tuvo tiempo de continuar. La madre superiora la agarró por la nuca y le empujó la cabeza contra la mesa. Con fuerza, con violencia. Cuando quiso comprender lo que estaba pasando, la niña ya tenía la cara hundida en el cuenco.

—¡Cómelo! —gritó la monja, el rostro desencajado por la ira—. ¡Cómetelo todo, mocosa imbécil!

En el comedor en silencio apenas se oía el ruido de las respiraciones contenidas, entrecortadas. Hasta que, poco a poco, el sonido de las cucharas en los cuencos comenzó a ocuparlo todo. Y, en medio de ese repicar, el llanto ahogado, aterrorizado, de nuestra nueva compañera, intentando acertar con la cuchara en la boca.

Tú no lo sabes, viejo, porque a esas horas nunca aparecías por allí. Pero pasábamos tanta hambre que, de vez en cuando, algunos de los vecinos de Oia se acercaban a los muros del orfanato y nos arrojaban comida por encima de las piedras. Y todos nos lanzábamos al suelo, intentando atrapar algo, peleándonos entre nosotros por un trozo de pan. Como si fuéramos animales...

Por la tarde llegaban los trabajos. Las más afortunadas podían realizar las tareas dentro. A algunas las ponían al cuidado de los más pequeños, mientras otras trabajaban en los talleres de las monjas, cosiendo las más capaces, remendando ropas viejas, cocinando, o ensartando las cuentas para los rosarios. Y siempre en silencio, por supuesto. Silencio, silencio, silencio... Pero la mayoría no tenía esa suerte. Las más fuertes de las niñas, junto con casi todos los niños, nos rompíamos la espalda trabajando los campos de aquellas miserables. Daba igual que el sol cayera como plomo o que el frío nos helara las manos, año tras año aramos los huertos, arrastramos toneladas de piedras y nos dejamos la salud en aquel terruño miserable. Pero mucho cuidado, viejo, porque, por muy mal que estuviéramos, ya nos podía librar Dios Nuestro Señor de cualquier pensamiento rebelde... No, allí no había grieta posible por la que permitir el asomo de la más tímida protesta, porque, al menor atisbo de algo que las monjas pudieran interpretar como una insurrección, algo, por ejemplo, como un diálogo entre nosotras que durase más de dos frases, aquellas perras no dudaban ni un segundo en avisar a alguno de los hombres.

Cualquiera podría definir al señor Montero, el director del orfanato, como un hombre terrible. Menudo, recio, su mera presencia bastaba para infundir en todos nosotros el mayor de los temores. Una de esas personas calladas, de rostro siempre adusto, seco y severo. Cada vez que alguien era enviado a su despacho, el ritual siempre era el mismo.

Cerraba la puerta mientras nosotros permanecíamos en silencio, de pie ante su escritorio, y se situaba frente a nosotros.

Impasible, se limitaba a observarnos sin decir nada, sus ojos clavados en los nuestros.

Entonces, al cabo de un minuto eterno, apartaba la mirada en otra dirección y se pasaba la mano por el pelo, siempre peinado con agua, aplastándoselo todavía más.

Comenzaba a mirar a un lado, a otro, a otro más, nervioso, como si aquello le incomodase muchísimo.

Apretaba los labios una y otra vez, en una especie de tic nervioso, hasta que, de pronto, volvía a quedarse mirándonos fijamente. Aquellos ojos negros, pequeños e inexpresivos, clavados en nosotros...

—¿Por qué me obligáis a hacer esto?

Y entonces sucedía.

La transformación.

Su respiración se aceleraba, cada vez más y más sonora, y poco a poco su rostro empezaba a encenderse.

—Por qué...

Y ya estaba. Una vez iniciado el proceso, apenas tardaba dos segundos en convertirse en una bestia violenta e iracunda. Para cuando nos queríamos dar cuenta, ya se había desabrochado el cinturón y, con él en alto, nos golpeaba con todas sus fuerzas.

—¡Por qué me obligáis a hacer esto!

Y daba igual lo que hubiéramos hecho, la razón por la que estuviésemos allí. Ya podía haber sido por una voz más alta que la otra, o porque las monjas hubieran malinterpretado una mirada, o por lo que fuera. El castigo siempre era el mismo. Violento, atroz, con el señor Montero gritándonos, llevado por la cólera, el mismo mantra una y otra vez.

—¡¿Por qué me obligáis a hacer esto?! ¡¿Acaso no sabéis que no se muerde la mano que os da de comer?! ¡No se muerde la mano que te da de comer! ¡No se muerde la mano que te da de comer!

Pero, por supuesto, eso no era lo peor que nos podía pasar. Sobre todo si eras niño. Oh, sí, viejo, las ovejas descarriadas... Ya sabes de qué te hablo, ¿verdad? Sí, aquella especie de mandato silencioso que había entre las monjas.

Y él.

En realidad no importaba en absoluto cómo fueran los niños. Daba igual que fueran los más tranquilos o los más rebeldes, los más callados o los más inquietos. De pronto decidían que tal o cual muchacho necesitaba lo que ellas llamaban una «reconducción del espíritu», y entonces, casi como de casualidad, recibíamos la visita del padre Fausto. ¿Lo recuerdas, viejo? Claro, el guía espiritual de la congregación. Y, al igual que el señor Montero, el padre Fausto también era un hombre terrible. Pero, a diferencia del señor Montero, él lo era de un modo mucho más aterrador...

Lo sé, lo sé, no lo parecía. De hecho, de entrada podría haber engañado a cualquiera, ¿verdad? Tranquilo, afable, nunca pronunciaba una palabra más alta que otra, y siempre atendía a todo el mundo con una sonrisa amistosa. Especialmente a sus corderos, los niños que las monjas le enviaban. Los recibía en el despacho del director, y también con una rutina semejante. Les hacía pasar, cerraba la puerta y, a continuación, él también se desabrochaba el cinturón.

Pero nunca para pegar a ningún niño.

Cuando la puerta se volvía a abrir, todos los pequeños salían en silencio. Caminando lentamente. Algunos lloraban. Otros no. Pero todos salían con la mirada vacía. Perdida.

¿Sabes, viejo? Mi hermano se quedó a solas por primera vez con el padre Fausto cuando apenas tenía cinco años. Cinco años, viejo... Por supuesto, jamás volvió a ser el mismo.

De un modo u otro todos quisimos morir en algún momento. Yo misma, ¿lo sabías? No debía de tener aún los siete años cuando me autolesioné por primera vez. Pero no, no te preocupes... Mi intención no era quitarme la vida.

Me corté los brazos porque pensé que tal vez el médico... Pero no, me equivoqué.

El doctor Parrado, el médico que en teoría se encargaba de nuestra salud en el orfanato, estaba más interesado en otro tipo de dolores, y lo mejor que conseguíamos de él era su desprecio. «No os quejéis tanto», nos respondía siempre, «¡que más sufrió Cristo en la cruz!» (Bueno, mira, tal vez por aquel entonces solo fuera hablar por hablar. Pero por lo menos ahora ya lo puede decir con propiedad, ¿no te parece, viejo?) De manera que no, yo nunca me atreví a dar ese paso. Sin embargo mi hermano sí lo hizo. ¿Lo sabías? Sí, supongo que sí...

Llegó un momento en el que Sebastián no pudo más, y quiso poner fin a todo. Fue después de una de las visitas del padre Fausto. Mi hermano salió del despacho como siempre. En silencio, ausente. Ni siquiera habló conmigo. Atravesó todo el pabellón andando, sin dejar de mirar al frente. Al llegar al huerto echó a correr y, sin pensárselo dos veces, trepó el muro. Se desgarró la piel entre los cristales y el entramado de alambre que coronaban la tapia del orfanato, ya sobre las rocas, y se arrojó al mar.

El mar que embiste los muros de Santa Saturnina, tú lo sabes, es el animal más grande del mundo. Es puro océano, colosal y desmedido, una fiera salvaje, fría y feroz, que no entiende de piedades. Pero ese día el mar decidió que no era la hora de Sebastián, y mi hermano tuvo la fortuna de que uno de los vecinos de la parroquia de Mougás, un poco más al norte, regresaba de pescar en su lancha, buscando el abrigo del puerto de Oia. Lo vio lanzándose al agua, y el tipo se la jugó por mi hermano. Le salvó la vida, y tampoco hizo preguntas cuando lo devolvió al orfanato. Al fin y al cabo, Sebastián no era el primero en intentarlo, ni tampoco habría sido el primero en conseguirlo. De hecho, a nadie le extrañaba que de tanto en tanto algunos muchachos desaparecieran. Sobre todo a medida que iban haciéndose mayores. Sí, claro, es cierto. De vez en cuando a alguno, sobre todo a los más pequeños y guapos, lo adoptaba una familia. De vez en cuando... O eso nos decían. Aunque, si quieres que te diga la verdad, nosotros casi nunca nos lo creíamos. En particular cuando alguno de los mayores desaparecía.

Venga, viejo, ¿quién iba a escoger a alguno de aquellos? No... Imaginábamos que, con algo de suerte, tal vez habrían logrado escapar. O, sin suerte, quizá habían alcanzado el mar. Por desgracia, con el tiempo acabaríamos descubriendo la verdad.

Porque lo peor de la vida en Santa Saturnina no era nada de todo esto que te acabo de contar. No... Tú lo sabes, viejo. Sí, claro que sí.

Lo peor era crecer.

Porque esto lo sabe todo el mundo: cuando una niña llega a los siete años, ocho como mucho, cualquiera puede ver cómo va a ser de mayor. Si será alta, si será delgada. Si tendrá el pelo moreno, rubio, liso, ondulado... Y, sobre todo, si será guapa. Cuando una niña llega a los siete años, ocho como mucho, hay hombres que ya la ven como una mujer.

15

Dientes en el pie

Finalmente, el cansancio y la debilidad han provocado el desfallecimiento de Bejarano. Y ahora, inconsciente, es el dolor el que le trae de vuelta a la realidad. Una sacudida, fiera y punzante, bajo el talón de su pie izquierdo. La ha sentido bien adentro, como un pinchazo agudo, intenso, alcanzándolo hasta el mismo hueso. Algo duro, afilado. Como los dientes de una rata.

Domingo grita. O eso intenta. En realidad es apenas un resuello lo que brota de su garganta, como el sonido del aire escapándose por un fuelle roto, mucho más débil que lo que en verdad siente, una mezcla de rabia y desesperación. Y, al tiempo que intenta reaccionar, sacudir los pies hasta donde le permiten las estrechas aberturas inferiores de la caja, percibe el movimiento alborotado. Y, para su mayor angustia, no es el suyo. Las ratas, agitadas, han echado a correr en todas direcciones. A algunas las oye chillar, revueltas, a los pies de la caja. Pero a otras, las más decididas, las siente arañar la madera. Vuelven a trepar hasta la tapa de esta especie de sarcófago, y ahora una de ellas avanza sobre su superficie. Bejarano intenta seguir el recorrido con el oído.

Todavía siente el dolor, agudo, intenso, atravesándole la pierna a oleadas que se propagan desde el talón mordido hasta la cadera cuando la primera de ellas se asoma al borde de la caja. Se trata de un ejemplar grande y gris, unos veinte centímetros tan solo de cuerpo, sin contar la cola. Es la misma de antes. En tensión, Domingo la observa fijamente, pero ella hace como que no lo ve. Se limita a levantarse sobre sus patas traseras y con la cabeza erguida olisquea el aire. El anciano aún está intentando no hacer demasiado ruido, casi ni respirar por no llamar su atención cuando, de pronto, cae en la cuenta de algo más.

No, esa rata no está sola, y algo se mueve detrás de ella. Y sí, ahí está.

Lentamente, una segunda rata comienza a asomar la cabeza por detrás de la anterior. Y esta sí lo ha visto.

Es un animal enorme, mucho más grande que el primero. De color negro, sucio, a tan poca distancia Bejarano incluso puede percibir su olor con nitidez. Un olor pesado, denso, a tierra mojada y fosa séptica.

Porque, a esa escasa distancia, la rata también olisquea al anciano. Y, detrás de ese pequeño hocico que no para de moverse, nervioso, arriba y abajo, están los ojos del animal, dos esferas negras y brillantes, en las que todo parece pupila. Y determinación. Dos agujas diminutas, clavadas fijamente en los ojos de Bejarano.

Aterrorizado, el viejo intenta apartar la mirada, y entonces cae en la cuenta de que la otra rata, la gris, ya no está de pie. Como si hubiera captado un aviso emitido por su compañera, ahora ella también observa el rostro del anciano. En silencio, sin dejar de olfatear, las dos lo contemplan con la determinación del depredador que sabe que ha localizado a su presa.

Bejarano se pregunta si, tal vez, estarán considerando otras posibilidades. Si no pueden devorarle el pie, ¿por qué no arrojarse sobre ese rostro, viejo y crispado?

Desesperado, el anciano echa mano del único recurso del que dispone. Es poco, nada prácticamente, y de hecho ni siquiera le quedan fuerzas para hacerlo. Pero es lo único que tiene.

Y grita.

Grita con todas sus fuerzas.

Grita sabiendo que la poca vida que le queda le va en ello.

Y, esta vez sí, la voz le responde. Es un grito grave, profundo, roto. Y extenuante.

Por fortuna para Domingo, los animales también reaccionan, si bien quizá más por la incomodidad que les produce el chillido que por temor. Pero lo importante es que retroceden. Quizá solo por esta vez, quizá solo por ser la primera partida que juegan juntos. Pero por lo menos esta la ha ganado Bejarano. Extenuado, vacío, el anciano relaja los músculos del cuello y, con la cabeza apoyada de nuevo contra el suelo, rompe a llorar.

—Te has despertado —escucha de repente—. Espero que hayas descansado...

Domingo reconoce la voz de Sebastián, entrando de nuevo en la estancia.

—Te quedaste dormido mientras mi hermana te hablaba —explica—. Y eso no está bien. No es de buena educación.

—Escúchame, yo...

—¿Sabes? Estuve a punto de levantarme y darte una patada en la cara. Para que te despertases. Pero ella me agarró antes de que pudiera hacerlo. Me dijo que te dejara descansar.

—Gracias...

—Que si te morías ya no nos servirías de nada.

Comprendiendo que no hay lugar para la misericordia, Domingo cambia de táctica.

—Oye, tienes que escucharme, no fue culpa mía. No sé si te lo habrán contado alguna vez, pero si por ellos fuera os habrían abandonado allí. Te estoy diciendo la verdad... Pretendían deshacerse de vosotros. ¿Me estás entendiendo?

Pero Sebastián no responde. Igual que el día anterior, se limita a manipular algo en uno de los laterales. De nuevo el sonido del cristal. El bote con el líquido. Pero esta vez no es sangre. Algo transparente... Y un grano blanco, fino.

—Siento mucho todo esto —insiste Domingo—, siento mucho que las cosas fueran así en Santa Saturnina... Pero tienes que creerme, ellos habrían dejado que os pudrierais allí. Y tú sabes cómo era eso, ¿eh? Yo me encargué de todo, fui yo quien movió los papeles para que os acogieran y os dieran un techo aquí... ¡Y después os facilité una vida! Tú no lo recuerdas porque escogiste seguir el mal camino... ¡Pero sabes que es la verdad, Sebastián!

Pero Sebastián no atiende sus súplicas. Revuelve el contenido del bote y se acerca a los pies de la caja, de nuevo con el pincel en la mano.

—¿Qué es eso, qué vas a hacer ahora? ¿Más sangre?

—No —le responde Sebastián—. Es agua con sal. Para las heridas.

Tan pronto como el pincel entra en contacto con las llagas abiertas en las plantas de los pies, Bejarano siente la sacudida, la oleada de dolor intenso que le invade el cuerpo. La llaga abierta en el talón arde, arde. Siente el fuego blanco devorándolo por dentro. Y vuelve a gritar, llevado por la desesperación.

—Vaya, ¿qué es lo que ocurre aquí?

Viola reaparece en la estancia.

—Nuestro amigo —le dice Sebastián—, que me estaba recordando todo el bien que ha hecho por nosotros.

—Oh, claro... —acepta con gesto cínico—. ¿Y los gritos? Menos mal que estamos muy lejos de todas partes, viejo, que si no ya le habrías dado un buen susto a alguien... ¿Se puede saber a qué viene tanto escándalo? —pregunta al tiempo que gira alrededor de la caja—. Ah, ya veo...

Viola se detiene al otro extremo del sarcófago y contempla con desagrado los pies de Bejarano.

—No tiene buena pinta, desde luego... ¿Es el hueso eso que se ve ahí?

Sebastián se pone en pie.

—Sí.

—Claro... Parece que tienes mala suerte, viejo. Porque, aunque a ti no te gusten las ratas, a juzgar por el aspecto de tus heridas se ve que tú a ellas sí. De hecho, diría que a las ratas les encanta tu carne.

—Por favor —suplica el anciano entre sollozos—, por favor...

Pero Viola apenas le atiende.

—Oh, venga, déjalo. Si hay alguien que comprende tu dolor, esos somos nosotros. Y tú lo sabes mejor que nadie, ¿verdad, viejo?

—Desde luego —corrobora Sebastián.

Viola ha desandado el camino, y ahora ha vuelto a detenerse junto al extremo por el que asoma la cabeza. Se agacha, hasta dejar su boca a muy poca distancia de la del hombre.

—A mí tampoco me gustan las ratas —susurra—. Y tú sabes que he tenido que soportar muchísimas. De las que van a cuatro patas, como estas. Pero, sobre todo, de las otras. Esas que caminan de pie... Y ¿sabes qué?

Pausa.

—A esas también les encantaba mi carne.

Con los ojos por completo arrasados de lágrimas, incapaz de mantenerle la mirada, ni mucho menos de soportar el dolor, Bejarano intenta girar la cabeza.

Pero Viola no se lo permite.

—¿Qué ocurre —pregunta desafiante, agarrándole la cara con la mano—, que ya no lo recuerdas?

Aterrorizado, con el dolor grabado en su rostro, Domingo no responde.

—Pues yo sí —continúa Viola, pronunciando con rabia cada palabra—. Yo lo recuerdo todo, cabrón...

La Granja

De acuerdo, viejo, vamos allá. Es la hora de llamar a las cosas por su nombre. El tiempo comienza a acabársenos, a ti y a mí, y tampoco encontraremos un lugar mejor que este, entre ratas y desechos, para hablar de ello. Es el momento de enfrentarte a lo que hiciste. Porque esto, Domingo, estaba en tus manos. Pasaba mucha gente por allí. Hombres con dinero, hombres influyentes, hombres con poder. Hombres, siempre hombres... Pero nosotros lo sabíamos: entre todos, tú eras la sombra.

Y te recuerdo, viejo. Te recuerdo perfectamente...

Mis primeras imágenes de ti las tengo desde niña, diría que desde siempre, en realidad. Te recuerdo ahí, como una especie de presencia constante. Venías a Santa Saturnina, te veía aparecer de vez en cuando. Casi siempre a última hora, a veces incluso con otros niños, acompañando la llegada de algún nuevo compañero. Porque a muchos los trajiste tú. A tantos, en realidad, que durante años me pregunté si no habrías hecho lo mismo con nosotros.

Y recuerdo, especialmente, el día que decidiste cambiar nuestras vidas para siempre.

Éramos unos cuantos, apenas un grupo de diez o doce niños y niñas, a los que Montero había hecho subir a su despacho. Acostumbrados como estábamos a las palizas, todos esperábamos ya los golpes. Pero no, esa vez no hubo ninguna paliza. Esa vez iba a ser muy diferente. El director cerró la puerta y nos ordenó que nos colocásemos en fila, de espaldas a la pared. Como en una especie de rueda de reconocimiento infantil, Montero nos hizo permanecer así durante un buen rato. En silencio, esperando algo. Desconcertados, ya habíamos empezado a mirarnos unos a otros, discretamente, sin atrevernos a llamar la atención, cuando entonces apareciste tú.

Recuerdo que te reconocí nada más entrar. Los pantalones vaqueros, sucios y gastados, la cazadora de cuero. «El señor de los niños», pensé. Por aquel entonces llevabas el pelo más largo. Siempre peinado hacia atrás, grasiento y ondulado. Y bigote, ¿te acuerdas? Pasaste sin llamar, y antes de cerrar la puerta ya nos habías echado el primer vistazo. Rápido, sin demasiado interés. Como el que ya ha hecho esto demasiadas veces.

—¿Son estos?

—Sí —respondió Montero—, esto es lo que hay. La remesa de este año. Junto con el añadido especial, claro.

Te apoyaste en la mesa del director y, con los brazos cruzados sobre el pecho, comenzaste a pasarnos revista. Uno a uno. Algo rápido, casi mecánico. Hasta llegar a nosotros. Lo recuerdo perfectamente, conmigo te detuviste un poco más. Juraría que hasta me pareció reconocer algo semejante a una sonrisa al verme.

—¿Estamos seguros? —preguntaste, sin apartar la mirada de mí.

—Sí —te confirmó el director—. Este año el grupo es este. Algunos tienen problemas, de salud o en la cabeza, otros son violentos... No —concluyó—, con estos no podremos sacar nada por arriba, de modo que...

Montero dejó la frase en el aire, y yo no empecé a comprenderla hasta que, al cabo de un breve silencio, la completaste tú.

—Se lo sacaremos por abajo.

Montero asintió en silencio.

—Siempre y cuando pagues lo acordado.

—Ahí lo tienes —respondiste al tiempo que sacabas un sobre del bolsillo interior y lo arrojabas sobre la mesa del director—. Cien mil pelas por cabeza.

Y entonces la mueca en tu cara terminó de definirse. Era una sonrisa, sí. Pero no de las buenas.

—De acuerdo, niños, ha llegado el momento. Se acabaron vuestras preocupaciones: si nadie quiere adoptaros, yo seré quien lo haga. Bienvenidos a los brazos del tío Bejarano.

Recuerdo que abriste los brazos en el aire. Pero nadie se movió, por supuesto. Por más que apenas fuésemos unos niños, todos alrededor de los siete años, ocho como mucho, de sobra captamos el cinismo, lo falso de tu abrazo. Aquellos dientes amarillos que se intuían al otro lado del bigote no sugerían nada bueno. Dientes de lobo. Solo Montero te respondió con un comentario desganado.

—Haz lo que quieras —dijo—. Aquí nadie los echará de menos.

Yo solo era una niña, pero recuerdo la sensación extraña, de angustia y desconcierto, al escuchar semejante sentencia. ¿De qué estaba hablando el director? Asustada, apenas pude coger la mano de Sebastián. Por detrás, con cuidado de que no nos viesen hacerlo.

—Por supuesto que sí —dijiste, de nuevo con aquella expresión de animal satisfecho—. A estos tres —señalaste—, y a esta y a esta otra me las llevo conmigo. Tenemos un par de clubs nuevos en Zamora en los que podremos colocarlos.

—¿Y los otros? —recuerdo que, casi sin darme cuenta, me atreví a observar a mis compañeros. Quería saber quiénes eran esos «otros», además de Sebastián y yo, con los que habría de compartir suerte—. ¿Los quieres para La Granja?

Volví a mirar al director. ¿Una granja?

—¿Qué ocurre, Montero, ya no te fijas en tus propios muchachos? Por supuesto que sí. Son unos ejemplares magníficos... Sí, claro que sí. Súbelos —ordenaste—. A los granjeros les van a encantar.

Y se acabó. Te incorporaste y te sacudiste las manos, listo para marcharte. De hecho te ibas, tenías ya la mano en el pomo de la puerta, cuando te detuviste. Lo recuerdo como si aún te estuviera viendo, viejo... Inmóvil, de pie junto a la puerta, sin dejar de mirarnos a mi hermano y a mí, le diste una última orden al director.

—A estos dos me los cuidas especialmente bien. Ya sabes, sobre todo a ella.

El infierno de Viola Blanco

Entre 1989 y 1998

¡Oh, La Granja, viejo! Y nosotros que pensábamos que la vida en Santa Saturnina era un infierno... Mira, deja que te cuente algo: este lugar en el que ahora te encuentras también es una granja. Bueno, mejor dicho lo fue, ahora está abandonada. No es la misma que aquella a la que vosotros nos llevasteis, claro. De hecho, sé que aquella tiene ahora una utilidad muy diferente... No, nosotros estamos más al sur, en alguna curva del río entre Tui y A Guarda. Se trata de un lugar precioso, la verdad. No comprendo cómo puede seguir abandonada. El terreno es enorme, con campos de labranza y zonas de bosque frondoso, llenas incluso de frutales. El río corre grande ya un poco más abajo, al final de la finca, y este lugar, este espacio en el que te hemos recluido, es el sótano que hay bajo el antiguo granero. Creo que te gustaría... Pero, en realidad, me imagino que a ti todo esto te da igual. Por más que yo te hable del río, de la sombra de los manzanos y de la belleza del lugar, para ti todo esto debe de ser como el mismísimo infierno, porque desde que has llegado no has experimentado más sensación que el dolor, ¿verdad? Dime, ¿me equivoco? ¿No? Pues perfecto entonces. Porque, si para nosotros Santa Saturnina era el infierno, La Granja no fue otra cosa sino el sótano del infierno.

Dime, viejo, ¿alguna vez pensaste en ello? Quiero decir, si tuvieras que explicarle esto a alguien, ¿sabrías realmente cómo hacerlo? Yo lo intenté un millón de veces. A mí misma. Al reflejo que apenas se atrevía a asomarse al otro lado del espejo. Atónita, abrumada. Desolada, vacía, desgarrada, arrasada. Inerte. Pero nunca fui capaz de hacerlo y lo único que sé es que por tu culpa, por tu gran culpa, mi primer contacto con aquello que vosotros llamabais «sexo» fue demasiado pronto, demasiado brutal. Demasiado en cualquier sentido. Pero en ninguno bueno.

Encerrada en La Granja, entre los ocho y los dieciocho años mantuve relaciones sexuales con tantos hombres que ni siquiera habría podido recordarlos...

De no ser porque, años más tarde, los periódicos seguirían devolviéndome los rostros de la mayoría de ellos. Y no desde las páginas de sucesos, precisamente, sino en las de economía, política, deportes...

Aquella casa en lo alto del monte, ¿la recuerdas, viejo? En realidad no tenía nada que ver con Santa Saturnina. Una finca más, perdida como cualquier otra en los montes de O Rosal... Los muros con el cartel de PROPIEDAD PRIVADA, y muchas hectáreas de bosque y viñedos hasta llegar a la casa. Aunque sospecho la respuesta, siempre me he preguntado de quién sería realmente aquella propiedad... Porque de las monjas no era, eso estaba claro, al margen de que ellas estuvieran al tanto de todo, por supuesto. De hecho, recuerdo perfectamente la primera vez que nos llevaron a La Granja. El padre Fausto conducía la furgoneta del orfanato. Y, a su lado, todo el trayecto con gesto serio, la hermana Caridad permanecía en silencio. O, mejor dicho, la señora Pereira. Porque, por alguna extraña razón, cuando estaban fuera del orfanato, el sacerdote nunca se dirigía a la monja por el nombre que empleaba en Santa Saturnina, sino así, señora Pereira.

O, a veces, simplemente Pilar.

No lo sé, es como si los asuntos de Dios quedaran dentro del orfanato, alejados de aquellos otros más terrenales. Más carnales...

El caso es que ninguno de los miembros del grupo seleccionado por ti, ni mi hermano ni yo, ni tampoco los demás niños que nos acompañaban, sabíamos adónde nos llevaban. Aunque, por supuesto, ninguno se esperaba nada bueno. De hecho, y a la luz de los malos tratos que recibíamos en Santa Saturnina, yo pensaba que La Granja sería precisamente eso, algún tipo de explotación, tal vez incluso con animales, en la que, al igual que sucedía con el orfanato, las monjas nos harían trabajar como bestias. Pero no, ni se trataba de eso ni tardaríamos demasiado en comprobar lo equivocados que estábamos.

Una vez dentro, las monjas que ya estaban allí aguardando nuestra llegada nos hicieron subir al altillo, una buhardilla enorme sobre el primer piso, y nos obligaron a desnudarnos. Después se aseguraron de que nos lavásemos bien, a conciencia, y, al salir de las duchas, nos dieron ropa limpia. Y una cena caliente. Oh, Dios, sí, comida de verdad... A pesar del temor, reconozco que el plato con comida, caliente y en condiciones, tan distinta a la que nos daban en el orfanato, había aplacado ligeramente mi inquietud, reduciéndola, aunque solo fuera por unos minutos, a una especie de desconcierto. Hasta que, de pronto, Montero apareció en el comedor al que nos habían llevado.

—Están llegando.

El aviso, seco y grave, severo, no iba dirigido a nosotros, sino a las monjas, que al instante nos ordenaron que nos levantásemos y nos llevaron a otra habitación. Recuerdo que, por el camino, desde una de las ventanas pude ver el patio, allá abajo. Dos o tres coches acababan de llegar por el camino y se detenían ante la puerta principal. Coches grandes, negros, de esos que hasta una niña de ocho años es capaz de reconocer como caros. No dejó de llamarme la atención. ¿Qué clase de granjero utiliza un coche así? Los que salían en las películas que las monjas nos dejaban ver en Santa Saturnina desde luego no...

De pronto se abrió la puerta posterior de uno de los vehículos, y quise esperar un poco más, ver quién se bajaba de aquel coche. Pero no pude hacerlo. Una de las monjas se fijó en mí y me cogió del brazo, obligándome a unirme al resto del grupo. Una lástima, viejo. Porque si me hubiera quedado un segundo más, solo un segundo más, probablemente habría sido la primera de mis compañeros en ver a monseñor.

Porque así fue como empezó todo. Aquella noche, hijo de puta, nos echasteis a los lobos, y mi hermano y yo, junto con los demás escogidos, nos convertimos en los juguetes de aquella panda de miserables. Por fortuna, esa vez les bastó con manosearnos, sobre todo a los niños. Por Dios santo, viejo, solo les cortamos las manos al padre Fausto y a la hermana Caridad, e hicimos que el cerdo devorase las de Montero. Pero créeme si te digo que con gusto arrancaría las manos de todos aquellos desgraciados, para que nunca más pudiesen volver a ponérselas encima a nadie. Acomodados en los sillones de piel junto a la chimenea del salón principal, cada uno de los asistentes a aquella repugnante reunión cogió a uno de los niños, y nos sentaron en sus regazos. Estábamos aterrorizados, viejo... Alguien se atrevió a resistirse. Se trató de una tímida protesta, un «no». Todos sentimos el golpe, el impacto de la mano sobre el rostro. Y después el llanto ahogado, y nada más. Ya no hubo nada, solo silencio, lágrimas, vergüenza. Y asco. No les importó, aquella piara de trajes, corbatas y gomina, continuó sobándonos, toqueteándonos mientras entre ellos, babosos, no dejaban de congratularse por la buena calidad del nuevo material. Porque esa era la verdad: en aquella granja, los animales éramos nosotros.

Y sí, viejo, digo «por fortuna», y tú sabes bien por qué, cabrón. Porque aquella noche solo fue la primera, pero luego vinieron muchas más. Muchísimas. A los pocos días regresamos a Santa Saturnina, por descontado amenazados de muerte si decíamos una sola palabra. Claro, esa era la razón del perpetuo silencio impuesto en el orfanato. Pero poco a poco, La Granja pasó a convertirse en nuestro hogar. A medida que transcurría el tiempo, nuestras estancias en la casa del monte se fueron haciendo más y más largas. Y, en todos aquellos años, vosotros, Montero, Pilar, tú, dejasteis que nos hicieran de todo.

De todo.

Tanta gente, tantas caras. Tantas manos... Tantos abusos. Nos hicieron de todo, viejo, de todo. Nos tocaron, nos drogaron, nos violaron. Nos usaron como trapos. Nos golpearon, nos pisotearon, nos machacaron. Y cuando alguno de nosotros ya no os servía, simplemente dejaba de estar ahí. Desaparecía. Sé que a muchos te los llevaste a sabe Dios qué clubs que tú y tus socios controlabais. Pero no a todos... Alguna vez pude escuchar conversaciones entre los «granjeros», que era como os referíais a vuestros clientes. Y sí, hablaban sobre ellos. Alguien había encontrado algún cuerpo... Algún joven toxicómano... ¿Qué les hiciste, cabrón? ¿Qué les hiciste?

¿Sabes? Yo también lo intenté. Según me fui haciendo mayor, según me fue dando más asco la condición humana, la vida en sí misma, comencé a llegar a un punto en el que todo me daba igual. La vida, la muerte, mi suerte... Y recuerdo que esa noche apreté los puños.

Y cerré la boca. Con rabia.

Recuerdo el aullido.

No me extraña, a aquel cerdo tuvo que dolerle a base de bien...

—¡Puta!

Me golpeó con tanta fuerza que, si tuviera que jurar, diría que volé dos o tres metros antes de impactar contra la pared y caer al suelo. Mientras sangraba por la nariz, con la cara pegada a la alfombra, recuerdo que pensé: «Ya está, se acabó. Después de esto también me harán desaparecer a mí. Por fin...».

Pero no.

Por alguna extraña razón, tú siempre me protegiste. No tanto a mi hermano, pero a mí sí. No lo entendía, desconocía el motivo, pero esa era la verdad. De hecho, los muchachos podían hacer todo tipo de trabajo, y estábamos a disposición de los granjeros para cualquier barbaridad que se le ocurriese (y, tú lo sabes, a aquellos desgraciados se les ocurrían cosas horribles, con toda clase de objetos y orificios...). Excepto para acostarse conmigo. Conmigo no. Por alguna extraña razón, nunca permitiste que ninguno, que nadie, fuese más allá conmigo. Hasta aquella vez. Una noche de verano de 1998.

La pastilla azul

Una noche de verano de 1998

Cuando vosotros llegabais, nosotros ya estábamos allí. Y cuando os ibais, teníamos que seguir allí. Montero no permitía que nos moviéramos del salón hasta que el último granjero no hubiera salido de la casa. Y claro, os oíamos hablar entre vosotros. Sobre todo cuando llegabais. Es cierto que apenas eran breves fragmentos de conversaciones, algo así como las sobras de vuestras charlas. Pero, ¿sabes qué?, diez años de restos dan para una buena comida. Si una permanece atenta, puede ir enterándose de muchas cosas... Como ya te imaginarás, así fue como supe quién era cada uno. Así fue como acabé por identificar a los que eran o habían sido alcaldes, a los concejales, e incluso a varios *conselleiros*. Cómo supe antes que los propios clientes que los directivos de las tres grandes cajas de ahorros estaban preocupados porque, al parecer, lo de la fusión no era más que una tapadera bajo la que ocultar una gestión ruinosa. Cómo reconocí a empresarios, miembros de la Iglesia e incluso, de vez en cuando, a algún cantante famoso, de esos que nunca te imaginarías fuera de su cortijo andaluz o de su mansión en Miami... Por supuesto, también fue así como me enteré de que el doctor Parrado, nuestro común amigo Isaías, llevaba ya un par de años en Surrey, trabajando para unos laboratorios

— 313 —

que estaban desarrollando un nuevo fármaco. El Sildenafil. ¿Te acuerdas, viejo?

No recuerdo la fecha exacta. Sé que era el verano de 1998, una de sus noches más calurosas. Y pronto lo iba a ser más... Satisfecho por el éxito del fármaco y su inminente comercialización, Parrado había regresado de Inglaterra con un montón de muestras para repartir entre los granjeros, y que vosotros mismos juzgarais sus capacidades.

—¡Ya lo veréis —exclamó orgulloso—, estos pequeños milagros azules cambiarán el mundo!

Y sí, era cierto: aquella noche de verano algo cambió para siempre. Por lo menos en mí.

La vaga idea que una chiquilla como yo, de apenas quince años, pudiera tener de lo que era el amor pasó a convertirse en algo muy parecido al odio. Escúchame bien, Domingo, porque quiero que sepas que aquella noche, viejo, pusiste el primer clavo de esta caja.

Por aquel entonces ya nada era suficiente para los granjeros. Chicos, niños, niñas... Y sobre todo drogas, drogas para todos. Aquella noche, cuando visteis que las pastillitas azules funcionaban, decidisteis que sería una magnífica idea dárselas a probar a alguien más fuerte que vosotros. Y no se os ocurrió nada mejor que obligar a mi hermano a tomarlas. ¿Lo recuerdas? Al pobre Sebastián ya lo habíais puesto hasta arriba de coca. Y ahora, además, esto...

Cabrones, aún hoy recuerdo cómo os reíais de él... «¿Adónde vas así?», le gritabais burlándoos, «¡Chaval, eso habrá que meterlo en algún sitio!» Y entonces se os ocurrió.

No sé quién fue el primero en decirlo. Aquella noche, avisados de la novedad que traía el doctor Parrado, había más granjeros de lo habitual. Pero sí recuerdo la voz.

—¡Que lo haga con ella!

Algunos se echaron a reír, y de pronto a todos les pareció una idea fantástica.

—¡Sí —gritó otro—, que se tire a su hermana!

—¡Venga, queremos verlo!

Y de pronto ya estaba. Fue tan rápido que apenas tuve tiempo de sentir terror. Cuando me quise dar cuenta de lo que estaba sucediendo, Parrado empujó a Sebastián con tanta fuerza que el pobre casi se cae a mis pies. Y lo habría hecho si tú no lo hubieras agarrado por el brazo. Pero no para ayudarle. De la manera más brusca, lo cuadraste ante mí, desnudo y humillado.

—No —te respondí.

Recuerdo que os mantuve la mirada el tiempo suficiente para descubrir algo estremecedor. Parrado, inmóvil detrás de mi hermano, tenía la misma mirada sucia y lasciva de siempre. Pero en ti había algo diferente. En lugar de la determinación protectora de otras veces, un fuego nuevo ardía en el fondo de tus ojos. Una especie de ira, cargada de cólera y deseo a partes iguales.

—Hazlo.

—Por favor...

—Te digo que lo hagas.

—No...

Volviste a quedarte mirándome, y entonces, lentamente, llevaste la mano a tu pistolera. Sacaste el arma y la levantaste en el aire. Y recuerdo que pensé: «Me va a matar. Será aquí, ahora, ya». Y rompí a llorar con los ojos cerrados. Aliviada.

—Abre los ojos.

—No...

—¡Que los abras, hija de puta!

Despacio, muy despacio, volví a abrirlos. Y entonces lo vi. Con absoluta desolación, comprendí lo equivocada que estaba: no era a mí a quien apuntabas con tu revólver.

Era a mi hermano.

—¿De verdad no lo vas a hacer?

Aterrorizado, Sebastián no podía controlar el castañeteo de sus dientes.

—Por favor —supliqué—, esto no...

Pero tú te limitaste a sonreír, desafiante, como si nuestra angustia te hiciera gracia.

—¿Estás segura?

—No...

Dije «no», y ya no sé qué era lo que estaba negando. Si la posibilidad de acostarme con mi hermano, la duda, el dolor por haberme equivocado, o tal vez la vida en general... Le dije que no a algo, y lo único que sentía era el mar de lágrimas y dolor que me arrastraba.

Entonces lo hiciste. ¿Te acuerdas, viejo? ¿Lo recuerdas? Amartillaste el revólver y empujaste su cañón contra la cara de Sebastián con tanta fuerza que aún hoy tiene la marca.

—¡No lo hagas! —grité—. ¡A él no!

Recuerdo que tu sonrisa se tiñó de desprecio.

—¿Ah, no?

Tú también me mantuviste la mirada.

—¿No quieres que apriete el gatillo?

—No —te respondí, ya deshecha en llanto—, te lo suplico...

En ese momento tu sonrisa se hizo todavía mayor. Y se volvió aún más afilada, lobuna. La sonrisa del ganador.

—Dime, pequeña... ¿Y qué estarías dispuesta a hacer por tu hermano, entonces?

—¡Lo que sea! —respondí sin pensarlo.

Y ese fue el momento, el instante preciso en que lo comprendí todo. Porque tú lo sabías, hijo de puta, lo sabías desde el principio.

—¿De verdad? —me preguntaste—, ¿lo que sea?

—Sí —asumí, confirmando mi derrota—. Lo que sea...

Y entonces asentiste en silencio, satisfecho al fin. Bajaste la pistola, soltaste el brazo de Sebastián y pasaste a agarrar el mío. Porque de eso se trataba, ¿verdad, cabrón? De que fuese yo la que se entregase. Yo, cuando el momento hubiera llegado... Y el momento fue entonces.

Dejaste a mi hermano con los lobos del salón, y a mí me llevaste al dormitorio principal.

Tenía quince años cuando me violaste por primera vez, Bejarano. Después de todo, de tanto tiempo, de tanta gente, comprendí de la manera más atroz que no era protegerme lo que estabas haciendo. No, cabrón, la cosa no iba de eso. Se trataba de reservarme para ti. Que ningún otro granjero mordiera la manzana que durante toda una vida habías estado guardando, madurando para ti.

Y así, sintiendo el dolor brutal de cada una de tus embestidas, notando el calor de tu baba derramándose sobre mi pecho, fue como acabé de encajar la última pieza del puzle.

Oh, ¿qué pasa, viejo, por qué me miras así? ¿Acaso no sabes de qué te estoy hablando? Sonreiría si me quedara ánimo...

Lo que te estoy diciendo, viejo, es que sí: sé quién eres.

Isaías Parrado era un hombre mezquino, cruel. Disfrutaba lastimándonos de todas las maneras posibles, primero en Santa Saturnina y después en La Granja. Y una noche se le ocurrió una nueva manera de hacernos daño. Fue poco antes de marcharse a Inglaterra. Sebastián todavía tenía la cara hundida en la almohada, y Parrado, exhausto, se dejó caer sobre él. Como una serpiente, acercó su boca a la oreja de mi hermano, y susurró algo. «Ni te imaginas quién es tu madre...»

16

Mamá. Papá

—¿Qué me dices, viejo? ¿Qué te parece?

Domingo no responde.

—Violar repetidamente... a tu propia hija.

Ella también permanece en silencio por un par de segundos, la mirada perdida sobre la superficie de la caja, como si estuviera contemplando sus propios recuerdos proyectados sobre la madera.

—No —murmura—, eso no está bien.

—Pero entonces tú... ¿tú sabes quién soy?

Viola reprime una sonrisa resentida.

—Por supuesto —le responde—. Aquella noche lo vi claro.

Viola se traga la rabia que se le agolpa entre los dientes con un gesto resignado.

—Supongo que no te sorprenderá si te digo que tanto Montero como Parrado eran malas personas, ¿verdad? Sí... Sobre todo el doctor. Le encantaba torturarnos de todas las maneras imaginables. Y por eso aquella noche pensó que una buena forma de herir a mi hermano sería revelándole quién era nuestra madre. Sí, que sufriéramos sabiendo la clase de vida que nos estábamos perdiendo mientras nosotros nos pudríamos en La Granja. Por supuesto, Sebastián se desmoronó todavía más. Pero yo no dije nada. «Muy bien», pensé, «ya solo me falta la otra mitad.» Y decidí esperar. Sabía que solo sería cuestión de tiempo... Y no me equivoqué, viejo, porque aquella noche del verano de 1998, contigo jadeando sobre mí, el tiempo me dio la respuesta que me faltaba.

—Pero ¿cómo...?

Viola ladea la cabeza.

—Supongo que en el fondo siempre lo he sabido. La forma de tratarnos, diferente a la de los demás... Por alguna razón, con mi hermano eras más duro que con cualquiera de los otros muchachos. Si algún granjero te pedía «algo más», tú siempre ofrecías a Sebastián. Y conmigo el trato también era especial, aunque fuese por justamente lo contrario. Todas aquellas restricciones a los demás granjeros cuando se acercaban a mí...

—Quería protegerte...

—¿Protegerme? —Viola sonríe con asco—. ¡Tú jamás has querido proteger a nadie que no fueras tú mismo, cabrón! No, lo que hacías era clavarme los ojos y quedarte mirándome, observándome como si fuese tuya. En todos los sentidos. Como si me quisieras solo para ti... Pero vaya —sacude la cabeza, como queriendo apartar algún recuerdo incómodo—, lo que terminó de aclararme las dudas fue algo mucho más pragmático.

—¿El qué?

Los labios de Viola esbozan un mohín de desprecio.

—Esa manera tuya de respirar, cerdo. Tú y yo no nos parecemos mucho. Pero en cambio mi hermano sí se parece a ti. Y, entre otras cosas, los dos tenéis esa misma afección al respirar. Ya sabes, esa forma entrecortada de coger aire cuando hacéis algún tipo de esfuerzo. Como si estuvierais a punto de ahogaros en cualquier momento... Tantas veces, tantas embestidas, el tiempo despejó todas mis dudas.

Abrumado, Bejarano desvía la mirada.

—Lo siento mucho...

—¿Que lo sientes? ¿Ahora?

—Por supuesto. Yo...

—¡No! —explota Viola—. ¡No me digas que lo sientes, no te atrevas tan siquiera a decirme una puta palabra al respecto, porque los dos sabemos que en ningún momento lo has hecho!

¡Ni entonces ni nunca! De hecho, mala bestia, lo único que hiciste después de aquella primera vez fue echarme a las alimañas, desgraciado...

Viola habla con los dientes tan apretados que siente que a punto están de romperse.

—Es verdad —corrobora de pronto Sebastián, que hasta ese momento ha permanecido sentado en el suelo, observando y escuchando en un silencio casi ausente.

—Por supuesto que lo es —continúa Viola—. Después de aquella noche, lo único que hiciste fue abrir la veda. Me sacaste al mercado en el sentido más amplio de la expresión. Pero, eso sí, solo al alcance de los mejores postores. Desde aquel momento pasé a estar a disposición plena de lo más selecto de la élite. Los que pudieran pagar las cantidades más altas. Excepto las noches que me quisieras para ti, claro... ¿O qué ocurre ahora, que de eso tampoco te acuerdas, viejo de mierda?

Domingo no dice nada.

—Me lo imaginaba... —La mujer habla sin dejar de asentir con la cabeza—. Así que no, hijo de puta, ni se te ocurra pedirnos perdón.

—Ahora ya es tarde para eso —apostilla Sebastián—, es tarde para casi todo.

Viola asiente en silencio.

—Exacto, viejo, mi hermano tiene razón. No son tus disculpas lo que queremos de ti... Porque por mucho que lo intentaras, jamás podrías enmendar ni la más pequeña porción de todo el daño que tú y toda aquella gente nos hicisteis a Sebastián y a mí. No, por muy cruel, humillante, vejatorio, inhumano y despiadado que fuera todo aquello, tú sabes perfectamente que esa no es la razón por la que ahora estamos aquí. ¿Verdad, papá?

Bejarano sigue sin responder. Se limita a mantener la mirada de Viola mientras su labio inferior comienza a temblar sin control.

—No, yo...

—Tú y yo teníamos un acuerdo, cabrón. —La voz de Viola se ha vuelto lenta y grave, acerada, cortante como el filo de la navaja más afilada—. Yo me mantenía en silencio. Y a cambio tú...

Nadie se mueve, nadie dice nada.

—Solo tenías que respetar una cosa, hijo de puta...

—Y lo he hecho, ¡lo he hecho!

—¿Que lo has hecho?

—¡Sí! ¡Sí!

Dolida, Viola niega en silencio.

—De acuerdo, si ese es tu deseo...

A un gesto de su hermana, Sebastián vuelve a ponerse en pie. Se dirige a uno de los armarios que cubren las paredes del sótano, y del interior saca una pieza metálica. Grande, negra, Bejarano la reconoce tan pronto como el otro se acerca a la caja con ella. Es una pata de cabra. Domingo no comprende. ¿Para qué quiere una pata de cabra ahora? ¿Acaso lo van a sacar de la caja?

—Es muy tarde ya —comenta Viola—, la madrugada nos devora sin piedad, y no soporto ni una mentira más... Te dejo lo que queda de noche para que te lo pienses bien. Pero no te equivoques, viejo. Esta es tu última oportunidad. Y para que veas que no te engaño...

Sebastián se agacha junto a uno de los laterales de la caja. Introduce el extremo de la herramienta entre un par de tablas y, tras un ligero movimiento de palanca, logra retirar un fragmento de madera. Solo se trata de una pequeña abertura, a la altura de las rodillas, lo justo para que Domingo sienta el aire correr en esa parte de la caja. Pero no tiene sentido. Si por fin lo van a sacar de la caja, ¿por qué no empezar por la tapa?

Pero no, claro, no es eso. Sebastián vuelve a ponerse en pie, y regresa con la pata de cabra al armario. La deja en su sitio. Se da la vuelta y se acerca una vez más a la caja. Pero antes se detiene a sus pies. Inmóvil, permanece en silencio, observando algo en el suelo. Se agacha, y lo coge. Y entonces Bejarano comprende.

Una pequeña abertura en un lateral. Lo justo para coger una de las ratas e introducirla en la caja.

17

¿Por qué no hacerlo?

Jueves, 26 de diciembre

Se me ha hecho raro dormir en casa. Hasta ese momento me había enojado el engaño, e incluso reconozco que me había herido en el orgullo el saberme utilizado. Pero entonces, de nuevo allí, lo que me dolió no fue nada de eso. Fue la soledad. El silencio. Otra vez.

Por eso he regresado tan temprano a la comisaría. Porque hay mucho trabajo que hacer, y porque es importante actuar con la mayor brevedad posible, y porque... Bueno, y porque sí.

—¿Y no dijo nada más? —pregunta Laguardia cuando termino de ponerle al día sobre mi visita de ayer a Durán.

—No...

—¿Cree que oculta algo?

Aprieto los labios, la mirada perdida al otro lado de la ventana de mi despacho.

—No lo sé —respondo dubitativo—. No negó los excesos de los que me habló Lalo, es verdad. Aunque tampoco se refirió a ellos de una manera tan explícita, claro. Pero vaya, no dijo que no fueran ciertos...

—Y dice que también reconoció el enfrentamiento con Bejarano.

—Sí —admito—, desde luego. De hecho, no solo no lo negó,

sino que incluso llegó a decirme que no le importaría que Bejarano desapareciera para siempre. Pero aun así...

—¿Qué?

Chasqueo la lengua.

—No lo sé. Es todo ese asunto de su hermana... —respondo al tiempo que le devuelvo la mirada—, hay algo en todo eso que no acabo de entender.

—¿El qué?

Me muerdo el labio.

—Lo del embarazo.

Laguardia también me mantiene la mirada.

—¿Cree que podría tratarse de Viola y Sebastián?

Me encojo de hombros.

—No lo sé... Sí, es cierto que a mí también se me pasó por la cabeza, e incluso se lo insinué. Pero él me habló en todo momento de «la criatura». Una, no dos. Pero no —replico—, no es eso lo que no logro entender...

Laguardia frunce el ceño.

—¿A qué se refiere, entonces?

—Al problema —respondo sin dudarlo—. Quiero decir, si realmente el embarazo suponía una complicación tan grande, entonces ¿por qué hacerla mayor? —pregunto a la vez que gesticulo con las manos.

Antonio comprende.

—Por qué la chica no abortó...

—Exacto. ¿Por qué no la hicieron abortar? Al fin y al cabo, si la suya era una familia con tantos recursos, aquello tampoco les habría supuesto ningún problema...

Laguardia ladea la cabeza.

—O sí, si la familia es de la Obra.

Esta vez soy yo el que frunce el ceño.

—¿Crees que son del Opus?

El subinspector levanta una ceja.

—Bueno, eso es lo que se ha rumoreado siempre, sí. Y ya lo sabe, señor, para esa gente el aborto no es una opción. Bajo ningún concepto.

Incómodo, asiento en silencio. Al fin y al cabo, Durán se había referido a su familia como «de fuertes convicciones religiosas».

—Joder... Pues entonces tienen que ser ellos.

—¿Viola y Sebastián?

—Claro.

Siempre prudente, Laguardia se resiste a aceptar nada que no pueda confirmar.

—Pero ¿y qué pasa con lo que le contó el señor Durán?

Niego con la cabeza.

—El señor Durán contó muchas cosas, pero ya ayer tenía la sensación de que no todas eran ciertas.

Y entonces recuerdo la explicación que me dio Batman un par de días antes. Viola y Sebastián, dos hermanos gemelos que sobreviven a un naufragio... Joder, claro.

—Son ellos, Antonio, estoy seguro.

Laguardia todavía duda.

—Pero si son ellos... ¿Qué ocurre con su documentación? Quiero decir, el DNI que tenemos de Viola no se corresponde con esa historia.

—Porque es falso —resuelvo al instante.

—No lo es —responde con determinación—. Lo hemos comprobado, se trata de un documento en regla.

—Porque alguien lo ha amañado desde dentro —insisto.

—¿Desde dentro? Pero, señor, eso sería... —Laguardia deja el comentario en el aire.

—¿Muy grave?

Y entonces lo veo claro.

—No para Bejarano.

—Joder...

Los dos nos quedamos en silencio, intentando asimilar las posibles implicaciones de nuestra teoría, hasta que Laguardia cae en la cuenta de un nuevo detalle.

—Pero, si esto es así, entonces Durán...

—Sí, lo sé —asiento—. También me mintió en eso. No solo se mantuvo en contacto con Bejarano después de que su hermana diera a luz, sino que incluso me atrevería a decir que fue él quien les puso los nombres. Hay que ser muy retorcido para llamar así a dos recién nacidos a los que vas a abandonar a su suerte...

—La madre que los parió...

—Esa —señalo—, esa es la clave de todo.

Laguardia no entiende a qué me refiero.

—¿Perdón, señor?

—Isabel Durán, la madre de los niños. La hermana de Esteban. Joder, Antonio, maldita sea, si esa mujer pudiera hablar...

Laguardia chasquea la lengua y resopla con gesto resignado.

—No sé hasta qué punto nos habrá mentido Durán, señor, pero por lo menos eso sí es cierto. Su hermana falleció en un incendio en su casa hace algo más de un año.

—Lo sé, lo sé —le indico con un gesto de la mano—. Lo he comprobado. Un brasero mal apagado, o algo así... Pero es que, joder, Antonio, hasta eso se me antoja raro. No me jodas, ¿quién coño sigue utilizando esos chismes hoy en día?

—Pues no lo sé, señor, desconozco ese dato. Pero por lo que he podido comprobar al revisar las declaraciones, parece ser que se trataba del...

—Ya lo sé, ya lo sé —le atajo—, del método preferido por la señora, sí. Yo también he leído el informe...

Cansado, vuelvo a apartar la vista, esta vez hacia la pequeña montaña de papeles que se apilan sobre mi escritorio. No lo sé, tal vez sea algún tipo de reacción inconsciente, porque, de hecho, es ahí donde he dejado el informe del incendio después de leerlo.

De manera automática, lo cojo y lo abro una vez más. Separo las hojas sobre la mesa, y me quedo mirando las fotografías que lo acompañan. La casa quemada...

El lugar en el que hallaron el cadáver....

El cuerpo sin vida de Isabel Durán tendido sobre la mesa del depósito...

«La mesa del depósito...»

Un momento. Busco la información en el expediente. En

efecto, ahí está... Y entonces se me ocurre una nueva posibilidad.

—Escucha, esto es lo que haremos. Tú y Santos id a ver a Troitiño. Según el informe, él fue el forense encargado del caso. Que os diga si había algo extraño.

Laguardia me observa con cara de circunstancias.

—¿Algo extraño?

—Vosotros preguntadle —insisto—. Pero antes hablad con Batman. Decidle que vuelva a buscar, pero esta vez que se centre en la señora Durán, a ver qué puede averiguar sobre ella. Quién sabe, Laguardia, con un poco de suerte tal vez aún seamos capaces de hacer hablar a la vieja Cuquita...

18

Si Domingo pudiera

Si no estuviera tan exhausto. Si no se sintiera tan mal. Si su cuerpo no estuviera tan destrozado como sin duda comienza a estarlo. Si sus nervios no estuvieran tan crispados... Si a Domingo Bejarano le quedara algo más de energía tal vez, y solo tal vez, podría caer en la cuenta de que, aunque solo se trata de algo tan sutil como un suspiro derramado, por el tragaluz en lo alto de la pared se cuela ya un hilo de claridad. Porque, aunque Domingo Bejarano haya llegado a creer que no alcanzaría a vivir un día más, ese día ha llegado también, y es la luz del alba la que contra todo pronóstico entra, tenue todavía, en el sótano. Pero no. Domingo no lo percibe porque ya apenas le quedan fuerzas. Al fin y al cabo, el viejo Bejarano se ha pasado toda la madrugada luchando por que las ratas no se lo coman vivo.

Porque, una vez que Viola y Sebastián se marcharon, las ratas que seguían al acecho en la oscuridad del sótano reanudaron el asedio. La sal en la herida de la planta del pie, con el talón abierto, ha supuesto una tentación insuperable para los roedores, de manera que, a pesar de toda la resistencia que Domingo ha ofrecido en forma de pequeños pataleos, la determinación y la perseverancia de los animales han sido más fuertes que la capacidad del anciano. A pesar de las pistas que le ofrece el dolor, brutal y afilado, que siente sacudiéndole todo el cuerpo, Domingo no es capaz de imaginar el aspecto tan aterrador que presentan sus pies, convertidos ya en un catálogo de heridas abiertas por las mordeduras de las ratas. Resulta sorprendente comprobar el poco tiempo que unos animales hambrientos necesitan para provocar semejantes estragos.

Y, aunque hubiera querido hacerlo, detenerse a imaginarlo, tampoco habría podido. Porque no ha tenido tiempo. Porque, si la situación en el exterior ha sido crítica, en el interior de la caja las cosas tampoco es que hayan ido mejor. Contra todo pronóstico, Bejarano ha logrado vencer a la rata que Sebastián había introducido por el agujero lateral. Sin dejar de revolverse hasta donde le era posible, Domingo ha ido sacudiéndose en el interior de la caja, obligando al animal a moverse también. Y, cuando la ha vuelto a sentir avanzando junto a su cadera, el anciano ha lanzado su cuerpo con ímpetu, aplastando al roedor contra la madera. Todavía oye ahora los chillidos, agudos, terriblemente penetrantes, del animal al verse atrapado. Domingo ha conseguido vencerla, aplastándola, reventándola contra las tablas, pero no sin que antes la pequeña bestia luchase con todas sus fuerzas. Se ha revuelto, le ha clavado las garras y los dientes, esas pequeñas cuchillas afiladas desgarrándole la carne, penetrándolo hasta el hueso. En el momento en que los dientes del animal han alcanzado la cadera del anciano, el dolor ha sido tan intenso que Bejarano ha estado a punto de aflojar. Pero no lo ha hecho. Sin dejar de empujar, Domingo ha gritado con toda la rabia y el escaso aliento que le quedaba, la rata ha muerto, de modo que ahora su cuerpo exánime reposa en el interior de la caja, junto a una herida abierta en el costado derecho de Bejarano.

Una herida abierta sobre la que Domingo no ha dejado de sentir corretear a las cucarachas ni un solo segundo. No, por lo menos, hasta que hace unos instantes han llegado las otras ratas. Porque la herida en la cadera de Domingo Bejarano no ha dejado de sangrar, y ese, el olor de la sangre caliente, es el más potente de los estímulos, algo frente a lo que los demás animales no pueden ejercer ningún tipo de resistencia. Poco a poco, las otras ratas se han ido acercando al agujero abierto por Sebastián y, lentamente, han comenzado a asomarse al interior de la caja.

Muy poco al principio, apenas el hocico, la cabeza tal vez las dos más osadas. Pero al final lo han hecho. Han entrado, las ratas están en el interior de la caja, y Domingo ya solo despista el dolor clavando la mirada en el techo del sótano, suplicando en silencio que alguien aparezca.

19

Tarde o temprano

—Sabía que tarde o temprano alguien vendría preguntando por ella —murmura el forense al tiempo que introduce los datos en el ordenador, en busca del informe de Isabel Durán—. Era evidente que aquello no podía ser tan sencillo...

20

La vida regalada

—Os lo ruego —suplica el anciano—. Matadme...

Viola esboza una sonrisa entre dientes.

—No te preocupes, viejo, todo llegará. Pero ahora me pregunto si ya has comprendido el motivo por el que estás aquí...

—Sí, lo he hecho, sí. Y sé que tenéis muchas razones para ello.

—Sabes que solo nos interesa una.

—De acuerdo —acepta—, de acuerdo. Lo que hice no estuvo bien. Pero sabéis que yo también he hecho cosas buenas por vosotros...

Sebastián frunce el ceño. Parece sinceramente desconcertado.

—¿En serio? —pregunta sin dejar de menear la cabeza—. ¿Y cuáles dirías tú que fueron esas cosas?

—Yo os liberé, ¡fui yo! —clama—. Vosotros lo sabéis, cuando llegaban a la mayoría de edad casi todos vuestros compañeros ya estaban quemados, no servían para nada. Muchos de ellos no valían ni para meterlos en alguno de los clubs...

—¿Y qué era lo que les hacíais entonces, eh? —Viola realiza la pregunta sin ocultar que en realidad ya conoce la respuesta—. Dímelo, viejo, ¿qué ocurría con ellos?

—Los hacíamos desaparecer —confiesa, sin dejar de llorar—, yo mismo me encargaba de ellos...

Viola niega en silencio, como si todavía no diera crédito a lo que oye, mientras, lentamente, Sebastián se lleva una mano a la cabeza, aturdido.

—Yo me encargaba de ellos —repite Bejarano—. Casi siempre con una sobredosis, o simulando un accidente en la carretera, o como fuera... En realidad el cómo daba igual; nadie se había preocupado nunca por ellos, así que nadie los echaría de menos. Pero con vosotros no fue así, vosotros lo sabéis. Por favor —vuelve a suplicar—, os saqué de La Granja...

—¿Y qué quieres decirnos con eso, viejo? ¿Acaso crees que deberíamos darte las gracias?

—Os busqué una nueva vida, os conseguí un techo, me aseguré de que nunca os faltara comida...

Ella vuelve a sonreír, ya sin ocultar su desprecio.

—Oh, sí, claro —le responde—. Aquella vida regalada...

El cambio de Viola

Fue entonces, a finales de 1999, cuando lo supe. A pesar de todas las medidas que nos obligaban a tomar, algo había salido mal. Había sucedido, lo sabía.

Me había quedado embarazada.

Y sí, reconozco que al principio me asusté. Torpe, aturdida, pensé que me obligaríais a abortar. Pero no, no ocurrió nada. Y tomé la decisión. No permitiría que hicierais nada. No permitiría que os quedaseis con mi hijo. No permitiría que él llevase la misma vida que yo. La única que había conocido. A comienzos del año 2000, la decisión ya estaba tomada. Me escaparía, al precio que fuese, costara lo que costase.

Y ya estaba a punto de hacerlo cuando, de pronto, todo cambió.

Una noche de febrero, el director volvió a subir a La Granja con su furgoneta en plena madrugada. Pero esta vez venía vacía. No se trataba de traer a nadie, sino de recoger a alguien. Montero subió al altillo y nos ordenó que nos levantásemos. A Sebastián y a mí.

Pensé que me habían descubierto. Pero ¿cómo?

En aquel momento no dijo nada. Simplemente nos abrió el portón lateral para que pasáramos al asiento de atrás del vehículo y, cuando ya estuvimos sentados, nos dijo que no abriésemos la boca. Y nos fuimos de allí.

El director condujo durante horas sin decirnos una sola palabra. Al principio intenté leer las señalizaciones, pero Montero se cuidó mucho de no emplear más que carreteras secundarias, de modo que al cabo de una hora ya no podía decir dónde estábamos. Tan solo supe que conducíamos todo el tiempo hacia el amanecer.

El sol rayaba el horizonte cuando llegamos a alguna parte.

—Bajad.

A Montero el cansancio se le notaba en la cojera que arrastraba desde hacía algún tiempo. Al parecer, había tenido un accidente de coche un par de años atrás, según le había oído comentar a uno de los granjeros, y su pierna izquierda no había llegado a recuperarse del todo. Ahora debía de estar agotado, porque mientras avanzaba hacia el portal ante el que nos habíamos detenido, cojeaba como nunca antes le había visto hacerlo.

Volví a intentar reconocer algo antes de meternos en el edificio, una pequeña construcción antigua de tres o cuatro plantas de altura. Pero desde allí poco podía hacer. Tan solo sabía que no se trataba de una ciudad. Me habría dado cuenta al entrar en ella. Los coches, las avenidas, los semáforos... Nada. Tan solo era una calle pequeña y estrecha de algún pueblo perdido.

Subimos hasta el segundo piso y, allí, Montero sacó un manojo de llaves, abrió la puerta de un apartamento minúsculo y nos hizo pasar. Se sentó junto a la mesa de la cocina y del bolsillo interior de la chaqueta sacó un sobre marrón, abultado, que dejó sobre la madera.

—Así que estás embarazada, ¿eh?

Lo dijo sin más, como si estuviera continuando una conversación anterior. Una inexistente que, además, le fatigase demasiado.

Nadie respondió nada. Ni yo, ni mi hermano, a pesar de lo evidente de su sorpresa.

—No pongas esa cara, a mí me lo dijo la hermana Caridad. Al parecer, las monjas te han detectado ya tres faltas.

Silencio. Así que eso era...

—Tienes suerte —continuó el director—. Otros en vuestro lugar ya estarían muertos. Pero claro... —Breve pausa—. Vosotros sois lo que sois.

Empujó el sobre con la mano, deslizándolo sobre la mesa hacia nosotros.

—Ahí tenéis dinero y documentación. Mañana vendrá una mujer para acompañaros a vuestros nuevos trabajos.

—¿Un club? —me atreví a preguntar.

Montero sonrió con desgana, cansado.

—No, estúpida. Eso se ha acabado. Es una lástima. Pero se ha acabado.

Se puso en pie y, con gesto incómodo, deshizo el camino. Abrió la puerta que daba al descansillo, y parecía que ya se iba cuando, de pronto, se detuvo.

—Nunca abráis la boca —nos advirtió, sin apartar la vista de la pared—. Nunca. Si alguna vez lo hacéis, si habláis con alguien, nosotros lo sabremos. Y si contáis cualquier cosa, por pequeña que sea, por insignificante que os pueda parecer, uno de vosotros morirá.

Y, entonces sí, clavó su mirada en mi vientre.

—Probablemente tu hijo.

Apreté los dientes con rabia. Lo habría matado yo a él en ese mismo momento. Pero no, no dije nada. Dejé que se fuera. Oí el ruido de la puerta cerrándose, y después el eco de sus pasos perdiéndose escaleras abajo. Dejando paso al silencio de una nueva vida.

En efecto, al día siguiente, una mujer mayor vino a buscarnos. La ropa gris, la camisa, la falda, la chaqueta de punto, la piel blanca, y el gesto, seco y severo... Todo en ella olía a monja. Pero nadie dijo nada. La mujer se limitó a explicarnos que estábamos en Andoain, cerca de San Sebastián, y nos acompañó hasta un supermercado en las afueras del pueblo. Allí, nos presentó ante el encargado como los dos nuevos miembros del programa de reinserción, y así fue como empezamos a trabajar en algo completamente nuevo para nosotros.

Ella nació en julio.

Y en septiembre, cuando ya estaba convencida de que todo había quedado atrás, recibimos tu primera visita.

Hijo de puta...

Todo había sido cosa tuya. Siempre ahí, siempre al acecho. Aparecías de vez en cuando sin avisar, como el lobo que ronda la casa. Una presencia oscura, asfixiante. Sí, sí, lo sé, «vivís gracias a mí», y todo eso... Nos lo dejaste claro mil veces, viejo.

Sebastián no pudo soportarlo, y se largó al día siguiente de que tú aparecieras por primera vez. Regresó al cabo de un tiempo, es cierto. Pero ya no tenía el mismo aspecto. Y lo hizo otra vez, y otra más. Y, cuando volvía, siempre tenía peor aspecto. Fuera lo que fuese lo que estuviera haciendo, no se trataba de nada bueno. Fuera lo que fuese, lo estaba matando.

Pero a ti todo esto te daba igual, tú no dejabas de aparecer. Una vez, otra, un año, otro más... Y, mientras tanto, ella iba creciendo, y ya empezaba a observarte. Y yo no podía respirar. Entonces lo hicimos. Nuestro pacto.

Recuerdo que, mientras me subía las bragas, te lo dije.

—Nunca más.

Yo te lo dije, te lo juré. Nunca, nunca jamás diré nada. Ni sobre ti, ni sobre nosotros, ni sobre La Granja. Sobre nada. Pero déjanos vivir. Ya. Déjanos. Te lo juré como nunca antes lo había hecho. Arrodillándome ante ti. Y sí, te fuiste. Desconozco la razón exacta. Sé que la clemencia no tuvo nada que ver en esto, supongo que en el fondo ya debías de haber empezado a cansarte de mí, de nosotras. Por supuesto, a mí todo eso me dio igual, lo único importante es que te fuiste.

Tan solo había un problema: para entonces, ella ya te había visto.

Mi hija creció y, con ella, las preguntas. ¿Quién era aquel señor que venía a casa? ¿Es mi papá? ¿Y entonces quién es mi papá? Los otros niños del cole tienen papás... ¿Y yo por qué no?

Con el tiempo, a medida que cumplía años, sus preguntas adquirieron otro matiz, otro tono. El de los requerimientos. ¿Quiénes somos? ¿Por qué solo estamos nosotras dos?

¿Qué le pasa al tío? ¿Dónde está el resto de nuestra familia? Y no, yo nunca le dije la verdad. Excusas, evasivas, nada en realidad. Nunca le dije nada, cabrón, porque siempre tuve presentes las últimas palabras de Montero.

«Probablemente tu hijo...»

No, nunca le dije nada.
No, nunca hablé con nadie.
Y sí, a pesar de todo, un día desapareció.
Esa, cabrón, esa es la razón de todo.

Mi hija.

21

Una voz en el tiempo

—De acuerdo, ¿qué es lo que habéis averiguado?

—La vieja no murió en el incendio.

Santos nunca ha sido una mujer de andarse con rodeos.

—¿Cómo dices?

—Al parecer ya estaba muerta cuando comenzó el fuego.

—Es cierto —confirma Laguardia—, Troitiño nos lo ha enseñado. Sus pulmones estaban limpios.

—Más allá de toda la nicotina acumulada a lo largo de una vida de fumadora empedernida —continúa Santos—, no había ni rastro del humo que debería haber tragado en el incendio.

—Eso quiere decir...

—Que ya no respiraba cuando el incendio se propagó.

—De hecho —apunta Laguardia—, Troitiño sospecha que ya llevaba un tiempo muerta cuando empezó el fuego.

—¿Por qué?

—Porque no boxeaba, señor.

Me quedo mirando a Santos con gesto de extrañeza.

—¿Qué coño dices?

Por fortuna, Laguardia se explica mejor que su compañera.

—Lo que Santos quiere decir es que cuando encontraron a la señora Durán, su cuerpo no presentaba la postura del boxeador, señor.

—Según nos ha explicado Troitiño —continúa Santos—,

cuando un cuerpo queda expuesto a temperaturas tan altas como las que se alcanzan en el incendio de una casa, el calor produce una deshidratación brutal en los músculos.

—Así es —sigue Laguardia—, y como tenemos más músculos flexores que extensores, estos tienden a contraerse, haciendo que el cuerpo adopte una postura parecida a la de un boxeador en posición de guardia.

—Lo que yo le decía —insiste Santos—. No boxeaba...

Entorno la mirada.

—¿Y a qué conclusión nos conduce eso?

—Que ya llevaba un tiempo muerta cuando el fuego se propagó.

—Pero entonces... Esperad, no comprendo. ¿Por qué no se investigó?

Santos tuerce el gesto.

—Troitiño nos ha dicho que en su momento él lo hizo constar en su informe, pero se ve que nadie hizo demasiado caso. Al fin y al cabo, el incendio comenzó en la biblioteca, lejos de donde hallaron el cuerpo, de manera que todos siguieron dando por buena la versión del accidente.

—¿Y eso por qué?

—La señora Durán caminaba con dificultad. Al parecer, se trataba de otra de las secuelas que le habían dejado todos sus excesos de juventud.

—¿Qué queréis decir?

—Parece que Lalo y Durán le dijeron la verdad, señor. Por lo menos en lo tocante a los vicios de Isabel...

—Es cierto —asegura Santos—. La hermana del señor Durán estuvo muy enganchada a la heroína a lo largo de los ochenta.

—Demasiado —remarca Laguardia.

—Sí, y eso la dejó muy tocada.

—Pero, entonces, lo del centro de desintoxicación del que nos habló Esteban...

Laguardia niega con la cabeza.

—Pues o no funcionó, o directamente no fue. Pero el caso es que no parece que lo llegara a dejar en mucho tiempo. Por lo que nos han contado, apenas podía caminar sin un bastón, de manera que la familia dio por buena esa posibilidad.

—La de que se cayese por las escaleras sin haber apagado el famoso brasero —continúa Santos—. Vamos, que por el motivo que sea la mujer sale de la biblioteca, se va al piso de arriba y, cuando vuelve a bajar, cae, se desnuca y ahí se queda, seca y dejando el cacharro encendido y sin nadie que lo controle, hasta que, al final, este comienza a arder y se lleva la casa por delante. Fin de la historia.

Silencio.

—Ya veo... Pero —me muerdo los labios—, sigue habiendo algo que no entiendo. Si se trataba de una mujer mayor, y con tantos impedimentos, ¿cómo es que no había nadie con ella? No sé, alguien del servicio...

—Es que en realidad no era tan mayor, señor. En el momento de su muerte apenas contaba sesenta años. A pesar de lo que su deterioro pudiera hacer pensar, no era una anciana desvalida que necesitase atención permanente, de modo que por las noches se quedaba sola.

—Pues eso encaja bastante con lo que yo tengo —interviene Arroyo.

—¿Has encontrado algo?

Batman asiente con gesto seguro.

—A pesar de los esfuerzos evidentes que alguien ha hecho por taparlo, la señora Durán tiene un historial cargado de antecedentes. Una lista enorme que comienza en...

Un vistazo rápido a sus notas.

—Sí, aquí está. En 1981. Al parecer, la señora Durán se vio envuelta en unos cuantos problemas durante aquellos años, desde el 81 hasta el 86.

—¿Qué tipo de problemas?

—Pues, coincidiendo con lo que apuntan mis compañeros, principalmente en asuntos de drogas. Su nombre aparece entre los detenidos en varias redadas a distintos locales y puntos de venta.

Capto el matiz.

—Has dicho «principalmente». ¿Es que hay más?

Ladea la cabeza.

—Algo, sí.

—¿De qué se trata?

Batman arquea las cejas durante un instante, como si no estuviera muy seguro de lo que está a punto de decir.

—Una denuncia por intento de acoso.

—Perdona, ¿cómo has dicho?

—Según lo que he podido averiguar, en el año 1986, a la señora Durán la detuvieron intentando colarse en una habitación del parador de Baiona, donde al parecer pretendía reunirse, presumiblemente en horizontal, con alguien de una familia importante.

—¿Cómo de importante?

Arroyo coge aire con gesto incómodo.

—¿Quiere que le responda en términos monárquicos, señor?

—La hostia... —murmura Santos.

—Vaya, eso sí que es gordo.

—Lo habría sido si hubiera llegado a trascender.

—Y tú sabes por qué no lo hizo.

Batman sonríe, satisfecho.

—Por supuesto, señor. Porque, una vez más, nuestro amigo misterioso se encargó de taparlo todo.

—Bejarano...

—El mismo. Aunque todo permanece oculto bajo una tonelada de registros falsos y nombres en clave, al final del hilo es su nombre el que aparece una y otra vez. Él fue el encargado de silenciarlo todo. Las detenciones, los escándalos y, finalmente, incluso a ella misma.

—¿A qué te refieres?

—A que no sé qué sucedió en realidad pero, después del incidente en Baiona, el nombre de Isabel Durán apenas vuelve a aparecer en más ocasiones.

Es otro nombre el que me viene a la cabeza. El de su hermano. No me cuesta nada imaginarme al por entonces ya todopoderoso señor Durán moviendo los hilos para anular esa incomodidad que le supone tener una hermana adicta.

—De hecho —continúa Arroyo—, ese es su último movimiento conocido.

Frunzo el ceño.

—¿Cómo estás tan seguro?

—Por el seguimiento, señor.

—¿Seguimiento?

—Así es.

Al parecer, y tal como pasa a explicar Batman, tras las primeras detenciones Isabel Durán queda en libertad, pero con una orden de seguimiento sobre ella, firmada por el propio Bejarano.

—De hecho —apunto—, tampoco me sorprendería nada que fuera él mismo el verdadero responsable de esas primeras detenciones.

—Como medida para tenerla bajo su control —comprende Laguardia.

—Por supuesto. Una vez detenida, si él la pone en libertad ella le debe un favor.

—O dos, o tres...

—Sea como sea —continúa Batman—, gracias a esa orden he podido identificar todos los movimientos realizados por el pasaporte de la señora Durán a lo largo de esos años.

—¿Y?

—Hay dos viajes, ambos a Londres.

—Déjame adivinar. El primero en 1982.

—En efecto. En marzo de ese mismo año.

—Claro —apostillo—, una vez que la familia decide ocultar el embarazo.

—Podría ser. El caso es que permanece allí una buena temporada, hasta el 12 de agosto.

—Que es cuando nacen los niños. ¿Y el segundo?

Batman vuelve a echar un ojo a sus notas.

—Apenas un mes más tarde.

Sacudo la cabeza. ¿Un mes?

—¿Un mes?

—Sí, eso es lo que pone.

Intercambio una mirada con Laguardia.

—Pero... ¿por qué regresa?

—¿Cree que se pudo arrepentir?

Asiento en silencio.

—¿Sabes si hizo ese viaje acompañada por alguien más?

—No —responde Batman—. Lo he comprobado, pero no, señor. Se fue sola, y regresó igual, sola, apenas dos días después.

—¿Puedes confirmar eso? —Busco la certeza de que no regresó con sus hijos—. ¿No la acompañaba nadie?

—Sí, señor, se lo puedo confirmar. Por lo menos, no en esa ocasión...

Frunzo el ceño.

—¿Acaso hubo más viajes?

—No, señor, ese fue el último. Pero en el primero...

—¿Qué?

—He buscado los movimientos de la familia, señor. Y no, cuando se fue a Inglaterra por primera vez no lo hizo sola.

—Ah, eso. —Recuerdo la conversación con Durán—. Sí, lo sé. Su hermano se fue con ella, para acompañarla en su estancia.

Batman me mantiene la mirada, con los labios fruncidos y aire de incomodidad.

—¿Fue eso lo que le dijo?

—Sí, ¿por?

—Porque no es cierto. O por lo menos no es la información que yo tengo, señor.

—¿De qué me estás hablando?

—El señor Esteban Durán viajó a Londres en el mismo vuelo que su hermana, el 23 de marzo de 1982. Pero no se quedó allí tanto tiempo, señor...

Entorno los ojos.

—¿Cuándo regresó?

—El 24, apenas un día después.

—¿Un día?

—Sí, señor. Y, de hecho, ya no volvió a Inglaterra hasta...

Y entonces comprendo.

—Hasta agosto —asevero.

—Así es, señor.

—¿Tienes el día?

Esta vez Batman no necesita revisar sus notas. Y yo casi ni siquiera necesito escuchar su respuesta. En el fondo ya lo sé.

—Sí, señor: el 12.

Por supuesto. Qué hijo de puta...

Porque a pesar de lo que me contó a mí, la milonga sobre acompañarla bajo el pretexto de hacerse cargo de unos negocios familiares y no sé qué más, lo único que hizo el muy cabrón fue dejar a su hermana a buen recaudo, para que no molestara ni mucho menos estropease la foto familiar, abandonándola allí hasta que ella diera a luz. Y entonces sí, volvió, pero con toda seguridad solo para asegurarse de que se la traía de vuelta, tranquilita y sin armar jaleo. Todavía estoy intentando asimilar el mal olor que desprende todo esto, cuando Batman vuelve a hablar.

—Hay algo más, señor.

—¿El qué?

—Se me ocurrió que, visto lo visto, tal vez sería bueno revisar otras entradas y salidas.

—Claro. ¿Y has encontrado algo?

—Un tercer pasajero, señor.

Todos comprendemos.

—Bejarano.

Arroyo asiente.

—Él también iba en el avión del día 12. Pero no regresó con los Durán.

Silencio.

—O, por lo menos —continúa—, no con esos Durán.

Todos miramos a Arroyo.

—No me jodas...

—Lo hizo un día más tarde. Y sí, señor, antes de que me pregunte, es cierto.

—¿Se los trajo?

Arroyo aprieta los labios.

—Los apellidos no coinciden con los de la madre. Pero el registro de los nombres es inequívoco: el 13 de agosto de 1982, el subinspector Domingo Bejarano cruzó la aduana tutelando el traslado de dos niños. Una pareja de recién nacidos, llamados Viola y Sebastián Blanco Expósito.

—Joder...

Me llevo las manos a la cara y me froto los ojos con fuerza.

—Cabrón.

TERCER RECINTO

Contra Dios

> *¡Oh, venganza de Dios! ¡Cuánto debe temerte todo aquel que lea lo que se presentó a mis ojos!*
>
> *Divina Comedia*, canto XIV

El fantasma de las Navidades pasadas

Algo más de un año antes

Cuando Lucía entra en casa, lo primero que ve es la bolsa en el suelo. Una bolsa de deportes vieja, gastada. No la había visto nunca pero sí otras parecidas. Busca algún indicio más. Y ahí está. Esa especie de chaquetón, un abrigo marinero, en el colgador. Y este sí que lo conoce. Es el mismo de todas las veces anteriores, el mismo. Pero con más calle encima. Y más suciedad. Lucía resopla al comprender que su tío ha regresado.

Bueno, o lo que sea que esta vez quede de él.

Sabe que es él porque, aunque abrigos así haya muchos, no todos desprenden ese olor, húmedo y pesado, a calle y a tabaco, a alcohol y a mala vida. Ese mismo olor que ahora impregna toda la casa. Sí, definitivamente es él, y Lucía no se molesta en reprimir un suspiro cargado de hastío y desprecio.

Porque en realidad este hombre no vive con ellas, y aunque su madre parezca alegrarse cuando ve a ese despojo que siempre ha sido su hermano, la verdad es que cada vez que el tío Sebastián aparece por casa lo hace en las peores condiciones. Ya se lo ve venir... Viola le contará a su hija que el tío ha venido para pasar las Navidades con ellas. Pero Lucía sabe que eso no es verdad. El tío Sebastián es un desgraciado, un borracho drogadicto que solo aparece por casa cuando no tiene otro lugar en el que caerse muerto, y siempre en un estado lamentable, cuando, después de haber tocado fondo, algún extraño mecanismo de supervivencia le recuerda el camino a la casa de su hermana. Y entonces se planta allí, sucio, casi catatónico, y más consumido si cabe que la vez anterior. El tío Sebastián es un tirado, un bala perdida. Un inútil que nunca ha servido para nada, pero al que, por alguna extraña razón, Viola todavía quiere. De hecho, cada vez que Lucía ha preguntado por su familia, la respuesta de su madre siempre ha sido la misma:

—Nuestra familia somos tú y yo. —Pausa—. Y el tío Sebastián.

De manera que no, Lucía lo sabe perfectamente, la única relación que hay entre el tío Sebastián y las Navidades es que ambos son muy difíciles de soportar cuando se ha dejado de creer en ellos.

Lucía deja la mochila del instituto en el suelo del recibidor y avanza un par de pasos. En silencio, sin hacer demasiado ruido, lo justo para asomarse a la puerta del salón y comprobar los daños. Y sí, ahí está. El accidente.

Derrengado en el sillón, los brazos caídos a ambos lados, y la mirada, vacía, perdida en algún punto indefinido al otro lado de la ventana, el tío Sebastián es poco más que un espectro en chándal, un desecho, sucio, flaco y desaliñado, sobre el que cuesta creer que algún día haya sido un hombre.

A pesar de las precauciones de Lucía, curiosamente, él ha detectado su presencia.

—Hey —saluda—. Hola, preciosa...

Apenas unas pocas consonantes, el encuentro complicado entre una *p* y una *r*, junto con una *c* que solo viene a complicar las cosas aún más, le bastan a Lucía para confirmar que su tío está borracho. O colocado. O tal vez ambas cosas.

—Qué bueno que estés en el mundo...

O simplemente ido.

Sebastián levanta la mano derecha, trémula y pesada, y le hace un gesto a su sobrina indicándole que se acerque.

—Tu madre no está. Ha salido, creo...

Habla con la misma dificultad con la que le cuesta mantener los ojos entreabiertos. De todos modos, Lucía tampoco necesita esa información. De sobra sabe ella que su madre no está. La chica siempre sale de clase una hora antes de que Viola termine su turno en el supermercado. Y joder, él también lo sabría si alguna vez les hubiera prestado un poco de atención. Si alguna vez le hubieran importado algo esas dos mujeres.

—Anda —insiste—, ven aquí y dime una cosa. ¿Eres una buena chica?

Lucía le mantiene la mirada con aire indiferente, casi despectivo. ¿Qué mierda de pregunta es esa?

—¿Lo eres? —vuelve a preguntar—, ¿te portas bien con tu madre? Porque eso es lo más importante, ¿sabes?

¿En serio? ¿Ahora le va a venir con esas? Cabrón, toda la vida pasando de ellas, ¿y ahora pretende decirle cómo ha de comportarse? Venga ya...

—Tienes que portarte bien con tu madre, Lucía, tienes que ser buena chica, porque ella ha hecho muchas cosas por ti...

Joder, pero si apenas puede hablar... ¿Qué coño le está diciendo? ¿Qué sabrá él lo que Viola ha hecho o ha dejado de hacer por su hija?

—Las personas tienen que ser buenas con sus padres, y los padres tienen que ser buenos con sus hijos —balbucea—. Y tú tienes que ser buena con ella, Lucía, porque ella es una buena mujer...

Ya, claro, como si a él le hubiera importado alguna vez.

—No como la puta de nuestra madre —escupe de repente—, que nos abandonó tan pronto como salimos de su coño...

Sorprendida por el exabrupto, Lucía clava, ahora sí, los ojos en los de su tío. ¿Qué es lo que ha dicho?

—Hija de puta... —continúa al tiempo que comienza a llorar—. Nos dejó allí tirados, como si fuésemos dos pedazos de mierda —lamenta entre sollozos—. Y nos abandonó a nuestra suerte... ¡Y no precisamente porque le faltasen medios, hija de puta!

Sin dejar de llorar, su tío se tapa la cara con las manos mientras, discretamente, Lucía sacude la cabeza. Porque no comprende, no comprende nada. Lo ha intentado, ha intentado por todos los medios que alguien le dijera algo. ¿Quiénes son? ¿De dónde vienen? Pero, por más que lo ha preguntado, nunca ha averiguado nada.

«Nuestra familia somos tú y yo. Y el tío Sebastián.»

Y nada más. Su madre nunca le ha querido dar más explicaciones. Y mucho menos el tío Sebastián, que hasta entonces cada vez que la chica le preguntaba algo se había limitado a cruzar una mirada con su hermana y callar. Pero no esta vez. Sea lo que sea lo que esta vez mantiene al tío Sebastián en este estado de ausencia, le ha desatado la lengua. Y es una oportunidad que Lucía no está dispuesta a dejar escapar. Sobre todo porque su madre llegará en cualquier momento. De modo que, esta vez sí, Lucía se acerca a Sebastián. Y se agacha junto a él.

—Cuéntame más, tío. ¿Quién era vuestra madre, entonces? —pregunta—. Dime, ¿quién es mi abuela?

1

La tentación

Lucía esperó un poco más, casi todo el tiempo en silencio. Se pasó varios días sin apenas decir nada, sin hacer más que observarnos. Intenté hablar con ella, preguntarle si le ocurría algo. Pero sin demasiado éxito. «Nada», respondía esquiva. Pero, por mucho que ella se esforzase en evitar mi mirada, yo lo vi: algo se ocultaba en el fondo de sus ojos.

Al principio pensé que se trataba de algún tipo de reproche. Con el tiempo, aunque tarde, acabé comprendiéndolo. No era ningún reproche, sino un sentimiento más difícil de reprimir: rabia.

Rabia contra esa familia que no conocía, por habernos abandonado. Rabia contra su tío, por no estar ahí. Y rabia contra mí, por haberle ocultado siempre la verdad. Por no haber sido sincera con ella...

Esperó unos cuantos días, tal vez intentando encajar la nueva pieza que había obtenido en su pequeña historia personal. Pero supongo que la tentación era demasiado fuerte como para taparla con incertidumbres, y finalmente se fue.

Lucía desapareció dos días después de Navidad. Cuando regresé del trabajo, lo único que encontré fue una casa vacía. Sebastián se había marchado ya el día anterior, pero eso no me preocupó. Nada nuevo, en realidad. Siempre hacía lo mismo. Venía, pasaba dos o tres días en casa, huyendo de Dios sabe qué o quién, y luego él y mi dinero desaparecían hasta la próxima ocasión. Pero Lucía no...

Cuando llegué a casa la tarde del 27 de diciembre de 2018, mi hija no estaba. Y esa noche no regresó. Ni al día siguiente. Ni nunca.

Por supuesto, pedí ayuda. Ante algo así no me iba a quedar quieta y, por más que tú me hubieras advertido de que jamás me acercara a otro policía ni para pedirle la hora, en esta ocasión no estaba dispuesta a hacerte caso. Porque reconozco que, esta vez, pensé que no tendría nada que ver contigo.

No tardé en comprender lo equivocada que estaba.

Al principio me atendieron según el protocolo. Vengo a denunciar la desaparición de mi hija, desde cuándo falta de su domicilio, desde ayer, dígame su nombre, edad, altura y todo eso... Pero todo cambió de repente. No debía de llevar ni un cuarto de hora hablando con el agente que me estaba tomando los datos, cuando recibió una llamada. Se limitó a descolgar el auricular, y no dijo ni una sola palabra. Tan pronto como colgó el teléfono me pidió que esperase un momento, que enseguida pasaría a un despacho. Uno de los del piso de arriba.

Un minuto más tarde me recibía un hombre trajeado, muy amable y sonriente. Tardé en comprender que se trataba del comisario. Me invitó a sentarme al tiempo que cerraba la puerta a mis espaldas, y, acompañándome, me explicó que estaba al tanto de mi denuncia. «No se preocupe», me dijo con el más tranquilizador de los tonos, «seguramente no es más que una chiquillada.»

Según él, lo más probable era que Lucía apareciese en las próximas horas. Que muchos muchachos lo hacían, nos daban un susto de muerte a los padres y al día siguiente aparecían como si tal cosa. Pero yo le respondí que no, que no podía ser eso, que era imposible. Que Lucía y yo teníamos una relación muy estrecha, que estaba muy advertida, que ella jamás haría algo así... Pero, a pesar de mi rotundidad, ese hombre no parecía escucharme. Se limitaba a negar con la cabeza sin dejar de sonreír. Como si nada de lo que le decía tuviera realmente importancia. Insistió en que regresaría, que si no era cosa de horas lo sería de días, pero que no me preocupase.

Obcecada como estaba con la gravedad de la situación, yo ya había empezado una nueva réplica sin darme cuenta de que, poco a poco, el semblante del hombre mudaba. Repitió las mismas palabras de antes: «No se preocupe». Pero para entonces las cosas ya habían cambiado.

Las sonrisas habían desaparecido, y su tono se había vuelto más duro, dejando claro que aquello ya no era un consejo. La farsa había llegado hasta ahí, yo había tenido todo ese tiempo para creérmela. Ahora, más allá de ese punto, ya no había espacio para la amabilidad. Solo órdenes. Repitió aquellas tres mismas palabras, y este nuevo «no se preocupe» sonó de modo muy semejante a una advertencia. La de que no molestase más.

«Váyase a su casa», me ordenó, «y espérela allí.»

Comprendiendo que las cosas iban mal, preferí no responder, y el comisario interpretó mi silencio como un acto de sumisión. Y entonces acabó de convertirse en un libro abierto. En uno de terror. «Donde usted tiene que estar es en su casa», sentenció. «¿O cómo cree que se sentiría si su hija regresara y usted no estuviera ahí para recibirla?»

Y ya no dijo nada más. ¿Para qué hacerlo? Al fin y al cabo, hasta el más tonto habría entendido que aquello no era un consejo, sino una amenaza.

Y entonces acabé de verlo todo claro. Miré a mi alrededor, y até cabos. A una madre que va a denunciar la desaparición de su hija no la atienden ni tan rápido ni mucho menos en un despacho tan alto. Si estaba allí era porque tú habías dejado algún tipo de aviso. «Si ves a esta mujer por aquí...»

Me fui, claro, pero no a mi casa, como me había ordenado tu amigo, sino a buscar a Lucía por mi cuenta. La busqué, la busqué por todas partes. En el cielo, en la tierra, e incluso aquí. Me tragué el orgullo (o tal vez el pánico), y regresé, dispuesta a preguntarte. A pedirte ayuda, o incluso a implorarte si fuera necesario. Pero no pude hacerlo. Porque no te encontré.

Como a ella, también a ti te busqué por todas partes. Pero no te encontré...

Nadie supo darme razón de ti, y pensé que quizá por fin el infierno hubiera reclamado tu presencia, más que justificada. Sí, viejo, reconozco que en aquel momento me lo creí. Me engañaste bien engañada, y me tragué la historia que habías dejado diseminada por ahí, la de que tú también habías muerto. Como mi madre... Y me dio igual, ¿eh? No sentí rencor, ni alivio, ni nada... Porque yo lo único que quería era encontrar a mi hija y, después, desaparecer. Desaparecer de una vez por todas, desaparecer para siempre. Pero no pude hacerlo. Porque no la encontré.

Al final, no me quedó más remedio que volver a mi casa, sola y sin comprender nada. Y así continué, sola y sin comprender nada, hasta que fue otra persona la que regresó. Sebastián volvió a aparecer una mañana de primavera.

Ido, convertido en un desecho maloliente, esa vez durmió durante casi dos días seguidos antes de levantarse de la cama. Y, cuando por fin recuperó algo parecido a la consciencia, le expliqué desde el desánimo lo que había sucedido. Y entonces, de repente, Sebastián se echó a temblar.

Por alguna razón, aquella vez su cerebro funcionó a tiempo. Ató cabos, y comprendió.

—Ha sido por mi culpa —dijo de súbito.

Recuerdo que le mantuve la mirada, casi sin atreverme a preguntarle.

—¿Cómo... cómo dices?

—Fui yo, se lo conté todo...

Cerré los ojos. Despacio, muy lentamente. Y acabé de comprenderlo. Todo.

Después de tantos años devolviéndole silencio, Lucía había encontrado las respuestas a todas sus preguntas en un momento de debilidad de mi hermano. Y yo ya no necesité más.

Como impulsadas por una especie de mecanismo invisible, las piezas comenzaron a desplazarse ante mí, encajando unas con otras. La desaparición de mi hija, la noticia de la muerte de la mujer que nos había dado a luz aquella misma noche, mi absoluta incapacidad para localizar tan siquiera tu tumba... Nada, viejo, nada de todo esto podía ser casual. Y lo comprendí, lo comprendí todo. Buscando la verdad, mi hija se encontró con vosotros.

Buscando a su familia, mi hija se encontró contigo.

Y, ¿sabes qué, viejo? Mañana hará un año ya de todo eso... Mañana hará un año que mi hija se fue de casa para no volver. Un año ya sin ella, mañana.

Mañana...

Así que mañana será el día, viejo. Tu gran día. Me voy, te dejo en paz. Pero no te preocupes. Al contrario que mi hija, la tuya sí que regresará. O, tal vez, una de las dos... Mañana será tu día. Hasta entonces, quizá deberías ir poniéndote a bien con Dios.

O con las ratas.

2

Sombras en la noche

Desde la ventana de mi despacho veo cómo la noche se afana en morder a la ciudad. Y, entretanto, sigo dándole vueltas a todo. Tan pronto como Batman señaló el engaño, acabé de comprender que algo iba mal con Esteban Durán. He intentado volver a hablar con él a lo largo del día, aunque solo fuese para aclarar un par de cosas. No pretendía asustarlo. O por lo menos no todavía... Pero no he tenido éxito. El móvil facilitado por el comisario Torrón ha dejado de estar operativo, y en el número de Millennia ha sido su secretaria la que me ha dicho que eso era porque el señor Durán había salido del país por algún negocio del que no, no tiene por qué informarme. Le he preguntado cuándo regresaría, pero me ha recordado que, a menos que lo demande un juez, ese tampoco es un asunto de mi incumbencia. Claro que lo ha hecho tras un breve silencio. Una pausa durante la cual no me ha costado imaginármela tapando el auricular mientras consultaba la respuesta con el propio Durán, de pie junto a ella, al tiempo que este le hacía aspavientos para que se deshiciera de mí.

No, a estas alturas ya es más que evidente que Esteban Durán no quiere hablar.

—¿Por qué? —le pregunto en voz alta a la oscuridad—. ¿Qué es lo que escondes?

Repaso los detalles una vez más. Y todo son nombres: Esteban, Isabel, Domingo... Y los niños, los hijos de ambos. Sebastián y... Una vez más, Viola vuelve a mi pensamiento.

«La sobrina de Esteban Durán...»

Y entonces recuerdo algo más: en todo el tiempo que Durán compartió conmigo, la mañana anterior, tan solo perdió el control en una ocasión: cuando volví a preguntarle por su relación con Bejarano. ¿Es con eso con lo que tiene que ver? El regreso de Viola, la desaparición del policía que había traído a los niños, tal vez incluso la noticia de alguna de las muertes... Y una posibilidad se abre paso entre las demás.

—¿Acaso tienes miedo?

Niego en silencio, incapaz de ver más allá en la oscuridad. Sea por la razón que sea, no hay ninguna duda de que nos ha mentido. Porque no, Esteban Durán no es la persona que se presentó ante mí el día anterior, la mañana de Navidad. Un hombre bueno, pero desbordado por los excesos de un tiempo despreocupado y una compañía equivocada. No... Esteban Durán nos ha mentido como mínimo en tres cuestiones.

Mentira número uno: su estancia en Inglaterra. Durán no se encargó de acompañar y cuidar a su hermana, tal como me contó a mí. Ni mucho menos. Es cierto que viajó con ella, sí, pero solo para asegurarse de que Isabel se quedaba ingresada, lejos de cualquier posibilidad de provocar un escándalo familiar, como también lo es que ya no regresó hasta que no fue para traérsela de vuelta, «calladita y bien».

Mentira número dos: la entrega en adopción de sus sobrinos. Muy al contrario del camelo que también me coló la mañana que fui a visitarlo, Viola y Sebastián no se quedaron en un orfanato inglés hasta que algún alma, tan caritativa como desconocida, los adoptó. De hecho, tan solo permanecieron allí un día más que su madre.

Y, por supuesto, la mentira número tres, que, a decir verdad, complica las cosas hasta un punto que no alcanzo a comprender: su relación con Bejarano. Una relación que no solo no se rompió la noche que discutieron en el bar de Lalo, sino que se mantuvo durante bastante tiempo después. Como mínimo nueve meses más. ¿De qué otra manera se entiende que el policía no solo viajase con él en el avión del día 12 sino, y sobre todo, que fuese él quien se hiciese cargo del traslado de los niños? De hecho, cuantas más vueltas le doy, más fuerza cobra en mi mente una nueva duda: si Durán confiaba en Bejarano tanto como para encargarle semejante empresa, ¿hasta dónde más no alcanzaría su relación?

Hijo de puta...

Y otra cosa: ¿por qué se los trajeron? Si no los querían, si nadie se iba a hacer cargo de ellos, ¿para qué trajeron a esas dos criaturas? ¿Acaso tenían algo que ver en los negocios de Bejarano? Aprieto los labios con fuerza, disgustado por no comprender. Pero es que no lo veo. ¿Qué papel podrían jugar dos niños recién nacidos en los intereses del policía?

Y entonces, como un rayo que cae en la distancia, recuerdo otro detalle. Uno cuyas implicaciones serían, de ser cierto, mucho más complejas... y comprometedoras. Porque la mañana anterior le hice otra pregunta a Esteban Durán, justo después de que él me confesara que su hermana se había quedado embarazada: «¿De Bejarano?». Recuerdo que Durán me contestó que no lo sabía. «Si he de ser sincero», dijo, «en aquel momento podría haber sido de cualquiera».

«¿Y si...?»

Sacudo la cabeza, cada vez más aturdido.

«Podría haber sido de cualquiera...»

Desbordado, niego en silencio a la vez que suelto un suspiro fatigado.

Porque también cabe la posibilidad de que lo esté enfocando mal, y el beneficiario fuese otro. ¿Acaso semejante maniobra podría favorecer a Durán? Al fin y al cabo son sus sobrinos.

O tal vez...

Un momento. ¿Y si fuese a los dos?

¿Cuál es el espacio común entre Durán y Bejarano?

Intento dilucidarlo, pero una y otra vez doy con el mismo muro.

Domingo Bejarano.

¿Qué es lo que todavía no sabemos de este hombre? ¿Qué más nos falta por descubrir sobre él?

Me aparto de la ventana y cojo una de las carpetas que reposan sobre mi mesa. Esa en la que Batman ha guardado toda la información que ha logrado reunir acerca de Bejarano. La reviso una vez más. Los documentos, los informes, apenas tres o cuatro imágenes de un subinspector Bejarano todavía joven. Pero no, a estas alturas ya me lo conozco todo más que de memoria. Y sé que ahí no hay nada.

Aprieto los labios, niego en silencio.

—¿Que has hecho, Domingo? —le pregunto a una de las fotografías—, ¿qué es lo que has hecho?

Vuelvo a dejar la carpeta sobre la mesa, y regreso a la ventana. ¿Quién es realmente Domingo Bejarano? ¿Y Esteban Durán? En silencio, me muerdo los labios. Sé que podría enviar una patrulla a su casa, y hacerle unas cuantas preguntas. Apretarlo un poco, intentar averiguar por qué nos ha mentido, ver si sabe algo más sobre los negocios del policía... Pero también sé que sería un error. Sea lo que sea lo que está ocultando, Esteban Durán es una figura de demasiado peso como para acercarse a él con una mano vacía y la otra llena de dudas. Y si mi posición no es lo bastante sólida, mañana tendría un millón de abogados bloqueándome cualquier avance. Eso, si es que no los tengo ya... No, necesito algo más. Mañana lo intentaremos otra vez.

Mañana. Ahora, la noche devora a la ciudad.

3

En presencia de Dios

Viernes, 27 de diciembre

—Amanece ya, viejo —anuncia Viola al volver a entrar en el sótano—, ha llegado el día. Y tú has pasado mala noche, ¿verdad?

Bejarano apenas mueve la cabeza. No asiente, tampoco niega. Es más un espasmo, algo nervioso, que una verdadera respuesta.

—No —se contesta la mujer a sí misma—, no ha sido buena. De hecho —arruga la nariz—, huele como si ya estuvieras muerto...

En realidad, si pudiera hacerlo, Domingo escogería gritar. Pero eso ya es imposible. Ya no tiene esa capacidad, y sabe que no hay vuelta atrás. Hace un par de horas vio pasar un ratón junto a su cara. No una rata, sino un ratón, uno de esos pequeños, de campo. Pasó avanzando con determinación, como si supiera adónde iba y además tuviera prisa por hacerlo. Un ratón que estuviese llegando tarde a una cita... Lo vio pasar. Pero no lo ha visto regresar. No necesita hacerlo para comprender, de sobra sabe dónde está.

Tampoco ha vuelto a ver a las ratas. Ni a la primera, la que le había mostrado Sebastián, la gris y descarada que se había subido a la caja, ni tampoco a la otra negra, la más grande. La que le había clavado sus ojos... No, ni a esa ni a la otra ni a ninguna de las demás. No las ha vuelto a ver, porque ya no están ahí fuera.

Todos los animales están dentro de la caja.

Están ahí, los siente moverse en el interior, revolviéndose sobre su cuerpo. Corren, saltan e incluso se pelean unos con otros. Sobre todo las ratas. Ha oído sus chillidos, los embates entre ellas. Los animales se pelean en el interior de la caja. Tal vez por el mejor bocado. Porque se lo están comiendo vivo.

Entre episodios de desmayos, Domingo Bejarano siente el dolor, feroz, brutal, de cada dentellada, de cada nueva mordedura. Pero ya apenas tiene fuerzas para resistirse. A esas alturas, el dolor es tal que la propia consciencia se ha convertido en una serie por entregas, pequeños capítulos separados por una sucesión de desvanecimientos, provocados por el dolor y tan solo interrumpidos por algún nuevo dolor. Uno aún más fuerte, una sacudida aún más intensa.

Entre la bruma que envuelve su percepción, Domingo todavía es capaz de notar el tacto de la madera, cálida y húmeda, y comprende que es por su propia sangre, derramada desde cada vez más y más heridas abiertas.

Gritaría si pudiera, claro que sí. Pero esa es una opción que ya ha quedado atrás, sin retorno posible.

—A decir verdad —continúa Viola al tiempo que comienza a caminar alrededor de la caja—, y si en algo valoras la opinión de un familiar, no estarían de más unas cuantas oraciones. Ya sabes, por aquello de ir intentando reconciliar tu alma con el Altísimo. Aunque, por otro lado, y si quieres que te sea sincera...

Viola se detiene, la mirada perdida sobre la tapa del sarcófago.

—Es curioso —comenta entornando los ojos, como si estuviera absorta en sus propios pensamientos—, tanto tiempo como me hicisteis pasar rodeada de crucifijos y doctores de la Iglesia, y sin embargo nunca llegué a conocer a Dios. Todos esos años, primero en Santa Saturnina y después en La Granja, y nunca vi tan siquiera su sombra perdiéndose al doblar alguna esquina. Y mira que llegué a estar en contacto con algún que otro miembro de sus altas esferas... Muy en contacto, tú ya me entiendes. Pero no, Dios no andaba por allí.

Viola reanuda el paso, observando los estragos que las ratas han producido en las partes visibles del cuerpo de su padre. Como ahí abajo. Uf, los pies... Eso tiene que doler muchísimo.

—¿Sabes? —vuelve a preguntar, con los ojos puestos en los huesos descubiertos del talón—. En realidad, si alguna vez tuve la sensación de estar cerca de Dios, eso fue muy lejos de allí. Lejos del orfanato, lejos de La Granja, lejos de ti... Fue cuando tuve por primera a mi hija vez en brazos.

Desde el otro extremo de la caja, Viola clava sus ojos en los de Bejarano.

—Lucía —pronuncia, remarcando el sonido de cada letra a la vez que reanuda el paso—. Ese, y ningún otro, fue mi único Dios. Mi credo y mi esperanza. —Pausa—. Pero ahora ya no está.

Se detiene, ahora de nuevo a la altura de la cabeza de Domingo.

—Ya no está —repite—. Se fue, y no volvió más.

Viola contempla el rostro de su padre, que se limita a mantenerle la mirada con una expresión casi ausente.

—Y yo sé que tú tuviste algo que ver en todo esto, hijo de puta.

El silencio es denso y pesado, como de plomo derritiéndose.

—Escúchame, cerdo, escúchame bien. No saldrás vivo de aquí —sentencia—. Morirás en esta caja.

Viola deja que pasen un par de segundos, solo para asegurarse de que Bejarano asimila lo que le acaba de decir.

—Pero todavía quedan algunas decisiones en tus manos. Porque, por increíble que ahora mismo te pueda parecer, esta agonía aún se puede prolongar. Solo tengo que hacer que los animales salgan, y alimentarte mediante una vía. Mejorarás, te lo garantizo. Aunque solo sea para volver a empezar. Una semana, tal vez incluso dos con un poco de suerte... ¿Te lo imaginas? Dos semanas más así... O podemos solucionarlo hoy mismo.

Los dos se observan en silencio.

—¿Qué escogerás? —Viola abre una mano—. ¿Sufrimiento? —Abre la otra—. ¿Redención, tal vez?

Destrozado, Domingo Bejarano apenas puede tragar saliva. Lo intenta, se esfuerza por reunir la energía necesaria. La justa para conseguir trazar un hilo de aire que poder convertir en un susurro.

—Acabemos —murmura con dificultad—, acabemos con esto...

Impasible, Viola asiente.

—De acuerdo —concede—, pues entonces ya sabes lo que tienes que hacer, viejo. Dímelo, ¿qué sucedió con Lucía?

4

El olor de una mentira por la mañana

Santos y Laguardia no han logrado hablar con él.

—El señor Durán está fuera por un viaje de negocios que lo tendrá varios días alejado del país.

Esa ha sido la respuesta que les ha dado el responsable del servicio en su casa del cabo. Y tal vez no habría pasado nada de no ser porque media hora después, ya en las oficinas de Millennia, la secretaria de Esteban Durán con la que han conseguido hablar, una de las más jóvenes en realidad, les ha dado una explicación que, por alguna extraña coincidencia, se parecía mucho a la otra.

—El señor Durán está fuera por un viaje de negocios que lo tendrá varios días alejado del país.

Y Laguardia y Santos lo han reconocido al instante. Ese aroma, exacto y seguro, que tienen todas las explicaciones cuando no se trata más que del envoltorio de una mentira pactada.

Tal vez podrían haber hecho más. Insistir, sugerir la inconveniencia de no cooperar... Pero esa no era la orden. Tan solo estaban comprobando que, en efecto, después de habernos mentido, ahora el señor Durán prefiere ocultarse de nosotros.

O de quien sea.

Así y todo, el sentido de la eficiencia que siempre acompaña a Laguardia le obliga a intentar alguna otra vía.

—Creo que deberíamos pedir una orden de registro, señor

—comenta desde el otro lado de la línea—. Estoy seguro de que Durán sí estaba en Monteferro.

—Sí —oigo la voz de Santos junto a su compañero—, el memo del mayordomo que nos atendió estaba tan cagado por la bola que nos estaba metiendo que no podía dejar de lanzar miraditas nerviosas al piso de arriba. ¡Ese cabrón está ahí, jefe, se lo digo yo!

—Lo sé —respondo—, ya me lo imagino. Pero no tenemos base suficiente.

—Pero ¡nos ha engañado!

—Pero eso no basta, Santos. No puedo ir al despacho de la jueza Torres y pedirle una orden de registro alegando que el señor Durán no solo nos ha engañado acerca de sus sobrinos, sino que además ha sido maleducado con mis chicos...

Niego con la cabeza.

—No... Está claro que Durán oculta algo, pero aún no sabemos el qué. Tenemos que esperar.

—Pero...

—No —me adelanto a la protesta de Santos—. Iremos a por Durán cuando tengamos algo sólido. De lo contrario, lo único que conseguiremos es que al día siguiente se nos eche encima con todos sus recursos.

—Que no deben de ser pocos —comprende Laguardia.

—Ni mucho menos...

De manera que no, Santos y Laguardia no han encontrado a Durán. Pero, en cierto modo, eso ya me lo esperaba. De alguien que nos ha mentido tanto no cabe aguardar demasiada colaboración. Y por eso entretanto Batman y yo hemos abierto otra vía de investigación: ¿qué ocurrió con los niños? Si logramos dar con el orfanato, la casa cuna, la familia o lo que fuera que Bejarano hubiera utilizado para entregar a los niños, quizá hallemos algo más. Un dato, por pequeño que sea, que nos acerque a ellos.

O, cuando menos, que nos ayude a comprender un poco mejor...

Llevamos toda la mañana rastreándolo, buscando esa información. Admito que en un primer momento pensé que sería más fácil. Al fin y al cabo, los críos llegaron en el año 1982, y supuse que por aquel entonces ya no habría tantos orfanatos como unas cuantas décadas antes. Pero, para mi sorpresa, la cosa estaba resultando más complicada de lo que me había imaginado...

Además de los orfanatos municipales y provinciales, no tardamos en toparnos con una maraña de instituciones de corte más o menos benéfico y sobre todo religioso, relacionadas con la gestión de niños huérfanos o abandonados. Centros de acogida, casas cuna, hogares tutelados... Y, por encima de todo, conventos. Joder, aquello parecía el maldito siglo XIX. El primer vistazo al censo de niños huérfanos nos advirtió de la existencia de casi veinte mil chavales que viven actualmente en orfanatos a lo largo y ancho de toda España. Veinte mil, hoy... No, la cosa no iba a ser sencilla.

Comenzamos en Vigo, en San José. Pero por ahí no encontramos nada. Las Siervas de Jesús. Nada. Lo mismo con las De la Pasión. Buscamos en los más grandes, aquellos que quedasen dentro del área de influencia de Bejarano. Llegamos incluso hasta las Rías Altas. Pensé que tal vez, dada la conexión del inspector Bejarano con las redes del narcotráfico en aquellos años, hubiera tenido contacto con los centros dedicados a prestar ayuda a los huérfanos del mar. Pero tampoco.

Los nombres de los pequeños tampoco ayudaban demasiado. Las listas estaban llenas de apellidos semejantes. Encontramos un sinfín de Blancos y Expósitos, pero eso tampoco era nada extraño. Al fin y al cabo, se trataba de apellidos muy comunes entre los niños huérfanos, tanto como los De Dios, los De la Iglesia, los García, o los de una infinidad de santos y apóstoles, como los Sanromán si el niño o la niña había crecido al cuidado de las monjas devotas de tal santo. Y aunque sí dimos con algún Sebastián que compartía alguno de esos apellidos, lo que no hallamos fue ninguna Viola.

—Debieron de registrarlos con otros nombres —sugiere Batman, al cabo de varias horas de búsqueda.

Me limito a asentir en silencio, maldiciendo el hecho de que esto no sea tan fácil como buscar agujas en pajares.

Es tarde, la mañana se nos ha ido ya, y estoy a punto de tirar la toalla cuando caigo en la cuenta del gesto: con la cara casi pegada a la pantalla de su ordenador, Batman acaba de fruncir el ceño, y ahora su expresión se vuelve más concentrada.

—Has encontrado algo —comprendo.

Chasquea la lengua.

—No lo sé —responde—, podría ser...

Al parecer, y visto que por ahí no hemos logrado dar con nada, Batman ha decidido cambiar el criterio de búsqueda, introduciendo una serie de términos nuevos: «Durán», «Millennia», «caridad», «orfanato». Y...

—Mire.

Gira el monitor hacia mí y me muestra algo. Es un enlace a un servicio de hemeroteca. La imagen escaneada de una fotocopia saturada en blanco y negro. Pero reconozco el formato al momento. Demasiados años en esta ciudad.

—Es una página del *Faro de Vigo*... ¿Años ochenta?

Arroyo asiente.

—En concreto de agosto de 1982.

Al principio no caigo en la cuenta. Se trata de una página de sociedad con demasiada información apretada en muy poco espacio. Como si en el periódico la hubieran tenido que componer justo antes de salir corriendo a refugiarse de un ataque nuclear. En el centro, una foto borrosa en la que un grupo de personas derrama champán en actitud festiva. Celebran algo. Parece ser que les ha tocado el Gordo de Navidad. Pero no es eso lo que Batman quiere que vea, claro. Me señala con el dedo, apenas una nota en un recuadro inferior, a la derecha de la página.

Empiezo a leer el titular en voz alta.

—«La familia Durán firma un nuevo acuerdo de cooperación con diferentes entidades benéficas...»

Sigo leyendo. Y entonces comprendo el interés de Batman.

—No me jodas...

Al parecer, según se informa en la pequeña nota de prensa, en el ámbito de sus habituales campañas de apoyo a causas benéficas (en realidad un recurso tan viejo como el propio engaño para evadir el pago de impuestos), Esteban Durán acababa de anunciar que su familia donaría una cuantiosa suma de dinero para financiar a distintas entidades de la comunidad. Pero, de entre todas, hay una que nos llama la atención. Los Durán cedían la explotación de uno de sus terrenos, un antiguo caserón conocido como La Granja, para que las monjas de Santa Saturnina pudieran desarrollar todo tipo de actividades formativas con los muchachos a su cargo, con el objetivo de una posible integración posterior en el mercado profesional de la agricultura y la ganadería.

—Vamos, que la cosa va de Durán colaborando con unas monjas que tienen niños a su cargo —resume Batman a la vez que abre las manos en el aire—. Tiene que ser eso.

Sorprendido, comienzo a morderme el labio sin dejar de asentir en silencio, lentamente.

—Sí —respondo, sin apartar la vista del monitor—, eso parece... Pero, sin embargo...

Entorno los ojos, algo me chirría.

«Santa Saturnina.»

Al fin y al cabo, llevamos toda la mañana revisando nombres...

—Santa Saturnina —repito, a la vez que frunzo el ceño y meneo la cabeza—. No me suena.

Batman arquea las cejas.

—Ya —concede—, yo también lo he pensado.

Aprieto los labios.

—Demasiados nombres, demasiados huérfanos, demasiados santos... Venga —concluyo a la vez que vuelvo a frotarme los ojos—, busquémoslo una vez más.

5

La verdad

—Lo lamento —murmura Bejarano, cada vez con más y más dificultad—, lamento muchísimo lo que le pasó a tu hija. Pero tienes que creerme —suplica—, yo no le hice nada...

Inmóvil, casi inexpresiva, Viola permanece de pie junto a la caja, y a Domingo el tiempo se le hace grande. Ella apenas mueve un músculo; se limita a mantener la mirada sobre el rostro de su padre con gesto ausente, entre indiferente e incrédulo.

—¿De verdad? —pregunta al fin—. ¿En serio es así como lo quieres hacer?

Viola niega en silencio, como si estuviera evaluando el calado de su decepción.

—Escúchame, viejo —Viola clava sus ojos en los de su padre—, tal vez no estés enfocando esto de la manera correcta. Dime, ¿acaso te has parado a considerar la verdadera gravedad de las cosas? —Suspira—. No, por supuesto que no... Porque, ahora que lo pienso, caigo en la cuenta de que en todo este tiempo siempre te has referido a ella de la misma manera. Claro —asiente—, porque crees que solo se trata de mi hija, ¿no es eso, cabrón?

Aturdido, Bejarano ni siquiera logra responder, y Viola vuelve a apretar los dientes con rabia al tiempo que aparta la mirada, perdida en algún rincón del sótano.

—Desde aquella primera noche, la de la pistola en la cabeza

de mi hermano, tuve que acostarme con decenas de hombres. Tú fuiste el primero, es verdad. Pero a lo largo de todo ese año vinieron muchos más. Así que supongo que sí, cualquiera pudo haber sido el padre...

Silencio.

—Pero... Tú también estabas allí.

El silencio se hace abrumador.

—¿Acaso no lo ves?

Una cantidad aplastante de silencio. Y Domingo comprende.

—No...

Poco a poco, Viola comienza a girar la cabeza. Lo hace despacio, muy despacio, hasta clavar sus ojos en los de Bejarano.

—Por más que me ardan las entrañas al decir esto —murmura con los dientes apretados—, por más que el odio arrase mi cuerpo, necesito que sepas que esa persona que nos ha traído hasta aquí, la niña que desapareció hace ahora un año, y de la que tú te empeñas en no querer hablarme, también podría ser tu hija.

Las últimas fuerzas capaces de sacudir el cuerpo de Domingo Bejarano sirven para mezclar la rabia y el dolor en su expresión.

Y, ahora sí, Viola tampoco puede reprimir las lágrimas.

—Por supuesto, ya no espero nada bueno —advierte—. Pero por lo menos quiero que me mires a la cara, y me lo digas. Dímelo, viejo... ¿Dónde está mi hija?

Bejarano cierra los ojos, solloza.

—Está muerta —responde sin dejar ya de llorar.

Cierra los ojos y los aprieta con fuerza mientras las lágrimas resbalan por sus mejillas.

—Ya estaba muerta.

La familia de las manzanas podridas

Atrás, mucho tiempo atrás...

Derrotado, Bejarano comprende, y lo poco de su mente que aún permanece lúcido regresa al lugar. Pero no a ese por el que Viola le está preguntando. Ese en el que se ve a sí mismo apenas un año atrás, de pie junto al cuerpo de una chiquilla muerta. Tal vez... ¿su hija, ha dicho? No, Domingo no quiere volver a ese momento, o por lo menos no todavía, sino a otro más alejado en el tiempo. A uno que se encuentra anclado en un lugar remoto, guardado en el pozo más profundo de su memoria. Allá donde un Bejarano aún joven preserva el recuerdo de otro descubrimiento. El de una familia. Al fin y al cabo, la ciudad siempre ha sabido tener el tamaño justo para que todo el mundo se conozca. El poder rara vez cambia de apellidos, y esa nunca fue una familia cualquiera. Viola no hace más que pedirle a él las cuentas de todo. Como si realmente tuviese algún poder... Tal vez crea que su tío Esteban tan solo es una oveja negra en la historia de la familia Durán. Pero la verdad es otra. Una mucho más arraigada. Porque en esa casa ninguno de sus miembros conoció jamás otro color que no fuera el negro. Especialmente los varones. Y no, esos hombres no son ovejas.

Son lobos.

Como el condenado que, rendido, arrastra los grilletes sobre el cadalso, Bejarano pelea por traer sus recuerdos ante Viola. Hablará, sí, lo contará todo. Pero antes necesita que ella y Sebastián entiendan algo. Algo que, tal vez, ayude a comprender un poco mejor las cosas... Porque, al contrario de lo que piensan, él no era quien tomaba las decisiones. No las importantes.

Cuando Bejarano llegó a la ciudad, a mediados de los setenta, sus superiores ya llevaban muchos años haciendo negocios con Joaquín Durán, tradicionalmente uno de los hombres fuertes del régimen en Vigo. Por aquel entonces, el padre de Esteban y Cuquita ya era un más que respetado empresario naval, presidente de la Caja de Ahorros, del Casino y, además, uno de los mayores depravados que jamás se había paseado por la ciudad. De hecho, había quien sugería la posibilidad de que tal vez a don Joaquín le hubiera enseñado su padre, el ilustrísimo señor don Ladislao Durán, conservero, armador, consignatario de buques, y uno de los hombres que a finales del siglo diecinueve decidieron situar a Vigo en el mapa de Europa. O tal vez no... Tal vez a aquel joven Joaquín la debilidad que su padre sentía por los marineros que trabajaban para sus empresas (especialmente los que apenas eran unos muchachos) no le resultara lo suficientemente atractiva, y por eso él preferiría decantarse por las mujeres, si bien el término «mujeres» no era más que un eufemismo, ya que, por lo que se rumoreaba, raras eran las pobres criaturas que contaban más de diez años de edad cuando Joaquín Durán les ponía las manos encima.

De manera que sí, tanto uno como otro, los Durán eran unos auténticos depredadores sexuales, los últimos eslabones en una larga estirpe de poder y corrupción moral. Y sí, en la ciudad todos lo sabían. Pero no, nadie hacía nada. O, mejor dicho, nadie hacía otra cosa que no fuera protegerlos. Al fin y al cabo, los que no trabajaban para ellos directamente acababan haciéndolo de manera indirecta, y al final del camino todos les debían algo. Dinero, una ayuda, algún favor. O muchos favores...

Ladislao Durán, el patriarca de la familia, ya llevaba muchos años muerto cuando Bejarano llegó a Vigo. Pero, aun con don Joaquín al frente, los Durán seguían haciendo que un río de dinero fluyese a través de las cloacas de la ciudad. Un río que, por supuesto, también corría bajo la antigua comisaría, sita en la calle Luis Taboada. Nadie se habría imaginado jamás la cantidad de hijos de comisarios e incluso de inspectores que vinieron al mundo atendidos por los doctores que pagaban los Durán, ni a cuántos de ellos se les abrieron las puertas de unos estudios que de otra manera habrían resultado inalcanzables. Cuántos encontraron trabajo antes siquiera de empezar a buscarlo, cuántos pudieron formar una familia... Tal como le había visto hacer al viejo Durán, don Joaquín continuó pagando bodas, bautizos y comuniones, regaló relojes, coches y hasta abrigos a todo tipo de esposas, incluidas aquellas que jamás habrían reconocido a un visón ni aunque el jodido bicho les trepara por las piernas y les diera una dentellada en el culo. A cambio, toda aquella gente no tenía más que apartar la vista cuando alguno de los hombres de la familia hiciera sonar su silbato, y entretenerse mirando en cualquier otra dirección que no fuera la de los Durán. Cualquier otra que les resultase más cómoda, menos comprometedora. A no ser que quisieran perderlo todo y más, claro.

Sí, aquello era algo sabido por todos...

Y por eso Bejarano también lo supo. Pero él prefirió esperar. Porque al fin y al cabo, a mediados de los años setenta todo estaba a punto de cambiar. Don Joaquín seguía en activo, pero estaba claro que se trataba de un hombre ya mayor. Al igual que sucedía en todo el país, resultaba evidente que algo estaba a punto de cambiar en el seno de los Durán. Sangre nueva... Cuando Bejarano oyó hablar por primera vez de Esteban, el primogénito de Joaquín Durán, entendió que, si jugaba bien sus cartas, sería cuestión de tiempo que sus caminos acabasen cruzándose. Y el momento era aquel. Tan solo tenía que estar en el lugar correcto.

Utilizó su poder en la calle para tomar posiciones, esperó, y sí: a Domingo Bejarano le tocó el premio gordo.

Porque en cuanto se produjo el relevo, y Esteban se sintió seguro en su nueva posición al frente del negocio familiar, el heredero recién ascendido al trono de los Durán no tardó en buscar la renovación de los viejos contratos, esos que los hombres de su familia venían firmando con el silencio de la ciudad. Tan pronto como se acercó a la parte más oscura de las calles,

Bejarano salió a recibirlo con los brazos abiertos. Y, entonces, Domingo pensó que aquel hombre no iba a ser el mejor cliente de su negocio. No, aquel hombre iba a ser el negocio.

Pero se equivocó. Un error de cálculo...

Domingo creyó que podría pescar al pez más grande del mar. Pero Esteban Durán no era un pez. Era el mar.

Durante un par de años, Esteban se limitó a observar. Dejarse querer, y observar. Favoreció algunos contactos para que el negocio creciese. O, mejor dicho, para ver qué sucedía. Y, como Dios, «vio que aquello era bueno»...

Y así, fue su dinero el que hizo posible aquella primera «expansión». La compra de nuevas chicas, los contactos con los señores de la droga, el desembarco de algunas de sus amistades como nuevos clientes, y todos, todos los excesos que uno pudiera imaginar. Durán no conocía ningún tipo de límite. No había reparo ni decoro, nada le parecía bastante, y todo se podría convertir en una oportunidad de conseguir algo más.

Incluso con los problemas.

—Como cuando sucedió lo de vuestra madre...

Bejarano se calla unos segundos.

—Supongo que se me fue de las manos...

Bejarano reconoce que en un primer instante se asustó. De entrada, aquello suponía una complicación demasiado grande, y su primera reacción fue la de intentar deshacerse de todo. Un escándalo como aquel era algo para lo que no se veía capacitado, e hizo todo lo posible por cerrar las puertas.

—Pero donde yo solo veía problemas, Durán supo ver una oportunidad...

La primera vez que Esteban le expuso su plan no fue capaz de encajarlo, de comprenderlo. A Domingo aquello le parecía demasiado. No quiso hacerle caso, y lo echó a patadas...

Pero un tipo como Durán no desiste jamás. Siguió dándole vueltas, implicó a más gente, incluso envió a algunas de sus amistades más influyentes para que hablasen con Bejarano. Y sí, al final acabaron haciéndolo.

—Pero tenéis que creerme: Durán era quien estaba detrás de todo. Siempre.

6

El ángel exterminador

Cansada, Viola se pasa las manos por la cara.

—No, no, no —repite con aire fatigado—. No.

La última negación suena como una puerta que se cierra. Como una sentencia, seca y firme.

Con la mirada perdida en algún punto más allá de la oscuridad del sótano, Viola levanta la mano en el aire y, con gesto cansado, la mueve de un lado a otro, indicándole a Bejarano que lo deje. Que se calle, que no quiere seguir escuchándolo.

—Todo eso me da igual —le dice—. Ya no me importa.

Lentamente, vuelve la cabeza hacia Domingo y clava los ojos en los del viejo.

—¿Qué crees que me estás contando? —le pregunta—. ¿Que mi tío era un hijo de puta? Eso ya lo sé. ¿Acaso has olvidado con quién estás hablando?

—No, yo solo intento que comprendas...

—¡Yo no tengo que comprender nada! —explota—. A cerdos como esos de los que me hablas los he tenido muchas veces entre mis piernas, muchas. Empujándome, desgarrándome... Violándome. Así que no, viejo, no me vengas con historias, porque a esas bestias yo las conozco mucho mejor que tú.

Domingo permanece en silencio.

—No pretendas expiar aquí tus miserias —le advierte—. Ni te atrevas a intentarlo, ¿me entiendes? No me aburras contándome lo mala persona que es mi tío, porque eso ya lo sé yo sin que ningún malnacido venga a explicármelo.

Viola habla con rabia, la saliva a punto de brotar entre los dientes.

—Lo siento, yo...

Pero Viola no le deja continuar.

—De ese cabrón lo único que me interesa es saber hasta qué punto está implicado en la muerte de mi hija.

El comentario coge por sorpresa a Bejarano, quien frunce el ceño.

—Pero entonces... ¿Ya lo sabías?

—Por supuesto. —La voz de Viola suena tan firme como amenazante—. Lo supe tan pronto como descubrí la noticia del incendio. Un fuego en la casa de los Durán, el fallecimiento de la mujer que nos había traído al mundo, ¿y todo el mismo día que desaparece Lucía? —Viola niega con la cabeza—. Lo comprendí al instante.

—Pero entonces... ¿por qué yo? ¿Por qué me retienes aquí?

Viola esboza algo parecido a una sonrisa, tan cargada de cansancio como de desprecio.

—Porque a ti y a mí nos sobran los motivos. Porque digas lo que digas, tú siempre has estado ahí, en las sombras, haciendo el trabajo sucio. Porque esa gente no es de la que baja al barro, necesitan alguien que lo haga por ellos. Porque ese alguien siempre has sido tú. Y porque sé que esta vez tampoco iba a ser diferente. —Silencio—. Pero también porque quiero saber hasta qué punto el cerdo de mi tío tiene las manos manchadas de sangre. Y sobre todo...

Fría, Viola mantiene impasible la mirada de Bejarano.

—Porque necesitaba asegurarme de que no me mentirías.

Definitivamente derrotado, Domingo Bejarano se limita a tragar saliva.

—¿Lo comprendes, viejo?

Bejarano asiente.

—Bien, pues entonces mírame. Mírame bien, porque soy tu final. Vas a morir, y la única decisión que todavía queda en tus manos es cuándo. Como te he dicho, podemos hacer que esto dure unos días más. Al fin y al cabo, los insectos apenas han comenzado a anidar en tu interior. Pero también podemos hacer que esto acabe ya. Que sea ahora, que sea aquí.

Silencio.

—Dime, ¿qué escoges?

Resignado, Domingo aprieta los labios.

—De acuerdo —responde al fin—, esto fue lo que sucedió.

7

Las excusas que nadie ha pedido

Hay días que están hechos de paredes. De muros infranqueables que, por más que uno lo intente, impiden cualquier tipo de avance, y en todas las conversaciones y en todas las llamadas no hay más que bisagras oxidadas, piezas de hierro viejo que sabes que no van a ceder. Hay días en los que crees que ninguna puerta se abrirá. Días como este. Y antes de que se acabe, antes de que la jornada se vaya por el sumidero, mi equipo y yo nos reunimos en mi despacho, aunque solo sea para intentar dilucidar hasta dónde llega el bloqueo.

—Es un hecho —afirma Batman con gesto resignado—, Santa Saturnina ha subido a los cielos. Y no solo eso —añade—, sino que lo ha hecho llevándose con ella a todas sus siervas.

No le falta razón. O al menos eso es lo que parece después de toda una jornada de dedicación en exclusiva. Y sin demasiado éxito, la verdad. La hemos buscado por todas partes, pero la congregación de las Siervas de Santa Saturnina no aparece. Ni como orfanato, ni como casa de acogida, ni siquiera como entidad colaboradora... Nada.

—He hablado con un contacto que tengo en la Xunta —continúa Arroyo—, en servicios sociales. Pero tampoco me ha podido aclarar mucho. Me dice que sí, que aunque en la actualidad casi todo el tema de abandonos y adopciones está gestionado por el gobierno autonómico, es cierto que hasta hace relativamente poco eran muchas las congregaciones religiosas que también asumían de ese tipo de trabajos.

—¿Y qué pasa con Santa Saturnina?

Batman aprieta los labios.

—Bueno, ahí está lo malo —responde—, que sobre este nombre en concreto no ha podido decirme nada. De hecho, al oír que le preguntaba por unas «siervas», ha pensado que me refería a las Siervas de la Pasión.

—¿Quiénes? —pregunta Santos.

—Las de la niña robada.

Es Laguardia el que responde con seguridad, pero sin apartar la vista de Batman, dejando claro que él sí conoce el caso. De hecho, parece que está a punto de decir algo más cuando su teléfono comienza a vibrar. Observa la pantalla. La mueca en su boca delata que no reconoce el número.

—¿Sí? —responde—. Sí, yo mismo. ¿Quién...

De pronto Laguardia frunce el ceño. Al otro lado, alguien ha captado su atención.

—¿Qué ocurre?

Me mantiene la mirada, pero no es a mí a quien responde.

—Sí —contesta—, comprendo...

Se levanta al tiempo que me hace un gesto con la mano, indicándome que espere, y sale del despacho.

—Pues sí —continúa Batman, confirmando la información que Laguardia había comenzado a dar—, las de la niña robada. Al parecer, hace apenas unos años estuvieron involucradas en un caso por el presunto robo de una niña que había nacido aquí, en Vigo.

—¿Uno de los bebés robados durante el franquismo? —pregunta Santos.

—No, no. Mucho más reciente.

Entorno los ojos.

—¿De cuánto tiempo estamos hablando?

—De muy poco, señor. De hecho, y por lo que he podido averiguar, el caso no se cerró hasta marzo de 2014.

—2014 —repito—. Eso es muy poco tiempo, sí... ¿Y sabemos cuándo se produjo el robo?

Batman asiente.

—En 1987.

Aprieto los labios.

—Nuestra historia comienza antes...

—¿Cree que podría haber alguna relación?

Es Santos quien hace la pregunta, pero reconozco que a mí también se me ha pasado por la cabeza. Niego en silencio, sin dejar de mirar hacia la puerta. ¿Con quién está hablando Laguardia?

—No lo sé... ¿Te ha dicho algo más?

—No —responde Arroyo—. Mi contacto lo ha revisado en sus archivos, pero por ahí no hay nada. Definitivamente, en la Xunta no tienen constancia de ninguna institución religiosa llamada Siervas de Santa Saturnina que funcionase como casa cuna, centro de acogida u orfanato, señor.

—Joder... —dejo escapar un suspiro—. ¿Y qué pasa con vosotros, habéis averiguado algo?

La pregunta va dirigida a Santos, porque a media tarde, al ver que en nuestras bases de datos no encontrábamos nada, decidí enviarla junto con Laguardia de vuelta a la sede del obispado. Quizá allí sí supieran darnos razón de algo.

—Pues... —incómoda, se muerde el labio inferior con tanta ansia que por un momento me da la sensación de que esté a punto de comérselo de un bocado—. Tampoco mucho, jefe.

Nuevo suspiro.

—¿Qué os han dicho?

Santos chasquea la lengua.

—Nada, señor. O por lo menos nada que nos pueda servir de ayuda. Que no les consta ninguna congregación actual con ese nombre.

—Bueno, eso también lo sabíamos nosotros —protesto—. ¿Y antigua?

Se encoge de hombros.

—Pues más de lo mismo —contesta—. El tipo que nos atendió, un pimpollo con pinta de estar recién salido del seminario, lo buscó en el ordenador, pero nos aseguró que allí no le aparecía nada.

Le mantengo la mirada, expectante.

—¿Y?

—Y nada más, señor —responde con gesto frustrado—. Ya sabe, nos dijo que lo consultaría con algún superior. Pero sinceramente... —Aprieta los labios y niega con la cabeza—. Yo no confiaría demasiado.

—Pues tal vez nos equivoquemos —replica Laguardia al tiempo que vuelve a entrar en el despacho.

—¿Por qué? —pregunto—, ¿con quién hablabas?

—Con el secretario del obispo.

Esta vez soy yo el que arquea las cejas.

—¿Con el secretario del obispo? Vaya, qué manera de escalar por la burocracia eclesiástica... ¿Y qué es lo que te ha contado?

—Todo —responde al momento—, me lo ha contado absolutamente todo.

Vuelve a sentarse a la mesa.

—Según me acaba de explicar, Santa Saturnina era una pequeña congregación que se encontraba un poco antes de llegar al monasterio de Oia. Se trataba de un conjunto de construcciones formado por una antigua casona de comienzos del XIX con capilla propia, un par de edificios auxiliares y algo de terreno sobre el mar.

—Parece importante...

—Pues se ve que no. O por lo menos no tanto.

—¿Cómo que no? —replico—. Una antigua casona, un terreno sobre el mar...

Laguardia se encoge de hombros.

—Por lo que me ha explicado el secretario, si alguna vez tuvo valor arquitectónico, desde luego ya lo había perdido a comienzos del siglo pasado, que es cuando los anteriores propietarios, se supone que aburridos de darle vueltas y más vueltas a una casa que se caía a pedazos, decidieron donar la propiedad a la Iglesia.

—Vamos, que se quitaron el muerto de encima —comprende Santos.

—Eso parece. Por lo visto, en su última época, y debido a que en realidad nunca se acometieron las reformas que la casa necesitaba, Santa Saturnina ya no hacía más que dar problemas de manera constante.

—Por el mal estado de conservación —planteo.

—Sí —me confirma Laguardia—, por eso, y, sobre todo, por la avanzada edad de la mayoría de sus miembros. Y sí, me ha confirmado que originalmente funcionó como orfanato. Que, de hecho, Santa Saturnina fue el gran hospicio de la zona durante buena parte del siglo pasado. Pero también me ha aclarado un par de cosas. La primera es que, hasta donde él sabe, la inclusa ya había dejado de funcionar como tal antes de que echase el cierre.

—¿Sabemos cuándo fue eso?

—A finales de los noventa. Dado el mal estado de las instalaciones, se ve que en los últimos años no entraba ningún niño en Santa Saturnina, que ya ni siquiera funcionaba como escuela.

Y entonces vuelvo a fruncir el ceño. «Como escuela», ha dicho. Cierro los ojos. Claro, eso es...

—¿Y la segunda?

Laguardia aprieta los labios.

—Esto le va a encantar... Para cuando Santa Saturnina cerró sus puertas, ya hacía mucho tiempo que había dejado de estar bajo el control de la Iglesia.

«¿Cómo?»

—Vaya, eso sí que es extraño... ¿Y te ha dicho desde cuándo?

—Desde 1982. Según me ha explicado el secretario, el abandono de las instalaciones y la avanzada edad de los miembros motivaron que en determinado momento el obispado considerase la posibilidad de clausurar la institución y trasladar a sus ocupantes. Y ya estaban a punto de hacerlo, de hecho, cuando recibieron una oferta.

Le dedico una mirada de medio lado.

—¿Qué clase de oferta?

Laguardia esboza algo parecido a una sonrisa desganada.

—Ya sabe, señor: una de esas que no se pueden rechazar...

Tal como Antonio Laguardia nos explica a continuación, a finales del año 1982 un grupo de inversores particulares se puso en contacto con el obispado. Al parecer, estaban al tanto de los apuros por los que estaba pasando el centro, y, apelando a una serie de vínculos tanto espirituales como emocionales con la institución, se ofrecieron a hacerse cargo del mantenimiento del internado, sugiriendo la posibilidad de convertirlo en una especie de centro concertado. Santa Saturnina seguiría existiendo, pero desde ese momento en adelante pasaría a estar bajo la gestión y el control de manos privadas.

—Y aceptaron, claro.

—¿Conservando la propiedad del inmueble y sin tener que hacerse cargo de ningún gasto? Por supuesto. Que sea la Iglesia no quiere decir que no sepa hacer negocios, señor...

—¿Te ha dicho quiénes eran esos inversores tan generosos?

—Se lo he preguntado. Si conocía el nombre del grupo inversor, o de alguno de sus miembros, pero en este momento no disponía de esa información.

—Ya... ¿Y qué pasa con la propiedad? ¿Todavía existe, entonces?

—No —responde Laguardia casi al momento—. Al parecer, a comienzos de los dos mil, el grupo gestor decidió no renovar la concesión que había hecho servir hasta entonces, y los responsables del obispado, que por aquel entonces ya habían comenzado un programa de modernización de las instituciones, concluyeron que lo mejor que podían hacer con Santa Saturnina era lo mismo que con todos aquellos pequeños centros que, no siendo históricos, diesen más gastos que beneficios.

—O sea, mandarlos al carajo —resume Santos.

—Bueno —concede Laguardia—, tal vez sea una manera menos cristiana de verlo, pero sí, eso mismo. Antes de que se le viniese encima a alguien, vaciaron las casas, las demolieron y pusieron el terreno en venta. De manera que ya podemos dejar de buscar, porque de Santa Saturnina no queda piedra sobre piedra.

—Entiendo entonces que el terreno ya no pertenece a la Iglesia, ¿verdad?

Laguardia niega con la cabeza.

—No. Lo vendieron al poco tiempo. Hasta donde el secretario sabe, ahora en su lugar hay un restaurante de esos enormes para todo tipo de eventos. Glasgow, cree que se llama... De hecho, me lo ha recomendado por si algún día pienso en casarme.

Santos sonríe por lo bajo.

—Ya veo... ¿Y qué fue lo que hicieron con el personal?

—Pues, como se trataba en su mayoría de personal religioso, a algunos los trasladaron a otros destinos. Según me ha comentado, a las pocas monjas que todavía no eran unas ancianas les ofrecieron la posibilidad de incorporarse a distintas misiones en África y Centroamérica.

—Vaya —murmuro a la vez que ladeo la cabeza—, qué oportuno... ¿Y qué ocurrió con los demás?

—No mucho. Como la mayoría eran ya muy mayores, lo único que hicieron fue retirarlos en algunas de sus casas sacerdotales. Y, antes de que me lo pregunte, me ha dicho que desde entonces ya han fallecido todos.

Levanto una ceja.

—¿Todos?

—Bueno, eso es lo que me ha dicho. Por si quiere comprobarlo, me ha asegurado que mañana a primera hora se encargaría de hacernos llegar toda la documentación que conservan al respecto.

Sonrío.

—Para que podamos comprobar que, en efecto, están todos muertos o, en su defecto, allá donde Cristo dio las tres voces.

—Pues si están tan lejos —comenta Batman—, seguro que es muy difícil localizarlos.

Vuelvo a ladear la cabeza, apretando los labios en un gesto dubitativo.

—Tal vez no tanto... Algo me dice que a algunos de sus miembros ya los conocemos.

—De hecho, apostaría a que los tenemos tomando el fresco en el depósito de cadáveres —secunda Santos.

—Oye, Laguardia, dime una cosa... ¿A ti qué te parece este derroche de generosidad informativa? Y por parte del secretario del obispo, nada menos...

Laguardia sonríe.

—A mí me parece lo mismo que a usted, señor. Demasiado bonito para ser cierto.

—Desde luego... ¿Cómo era aquella frase? *Excusatio non petita*...

—*Accusatio manifesta* —concluye.

Yo también sonrío.

—Bueno, pues ya sabéis qué significa esto, ¿verdad?

—Que estamos en el camino correcto —responde Batman—. No nos ofrecerían tanta información de golpe si no nos estuviésemos acercando a algo.

—O a alguien —matiza Santos—. Tal vez nos estemos acercando a los huevecillos de alguien...

Batman frunce el ceño.

—¿El... obispo, tal vez?

Lo miro fijamente. Por supuesto, el secretario del obispo jamás haría una llamada como esa por iniciativa propia. Pero no, no me imagino al actual obispo, un hombre de ideas progresistas, y en el cargo tan solo desde 2010, envuelto en todo esto.

—No creo —respondo—. Tal vez simplemente se trate de proteger a alguien más influyente...

—¿Más influyente que el obispo?

Sonrío.

—Ves demasiadas películas, subinspectora...

Santos tuerce el gesto.

—Pues usted dirá lo que quiera, jefe —resuelve—, pero desde luego está claro que los cuervos también ocultan algo. Joder... Curas, empresarios, policías... Mierda, jefe, ¿hasta dónde coño va a llegar esto?

—Mucho me temo que hasta todas partes —lamento—, hasta todas partes...

—Pero, entonces, ¿por qué no encontramos nada? —se pregunta Santos, frustrada—. Quiero decir, si la cosa llega tan lejos, si esto es realmente tan grande, ¿cómo es que no damos con nada a lo que agarrarnos? Aunque sea por accidente, coño...

Nadie responde, y Santos sigue negando en silencio.

—¿Quién tiene tanto poder para taparse de tal manera?

Pero tampoco esta vez recibe respuesta. Aunque todos comenzamos a intuirlo, Arroyo y Laguardia escogen la prudencia del silencio. Y yo también permanezco callado, ocupado en recordar la conversación que mantuve con Lalo durante nuestra particular Nochebuena compartida.

Según lo que me había explicado el antiguo socio del policía, ya entonces su negocio (o, mejor dicho, el del subinspector Domingo Bejarano) involucraba a mandos policiales, políticos, responsables de banca, e incluso a grandes empresarios e industriales de la ciudad.

Como la familia Durán...

Pero no solo eso: por más que ahora las cosas parezcan distintas, en aquel momento Lalo también me había hablado de altos cargos del clero... «A alguno de sus obispos le abrí yo la puerta del bar en más de una ocasión», me había dicho.

Y justamente ahora recibimos una llamada del secretario del obispado.

Y entonces sigo recordando las palabras de Lalo. «No sé dónde está ese hijo de puta», me había confesado, refiriéndose a Bejarano, «como tampoco supe jamás adónde se fue después de que hubiera desaparecido.» Bien, pues ahora ya lo sabemos. Por alguna razón, Bejarano trasladó su negocio a Santa Saturnina. Y no se fue solo. Lo hizo con Durán. Al fin y al cabo, no habríamos recibido tanta información al respecto a no ser que la congregación también fuese una pieza importante en el entramado.

Empiezo a comprenderlo todo.

Lalo ya me lo estaba advirtiendo. Era la propia verdad la que más miedo daba. Y él ya lo tenía muy claro cuando me lo preguntó: ¿hasta dónde creía yo que podría haber llegado la mierda, si ya entonces las personas que deberían haber intervenido eran las mismas que estaban ocupadas revolcándose en el lodo?

Todavía en silencio, sonrío con rabia. Hasta muy arriba.

«Muy arriba...»

Sigo atando cabos. «Muy arriba.» Esa es la razón de la última llamada que he recibido, justo antes de que empezase esta reunión.

De tan arriba

Apenas una hora antes...

Es obvio que a estas alturas del caso, todos en la brigada hemos hecho ya unas cuantas llamadas. Y si algo sé después de tantos años de servicio es que cuando alguien sacude el árbol de esta manera no tarda, a su vez, en recibir otra llamada: la de la prensa.

Pero, por alguna extraña razón, esta vez no está siendo así.

De hecho, y a pesar de lo escabroso de las circunstancias, lo cierto es que, más allá de los periódicos locales, aún no he recibido ninguna llamada de ningún medio de comunicación grande. Y eso es raro. Muy raro.

De hecho, a estas alturas ya he empezado a considerar la posibilidad de que alguien en la sombra se esté asegurando de mantener a los periodistas a raya. O, simplemente, de hacer que este asunto se distraiga en el silencio de la indiferencia. Y si algo he aprendido en todo este tiempo es que hay que tener mucho poder para ejercer semejante control sobre los medios. Porque, puestos a cuestionárselo todo, ¿acaso es posible que también haya alguien dentro? Y entonces, en silencio, vuelvo a hacerme la misma pregunta que Santos. Hasta dónde llega todo esto... Sobre todo porque, en lugar de recibir esa llamada, la mediática, he recibido otra bien diferente: la administrativa.

Aunque a mis hombres parece que a veces se les olvide, yo también tengo un jefe ante el que rendir cuentas. Y, al contrario de lo que están haciendo los periodistas, el comisario jefe Nicolás Torrón no se ha mostrado ni tan comprensivo ni mucho menos silencioso. De hecho, eso ha sido lo que más me ha llamado la atención esta tarde, después de responder, por fin, a su enésima llamada. Ese tono, nervioso, exigente. O tal vez exigido... Porque, en circunstancias normales, Nicolás Torrón acostumbra a comportarse del mismo modo que ahora estos periodistas ausentes. Sin molestar. Apenas lleva un par de meses en el cargo de comisario jefe, pero nos conocemos desde hace mucho tiempo. Y sabe que trabajo bien, que solo necesito espacio para poder hacer lo que tenga que hacer. No, Torrón no es de los que agobian. Y, sin embargo, esta tarde no me ha quedado más remedio que responder a sus llamadas, extrañamente insistentes.

—Oye, ¿se puede saber qué cojones estáis haciendo?

Frunzo los labios.

—Pues no sé a qué te refieres, Nicolás, pero... supongo que el trabajo por el que nos pagan los contribuyentes. ¿Por?

Nicolás Torrón suspira, y a mí me parece detectar cierta incomodidad en su respiración. Diría que incluso agobio.

—Porque no sé cómo estáis enfocando todo este asunto, Mateo, pero ya estoy empezando a cansarme de recibir llamadas... Especialmente desde que a ti te dio por hacer de Papá Noel.

—¿Papá Noel? —Sacudo la cabeza—. Oye, Nicolás, no sé de qué me...

—¿Qué pasa, que no sabes de qué te hablo, cretino? ¡¿En serio?! —Ahora mismo no estoy seguro de si la voz de Torrón me llega por el teléfono o a través de las paredes—. ¿Acaso me vas a decir que no le hiciste una visita a Esteban Durán el día de Navidad? Joder, Mateo, ¿para eso querías su teléfono? ¿No te llega el móvil para tocarle los cojones el día de Navidad a uno de los hombres más poderosos de la ciudad, que encima tienes que plantarte en su casa para tocárselos en vivo y en directo? Pero ¿a ti qué coño te pasa, chaval? ¿En serio eres tan estúpido?

Ese es un trapo al que prefiero no entrar.

—¿Ha sido él?

—¿Cómo dices?

—Que si ha sido él, Nicolás. ¿Ha sido Durán quien te ha llamado?

—Oh, no —bufa el comisario—. No sé si ha sido cosa de Durán, o si le habrás tocado los huevos a más gente, pero, fuera a quien fuera, se ha preocupado de hacerle llegar su malestar a los de arriba, que es de donde me están llegando las llamadas... ¡Y no me llames Nicolás, coño, que soy tu superior!

Permanezco en silencio por un instante, pero no por el exabrupto, no es eso lo que me llama la atención.

—¿Como cuánto de arriba?

Torrón resopla contra el auricular, como si le sorprendiera mi pregunta.

—Pues mira —me responde en el más aleccionador de los tonos, como si de pronto acabara de darse cuenta de que está hablando con un niño de dos años—, de tan arriba como para que, si nos cae una hostia desde semejante altura, no solo no nos llegue el espacio para dar vueltas, sino que, además, la onda expansiva nos pueda convertir en los maderos más guapos de la cola del paro. ¿Qué me dices, te parece suficiente altura?

—Ya veo...

—No —me ataja—, ya te digo yo que no lo estás viendo, Mateo.

Silencio.

—Escucha, no sé qué coño estáis haciendo. Pero más vale que no os andéis con hostias. Si de verdad nos vamos a meter con según qué gente, sabes que te apoyaré. Pero espero que os hayáis asegurado de comprar el boleto correcto, porque, según a quien le toquéis los cojones, hay viajes de los que no se vuelve. ¿Me entiendes?

Por supuesto. Alguien le ha ordenado a alguien que le diga algo a Torrón. Y si él no me dice nada más es porque no puede hacerlo. Probablemente porque ni él mismo sepa de dónde ha venido la hostia. ¿Bejarano? No, imposible... ¿Durán, tal vez?

¿O es que acaso hay ya alguien más? «De muy arriba», ha dicho. De muy arriba.

Definitivamente, esto está llegando muy lejos.

—Muy bien —le digo a mi equipo antes de acabar la reunión—, esto es lo que vamos a hacer. Si no nos dejan ver qué es lo que hay dentro de la caja, entonces veamos la caja.

Batman frunce el ceño.

—¿La caja?

—La casa... —murmura Laguardia.

—En efecto —le confirmo—. De Santa Saturnina no queda ni rastro, de acuerdo. Pero sabemos que existieron otras instalaciones, ¿verdad?

—La Granja —comprende por fin Batman.

—La misma. Y, según la noticia de prensa que hemos encontrado esta tarde, se trata de una de las propiedades de la familia Durán.

—Eso es lo que ponía en el periódico, sí.

—Bien, pues entonces no será difícil dar con ella. Batman, pide una búsqueda en el catastro, que te digan en dónde estaba exactamente esa casa, finca o terrenos que Durán cedió a las Siervas de Santa Saturnina. Mañana a primera hora tú y yo nos vamos a Oia. A ver qué demonios había en esa granja...

8

Ver en la oscuridad

En realidad, en su cabeza Viola siempre lo veía de otra manera. Estaba convencida de que aquel episodio habría sucedido de un modo diferente. Otras formas, otras causas. Y, aunque solo fuese por pura misericordia, tal vez algo de dignidad. Aunque fuese un poco, aunque solo fuese al final. Pero, a la luz de lo que acababa de escuchar, estaba claro que se había equivocado. Según lo descrito por Bejarano, la dignidad es un bien escaso en toda esa historia. Claro que también podría haber mentido, pero... No, en un momento como ese, la mentira no tenía razón de ser...

No, Viola se había equivocado, y en el instante mismo en que lo comprendió, en que por fin obtuvo la respuesta definitiva a la pregunta que se había venido haciendo desde hacía un año, pudo sentir con claridad meridiana cómo la cólera, cómo la ira y la rabia, encendidas, incendiaban hasta el último poro de su piel. Y, en ese momento, Viola quiso matar. Morder, arrancar, desgarrar. Matar con sus propias manos. Pero no solo a Bejarano.

A todos.

Han conducido hacia el norte. En silencio, sin tan siquiera cruzar una palabra. ¿Para qué hacerlo? Tanto Sebastián como su hermana saben de sobra cuál es el camino a seguir. En todos los sentidos.

Se han echado a la carretera en cuanto han asimilado la confesión de Bejarano, de modo que apenas deben de ser las seis de la tarde, tal vez algo más, cuando la furgoneta azul se detiene en Monteferro. Antes de llegar al acceso principal de los terrenos de los Durán, Sebastián vira a la derecha y, valiéndose de los últimos resquicios de luz, conduce con los faros apagados en dirección al mar. Avanza en paralelo a los muros de la inmensa finca, y no se detiene hasta adentrarse en un camino lateral, donde la furgoneta puede permanecer oculta tras un árbol caído, el mismo que, al venirse abajo, se llevó por delante parte del muro, abriendo una grieta por donde colarse con facilidad en la finca, tal como Viola había descubierto unos meses antes.

Por fin dentro de la propiedad, avanzan hasta dejar atrás la casa quemada, ahora en obras, y continúan caminando a través del enorme bosque privado, siempre con cuidado de no apartarse de la parte frondosa, alejados del camino principal. No se detienen hasta alcanzar un punto elevado, que da a la casa de Esteban Durán. De buena gana entrarían en la vivienda y acabarían de una vez con esto, sí. Pero también comprenden que a estas alturas, y después de todo lo que han hecho, lo más probable es que su tío ya les esté esperando, lo cual supone una clara desventaja en su contra. Ni Viola ni Sebastián conocen la casa, y un enroque por parte de Durán en alguna posición segura, con margen incluso para avisar a la policía, sería fatal.

Así y todo, a Sebastián le cuesta reprimir el deseo de entrar, de echar la puerta abajo y ponerle fin a todo. Pero su hermana lo tiene mucho más claro.

—Tenemos que esperar —le advierte—. Permanecer ocultos y observar.

Cuando por fin llega la medianoche, los dos hermanos han tenido tiempo de asistir a varios movimientos. Y no han sido poco reveladores...

Para empezar, ahora ya saben más allá de cualquier duda posible que, en efecto, Durán sí está en la casa. De hecho, han podido comprobar que no parece moverse de la primera planta.

Viola deduce que, por alguna razón, debe de sentirse más seguro ahí, en el piso de arriba.

Al principio solo han podido identificar la figura de un hombre que se acercaba de vez en cuando a las ventanas. Irreconocible, apenas se trataba de una silueta recortada al trasluz. Pero sucede que en la finca también hay un perro...

En realidad no se trata de ningún problema. No es un perro peligroso, ni mucho menos. Un golden retriever, mayor y pachón, que apenas se ha alejado de la puerta, y que de vez en cuando ha lanzado algún que otro ladrido al aire. Porque ha oído un rumor, porque ha detectado la presencia de cualquier pequeño animal en el borde del bosque que rodea la casa...

O, tal vez, incluso porque el viento le lleva el aroma de Viola y Sebastián.

Ha sido cuando al animal le ha dado por ladrar con un poco más de intensidad, que Durán no ha podido resistirse, y ha vuelto a acercarse a una de las ventanas. Pero esta vez, inquieto ante la insistencia del perro, ha querido asegurarse de ver bien qué era lo que sucedía, dónde estaba la posible amenaza. Y para ello se ha acercado por uno de los laterales. Ha sido nada, apenas unos centímetros, pero Durán no ha podido resistirse y ha apartado la cortina. Un poco, lo justo para acercar la cara al cristal e intentar adivinar algo en la oscuridad que rodea la casa, más allá de las luces que alumbran el camino que lleva a la vivienda. Pero ha necesitado verlo. ¿Por qué ladra el perro? Y no, como era de esperar Durán no ha podido ver nada. Pero Viola sí.

Viola lo ha visto a él.

—Ahí estás...

Un poco más nervioso a cada rato que pasa, Durán ha vuelto a hacerlo. Lo ha hecho una vez. Y otra, y otra más. Cuando al perro le da por ladrar, Durán repite el mismo proceso. Nervioso, se mueve por toda la planta superior, asomándose discretamente a alguna de las ventanas, buscando algo en la oscuridad. Buscando qué es lo que hace ladrar al maldito perro. Buscando la llegada de alguien.

De modo que sí, Durán está en la casa. Pero Viola y Sebastián siguen sin entrar en la vivienda porque ahora, además, también saben que su tío no está solo.

La primera constatación la han podido realizar hace un par de horas, cuando, después de una nueva tanda de ladridos especialmente insistentes, la puerta principal se ha abierto de repente. Pero no ha sido Esteban Durán quien se ha dejado ver, claro. Faltaría más... Ha sido un hombre menudo, delgado, el que se ha asomado y le ha dicho algo al perro. A la luz de la lámpara que ilumina el pequeño porche que protege la entrada principal, Viola solo ha podido deducir que se trata de alguien del servicio, quizá el mayordomo, con toda seguridad enviado por Durán. El hombre, de rasgos orientales, se acerca al perro, que mueve la cola al verlo, y le hace una caricia a la vez que permanece inmóvil junto al animal, con la mirada puesta en la oscuridad del bosque.

A Viola casi se le escapa una sonrisa al imaginar la situación, la cobardía de la que hace gala su tío enviando a alguien del servicio a averiguar por qué ladra tanto el maldito chucho, cuando alguien más aparece tras el asistente filipino. Son dos personas, una mujer y un hombre.

De la primera apenas pueden ver la parte inferior de su vestido, porque en realidad se ha mantenido en un segundo plano, sin apenas salir de la casa, por lo que ni Viola ni Sebastián alcanzan a verle el rostro. Más decidido, el hombre ha avanzado hasta situarse junto al mayordomo. Inmóvil, también intenta ver algo en la negritud, y eso le da a Viola la ocasión para intentar reconocerlo. Aunque sin demasiado éxito. Tan solo puede ver que se trata de un hombre joven, en torno a la treintena, alto y fuerte. Obviamente, no es Durán, cuya silueta vuelve a aparecer perfilada en una de las ventanas superiores.

Cansadas de no ver nada, las tres personas se dan la vuelta y regresan al interior, cerrando la puerta a sus espaldas.

Desde entonces nadie más ha vuelto a salir hasta hace apenas unos minutos, cuando la puerta se ha vuelto a abrir. Esta vez ha sido otra mujer la que ha aparecido. Mayor, el delantal blanco sobre un vestido azul delata su pertenencia al servicio de la casa. Lleva algo en la mano, una pieza metálica. Y Viola comprende.

—Aquí viene la cena, Toby...

En efecto, la mujer deja en el suelo un plato con una comida que al perro le provoca la mayor de las satisfacciones, a juzgar por los movimientos de su cola, y luego regresa sobre sus pasos, cerrando la puerta nuevamente. El perro despacha rápido su cena, apenas tarda un minuto o dos, y con el plato ya vacío, comienza a dar vueltas. Son pasos cortos y lentos, girando en círculos de manera obstinada, con la cabeza baja y la mirada clavada en el suelo, como si estuviera buscando algún tipo de postura ideal. Sí, eso es. Cuando por fin la encuentra, se tumba y acurruca, dispuesto para dormir.

Y ya está, ya no hay más ladridos. Viola sonríe al pensar en el perro. «Trabajo hecho.» Pero el silencio no parece tranquilizar a su amo. En el piso de arriba las luces continúan encendidas, y la figura de Durán no deja de moverse, inquieta, de una estancia a otra.

De pronto, alguien más aparece tras una de las ventanas. Es la silueta de una mujer. Una figura alta, esbelta. Y Viola constata que se trata de la misma persona que un par de horas antes había permanecido dos pasos por detrás del mayordomo y el otro hombre. Entra en la habitación en la que se encuentra Durán y se acerca a él para darle un beso en la mejilla. Desde la distancia la imagen no es fiable, pero, por la rapidez del movimiento y la separación entre los cuerpos, se diría que se trata más de un formalismo que de otra cosa. No tardan en separarse. Al mismo tiempo, en el piso de abajo la puerta principal vuelve a abrirse, y esta vez es un hombre el que se asoma.

—Es el tipo de antes —dice Sebastián.

—Sí.

Apura un cigarro y, mientras camina con paso decidido, arroja la colilla al suelo, casi a la altura del perro, que ni siquiera se molesta en levantar la cabeza cuando el hombre pasa junto a él. Gira a la derecha nada más dejar atrás el porche de la entrada principal, y continúa avanzando hacia uno de los laterales de la casa. El garaje.

Viola y Sebastián oyen el contacto de un motor que arranca

y, justo a continuación, ven el resplandor de las luces encendiéndose. El hombre pone en marcha el vehículo, y del garaje sale un todoterreno oscuro, tal vez negro. Lentamente, rueda hasta detenerse ante la puerta de la casa y espera a la mujer, que ahora sale de la casa. Al pasar por delante del coche en dirección a la puerta del acompañante, los faros iluminan su rostro. Y entonces Viola la ve con claridad. Y la reconoce. La mujer es Amaia Durán, la hija de Esteban.

O, dicho de otra manera, su prima.

Viola levanta la vista, y descubre a Durán contemplando la escena desde el piso superior. Ve cómo su hija se sube al vehículo y le hace un gesto de despedida con la mano. Pero ella no se da cuenta. Ni siquiera mira en su dirección. El coche se pone en marcha, y Durán lo sigue con la mirada mientras el todoterreno avanza por el camino principal, hasta que se pierde en la oscuridad del bosque privado.

De nuevo en silencio, en la casa se apagan todas las luces de la planta baja. El servicio ha dado por terminada la jornada. Pero en el piso superior las luces continúan encendidas. Nervioso, Durán no deja de moverse de una estancia a otra, ahora todo el tiempo con un vaso en la mano. Viola fija la mirada en su silueta. Y llega a la conclusión de que Durán está asustado. Y no, no va a salir. Pero eso ya da igual.

Porque Viola ya sabe qué hacer.

9

Mentira

Sábado, 28 de diciembre

A pesar de ser fin de semana, recibimos la información sobre el traspaso de Santa Saturnina y la lista con los nombres de todos los miembros de la congregación a primera hora de la mañana. Tal como el secretario del obispo nos había prometido.

—¿Has revisado la documentación?

—Sí —responde Batman—. La parte relacionada con la cesión de las instalaciones es tan poco clara como escasa. Se menciona a un grupo inversor, es cierto. Pero apenas aparece citado mediante unas iniciales. I.F.I.D., S.L.

IFID. Me pregunto si alguna de esas letras...

—¿Lo has comprobado?

—Sí, pero por ahí no hay nada que hacer. Los registros de la época no guardan constancia de ninguna empresa con semejante nombre.

—Ya, claro... ¿Y qué hay de la lista?

Por toda respuesta, Arroyo se limita a apretar los labios. Y comprendo.

—Qué, no nos vale para nada, ¿no?

Coge aire, haciéndolo sonar entre los dientes.

—Bueno —contesta—, digamos que cualquier periódico

tendría problemas para encajar tanta esquela en su página de necrológicas.

Se me escapa un bufido.

—Lo suponía...

En efecto, y tal como se nos explica en el correo que acompaña al archivo adjunto con la lista, por desgracia el personal del orfanato ya era tan mayor en el momento en que la inclusa fue clausurada, que ahora, casi veinte años después de su desaparición, prácticamente todas las hermanas han fallecido. Y las pocas que aún continúan con vida se encuentran, casualmente, trabajando en las misiones más alejadas e inaccesibles del planeta.

—África, Asia, Centro-América... No sabría ni por dónde empezar a buscarlas —lamenta Batman.

Suspiro al comprender.

—Da igual por dónde lo hagas, te apuesto lo que quieras que jamás encontraríamos a ninguna de esas mujeres.

—¿Quiere decir que ellas también están muertas?

Chasqueo la lengua.

—Lo que quiero decir es que no son reales. O, si lo son, no tenían nada que ver con Santa Saturnina.

Batman vuelve a quedarse observando la lista de nombres en su pantalla.

—Pero... ¿cómo?

Se me escapa una mueca de incomodidad, el gesto de quien reconoce que ha sido engañado.

—Porque todo es mentira. Te lo dije, nada es real... ¿Todas estas mujeres muertas? Por supuesto. Joder, Batman, ¡lo raro sería que no lo estuvieran!

Sonrío, molesto, apuntando la pantalla con el dedo.

—Tú mismo lo has dicho. Mira, fíjate en las edades. Todas rondaban los ochenta cuando el convento cerró, ¿no?

—Sí...

Encojo los hombros, como si todo el planteamiento fuera tan absurdo que ni siquiera fuese necesario razonarlo en voz alta.

—¿Qué pasa, entonces? ¿Que el único requisito para convertirse en siervas era haber conocido a santa Saturnina en persona?

Batman también comienza a asentir.

—De hecho, algunas incluso podrían haber compartido seminario con el mismísimo Matusalén...

—Pues eso mismo. Esta lista tiene más pinta de censo geriátrico que de congregación religiosa.

Arroyo ladea la cabeza con aire escéptico.

—Bueno, a veces tampoco es que haya mucha diferencia...

Pero no, no se trata de eso. Nunca he dudado de las capacidades de la tercera edad. O, como en este caso, incluso de la cuarta. Pero no, esta lista es de todo menos creíble. Porque, por lo que hemos averiguado, Santa Saturnina ya era un espacio inhóspito mucho antes de que estas monjas lo habitaran. ¿Cómo podrían haberse hecho cargo de ningún niño, si ni siquiera estaban en condiciones de cuidarse a sí mismas? No... Y, además, hay otra cosa.

—No aparece ninguna Pilar Pereira, ¿verdad?

Batman niega con la cabeza.

—No, señor.

Arqueo las cejas con gesto expresivo.

—Te lo dije —concluyo—, esta lista es falsa. Venga, no perdamos más tiempo, y busquemos por otro lado. ¿Has podido encontrar la información que te pedí?

—Sí. He buscado en el catastro, y... —Teclea algo en el ordenador—. Espere, los tengo aquí... —Cierra la ventana con los nombres de todas esas mujeres muertas, y despliega una nueva—. Aquí está. La Granja, un antiguo pazo del siglo XIX, en los montes de Torroña, al este de Oia. En efecto, hasta el año 2001 era Esteban Durán quien aparecía como propietario.

—¿Hasta el 2001? ¿Acaso ya no le pertenece?

—No, señor. Entre los años 2001 y 2009, la propiedad cambió varias veces de dueño, pasando por diferentes grupos inversores, si bien algunos de ellos también eran propiedad en última instancia de la familia Durán...

—Curioso. ¿Crees que se trata de alguna operación de blanqueo?

Arroyo arquea una ceja en un gesto dubitativo.

—No lo descartaría. Tal vez en Delitos Fiscales nos lo podrían aclarar. Pero, de todos modos, ya hace tiempo que Durán se deshizo definitivamente de la finca.

—¿A quién pertenece ahora?

—A... —Batman busca el dato en la pantalla—. Sí, aquí está. A un tal Brian Wigs, señor.

Esta vez soy yo el que enarca una ceja.

—¿A quién?

—A Brian Wigs —repite—. Por lo que he podido averiguar se trata de un inversor de la City metido a bodeguero.

—¿Quieres decir que...?

—Sí, señor —se me adelanta—, desde el año 2009, La Granja es una bodega, dedicada a la elaboración de vino del Rosal.

—¿Vino del Rosal... hecho por un financiero inglés?

Resoplo.

—Definitivamente el mundo se va a la mierda... De acuerdo, avisa a ese tal Wigs. Dile que va a tener visita.

10

La paciencia

En silencio, al amparo del sombrero y la peluca, observa la calle desde uno de los bancos más discretos de la Alameda. Fina, la lluvia no ha dejado de caer durante toda la noche, y el asfalto, aún húmedo, crepita con el paso de cada coche. Pero no es el tráfico lo que le interesa. Son las personas. Apenas se mueve. Simplemente observa. Un vistazo rápido a su reloj. Las diez menos cinco. Ya no puede tardar mucho. Espera. Espera... Y, por fin, ahí está.

Ahí está...

Esboza una sonrisa sutil al verla doblar la esquina de la calle Marqués de Valladares. La sigue con la mirada. Baja por la calle Reconquista y, al llegar a la altura del edificio de Correos, gira hacia la derecha. Apenas avanza unos pocos metros más hasta detenerse ante la puerta de cristal. Inmóvil de espaldas a la calle, busca algo en el bolso. Las llaves, claro. Abre, entra, enciende las luces. Bien, que comience la función... Este acto es aún solo para ella. Mejor ser prudentes, mejor esperar un poco.

Un poco.

Ya solo es necesario un poco de paciencia. Al fin y al cabo, esa mujer no se irá a ninguna parte...

11

El payaso Totó

Atravesamos una gran extensión de viñedos antes de llegar al edificio principal. En efecto, la antigua finca La Granja es ahora una bodega.

—¿Qué les parece? Casi todo es treixadura, caíño y loureira. Además de albariño, claro.

—¿Cómo dice?

—Las uvas —nos aclara el señor Wigs, señalando con orgullo hacia el terreno.

Antes de marchar de comisaría, Batman contactó con el bodeguero para asegurarse de que nos recibiría, de manera que ahí estaba ahora este caballero inglés, sonriendo junto a la puerta con expresión divertida.

—¿A quién coño le alegra tanto recibir una visita de la policía? —murmuro antes de salir del coche.

—Ni idea, señor...

Se trata de un tipo flaco, alrededor de los sesenta años, con pinta de haberse perdido en Benidorm. Tan alto como desgarbado y blanco como la leche, sonríe al vernos bajar del vehículo, y ahora nos acompaña en el breve paseo que va del coche a la entrada de la casa, señalándonos con orgullo las múltiples virtudes de sus viñedos.

—La mayoría de las cepas ya estaban ahí —explica al tiempo que nos invita a pasar al interior de la casa—, algunas de ellas desde hace más de cien años. Por supuesto, esa fue la razón que más nos animó a la hora de comprar la finca.

—¿Por las cepas? —pregunta Batman.

—Por supuesto. La casa está muy bien, por descontado. Una construcción del siglo XIX y todo eso. Pero las uvas... No sé si saben ustedes algo de vinos.

—Aparte de beberlos...

—Claro —sonríe Wigs—. Pues no se imagina usted lo raro que es encontrar cepas de treixadura tan antiguas y aún vivas.

Orgulloso, el actual dueño de La Granja nos invita a subir a su despacho, una sala amplia en el primer piso. Observo a mi alrededor antes de sentarme. Todo es de un blanco inmaculado. Los techos altos, las paredes despejadas, y hasta el aluminio de unos ventanales enormes al fondo, abiertos a la falda oeste de los viñedos.

—Bueno, pues aquí estamos —comenta el bodeguero al tiempo que él también toma asiento, aún sin dejar de sonreír—. Así que la policía, ¿eh?

De pronto Wigs comienza a mirarnos alternativamente a Batman y a mí, todo el tiempo con esa expresión extraña, casi divertida, en el rostro. Pero ¿qué coño es lo que le hace tanta gracia?

—¡Pues nada —exclama de repente—, ustedes dirán de qué se me acusa!

Batman frunce el ceño.

—¿Cómo dice?

Sonriendo sin parar, Wigs sigue alternando sus miradas entre nosotros.

—¡Por supuesto! ¿Acaso no han venido a detenerme? ¡Háganlo, soy culpable! —exclama, divertido—. Culpable de hacer un vino estupendo, por supuesto, pero culpable al fin y al cabo... ¡Vamos, deténganme!

Severo, le mantengo la mirada.

—Bueno —le respondo con el más seco de los tonos posibles—, al paso que vamos reconozco que tampoco lo descartaría.

La sonrisa comienza a congelarse en el rostro del bodeguero.

—Pero... —Poco a poco se va alejando del borde de la mesa, donde hasta ahora mantenía los codos apoyados—. No entiendo...

—Pues ya somos dos.

—Tres —apunta Batman.

La sonrisa de Wigs se ha convertido en una mueca de desconcierto.

—¿Esto no es una inocentada?

Batman y yo cruzamos una mirada rápida.

—¿Disculpe?

La gravedad en mi rostro advierte al bodeguero de su error.

—Bueno —se repliega—, es que como hoy es el día de los...

Batman sonríe sin demasiado entusiasmo ante la metedura de pata mientras yo suspiro con desgana.

—No, señor Wigs, el que va a las casas de los niños a gastar bromas es el payaso Totó, no la policía.

Brian Wigs traga saliva, intentando recuperar la compostura.

—No, claro, claro. Yo había dado por supuesto que...

—Pues no —le interrumpo—, mejor no dé nada por supuesto, y preste atención. ¿De acuerdo?

—Por supuesto.

Suspiro.

—A ver... Si hemos venido hasta aquí es para que nos cuente un par de cosas acerca de su casa.

—Por supuesto —repite el bodeguero, de pronto servicial y sumiso como pocos—. Ustedes dirán, desde luego.

—Mi compañero me ha dicho que compró usted la propiedad hace diez años.

—En efecto. Mi mujer y yo la descubrimos en el 2008, y nos hicimos con ella un año más tarde.

—¿Se la compraron a Esteban Durán?

El bodeguero frunce los labios.

—No. La conseguimos a través de un grupo inversor con el que por aquel entonces trabajábamos de vez en cuando en Londres. Ya sabe —gesticula con las manos—, una de esas empresas

dedicadas a la gestión y tramitación de operaciones inmobilia-
rias, y ese tipo de asuntos... Yo me había ganado una buena posición, cómoda, y bueno —ladea la cabeza—, decidimos retirar-
nos y empezar una nueva vida aquí, con todos ustedes.

—Pero entonces no tiene usted ninguna relación con el señor Durán.

Wigs se encoge de hombros.

—Bueno, ya se lo he dicho. A no ser que este señor Durán
por el que usted me pregunta tenga tan buen gusto como para
ser bebedor de mis vinos, pues no, supongo que no.

—Ya veo...

Vuelvo a observar a mi alrededor. Paredes altas, los ventanales al fondo, abiertos. Hay algo aquí, en este lugar...

—Y supongo que tendrían ustedes que reformar todo esto,
claro.

Brian Wigs asiente con gesto expresivo, como diciendo: «Ni
se lo imaginan».

—Desde luego. Ahora ya hemos crecido lo bastante como
para trasladar casi todas las máquinas a una nueva nave, aquí, en
la parte posterior de la finca. Pero al principio, después de la
inversión tan grande que tuvimos que hacer, consideramos que
lo más acertado sería aprovechar lo que había —explica, echando mano de la tradicional flema británica—, y centrarnos en lo
estrictamente necesario.

—En la bodega.

—Correcto. La casa tiene unos buenos sótanos, de modo que
en algunas zonas decidimos echar abajo los techos para unirlos
con la planta baja. Ya sabe, para que los espacios fueran lo suficientemente amplios y altos como para poder montar las cubas.

—Debió de ser una obra considerable...

Wigs levanta los brazos al tiempo que deja escapar un sonoro bufido.

—¡No lo sabe usted bien!

—¿Y esta planta? ¿También la reformaron?

El bodeguero niega con la cabeza.

—No. La verdad es que esto no estaba tan mal —dice, señalando a su alrededor—. Al fin y al cabo, nos habían dicho que la casa tampoco llevaba tanto tiempo cerrada como para que hubiera que acometer grandes obras para poder entrar a vivir, así que Martha y yo decidimos aprovechar la vivienda tal y como estaba. Aunque diversificando un poco más la utilidad de los espacios, claro...

Brian deja el comentario en el aire.

—¿A qué se refiere?

Sonríe.

—Bueno, a que mi mujer y yo solo somos dos, y todavía nos llevamos considerablemente bien, por lo que con un dormitorio nos basta. Dos como mucho, o tres si me apura, por si vienen invitados. Pero tantos...

—Entiendo que había muchos dormitorios.

Wigs rechaza el comentario con un mohín divertido en la cara, como si de pronto volviera a hacerle mucha gracia la conversación.

—No, no. Lo que quiero decir es que todas las habitaciones eran dormitorios. Dormitorios, y baños, claro. Pero sobre todo dormitorios. Diez, para ser exactos. Unos más grandes, otros más pequeños...

—Comprendo.

—No se imagina usted la cantidad de camas que la pobre Martha y yo tuvimos que sacar de aquí. Desde luego —añade—, como les he dicho, no he tenido el gusto de conocer a ese tal Durán por el que ustedes preguntan, pero, si era como me imagino el anterior propietario, debía de tener una familia muy numerosa, ¿me equivoco?

Wigs sonríe mientras yo pienso en lo que nos acaba de contar. Y sí, se equivoca. Porque Durán no tiene una familia numerosa. Ni mucho menos...

—Verá, señor Wigs, el motivo que nos ha traído hasta aquí es la búsqueda de dos niños, desaparecidos a comienzos de los años ochenta.

La explicación vuelve a coger por sorpresa al bodeguero.

—¿A... aquí? O sea, ¿quiere decir aquí, en esta casa?

—No exactamente. Su rastro se pierde en un antiguo orfanato de cuyas instalaciones ya no queda casi nada.

—Ya veo... Pero, entonces, ¿qué tiene que ver todo esto conmigo?

Señalo a nuestro alrededor.

—La casa, señor Wigs. Durante muchos años, desde 1983 hasta el cierre del orfanato, esta casa funcionó como una especie de extensión de la inclusa. De ahí que todas las habitaciones fuesen dormitorios.

Aún con la boca entreabierta y una ceja ligeramente arqueada, el bodeguero sigue mostrándose desconcertado.

—Vaya —murmura—, eso explicaría lo de las literas y los catres...

—Por supuesto.

—Ya —asiente—, claro...

—Y por eso hemos venido a hablar con usted, en realidad. Porque nos gustaría preguntarle algo acerca de la reforma de la casa.

—Sí, por supuesto...

De pronto, Brian Wigs parece ausente, intentando procesar la información recibida.

—¿Señor Wigs?

—Oigan —dice de pronto—, eso que han dicho, lo del orfanato... ¿Es en serio? Quiero decir, ya me ha quedado claro que la policía no va por ahí gastando bromas ni haciendo preguntas porque sí, pero...

Frunzo el ceño.

—No me malinterprete —se me adelanta el bodeguero—, tan solo me preguntaba si realmente están ustedes seguros de eso.

Resoplo.

—Sí, señor Wigs, diría que sí. De hecho —intento reconducir la conversación—, le preguntaba lo de la reforma porque me gustaría saber si en algún momento de la misma se encontró usted con algún tipo de documentación. Ya sabe, archivos, papeles... No sé, cualquier cosa que tuviera que ver con los niños.

—¿Archivos? —Wigs también frunce el ceño.

—Sí, archivos —le repito, paciente—. ¿Ha visto algo?

—Pues no. Pero...

Aún con ese aire de confusión en el rostro, el bodeguero arquea las cejas y aspira con fuerza a la vez que aparta la mirada en dirección a las ventanas, de pronto con expresión dubitativa. Retiene el aire al tiempo que se mordisquea el labio inferior.

—Acompáñenme —dice de repente.

Wigs se pone en pie y sale del despacho con gesto decidido, y a Batman y a mí, ambos cogidos por sorpresa, no nos queda más remedio que apurar el paso para no quedar atrás. Deshacemos el camino y regresamos a la planta baja. Pero no nos detenemos ahí. Cruzamos el recibidor en diagonal, y continuamos bajando por unas escaleras diferentes. Hacia el sótano.

Atravesamos una especie de sala central, una zona con el techo abierto por donde tres enormes cubas metálicas, conectadas por una serie de tuberías, se asoman a un balcón abierto en la planta baja. Las dejamos atrás, y continuamos avanzando en dirección al extremo, donde Wigs se detiene ante una pequeña puerta, cerrada en la pared al fondo del sótano. Es de madera, y parece formar parte de la estructura original de la casa, si bien algo llama la atención al instante: el cierre. La puerta, visiblemente antigua, monta una cerradura de seguridad, a todas luces mucho más moderna que la propia puerta.

Wigs saca un manojo de llaves de uno de los bolsillos de su chaqueta de *tweed*, y escoge una llave con la que abre la puerta. Enciende la luz, y entonces lo vemos.

Nada.

Lo que guarda la puerta no es más que un cuarto pequeño, de apenas siete u ocho metros cuadrados. Minúsculo, sobre todo en relación a las proporciones de la enorme sala que acabamos de atravesar. Y en él no hay nada. Ni ventanas, ni respiraderos, ni más acceso que la puerta por la que acabamos de entrar. De hecho, la estancia estaría absolutamente vacía de no ser por una enorme estantería que cubre toda la pared del fondo. Una estructura de madera sin pulir, con baldas todo a lo alto y ancho, desde el suelo hasta el techo. Estantes muy poco profundos, en realidad, de apenas unos quince centímetros mal contados, y separados unos de otros por no más de veinte de altura.

—¿Qué es esto?

Wigs se encoge de hombros.

—No tengo ni idea —responde.

Esta vez es Batman el que frunce el ceño.

—Pero entonces... ¿por qué nos ha traído aquí?

El bodeguero arquea las cejas.

—Porque he pensado que tal vez ustedes sí lo sabrían.

—¿Nosotros? ¿Por qué?

—Por lo que me han preguntado.

Tal como el señor Wigs nos explica, el espacio ya estaba así cuando él y su mujer compraron la casa, y nunca ha sabido qué era este lugar, cuál era su función. En el momento de afrontar la reforma, a Wigs no le hizo falta tocarlo, y lo dejó tal como se lo había encontrado. Al fin y al cabo, no se trataba más que de una sala abierta en la tierra, al margen del perímetro del sótano.

—Recuerdo que al descubrirlo pensé que tal vez fuese alguna especie de bodega rudimentaria por parte de los anteriores propietarios —sugiere—. Pero ahora, cuando me han preguntado lo del archivo... Lo he recordado. No sé si esto es lo que estaban buscando, pero, ahora que lo comentan, de haber existido algún archivo, tal vez estuviera aquí.

—¿Encontró algún tipo de documentación en esta habitación?

Wigs niega con la cabeza.

—Nada. Lo que ven es lo que había.

Entorno los ojos.

—¿Quiere decir que se lo encontró así?

Asiente.

—Lo único que había aquí dentro, además de las estanterías, era una mesa. Ahí —señala—, junto a la pared.

Miro en la dirección indicada, hacia nuestra derecha. Es la única zona con enchufes de corriente. Varios, de hecho. Y un orificio en la pared.

—¿Y ese agujero?

—No lo sé... Recuerdo que por ahí asomaba un tubo con unos cuantos cables de colores que venían de no sé dónde, y poco más.

—¿Ningún papel? —pregunta Batman.

Wigs vuelve a apretar los labios con aire resignado.

—Nada.

Observo a mi alrededor. Fuera lo que fuese lo que en su momento ocupó esta sala, lo que llenó sus estanterías, está claro que ha desaparecido. Y resoplo con desgana. Porque en el fondo no me sorprende. Al fin y al cabo, esto no es más que otra sombra que se desvanece, el eco de más huellas borradas por esa extraña marea cuyo rastro, imparable y poderoso, precede cada paso que damos.

Desandamos el camino una vez más, pero en esta ocasión ya nos quedamos en la puerta principal.

—Gracias por recibirnos, señor Wigs.

—No hay de qué —responde al tiempo que estrecha con energía la mano tendida de Batman.

—De todos modos, si en algún momento encuentra o recuerda algo más...

Mi comentario está más cargado de protocolo que de esperanza, tan solo es una voz con la que acompañar la despedida.

—Sí, claro —contesta el bodeguero—, les llamaré, por supuesto...

Y ya está.

O tal vez no. Porque enseguida me doy cuenta de que Brian Wigs, de nuevo con ese gesto de perplejidad, no suelta mi mano.

—¿Ocurre algo?

Me observa. Entreabre la boca, como si estuviera a punto de decir algo. Pero no lo hace. Duda.

—Señor Wigs...

El bodeguero entorna los ojos.

—Es que no me quito de la cabeza eso que ha dicho usted —responde al fin—. Ya sabe, lo de que esta casa era un orfanato antes de que nosotros nos hiciésemos con ella.

—Bueno, no exactamente. Lo que he dicho es que formaba parte de las instalaciones de un antiguo orfanato.

—Ya, bueno, parte o no parte, pero orfanato al fin y al cabo, ¿no?

—Sí —le confirmo, sin dejar de observarlo—. ¿Por qué? ¿Qué es lo que ocurre, señor Wigs?

El hombre aprieta los labios.

—Es que no lo puedo evitar, inspector. Por favor, le ruego que no me lo tome a mal. Con hacer el ridículo una vez al día acostumbro a tener bastante. Pero... No sé, es que se me hace muy raro.

—¿Que su casa fuera parte de un orfanato? No entiendo por qué, señor Wigs. Usted mismo lo vio, esa era la razón de que hubiese tantos dormitorios, las camas y todo eso...

—Sí, sí, lo sé —acepta a la vez que sacude la cabeza—. Pero yo no he dicho que fuera ese tipo de espacios. Es más, si me apura...

—¿Sí?

Brian Wigs chasquea la lengua.

—Verá, no todos los dormitorios que había en la casa estaban en la primera planta.

Siento cómo esta vez soy yo el que comienza a fruncir el ceño.

—¿De qué me está hablando?

—Le estoy hablando del altillo, señor —me responde el bodeguero.

—¿El altillo? ¿Por qué, qué sucede con él?

—Pues que todo el altillo parecía ser un inmenso dormitorio. Aunque completamente distinto al resto, claro...

—¿A qué se refiere?

—A la sensación de pobreza, casi miseria, que transmitía.

—¿Pobreza?

—Sí. No me malinterprete, no quisiera parecer un esnob. Pero es que allí arriba no había nada... Era como si hubieran convertido el trastero en un dormitorio provisional, apartado de los demás. Ya se lo imaginará, con literas por todas partes, y, en las partes más bajas, donde el tejado apenas dejaba altura, catres puestos de cualquier modo. Y sin baño, claro. De hecho, ese gran dormitorio, por así llamarlo, era el único que no tenía baño particular.

Batman ladea la cabeza.

—Bueno, al fin y al cabo se trataba del trastero —comenta—. Lo más probable es que guardasen ahí el mobiliario más viejo.

Pero Wigs vuelve a negar con la cabeza.

—No —replica con contundencia—, eso es imposible.

Lo observo de reojo.

—¿Qué le hace estar tan seguro, señor Wigs?

El bodeguero se encoge de hombros, como si la respuesta fuera tan evidente que no fueran necesarias las explicaciones.

—Las demás habitaciones.

—¿Qué les ocurre?

Brian Wigs se me queda mirando.

—Puede que esas otras habitaciones, todas las de la primera planta, estuvieran decoradas según una moda antigua. Pero desde luego una cosa estaba clara: todas estaban más cerca del lujo que de la pobreza. —Wigs se queda en silencio, y yo comprendo—. Curioso cuando menos, ¿no le parece?

—Desde luego...

—Y, además —añade—, en todas esas habitaciones de la primera planta solo había un tipo de cama, muy distinto a los catres y las literas que se amontonaban en el altillo.

—¿Otro tipo de cama?

Wigs sonríe antes de responder, dándose cuenta de que esta vez sí tiene razón.

—Dígame, inspector, ¿dónde ha visto usted un orfanato en el que todas las camas sean de matrimonio?

El bodeguero se encoge de hombros una vez más y niega con la cabeza.

—No sé qué es lo que era esto antes de que Martha y yo lo compráramos, y tampoco sé qué es lo que andan ustedes buscando realmente. Pero una cosa sí les puedo asegurar: esto, señores, no era ningún orfanato.

12

El arte y el lobo

Cinco minutos para la una, es casi la hora de cierre. En cualquier otro negocio, la entrada de un cliente ahora sería un incordio. Pero no en uno de lujo como este. Aquí cualquier momento es bueno. Y el momento escogido, el que lleva toda la mañana esperando, ha llegado. Venga, vamos allá...

A lo largo del último año, el tiempo que ha dedicado a localizar, identificar y observar a cada uno de los miembros de su antiguo círculo, Viola ha descubierto muchas cosas. Como, por ejemplo, de qué manera han reconducido sus vidas todas aquellas personas. Así, el más fácil de encontrar ha sido Montero, el antiguo director del orfanato. Un profesor jubilado, estricto, con fama de severo... Una búsqueda rápida por distintas academias particulares de la ciudad ha sido suficiente.

Tampoco ha costado dar con el cura. Un tipo de costumbres... De hecho, incluso le ha resultado bastante fácil hacerle recordar la relación extraña que le unía a la madre superiora, y lograr no solo que le facilitara el contacto de la monja, sino incluso convencerlo para que la llamara y organizase un reencuentro. Y en el piso de ella, nada menos. Un reencuentro al que, por supuesto, Viola y su hermano también asistieron...

Es cierto que Bejarano resultó ser el más esquivo, el más escurridizo desde el primer instante, a tal punto que en algún momento Viola incluso llegó a pensar que el viejo ya no seguía en el mundo de los vivos. Sí, es verdad, Bejarano llegó a resistírsele, y por eso tuvo que recurrir a otro tipo de medidas... Al fin y al cabo, el archivo central de la Policía no es algo que se pueda consultar como quien se mete en Google para buscar la receta del salmorejo. Necesitaba hacer algo más. Y entonces conoció a Mateo, y...

Pero, al margen de esta última cuestión, tampoco es menos cierto que las vidas de todos aquellos viejos conocidos están llenas de aspectos interesantes. Nombres que se olvidan, historiales que desaparecen, identidades que cambian... O incluso otras, aparentemente más inofensivas, como las que tienen que ver con Esteban Durán.

El muy miserable ha sido capaz de llevar una vida muy diferente fuera de La Granja. Una vida en la que ha sido un marido atento, por lo menos hasta el fallecimiento de su mujer, apenas unos meses atrás, e incluso un padre ejemplar, amante y, sobre todo, generoso. ¿De qué otra manera, si no, se podría entender la posición tan confortable que disfruta Amaia Durán?

Con vistas a la Alameda, la galería Psicopompo se encuentra en la plaza de Compostela, una de las zonas tradicionalmente más caras y exclusivas de la ciudad. Pero eso no es problema para Amaia. Porque tampoco lo es para el dinero de su padre. A estas horas ya no hay nadie en la galería. Bueno, como a lo largo de toda la mañana, en realidad.

Lo cierto es que por lo general no entra mucha gente, a excepción de los días de inauguración de alguna nueva muestra, cuando no faltan ni los amigos del artista ni los buitres de los canapés (que, en la mayoría de las ocasiones, suelen ser las mismas personas), por lo que Amaia no está para ponerse exquisita ahora con esta mujer que, a pesar de entrar a cinco minutos de la hora de cierre, es la primera visitante que se asoma a su galería después de toda una mañana de sábado en blanco. Y ella lo sabe.

Apenas le bastan unos cuantos pasos por la sala de exposiciones para cerciorarse de que ha captado la atención de la galerista. Pero prefiere disimular. Se da una vuelta por el local, deteniéndose de vez en cuando ante alguna de las piezas expuestas.

La mujer sabe lo que hace, controla el ritmo. Sabe muy bien lo que pretende... Y lo logra. Es Amaia la que finalmente se acerca a ella.

—Impresionante, ¿verdad?

Amaia se detiene apenas un paso por detrás de la mujer. Pero esta no aparta los ojos de la pieza, una fotografía de gran formato en blanco y negro.

—Sí —le responde, aún con la mirada puesta en la obra—. E incluso diría que inquietante...

—Es una pieza magnífica, uno de los mejores trabajos de GTW Photo.

—¿Quién?

—George Town Wolf, un artista barcelonés.

Inmóviles ante la obra, las dos mujeres permanecen en silencio, observando una imagen borrosa, difuminada, de algo que evoca la memoria de un corredor de hospital.

—¿Estás interesada en alguna de las piezas?

Aún con la mirada al frente, la mujer arquea una ceja. No le pasa desapercibido el hecho de que Amaia la haya tuteado. Sonríe al pensar en la familiaridad.

—Sí —responde a la vez que se vuelve—. En alguna que otra.

—¡Oh, pues eso es fantástico! —contesta la galerista haciendo gala de la más esnob de las alegrías—. Sin duda, este es el mejor momento para hacerse con un Town Wolf. A pesar de ser un artista en alza, aquí todavía se le conoce poco. Ya sabes —explica, arrugando ridículamente la nariz—, aquí casi nunca sabemos valorar lo que recibimos hasta que ya es demasiado tarde... Pero, créeme —Amaia se acerca a su potencial compradora con aire confidente—, en apenas unos años habrá multiplicado su valor.

La mujer le mantiene la mirada.

—Vaya —responde—, como la vida misma, ¿verdad?

Desconcertada, Amaia frunce ligeramente el ceño.

—Sí, eh, supongo que sí... Y dime, ¿te has decidido por alguna pieza en particular? Porque si me dices de cuál se trata, tal vez te podría explicar algo acerca de ella...

—Oh, sí —le contesta la otra con gesto seguro—. De hecho, he pensado en varias.

Sorprendida, Amaia no puede disimular la satisfacción.

—Fantástico.

—Pero... —La mujer se da aire con la mano—. Hace calor aquí, ¿no?

—¿Calor? Sí, no sé, yo no...

—¿Te importaría darme un vaso de agua?

—Por supuesto —asevera Amaia, displicente—. ¿Qué te parece si subimos a mi despacho? Estaremos más cómodas y podremos hablar con más calma, sin tener que estar todo el tiempo de pie...

El despacho de Amaia es en realidad un altillo de diseño, un entresuelo colgado en forma de balcón sobre la sala principal de la galería. Sentada junto a una gran mesa de cristal, al lado de la barandilla de vidrio y aluminio, la mujer bebe al tiempo que observa el local, abierto frente a ella en toda su amplitud. Pese a tratarse de un día gris y lluvioso, la luz natural que se cuela a través de las enormes cristaleras que dan a la Alameda inunda todo el espacio.

—Tienes una galería preciosa...

—Gracias —dice Amaia, a la vez que regresa junto a la mujer con el catálogo de la exposición—. Y dime, ¿sabes de qué piezas se trataría, entonces?

—¿Perdón?

—Las piezas —repite la galerista, abriendo el catálogo ante la clienta—, ¿sabes cuáles son las que te interesan?

—Ah, sí —afirma con aire despistado—. De hecho, creo que ya tengo claras las mías.

Amaia no puede evitar enarcar las cejas.

—¿Las... tuyas?

—Sí. Es que, ¿sabes qué ocurre? Estoy segura de que a mi marido también le encantaría echarle un ojo a la exposición. Seguro que me entiendes —comenta la mujer en un gesto cómplice—. Estamos construyendo una pequeña colección entre los dos, y basta que yo encuentre algo y no se lo diga para que luego él... Bueno, ya sabes cómo son los hombres.

La mujer intercambia con Amaia una mirada de complicidad mientras se lleva el vaso a los labios.

—Oh, sí, claro... ¿Y cuándo crees que podría...? Tu marido, me refiero.

La mujer deja el vaso sobre la mesa.

—¡Oh, pues quizá ahora mismo!

—¿Ah, sí?

—¡Por supuesto! De hecho, creo que está por aquí cerca, terminando unas gestiones. Sé que es un poco tarde ya, pero, no sé, tal vez si a ti no te importara esperar unos minutos...

—Faltaría más... —responde Amaia con una sonrisa de satisfacción.

—¿De verdad? ¿No te importa si lo llamo para que venga y le eche un vistazo?

—No, no, claro —le confirma Amaia, que no está dispuesta a dejar pasar una venta bajo ninguna circunstancia—. Tómate el tiempo que necesites...

—No sabes cómo te lo agradezco. No te preocupes —añade mientras coge el bolso—, no tardará. Estaba aquí cerca, con un poco de suerte igual ya ha acabado y todo, así que...

La mujer habla sin dejar de rebuscar en su bolso, haciendo ver que revuelve un mar de objetos en el interior.

—¡Ah, por fin! —exclama—, ¡aquí está!

Saca su teléfono móvil y pulsa uno de los botones laterales para activar el desbloqueo y poder hacer la llamada. Pero la pantalla no se enciende. Sorprendida, vuelve a pulsar el mismo botón. Y otra vez, y otra más. Pero lo único que hace la pantalla es permanecer en negro.

—No me lo puedo creer...

Amaia la observa con gesto curioso.

—¿Ocurre algo?

Su clienta aprieta los labios con aire de fastidio.

—Que me he quedado sin batería... ¡Justo ahora!

Sin perder en ningún momento la sonrisa cargada de suficiencia, Amaia echa mano de su propio móvil. No está dispuesta a que la mala cabeza de una clienta despistada le arruine una buena venta.

—Ten —se lo ofrece—, ¿te sabes su número?

—¿El de mi marido? Sí, claro.

—Pues entonces problema resuelto. Espera —le advierte al tiempo que desbloquea el aparato—, ya está.

La mujer observa el teléfono de la galerista, desbloqueado en su mano, y también sonríe.

Solo que ella lo hace de un modo diferente. Porque ha sido más fácil de lo que esperaba. Y porque Amaia, la codiciosa hija de Esteban Durán, ni siquiera se ha dado cuenta de que la otra mano de su clienta todavía permanece dentro del bolso.

Agarrando la pistola de descargas.

Lo último que oirá Amaia será ese sonido, el zumbido eléctrico del aparato cargándose. Y, antes de que pueda comprender qué es lo que sucede, tan solo tendrá tiempo de fruncir el ceño en un gesto divertido y ver cómo Viola se le echa encima, dispuesta a descargar la pistola sobre ella.

Y todo sin que el teléfono móvil tenga tiempo de volver a bloquearse.

13

Moscas sin refugio

«No.»

«No, no, yo de eso no sé.»

«Ay, no, no, no. Yo de ese lugar no sé nada. Y no, mi marido tampoco sabe.»

No, una y otra vez. Todo, todo a nuestro alrededor parece ser «no».

Tan pronto como hemos salido de la bodega hemos comenzado a preguntar en las casas del pueblo. Si La Granja no era un orfanato, entonces... ¿qué era? Alguien en el pueblo tiene que saberlo. Alguien tiene que haber visto algo. Pero la respuesta recibida siempre es la misma.

No.

Un «no» cerrado, esquivo. Uno huidizo. Otro firme y contundente. Otro casi temeroso. Distintas negativas, mismo resultado: nadie sabe nada, nadie recuerda nada. Algunos han perdido la memoria, otros los modales, e incluso los ha habido que, como por un extraño milagro, han perdido hasta la capacidad de hablar en el momento exacto en que han conocido el asunto de nuestra pregunta. Y, como una especie de virus, la epidemia se ha ido propagando por las casas de la aldea mucho antes de que nosotros llegáramos a sus puertas. Se han ido avisando unos a otros, y ahora todo es un baile de cortinas que se mueven, persianas que se bajan, contraventanas que se cierran de golpe. Prevenidos, los timbres han perdido su voz, y las aldabas, que no han tenido tiempo de ser arrancadas de las puertas, resuenan para nadie.

Porque nadie sabe nada.

Por supuesto, a estas alturas lo tengo claro: cuando tanto silencio convive en un lugar tan pequeño, solo puede ser por una razón.

Porque todos saben algo.

El problema es que, por algún motivo que persiste en ocultarse burlonamente de nosotros, todos los vecinos de Torroña han impuesto entre ellos una especie de pacto de silencio hecho de hierro, un mutismo tosco y huraño. No, las moscas del pueblo no encontrarán bocas en las que meterse esta mañana...

Parados en medio del camino, inmóviles bajo la lluvia que ha comenzado a caer, comprendo que no sacaremos nada de los vecinos.

—Sea lo que sea lo que esconden, no lo compartirán con nosotros.

—Eso parece —murmura Batman sin dejar de reparar en la fachada de la última casa a la que hemos llamado. La misma en la que, aunque nadie nos ha contestado, unos visillos indiscretos se apartan ligeramente en una de las ventanas del piso superior—. Pero tampoco dejan de observarnos.

Resoplo, cada vez más empapado.

—Están esperando a que nos vayamos.

Chasqueo la lengua, molesto.

—De acuerdo —concedo—, si eso es lo que quieren...

Batman frunce el ceño.

—¿Nos vamos?

—Sí —respondo, apartando la mirada de la casa—. Pero antes haremos un último intento.

—Vaya —masculla Arroyo—, no me imaginaba que aún nos quedase alguna puerta a la que llamar...

—Bueno, en todos los pueblos hay alguien que siempre está al tanto de todo. Ya sabes, alguien que todo lo ve y todo lo oye. Y, si no, sabe que tarde o temprano alguien se lo acabará contando a muy poca distancia de su oreja.

Batman me dirige una mirada de reojo.

—¿La oreja?

Cuando volvemos a subir al coche, Arroyo me observa con una mueca incómoda, dubitativa.

—¿Qué?

Tuerce la boca.

—No sé si es la mejor idea, señor.

—¿Ah, no?

—A ver —contesta al tiempo que pone en marcha el motor—, tampoco creo que el cura vaya a pasar por alto el secreto de confesión así como así... Y, además —murmura, resentido—, le recuerdo que la Iglesia ya nos ha tomado el pelo una vez esta mañana.

Me acomodo en el asiento mientras me pongo el cinturón de seguridad y le lanzo una mirada de soslayo.

—¿La Iglesia? —Esbozo una sonrisa cínica—. Desde luego, cuánto te falta por vivir, chaval. Anda, tira. Juraría haber visto el bar un par de curvas más arriba.

14

Todo el tiempo que perdemos al teléfono

Durán ya lleva días durmiendo poco y mal. Nervioso, intranquilo. Pero de todas, esta noche ha sido la peor. Todavía no ha cerrado los ojos. No puede. No debe. Sabe que las cosas van mal. Tal vez incluso haya algún tipo de cerco estrechándose a su alrededor. Crispado, intenta hacer memoria. ¿Cómo empezó todo? Sí, claro, la llamada del obispo. ¿Cuántos días hace ya de eso? ¿Cuatro, cinco? Cinco, cree... No, seis. Sí, eso es, seis. Al parecer, alguien de la policía se había presentado en el obispado preguntando por el idiota del padre Fausto. Según le explicaron después desde jefatura, el muy imbécil había aparecido muerto en una bañera. Y encima amarrado a la monja aquella con la que juraría que estaba liado. Aquella bruja malencarada, la madre superiora de Santa Saturnina. De repente aparecían muertos, los dos metidos en una bañera. Maldita sea, ¿qué cojones significaba aquello?

Comprendió que no se trataba de algo casual cuando recibió el aviso de que Montero, su antiguo proveedor, había aparecido devorado por algún tipo de animal en un túnel al sur de Baiona, o algo así. Y terminó de tener la certeza de que las cosas iban definitivamente mal cuando se enteró de que acababan de encontrar a Parrado crucificado en el sótano de su casa.

Joder, maldita sea, alguien les estaba dando caza como a moscas...

Para colmo estaba el policía ese, el tal Mateo Nosequé, haciéndole preguntas. Y en su propia casa... Ese fue el momento en el que comprendió que no podía quedarse de brazos cruzados, esperando a que fueran a por él. Pero también fue consciente de que esta vez no podría hacerlo como de costumbre. Porque, tal como el inspector le había informado, Bejarano también había desaparecido. Lo intentó él mismo, lo llamó varias veces después de que Mateo se marchase. Pero con idéntico resultado. Bejarano no daba señales de vida. Y no, joder, esa no era su manera de hacer las cosas. Alguien como Bejarano no era de los que desaparecían así sin más.

«¿O tal vez sí? Hijo de puta...»

Duda. Durán sabe que él también podría hacerlo. Huir. Salir del país hasta que las cosas se solucionasen. O tal vez incluso para siempre. Pero no, no puede hacerlo. Ha de estar aquí. Por la empresa, por su hija...

«... por el archivo...»

No, ese no es su estilo. Si realmente hay alguien ahí fuera dispuesto a ajustar viejas cuentas, pues muy bien, que lo haga. Pero no así. No, a él que vengan a buscarlo. De cara. Al fin y al cabo, Durán no ha llegado hasta donde está huyendo de nadie. Más bien todo lo contrario... Él es de los que siempre han ido de frente. De un modo o de otro, pero siempre con la cara por delante. Y sí, puede que no hayan sido pocos los que en todos estos años se la han querido partir. Pero aquí está él, y ahí están ellos. No, coño, no, Durán no es de los que se amilanan, de los que se acobardan, de los que salen corriendo. No, cojones, Durán no huye. Y si quieren algo de él, que vengan, que aquí les espera.

—¡Venid a por mí, hijos de puta!

Histérico como está, gritando solo, en medio del despacho que tiene en su casa, Esteban Durán tarda en darse cuenta. Ese rumor... Pero sí, ahí está. Es su teléfono móvil, vibrando sobre la mesa del escritorio.

Agitado, se lanza sobre él y busca la información en la pantalla. «Amaia.» ¿Su hija? ¿Y qué quiere ahora? Apenas hace unas horas que se ha ido con los bolsillos llenos... Inspira con fuerza. Es igual, es su hija, tiene que contestarle. Intenta calmarse.

Respira, vuelve a coger aire por la nariz. Una vez, dos. Se pasa la mano por el pelo, y por fin desliza el dedo sobre la pantalla.

—Dime, cielo.

—¡Oh, vaya! —le responde alguien tras un breve silencio—. Reconozco que no esperaba tanto cariño...

La voz es de mujer. El problema es que esa mujer no es Amaia.

—¿Quién... quién es?

—Lo sabes muy bien —dice Viola, serena—. Soy la persona que llevas todo este tiempo esperando. Pero, por si necesitas más datos, deja que te aclare que también soy la mujer que tiene un pie sobre el cuello de tu hija, y que estoy a punto de encerrarla en una caja, cabrón. ¿Qué me dices, te das cuenta ahora?

Durán traga saliva.

—¿Qué... le has hecho a mi hija? ¡¿Qué coño le has hecho a mi hija?!

Al otro lado de la línea, Viola sonríe.

—Eh, eh, eh —advierte—, esas no son maneras de hablarle a una sobrina, tío...

Silencio.

—¿Sobrina?

—Por supuesto. ¿Qué ocurre, que esperabas a Papá Noel?

No, claro que no. Aunque la lista de enemigos que Durán ha ido granjeándose a lo largo de los años no es corta, sabe perfectamente que esta vez no es una cuestión de negocios. Por desgracia para él, también sabe que, si lo que le están diciendo es cierto, y todo esto es cosa de su sobrina, de sus sobrinos... No, comprende, entonces aquí no hay lugar para la piedad.

—¿Qué es lo que quieres?

Viola vuelve a sonreír.

—Por favor, tío, no me hagas reír... Esto no va de lo que quiero yo, sino de lo que queremos todos, ¿no te parece?

Durán aprieta los labios.

—De acuerdo —concede—, ¿y qué es lo que queremos todos?

—¿De verdad tengo que decírtelo? —responde al cabo, afilando la voz—. Cualquiera que haya sido padre o madre tan solo quiere una cosa. El bienestar, la salud, la seguridad de nuestros hijos, ¿no? Tú y yo sabemos que ya es tarde para mi niña. —Nuevo silencio—. Pero, mira, tal vez para la tuya...

—¡No le hagas nada, ¿me entiendes?! —explota Durán—, ¡no le hagas nada!

—Tranquilo, tío, tranquilo... De momento tan solo la he metido en una caja. Y estoy a punto de facturarla, eso sí. En un envío rumbo a China, por si te apetece saberlo.

—¿A... a dónde has dicho?

—A China —repite con hastío Viola, haciendo notar la incomodidad que le produce tener que dar dos veces la misma información—. Y ¿quieres saber qué dirección he puesto en el destinatario? —A Durán le parece escuchar algo semejante a una risilla al otro lado—. La de uno de los burdeles más inmundos del planeta. Tendrías que verlo, tío. Yo lo he buscado en internet, y es realmente repulsivo... Pero no sé, he visto a mi prima, y he pensado que lo justo sería eso, ¿no crees? Que ella también conozca los entresijos de los gustos familiares. A poder ser desde abajo. Y por dentro... A ver, estoy de acuerdo en que igual vamos un poco tarde. Pero, no sé, me ha parecido que Amaia todavía tiene un buen cuerpo... ¿Tú cómo lo ves, tío? Yo estoy segura de que algún chino rico y vicioso como tú sabrá apreciarla, pero claro, qué sabré yo de estas cosas...

—No, por favor...

—¿Qué pasa, tío? ¿Acaso a ti no te parece una buena idea?

—¡No, hija de puta! —Durán aprieta los dientes con rabia—. ¡No!

Al otro lado, Viola frunce los labios, en un mohín de disconformidad.

—Bueno, pues entonces tú decides. De momento solo la hemos metido en una caja, y la hemos dejado en su galería. Muy bonita, por cierto. Hemos pedido que vengan a recogerla lo antes posible, pero, ¿sabes qué?, yo ahora tengo otros compromisos que atender, por lo que igual no puedo esperar a que llegue el transportista... Dime, tío, ¿crees que tú podrías llegar a tiempo para hacerte cargo de la entrega?

Silencio.

—¿Qué ocurre, que no me vas a contestar? O tal vez es que no te va bien... Bueno, mira, pues no te preocupes, esto es lo que vamos a hacer: como me he asegurado de llamar a la empresa con la que trabaja habitualmente tu hija, les voy a dejar la puerta abierta, y seguro que ellos ya sabrán cómo proceder.

—Pero...

—No me interrumpas, tío. Cuanto más tiempo malgastes en hablar conmigo, más tardarás en llegar. Dime, Esteban, ¿qué piensas hacer? —Silencio—. ¿De verdad aún crees que es una buena idea seguir al teléfono?

15

Casa Paco

Mareo la cucharilla en el café sin dejar de observar a mi alrededor. Las paredes están forradas de madera, lamas de pino que, en realidad, apenas son visibles aquí y allá, porque lo que de verdad cubre el local casi en su totalidad es una colección de imágenes y documentos, piezas de muy distintas épocas, enmarcadas todas como si cada una fuera de su padre y de su madre. Son recortes de periódicos, carteles de todo tipo de eventos, camisetas de equipos deportivos, fotografías en blanco y negro, en color... Me fijo en algunas de las que hay en la pared frente a mí, al otro lado de la barra. Cuatro ancianos de gesto concentrado en sepia, jugando a las cartas alrededor de una mesa, probablemente en este mismo bar. Otra, visiblemente más vieja, de un antiguo equipo de fútbol, posando orgulloso en un campo de tierra. El cartel de unas fiestas patronales, anunciando en letras bien grandes la actuación de Xil Ríos...

—Xil Ríos, nada menos.

—Ya lo ve —murmura por toda respuesta el tabernero sin tan siquiera levantar la vista del vaso que con tanto celo seca. La misma tarea que lo ocupaba cuando entramos, y a la que ha regresado tan pronto como nos ha servido los cafés que le hemos pedido.

—Veo que guarda usted aquí una buena parte de la memoria del pueblo.

—Bueno —masculla sin demasiado entusiasmo—, alguien tiene que hacerlo, ¿no?

El hombre, un tipo enorme desde la barriga hasta el mostacho, que hasta el momento apenas ha tenido a bien devolvernos los buenos días cuando hemos entrado, continúa secando vasos sin apenas inmutarse. Impasible, de pie frente al fregadero, se limita a coger un vaso, frotarlo lentamente casi hasta dejarlo brillante, depositarlo sobre una bayeta extendida encima de la barra, y coger otro vaso.

—Bueno, hombre —replico—, tampoco se crea usted que a todo el mundo le interesan estas cosas —añado, intentando hacerle ver que comparto y valoro su interés por la memoria colectiva.

—Pues a mí sí, ya ve.

No lo sé, tal vez me equivoque, pero juraría percibir algo hostil en la voz del tabernero. Quizá no me haya expresado con claridad.

—Y a mí —le aclaro—, y a mí.

Sin apenas mover la cabeza, el tipo me dirige una mirada de soslayo.

—A ver —murmura, si acaso un poco menos hosco—, esta es una aldea pequeña, hombre. Por no haber, sepa usted que aquí ya no hay ni escuela.

—¿Ah, no?

—Qué va —responde con desgana—. Ya hace unos años que los chavales del pueblo bajan a Oia, que tiene un colegio más grande. Así que ya ve, en algún sitio tendrán que aprender los chavales cómo era su pueblo, ¿no le parece? No sé, que sepan un poco de historia...

—Bueno, como mínimo para intentar que ellos no cometan los mismos errores que sus padres, ¿verdad?

Sin alterar su posición ni un milímetro, el tabernero me dirige una nueva mirada de reojo. No es nada, apenas un vistazo rápido, tan desconcertado como precavido. Uno de esos que lanzas en una décima de segundo para reconocer de qué pasta está hecho el otro.

—Claro... —murmura sin apenas mover los labios.

—Supongo que debe llevar usted aquí mucho tiempo, ¿verdad? Lo digo porque una colección como esta no se hace en dos días.

—Desde luego —confirma, de nuevo con la vista en el siguiente vaso—. Igual hacen falta tres días... O vidas.

—Entiendo que se trata de un negocio familiar.

—Así es. Este bar lo abrió mi abuelo en el año 1932. Por aquel entonces hacía las veces de colmado, de casa de comidas y hasta de puesto de correos. Después, ya entrados los sesenta, mi padre lo convirtió en teleclub.

—¿Teleclub? —pregunta Batman con expresión de extrañeza.

El tabernero lo mira, sin dejar de frotar el vaso entre sus manos.

—Sí, hombre —le responde—. ¿Qué pasa, que no sabe lo que era un teleclub?

Batman se limita a encoger los hombros y negar en silencio. Como si no supiera de qué le habla.

—No tengo ni idea de lo que era un teleclub.

Casi se me escapa una sonrisa al comprender. Por supuesto que lo sabe, tan solo está pinchando al tabernero, tan poco comunicativo hasta hace un par de minutos, para que siga hablando.

—Claro —sonríe convencido el tipo al otro lado de la barra—, eso es porque usted es muy joven... Un teleclub era eso que había antes, cuando los televisores empezaron a llegar pero todavía eran muy caros... Según el *No-Do*, el teleclub iba a ser la fusión del casino, del círculo y de la casa de cultura —explica con sorna—, ¡la gran revolución de la España rural! Pero bueno, como aquí nunca tuvimos nada de eso, pues qué quiere que le diga...

—Vamos, que tampoco notaron tanta revolución, ¿no?

El tipo esboza una media sonrisa, cargada de retranca.

—Bueno, excepto la que hubo en casa cuando mi madre se enteró de que mi padre se había gastado todos los ahorros en un aparato de aquellos... ¡Y un Philips, nada menos! Miren, ahí lo pueden ver. Ahí —nos indica, ya con un tono más distendido, señalando una de las fotografías enmarcadas a nuestra espalda—. ¿La ven?

Batman y yo nos volvemos para buscar la foto. En ella, un grupo de hombres y mujeres sonríen en la sala del bar mientras al fondo, en la pantalla, Cary Grant corre delante de un avión.

—Fueron años buenos aquellos —sonríe el tabernero, ahora ya abiertamente—, con los vecinos viendo la última de Marisol, y las mujeres suspirando con disimulo por los huesos de Gary Cooper...

—Debía de estar muy animado el negocio, entonces.

—Desde luego. O por lo menos mucho más que cuando lo cogí yo —rezonga—. Para entonces, a comienzos de los ochenta, las mujeres preferían ver *Dallas* cómodamente sentadas en sus casas. Pero, por alguna misteriosa razón —se encoge de hombros—, los hombres de la aldea optaron por seguir reuniéndose aquí, de modo que... Ya ve, aquí seguimos.

—Ya veo, ya... Pues, oiga, estaba pensando que, viendo como ha visto usted tanta historia del pueblo, tal vez me pueda responder a una curiosidad que tengo...

El hombre hace una mueca a caballo entre el escepticismo y la indiferencia, sin dejar de sacarle brillo al siguiente vaso, en realidad ya casi refulgente. Es obvio que esa vajilla no requiere tantas atenciones.

—Pues no sé, usted dirá.

—Bueno, en realidad no es nada importante...

—¿Y aun así lo va a preguntar? —Nueva mirada, esta vez escéptica—. Vaya, qué curioso...

Intento no dejarme llevar por la impaciencia.

—Verá, es sobre un antiguo orfanato que había aquí cerca. Santa Saturnina se llamaba. ¿Lo conocía usted?

—Sí —responde—, algo me suena. Pero no estaba en el pueblo, sino un poco más abajo. Juraría que en Mougás, ¿no?

Son esos detalles sutiles, ese pequeño atisbo de incomodidad que acaba de resonar en la voz del tabernero, junto con la manera, ligeramente más acelerada, de frotar un cristal que ya reluce, los que delatan a mi interlocutor. No solo sabe perfectamente dónde estaba el orfanato. Es que también sabe por dónde va a continuar la conversación. Viejo zorro...

—Sí, claro. Lo que pasa es que, según nos han contado abajo, parece ser que aquí también tenían alguna casa, o algo por el estilo.

El tabernero frunce el ceño, pero no levanta la vista ni deja de frotar con el trapo.

—¿Algo por el estilo? ¿Y cómo se supone que es eso?

—Bueno, hombre, ya sabe —respondo, haciendo todo lo posible por que no se note que estoy echando mano de la poca paciencia que me queda—, alguna instalación en la que se realizaban actividades relacionadas con Santa Saturnina. La Granja, creo que la llamaban.

Algo agobiado ya, el hombre vuelve a apretar los labios, pero esta vez con incomodidad, esforzándose por no apartar la mirada del vaso, ya seco, que así y todo sigue frotando entre sus manos.

—¿Aquí, en Torroña? —Chasquea la lengua—. Pues no sé, no sabría qué decirle...

Vale, hasta aquí. Es el momento de apretar.

—Bueno, venga, ya está bien —corto—. Todo un historiador como usted, ¿y me va a decir que no conoce la casa de los Durán? Venga, hombre...

Ese es el instante en que ambos comprendemos que el tiempo de tantearnos el uno al otro ha llegado a su fin.

—Oiga, mire... —comienza a decir mientras, por fin, deja el vaso sobre la barra—. Yo no quiero líos, ¿vale?

—Ya, como todos sus vecinos, ¿verdad?

Por toda respuesta, el tabernero se limita a esbozar una mueca de indiferencia, casi escéptica, como si mis problemas con el resto de los parroquianos fueran asunto mío.

—No sé a qué se refiere —replica.

Cansado, yo también niego con la cabeza. Aprieto los dientes, y me decido a lanzar el órdago.

—Oiga, no me joda. Tanto silencio... Qué es lo que esconden, ¿eh? —De sobra sé que no es eso, tan solo es un farol por mi parte. Pero necesito lanzarlo—. ¿Acaso hay algo de lo que no estén orgullosos?

El recelo en la expresión del tabernero, que por fin me mantiene la mirada, me avisa de que tal vez haya dado en el clavo.

—Vaya —responde con gesto serio a la vez que arroja con desdén el trapo sobre la barra, en un ademán casi desafiante—. ¿Acaso hay algo por lo que la policía sospecha de nosotros?

Arqueo una ceja.

—Bueno, veo que sabe quiénes somos...

El hombre amaga una media sonrisa.

—Desde que han entrado por la puerta. ¿O qué esperaban? Uno ve muchas cosas trabajando en un bar, y aprende a prestar atención a los detalles. El gesto de ustedes, la pose, las preguntas... Bueno —añade tras una breve pausa—, eso, y que han re volucionado ustedes a media parroquia.

—Vamos —comprende Batman—, que a usted también le han avisado, ¿no?

Esta vez el hombre distiende el gesto y sonríe, pero lo hace con desgana.

—No —responde—, a mí no. Pero a todos los que estaban aquí cuando ustedes empezaron a preguntar en la primera casa sí.

Yo también sonrío. Claro, demasiado vaso en el fregadero para tan poca clientela.

—No vean cómo han empezado a sonar los teléfonos. Primero uno, luego otro, después dos al mismo tiempo... ¡Y de pronto esto parecía una maldita sinfonía! Carajo —vuelve a sonreír, divertido esta vez—, si quieren que les diga la verdad, estoy seguro de que en los ordenadores de Telefónica nunca habían visto tanta actividad por los repetidores de la zona...

16

Memorias que se atraviesan en el camino

A pesar de todo, Durán duda. Todavía tiene el móvil en la mano. Lo aprieta con fuerza, tanta como para dejarse el perfil marcado en la piel. No lo ha soltado, como si, al mantener el teléfono sujeto, también pudiera retener el tiempo de la llamada. Pero lo único cierto es que su hija está en peligro. Y él debería salir ya. Echar a correr, dejar la casa e ir en su ayuda. Respira con fuerza y aprieta los dientes. Debería salir, debería salir, ya. Su hija...

Pero ¿y si no es cierto? Al fin y al cabo, ¿qué es lo que le han dicho? Que su hija está metida en una caja, a punto de ser enviada a China... No, tiene que tranquilizarse, ser realista. Eso es poco menos que imposible. ¿Y si no es más que una trampa para hacerle salir de la casa? Durán duda. Enviar a una mujer en una caja a otro país es imposible. Tiene que ser mentira...

Y, sin embargo, el teléfono desde el que Viola ha llamado era el de Amaia, de eso no hay duda. Cabe la posibilidad de que Viola tan solo se lo haya robado. Y enviarla fuera del país es muy difícil, de acuerdo. Pero si Esteban Durán sabe algo a estas alturas acerca de su sobrina es que se trata de una mujer muy capaz de hacer cualquier cosa. Y que su hija no sería la primera víctima... Al fin y al cabo, se trata de la mujer que dejó que un cerdo se comiese a un hombre vivo; la misma que mató a los dos religiosos; y, con toda seguridad, la misma que crucificó a uno de sus mejores amigos en la pared de su propia casa, y...

Durán sigue considerando la situación cuando siente que el teléfono, aún en su mano, vuelve a vibrar.

Esta vez ha sido una vibración corta. Observa la pantalla y reconoce la notificación de un mensaje. Una fotografía. La abre.

—No...

Se lleva la mano a la boca, intentando reprimir la angustia. En la imagen se observa el cuerpo de su hija, inconsciente, tumbado de cualquier manera, desmadejado entre dos cuadros en una caja de madera enorme, como las que Amaia utiliza habitualmente para recibir y enviar piezas de arte en la galería.

Esteban Durán aprieta los dientes con fuerza, cierra los ojos y se frota la cara. Con rabia, con desesperación. Y comprende. No puede perder más tiempo. Tiene que salir. Ya.

Baja por fin las escaleras y, sin responder a ninguno de los saludos, comentarios, preguntas o lo que sea que le están haciendo los miembros del servicio, sale de la casa. Mira a uno y otro lado, pero no se detiene. Entra en el garaje y avanza directo hasta su coche. Por fin dentro, mete la llave en el contacto y, por un momento, se le pasa una idea por la cabeza. ¿Y si fuera eso?

Traga saliva, aún con la mano en la llave. Siente el sudor, frío, abrazándole el cuello. Aprieta los dientes una vez más y, por fin, gira la pieza de metal. Siente un espasmo en el estómago.

Pero no sucede nada.

El motor se pone en marcha con la misma suavidad de siempre, y Esteban Durán, aliviado, saca el vehículo al exterior.

Vuelve a mirar a uno y otro lado del camino, pero sigue sin ver a nadie. A nadie, en realidad... Pero no cae en la cuenta. En este momento es incapaz de echar en falta a nadie. Se limita a acelerar, y se pierde en el bosque.

Todo parece ir bien, y Esteban acelera un poco más. Sale de la primera zona boscosa, y entra en el claro del desvío, de donde sale la pista de tierra que baja a la casa vieja. La misma casa a la que Domingo Bejarano prendió fuego hace ahora un año.

Es un recuerdo borroso, pero sabe que está ahí. Y, sobre todo, sabe que fue él. Se distrae observando el camino que lleva a la antigua casa familiar, intentando recordar, evaluando los hechos. Comprendiendo que, en realidad, todo se debe a ese momento. Al fin y al cabo, Viola se lo acaba de decir: «Esto no va de lo que quiero yo, sino de lo que queremos todos». Y Esteban comprende. Ensimismado, con la mirada perdida en la pista que lleva a la casa vieja, el coche sigue rodando a toda velocidad. Cuando por fin vuelve a poner la vista sobre el camino, Esteban Durán apenas tiene tiempo de reaccionar. Pero ¿qué cojones...?

Pisa el freno, lo pisa a fondo, y el coche derrapa sobre la pista de tierra para detenerse justo a tiempo. Joder...

Con las manos aferradas al volante y las pupilas contraídas de horror, Durán observa. Atravesado en el camino, impidiendo el paso, alguien ha dejado el cuerpo inerte de su perro.

17

Las sombras que nos dan miedo

—Oiga, no perdamos más tiempo —apremio al tabernero—. Todos saben que hemos venido, y usted... A ver, dígame, ¿cómo se llama usted?

—Paco —responde—, Paco Loureza.

—Pues muy bien, Paco, usted sabe qué es lo que nos ha traído aquí, ¿verdad?

—Sí, lo sé —reconoce—. Ustedes han venido preguntando por La Granja, la antigua casa de los señores Durán. De hecho, han estado allí esta mañana.

Hago un gesto con los brazos, intentando darle a entender lo absurdo de tanta evasiva.

—¿Lo ve? ¡Saben hasta dónde hemos estado! Pero, por alguna razón que se me escapa, nadie quiere hablar con nosotros. ¿Por qué? —pregunto a la vez que me encojo de hombros—. No lo entiendo, ¿qué es lo que tienen que ocultar?

Paco Loureza continúa observándome en silencio. Lentamente, comienza a coger aire hasta llenar los pulmones y, tras un breve instante de apnea en el que probablemente haya reconsiderado la conveniencia de persistir en su silencio, ha liberado el aire retenido en un largo suspiro. Uno de esos que suenan a concesión.

—Mire —responde al fin—, no es por ocultar nada.

—¿Ah, no? Pues usted dirá por qué es.

Nuevo suspiro.

—Es por miedo.

—¿Miedo? —pregunta Batman—. ¿A los Durán?

Paco frunce los labios y niega con la cabeza.

—No. Los Durán siempre han sido los señoritos. Ya saben, la familia rica que venía de vez en cuando, en los veranos... A los Durán lo que se les tenía era esa distancia típica de los pueblos, ya sabe. Esa que los antiguos caciques confundían con el respeto, y que en realidad no era más que una forma discreta por nuestra parte de mandarlos al carajo. Pero no, miedo no.

—Pero entonces —insisto—, ¿qué es lo que provoca tanto miedo en sus vecinos?

—No es *qué* —me responde el tabernero—, sino quién.

Frunzo el ceño.

—¿Cómo que quién? ¿Es que acaso hay alguien más?

—Ahora ya no, dejaron de venir un poco antes de que el inglés chiflado ese comprara la finca. Pero hasta entonces sí.

—Pero ¿quiénes?

El tabernero aparta la vista, y vuelve a resoplar, incómodo.

—Miren —contesta sin apenas levantar la voz, como quien tuviera que explicar algún tipo de verdad clandestina—, muy rara era la noche en que no veíamos algún coche entrando o saliendo de La Granja.

Enarco las cejas.

—¿Coches entrando y saliendo de La Granja, de noche? —Sacudo la cabeza—. Entiendo que no se refiere a las monjas, ¿verdad?

Paco Loureza arruga la frente en una expresión casi divertida.

—¿Las monjas? —Reprime una sonrisa—. Bueno, carajo, por supuesto que no. Ya les hubiera gustado a las brujas aquellas cambiar la furgoneta destartalada con la que venían por alguno de aquellos cochazos...

¿Cochazos? Vuelvo a menear la cabeza

—¿De qué cochazos me está hablando?

—¿Pues de cuáles va a ser? De los que traían a toda aquella gente.

Batman entorna los ojos.

—Un momento —interviene—, ¿está diciendo que por las noches entraba y salía gente de La Granja... en coches de alta gama?

—Sí, exactamente eso es lo que estoy diciendo. Durante más de veinte años. De hecho —añade—, con los años aprendieron a ser discretos, pero al principio los había que venían con chófer y todo.

—Pero eso...

—Eso —me adelanto— significa que igual lo que sabíamos sobre La Granja no era cierto.

El hombre al otro lado de la barra nos observa a uno y otro alternativamente.

—Supongo que ustedes se refieren a aquello de que La Granja era algo así como un centro de formación para chavales, ¿no?

—Sí —le confirmo—, una especie de granja escuela en donde los muchachos de Santa Saturnina pudieran aprender un oficio.

—Ya —murmura el otro—, eso también fue lo que nos contaron a nosotros al principio. Pero, si quieren que les diga la verdad...

—Por favor.

Nuevo silencio. Clandestino, confidente.

—Miren, en los más de veinte años que esas brujas estuvieron por aquí, yo no oí jamás el ruido de un tractor, ni el mugido de una vaca ni el rebuzno de un burro. Nada de máquinas ni animales. Para ser una granja, era bastante peculiar, ¿no les parece?

—Desde luego —comprendo—. Aunque no tanto como una que solo recibe visitas por la noche.

—Y siempre en coches grandes —insiste el tabernero—, como los que usan los que mandan. Eso —remarca, señalando con el dedo—, eso era de lo que todos teníamos miedo...

18

Y luego la oscuridad

El coche permanece inmóvil, con el motor ronroneando al ralentí. Esteban Durán no se mueve. Sigue con las manos aferradas al volante y la boca cada vez más seca, observando el cuerpo de su perro tendido sobre la tierra del camino. Durán mira a uno y otro lado. Es una trampa, tiene que serlo. Pero está en uno de los claros. Mira de nuevo a uno y otro lado. Y no, ahí no hay nadie... Vuelve a mirar al frente, apenas a un par de metros ahí delante. Su perro... Joder, le gustaba ese perro. Hijos de puta...

—¡Hijos de puta!

Pero es que además no puede pasar. El camino está abierto sobre una zona de matorrales. Si por lo menos tuviese el todoterreno... Pero no, ese coche es el que se ha llevado el imbécil de su yerno. Y con el que conduce es imposible. Demasiado bajo. Maldita sea...

—¡Maldita sea!

Esteban Durán da un último golpe al volante al tiempo que termina de asimilar la situación. Si quiere continuar, no le queda más remedio que bajar del coche y apartar el cadáver del perro.

Traga saliva antes de abrir la puerta.

Caminando lentamente, pegado a la carrocería, escruta en todas direcciones. No, no hay nadie. Avanza el par de metros que separan al coche del animal, y se detiene junto al perro. Joder, era bastante bobo, pero le gustaba ese perro. Le tenía cariño... Niega en silencio, maldiciendo, y se agacha junto a él. Se arremanga la camisa, e introduce los brazos bajo su cuerpo.

Y aunque Durán tarda en asimilar la información, lo cierto es que el cuerpo del animal todavía está caliente. ¿Qué significa eso? ¿Es que acaban de matarlo? Porque entonces...

Alarmado, Durán se incorpora y gira en redondo, mirando en todas direcciones.

—¿Hay alguien ahí?

Pero nadie responde. Aún desconfiado, ya no se agacha. Decide coger al animal por las patas y arrastrarlo fuera del camino, aunque solo sea para poder pasar con el coche. Porque, honestamente, ahora el perro es lo de menos.

En cuanto empieza a tirar de él, le parece que el animal hace un movimiento con la cabeza. Un momento, ¿acaso está vivo? Sí, eso es... Juraría que incluso respira. Desconcertado, Durán frunce el ceño.

—¿Qué coñ...?

Pero no tiene tiempo de comprender mucho más. Su cerebro se lo advierte, le dice que algo se ha movido a su espalda. Un arbusto, algo ha salido de su interior. Pero para Durán ya es tarde. Cuando quiera reaccionar ya no podrá sentir más que el impacto en la nuca. Contundente, seco.

Y luego la oscuridad.

19

Dios en los detalles

Paco Loureza nos mantiene la mirada. Y yo sé qué es lo que pasa. Que está dudando. En su cabeza, el tabernero se pelea consigo mismo, vacilando entre mantener la boca cerrada, o abrirla y sacarse un billete para meterse en líos.

—Escuche, necesitamos que nos cuente lo que sepa. Y, créame, no se lo pediría si no tuviese unos cuántos partes de defunción encima de mi mesa...

Paco resopla, haciendo vibrar los labios. Chasquea la lengua, vuelve a coger aire, murmura algo sobre la madre que lo trajo al mundo y, por fin, consiente.

—Miren —dice al tiempo que se desata el mandilón que lleva a la cintura—, en realidad, el problema ya venía de antes. De mucho antes...

Vencidas por fin todas las reticencias, el tabernero cuelga el delantal, se acerca a nosotros y, apoyando las manos con determinación sobre la barra, se decide a hablar.

—El asunto es que aquí nadie quería saber nada de las monjas esas, ¿saben? Porque abajo, en Mougás, la gente ya llevaba tiempo diciendo cosas, y se oía todo tipo de rumores. Que se trataba mal a los niños, que se les pegaba... Había incluso quien decía que no les daban de comer más que despojos.

—Ya veo.

—Demasiados chismorreos para un pueblo tan pequeño,

hombre. Y claro, las habladurías, ya se lo imaginarán, no tardaron en remontar las parroquias hasta acabar llegando aquí arriba. Por eso, cuando nos enteramos de que el señorito Durán iba a ceder La Granja para que las puñeteras monjas esas empezaran a hacer también aquí lo que fuera que hicieran allá abajo, pues... ¿qué quieren que les diga?

—Vamos, que no las recibieron con los brazos abiertos —comprendo.

Paco tuerce el gesto en un mohín despectivo.

—Bueno —concede—, por decirlo de una manera amable... El problema vino cuando, al poco de que esas mujeres comenzasen a aparecer por aquí con los chavales, también empezaron a llegar todos aquellos coches. Todos grandes, todos caros, y todos de noche. Y eso...

—Eso es raro —se le adelanta Batman.

—De cojones —apostilla el tabernero—, usted perdone. Así que, claro, a todo aquel recelo del principio, pues... —Paco nos mantiene la mirada mientras se encoge de hombros en un gesto resignado, como si nos estuviera diciendo: «¿Qué otra cosa podíamos hacer?».

—La cosa no quedó en recelo.

—Pues no, hombre, no. Al recelo inicial le fuimos sumando más cosas. Primero fue extrañeza, desconcierto. Incluso hubo algún vecino que decía haber reconocido a alguien en uno de los coches.

—¿Alguien? —interviene Batman—. ¿A quién?

Paco tuerce el gesto con aire incómodo.

—No sabría decirle. Fue hace muchos años, al principio de todo. Y en aquel momento se hablaba mucho de los *conselleiros*, ya saben.

—¿Cómo dice?

—Por lo de la Xunta —explica el tabernero, como si tal cosa—, que aún era una novedad, y aquellos tipos salían bastante por la tele.

—Un momento, ¿nos está diciendo que había *conselleiros* que venían a La Granja?

Paco vuelve a encogerse de hombros, como si desconociera la respuesta a mi pregunta.

—A ver, yo lo que digo es que Homero, que era un vecino que vivía un poco más abajo, entró por aquí una mañana con la historia de que la noche anterior había visto a uno de aquellos fulanos delante de su casa, metido en uno de esos cochazos.

—¿A un *conselleiro*?

—Eso dijo él. Al parecer, este era uno de aquellos que venían con chófer, pero el tipo no debía de tener muy claro el camino, y se detuvo delante de la casa del viejo.

Intento aclarar la situación.

—¿Y cómo pudo reconocer su vecino a un fulano metido en un coche a oscuras en medio de la noche?

El tabernero asiente en un gesto de comprensión, como si en algún momento él también se hubiera hecho la misma pregunta.

—Se ve que el tipo encendió la luz interior del coche. Y no, Homero no supo decirnos por qué. Igual para consultar algún tipo de nota, o de indicación, o vaya usted a saber... Pero el caso es que ese fue el momento en que lo identificó. El viejo, que al igual que el resto de los vecinos ya estaba mosqueado con tanto coche y tanta gaita, llevaba un buen rato espiando detrás de la ventana. Y entonces, al iluminarse el interior del coche, lo reconoció. Uno joven, dijo, con gafas y barbita...

Batman y yo cruzamos una mirada rápida.

—No me joda —exclamo—. ¿Quiere decir que era...?

—¿Era cierto? —se me adelanta Batman, más comedido que yo.

Paco gesticula con las manos de manera expresiva.

—Pues no sabría decirle. A ver, nosotros se lo preguntamos, desde luego, si estaba seguro. Pero ¿qué quieren que les diga? El pobre Homero, que Dios lo tenga en su gloria, ya era un hombre muy mayor entonces, de modo que...

—No se lo creyeron —concluyo.

—Hombre... Pues igual del todo no, pero la mosca se quedó ahí, detrás de la oreja, y el desconcierto del que les hablaba pasó a convertirse en desconfianza. Y si era cierto, ¿eh? ¿Y si toda esa gente era tan importante como Homero había dicho? Además...

—¿Qué?

El tabernero aprieta los labios y menea la cabeza a uno y otro lado, dubitativo.

—A ver, tengan en cuenta que, además, eran los años de la droga. La gente veía narcos por todas partes, eso era así.

—¿También los vieron aquí?

Paco vuelve a arquear las cejas, en gesto de duda.

—Pues, hombre, que nosotros los reconociéramos, no. Pero... ¿y si alguno de aquellos tipos estaba metido en esto? —El tabernero se calla durante unos segundos y luego niega en silencio—. Esa gente era importante, carajo, al parecer incluso peligrosa... Y, mire, yo no sé si venían o no, pero, por si acaso, la desconfianza se convirtió en miedo.

—Ya veo...

—Yo no sé quiénes eran, pero sé que por aquí no dejaban de pasar coches. Y, encima, nadie sabía por qué coño venían, pero claro, teniendo en cuenta todos los precedentes...

—¿Precedentes?

Paco menea la cabeza.

—Bueno, ya saben, todas aquellas historias del orfanato...

—Ah, ya.

—Pues eso. Con todo eso encima de la mesa, la cosa no podía ser nada bueno. Y entonces fue cuando todo se disparó.

—¿A qué se refiere?

Paco chasquea la lengua, incómodo.

—Bueno, ya sabe cómo va esto... Llegados a cierto punto, por aquí se empezaron a rumorear cosas. Que si uno había visto a tal político, que si otro al obispo de Tui, que si chicas...

—Entiendo.

Pero Paco no se calla.

—Que si niños —dice, clavando sus ojos en los míos.

Y ese, congelado en el silencio repentino, es el momento.

«Que si niños...»

—Y eso no —concluye el tabernero, con expresión firme—. Eso sí que no.

Batman y yo volvemos a cruzar una mirada, esta vez una mucho más demorada, todavía en silencio.

—Ya se lo imaginarán —continúa Paco—; ante esa posibilidad la cosa se puso tensa, y la situación se complicó.

—¿De qué manera?

El tabernero resopla, de nuevo incómodo.

—Bueno, chiquilladas, en realidad... Al fin y al cabo tampoco teníamos pruebas de nada. Y aunque las tuviéramos... —Receloso, Paco se muerde el labio inferior—. Pues, qué quieren que les diga, a ver quién era el guapo que se atrevía a irle con el cuento a la Guardia Civil. Carajo, ¿y si ellos también estaban en el ajo?

El tabernero se nos queda mirando, y yo estoy a punto de contestarle que, la verdad, a estas alturas tampoco me extrañaría demasiado. Pero no, no lo hago.

—Comprendo —respondo—. Pero entonces ¿qué fue lo que hicieron?

—Bueno, pues lo poco que podíamos. Algo de vandalismo, ya saben, clavos en la carretera, alguna pedrada desde la oscuridad a alguno de los coches... Nada serio, en realidad. Pero el señorito captó el mensaje.

—Entiendo que se refiere usted al señor Esteban Durán.

Paco asiente con un movimiento de cabeza sutil, casi imperceptible.

—Al mismo —responde en voz baja.

Ahí está, de nuevo esa incomodidad en la voz del tabernero.

—¿Y qué fue lo que hizo?

—Pues miren, podía no haber hecho nada. Al fin y al cabo, para toda aquella gente nosotros no éramos más que chusma que le salía al paso. O, a lo mejor, para tenernos tranquilitos, podía haber hecho alguna cosa, no sé... Pero, sin embargo, el señorito tuvo la inmensa generosidad de hacer dos.

Percibo la ironía.

—¿Ah, sí?

—Por supuesto. Mire, la primera y menos pública fue enviarme a su hombre de confianza, que se ve que en realidad era un policía de Vigo, para que, muy amablemente, me preguntase qué mierda era lo que estaba pasando con los clavos y las piedras de los cojones y, por el mismo precio, recomendarme que tuviera a bien señalarles a los vecinos la conveniencia de que tales cosas no volvieran a suceder jamás, sobre todo si queríamos seguir disfrutando de nuestras casas.

—No me joda...

—Bueno, carajo, ya le digo yo que sí. Porque de hecho, y para asegurarse de que había captado el mensaje, él mismo se encargó de recordarme así, como si tal cosa, que el fuego en la Galicia rural era tan abundante como traicionero, y nunca sabía uno cuándo ni dónde se iba a declarar un incendio. «A veces», me susurró el muy hijo de puta, «incluso han llegado a iniciarse en algún bar...»

Escucho hablar al tabernero, y lo único que me viene a la cabeza es la conversación con Lalo. Entiendo que ese policía al que se refiere Paco solo pudo ser Bejarano. Pero no digo nada. Prefiero dejar que el tabernero siga hablando.

—¿Y la otra? Antes dijo usted que Durán hizo dos cosas...

—¿Pues qué iba a ser, hombre? Lavarse la cara —responde sin ningún entusiasmo—. Pero esta la hizo bien en público, para asegurarse de que todos lo viéramos bien...

Frunzo el ceño.

—¿Qué fue lo que hizo?

Paco sonríe con desgana.

—¿Ve ese cartel de ahí atrás? Ese —indica, señalando el cartel de fiestas en el que me había fijado antes—. Esa fue la guinda. Esteban Durán se ofreció a hacerse cargo personalmente de las fiestas patronales del verano de 1998.

—Vaya, qué generoso...

—No lo sabe usted bien.

A Batman no le ha pasado por alto el matiz.

—Pero, ha dicho usted «la guinda». ¿La guinda de qué?

Paco vuelve a sonreír.

—De la nueva iglesia.

Batman arquea las cejas.

—¿Les construyó una iglesia?

—Así es... La antigua parecía que se fuera a venir abajo cualquier día, especialmente después de que por aquellas mismas fechas un oportunísimo incendio la inutilizase casi por completo, también ya ve usted qué casualidad. Así que el señorito Durán, que parecía tener el dinero por castigo, dijo que no nos preocupásemos, que él se iba a encargar de volver a poner al pueblo a bien con Dios. Ya lo ven, hasta ahí arriba parecía tener mano el tipo aquel...

—Veo que no le tiene usted en muy alta estima.

—A Dios sí. A Durán... ¿Qué quiere que le diga? Puede que a otros les haga gracia lo de que les construyan una iglesia nueva, pero yo todavía tenía muy presente la visita del policía. Y, si quieren que les diga la verdad... No me lo tomen a mal, pero sigue sin hacerme mucha gracia que un policía entre en mi bar.

—Comprendo... Y entiendo que lo hizo. Construir la iglesia, digo.

—Desde luego. ¡Y a toda castaña, oigan! Las obras empezaron a comienzos del verano, después de lo de las pedradas, y en octubre, coincidiendo con las fiestas de la Virgen del Rosario, ya la estaban inaugurando. Miren, ahí está. Ahí —repite, señalando hacia uno de los rincones, al fondo del comedor—, en esa foto.

Al principio nos cuesta saber a cuál se refiere. «Esa foto», ha dicho. Como si solo hubiera una... Pero por fin la identificamos.

—Esa —apunta Batman.

Y entonces sí, la veo. Ahí está.

En principio podría pasar por otra de tantas, una foto cualquiera de una iglesia cualquiera. Parece más bien una pequeña ermita recién construida. A todas luces nueva, pero con aires de antigua construcción románica. Un grupo de gente posa ante su puerta cerrada.

—Fíjese —me indica Paco desde la barra—, fíjese bien, ¡a ver si reconoce a alguien!

Por el orgullo que de pronto se atisba en su voz, comprendo

que el tabernero se refiere a Xil Ríos, el mítico cantante gallego, sonriendo al objetivo desde uno de los laterales. Pero a mí no es el artista el que me llama la atención, sino las personas que ocupan el centro de la composición. Una pequeña comitiva formada sobre todo por hombres. Trajes, corbatas, sotanas negras, fajines púrpuras... Y es entonces, en ese preciso momento, cuando caigo en la cuenta.

Ese hombre, con las llaves en la mano...

—Joder.

Ahí está, como siempre. Dios, escondiéndose entre los detalles.

20

Y abajo el cielo abierto

Fuego. Breve pero intenso. Se desata, explota a muy poca distancia, quema y luego se va. Una vez. Otra. «¡Despierta!» Y otra más. No, espera, no son explosiones. Es otra cosa. Son... ¿bofetadas? Sí, eso es. Durán está inconsciente, y alguien le está abofeteando la cara...

—¡Que te despiertes de una vez!

... Para que se despierte de una vez.

Aturdido, Esteban Durán comienza a mover los ojos bajo los párpados. Siente una presión brutal en la cara, sobre sus ojos, como si su propia sangre estuviera a punto de hacerlos explotar. Y un calor intenso, las mejillas doloridas. No, no era fuego. Eran bofetadas. Y no es el único foco de dolor. La cabeza... La nuca irradia un dolor agudo, descargas feroces que vienen y van. Durán comienza a recordar. Estaba en su casa... No, no. Conducía su coche. El perro en medio del camino. No estaba muerto... ¿O sí? Y entonces alguien le golpeó, y ahora está aquí.

«¿Y dónde es aquí?»

Recuerda algo más. La razón por la que no está en su casa. El miedo. La llamada. Amaia...

«Viola.»

Ya no lo están abofeteando. Sea quien sea, ha comprendido que Esteban vuelve a estar consciente. No, ya no lo abofetean, pero Durán entiende que debe reaccionar.

Abre los ojos, y vuelve a sentir esa presión feroz. Enfoca la mirada para descubrir que todo parece estar del revés. Arriba, el suelo se ve sucio y revuelto. En medio la pared, desnuda, alta, muy alta, con dos filas de ventanas, unas sobre otras, y sin nada que se interponga entre las de arriba y las de abajo. Y abajo el cielo, abierto a las luces del atardecer. Durán siente el mareo. Y entonces cae en la cuenta: por supuesto, no es al mundo al que han puesto del revés, sino a él.

Está tendido boca arriba sobre alguna especie de estructura, tosca y metálica, con la cabeza colgando por uno de los extremos. Por eso lo ve todo al revés. Un lugar extraño, sin suelo, ni techos, ni siquiera tejado... Extraño, y sin embargo familiar. Durán sigue comprendiendo.

Se encuentra en lo que queda de la antigua casa familiar. A la que Bejarano prendió fuego el año pasado.

Más desconcertado cada vez, vuelve a sentir la presión en los ojos. Es lo incómodo de la postura, la cabeza caída por uno de los extremos de la superficie sobre la que lo han inmovilizado, lo que hace que la sangre circule con dificultad. Esteban intenta incorporarse. Levanta la cabeza, y se esfuerza por moverse, pero no puede. Porque algo lo retiene. Y este es el momento, al levantar la cabeza y observarse a sí mismo para intentar comprender qué es lo que pasa, en el que Durán descubre el verdadero estado de las cosas. Tumbado boca arriba, Esteban Durán está inmovilizado sobre alguna especie de superficie, probablemente una de las mesas de obra empleadas por los albañiles que están realizando la reconstrucción de la casa, con las manos y los pies atados a la estructura, y el torso descubierto. Lo han amarrado con los hombros ajustados al extremo de la superficie, por lo que apenas hay espacio para que Durán pueda apoyar la cabeza, de tal manera que no le queda más remedio que hacer fuerza si quiere mantenerla en alto.

A su izquierda, un hombre alto y delgado, con toda probabilidad el mismo que le estaba abofeteando, ha comenzado a manipular algo junto a la estructura de una antigua chimenea. Está sacando una serie de objetos de una bolsa de piel negra.

—¿Quién coño eres tú? —pregunta Durán.

Divertido por lo desafiante del tono, Sebastián apenas le dedica a su tío una mirada por encima del hombro.

—¿De verdad tengo que explicártelo?

Sin decir nada más, continúa con los objetos. Y lo primero que desenrolla es algo flexible. Parece un tubo de goma, una especie de manguera, como la que se podría encontrar en cualquier jardín, solo que un poco más ancha y corta, de no más de un metro de largo. Cuando Esteban aún está intentando adivinar para qué es el tubo, observa cómo Sebastián saca una nueva pieza de la bolsa. Un embudo.

Sí, eso es, se trata de un embudo grande y metálico, y Sebastián ajusta su boquilla, también ancha, en uno de los extremos de la manguera.

—¡¿Qué coño haces?! —se escandaliza Durán—, no estarás pensando en ahogarme, ¿verdad?

Sebastián no contesta. Se limita a sonreír una vez más mientras dirige una mirada rápida a una de las ventanas desnudas. Ha visto algo ahí fuera. Una sombra acaba de pasar por delante de la ventana.

—Ten un poco de paciencia —advierte—. Ahora te lo explica ella.

—¿Q... qué?

—Hola, tío.

La voz de Viola resuena en el vacío de la casa. Durán gira la cabeza hacia su derecha, y ahí está Viola, recortada en la penumbra de la puerta.

—Tú...

—Vaya —responde al tiempo que se acerca a su hermano—, cualquiera diría que no te alegras de verme, tío.

—¿Qué le has hecho a mi hija? —Durán pronuncia cada palabra con rabia, como si tuviera que masticarlas bien antes de dejarlas salir de su boca—. ¡¿Qué le has hecho?!

Viola responde con un ademán hastiado.

—Por favor, tío... ¿Con quién crees que estás hablando? Tu hija está bien. Es una mujer egoísta y codiciosa, lo cual no me sorprende siendo hija tuya, pero por lo demás no ha hecho nada. O por lo menos no a mí. —Pausa—. Cualquiera diría que se trata de una mujer inocente, ¿verdad?

Viola clava sus ojos en los de Durán, esperando una respuesta.

—Sí, lo es...

—Pues entonces ya está —resuelve Viola—. Nosotros no le haríamos nada a nadie inocente. Tu perro solo está durmiendo, y tu hija se despertará en un par de horas dentro de una caja de cuadros con la tapa abierta, sin más daño que un dolor de cabeza muy semejante al de una resaca, por lo que, sinceramente, tampoco creo que note demasiado la diferencia.

—Pero entonces tu llamada...

Viola se limita a mantenerle la mirada. Y Durán comprende.

—Solo queríais hacerme salir de casa...

Sebastián esboza una sonrisa de satisfacción a la vez que su hermana asiente.

—Por supuesto. Porque tu hija es inocente, como también lo era la mía. ¿Te acuerdas de ella, tío?

Silencio.

—Sí, Lucía era inocente, no tenía culpa de nada. Pero tú...

Durán no dice nada. Se limita a cerrar la boca y a apretar los labios con fuerza.

—Al entrar me ha parecido oír cómo le preguntabas a mi hermano si nuestra intención era la de ahogarte, ¿me equivoco?

Sebastián asiente.

—Cree que le vamos a dar de beber...

Viola niega con la cabeza y esboza una suerte de sonrisa desganada.

—Por favor, tío, ¿qué clase de personas crees que somos? No, no se trata de eso.

Viola se acerca a la bolsa de piel negra, y saca unos cuantos objetos más. Una caja de plástico perforado, cinta adhesiva, y un segundo embudo, idéntico al anterior. Grande, metálico, con la boquilla igual de ancha... Al igual que ha hecho su hermano con la otra punta, Viola encaja el embudo en el extremo de la manguera que todavía seguía despejado, y asegura la unión de ambos embudos a la manguera con la cinta adhesiva.

—¿Lo ves? —le muestra—. Es un teléfono.

Con un embudo en cada mano, Viola extiende los brazos hacia arriba, para que Durán pueda contemplar el conjunto.

—Es como uno de esos inventos caseros que los niños usan para contarse cosas. Secretos, confidencias...

Viola coloca uno de los embudos sobre la oreja izquierda de Durán, y se acerca el otro a la boca.

—A veces incluso historias de miedo, tío...

Inmóviles, Esteban con un embudo en la sien, y Viola con el otro tapándole la boca, los dos se mantienen las miradas.

—¿Qué me dices? —pregunta ella—. ¿Te apetece que nosotros también juguemos a esto?

Pero Durán no responde.

—¿Qué pasa, que ahora se te ha comido la lengua el gato? —Viola suspira, cansada—. Muy bien, pues entonces seré yo quien empiece. Verás, te voy a contar una historia, tío, una de auténtico terror. A mí me parece estremecedora. De hecho, reconozco que cuando me la contaron a mí apenas puede mantener los ojos abiertos, de tanto horror como me producía.

Viola se detiene, pero Durán permanece en silencio.

—A ver, igual a ti no te impresiona tanto —continúa—. Porque tal vez ya la conozcas... Bueno, si es así, entonces no dejes de interrumpirme si ves que me equivoco en algo. Aunque, si quieres que te diga la verdad, a estas alturas juraría que la conozco bien... Verás, es una historia que sucede hace tan solo un año, y comienza con una niña llamando a la puerta de una malvada bruja en mitad de la noche... Dime, tío, ¿conoces la historia?

El cuento de la chica, la bruja y el monstruo

Un año antes

Era noche cerrada cuando la chica llegó a la casa. Agotada por el viaje, llamó a la puerta. Nadie le respondió. Pero ella volvió a llamar, decidida a no moverse de allí hasta que alguien hablase con ella. Fue una mujer quien finalmente salió a recibirla. Y, si esto fuese un cuento, esta mujer sería la malvada bruja... Lucía, que así se llamaba la chica, preguntó por la señora de la casa, y al presentarse como tal la mujer que le había abierto la puerta, la chica dijo que se alegraba de haberla encontrado, porque tenía algo muy importante que decirle. A la bruja no le pasó desapercibido el detalle: la chica le había hablado de alegría, pero lo cierto es que su rostro apenas reflejaba sonrisa alguna sino, más bien, una expresión seca y severa. Tal vez incluso enojada. De modo que, al reconocer la gravedad en la determinación de la muchacha, la mujer invitó a Lucía a entrar y sentarse con ella junto al fuego.

Fue así como Lucía comenzó relatándole a aquella bruja, malvada más allá de toda duda, todo acerca de sus orígenes. Le habló de dónde venía, y también del largo viaje que la había llevado hasta su puerta.

—Pero ¿por qué hasta aquí? —preguntó la bruja, tal vez (y solo tal vez) más despistada que malvada—. ¿Qué tiene que ver todo eso conmigo?

—Bueno, yo creo que me debes una explicación, ¿no?

La bruja frunció el ceño.

—¿Que yo te debo...? —Esbozó una sonrisa descreída.

—¡Por supuesto! —le respondió Lucía, ahora claramente enojada—. Me gustaría que me dijeras por qué nos abandonaste —planteó con severidad.

Y entonces, desconcertada por completo, la mujer arqueó las cejas.

—Perdona, pero creo que no...

—Qué pasa, que ahora vas a hacer como si no me reconocieras, ¿no? —La voz de Lucía sonaba como un reproche—. Pues que sepas que es un poco tarde para eso —señaló con la actitud en la que la arrogancia y la impertinencia saben emparejarse tan bien cuando una es joven—, porque resulta que soy yo, abuelita. Tu nieta.

Lucía pronunció el «abuelita» con toda la mordacidad que fue capaz de imprimirle a la palabra.

A la otra mujer comenzó a descolgársele el labio inferior.

—¿Cómo dices?

—Que soy yo —insistió Lucía, ya sin hacer nada por ocultar su enfado—. Que mi madre y mi tío son tus hijos. Y que por mucho que quieras hacerte la loca, tú eres mi abuela. —Viola hablaba sin dejar de apuntarle con el dedo—. ¡Joder, pero fíjate! Si hasta tenemos los ojos iguales...

A pesar de lo emotivos que estos encuentros puedan parecer en los cuentos, esta vez la situación quedaba muy lejos de ser bucólica. Allí estaba Lucía, plantada en medio de aquella casa tan lujosa, exigiéndole una explicación a la mujer: por qué la malvada bruja había sido tan despiadada como para abandonar a su suerte a su madre y, por extensión, también a ella. Pero aunque Lucía no se lo creyese, la verdad era que Isabel Durán no sabía qué decir. No sabía qué decir... Y, sin embargo, lo cierto era que sí: los ojos de la niña también eran los suyos.

—No puede ser —se limitaba a murmurar—, no puede ser...

Llegados a este punto, cualquiera habría pensado que se trataba de una mentira. Que, como buena bruja que era, lo que la mujer estaba haciendo era fingir. Negarlo, intentar engañar a la chica, lo que fuera con tal de escurrir el bulto. Pero no, no era el caso. A pesar de todo, Lucía supo ver el desconcierto en los ojos de su abuela. Que también eran los suyos.

—¿Qué es lo que ocurre?

Hizo la pregunta en voz alta, pero en realidad ya no era necesario. Lucía se dio cuenta al momento. No lo sabía...

Y entonces fue cuando Lucía conoció la verdad. Porque, tal como Isabel, su abuela Cuquita, le explicó a continuación, al parecer a la mujer le habían contado algo muy diferente...

Según lo relatado por Isabel Durán a lo largo de la hora siguiente, los únicos hijos que tuvo habían nacido con serios problemas de salud, por lo que fallecieron a las pocas horas de llegar al mundo. Y todo, tal como se aseguraron de explicarle, debido a la mala vida que la mujer había llevado durante su juventud.

—Eso fue lo que me dijeron entonces —concluyó la mujer—. Me machacaron con esa historia una y otra vez. Que todo había sido culpa mía, por mis excesos y mi falta de responsabilidad.

—Pero ¿quiénes? —preguntó Lucía—, ¿quiénes te dijeron eso?

—Ellos... —respondió Isabel con una mirada ausente—. Lo recuerdo todo entre brumas, una memoria confusa... Pero sé que al principio no me lo creí. Incluso regresé al hospital en el que había dado a luz apenas un mes después. Por lo menos quería ver dónde estaban enterrados mis hijos. Pero ya no me dejaron hacer nada... Yo todavía estaba confundida, ya me entiendes, y apenas pude hacer mucho más. Avisaron a mi familia, y me trajeron de regreso a España.

Silencio.

—Y entonces él se aseguró de aplastarme. Me lo repetía una y otra vez, que todo había sido únicamente por mi culpa, que aquellas dos muertes eran mi responsabilidad... Me hundió, acabó conmigo. Hasta que, al final, dejé de preguntar.

Isabel volvió a quedarse en silencio.

—¿Quién? —insistió Lucía—. ¿Quién te dijo todo eso?

La mujer desvió la vista hacia una de las ventanas, en dirección al exterior.

—Mi hermano —respondió—. Maldito sea, él fue quien se encargó de todo.

Y ese fue el momento. Como si una vez descubierto el engaño, la mujer hubiese recobrado toda la determinación arrebatada a lo largo de los años, Isabel se levantó de su asiento, cogió el teléfono y, con gesto decidido, marcó un número.

Cuando por fin obtuvo respuesta desde el otro lado, la abuela de Lucía se limitó a pronunciar tres palabras.

—Ven ahora mismo.

Algo debió de contestarle su interlocutor, tal vez incluso protestar, porque Isabel se vio en la necesidad de aclararle un par de cosas más.

—Me mentiste, hijo de puta, ¡me mentiste! Están vivos, ¿lo sabías? —Silencio—. Pues claro que sí, cabrón miserable. Mis hijos están vivos.

Isabel colgó el teléfono. Con rabia, pero también con seguridad.

Y así es como, apenas cinco minutos después, aparece en el cuento un nuevo personaje. Y, si en esta historia Cuquita Durán es la bruja despistada, su hermano es el monstruo.

Tan pronto como Esteban Durán apareció por la puerta, a Lucía le bastó un vistazo para comprender que la situación acababa de complicarse considerablemente. Porque el hermano de su abuela no solo venía notablemente bebido, sino que, además, su actitud fue de lo más agresiva desde el primer instante.

—¡¿Se puede saber de qué diablos estás hablando ahora, maldita loca?! ¡Creía que eso ya lo habíamos dejado atrás! ¡Tus hijos murieron al nacer!

—¡Basta! —le atajó Isabel—. ¡Basta ya! Me has mentido toda la vida, cabrón... ¡Toda la maldita vida! Mis hijos no murieron al nacer, están vivos, ¿me entiendes? ¡Vivos!

—Es cierto —se atrevió a intervenir Lucía—, lo están...

—¿Lo ves? —insistió Isabel—. Escucha a esta niña, ¡escucha lo que te está diciendo!

Fue entonces cuando Esteban reparó por primera vez en la chica. Aquella especie de insecto a sus ojos que, inmóvil junto a la chimenea, contemplaba la escena con el susto y el desconcierto dibujados en su rostro.

—Pero... —Durán la observaba con una mezcla de asombro y asco, como quien acabara de ver una cucaracha parlante—. ¡¿Quién cojones es esta mocosa?!

—Es ella, Lucía —le explicó su hermana, cada vez más desesperada—. Mi nieta.

Lucía pudo ver cómo los ojos de Esteban Durán se incendiaban de furia.

—¿De qué coño me estás hablando, Isabel?

—Mírala bien. ¡Mírale los ojos! ¡Son nuestros mismos ojos!

Durán la observó fijamente. No podía ser...

—Es mi nieta —sentenció Isabel, aún furiosa—, y me lo ha contado todo.

Acorralado, Durán volvió a clavar sus ojos, coléricos, en los de Lucía.

—Es la verdad —le respondió ella, intentando disimular el miedo que había empezado a hostigarla—, los hijos de doña Isabel están vivos. Se llaman Viola y Sebastián —explicó—. Y son mi madre y mi tío.

Quería seguir hablando, explicarse. Pero se detuvo. Algo en la mirada del hombre le advirtió de que lo mejor era callarse. Y no, no se equivocaba.

Porque en ese momento, el cerebro borracho de Esteban Durán ha comenzado a engarzar sus propias conclusiones. Y, empapadas en alcohol, ninguna es buena.

Para empezar, esto supone una complicación terrible. Bejarano se lo había asegurado, le había garantizado el control de la situación. «Tu sobrina no hablará», le había dicho, «sabe que la vida de su hija va en ello». Y sin embargo ahí está, la mocosa esta, de pie en el salón de la antigua casa familiar.

Y es en ese momento cuando Esteban Durán se asusta.

Porque si lo que Bejarano le ha venido diciendo todos esos años no es cierto, y la situación no está bajo control, entonces cualquier cosa puede suceder. Alguien más puede estar al tanto de todo lo que han hecho. Alguien más puede no estar dispuesto a acatar las reglas impuestas. Alguien más que, del mismo modo que se ha presentado en la casa de su abuela, también lo puede hacer en cualquier comisaría. Alguien más que puede acabar con todo. Y alguien más, maldita sea, que además puede erigirse como legítimo heredero de la fortuna familiar.

Alguien, en definitiva, capaz de acabar en un instante con todo lo que Esteban Durán ha construido a lo largo de una vida entera.

—¿Quién más sabe que estás aquí?

Lucía tarda en comprender. Apenas nada, un par de décimas de segundo. Duda, y para cuando cae en la cuenta de que lo correcto sería decir «mi madre», «mucha gente» o, mejor aún, «todo el maldito mundo», a pesar de que no sea cierto, ya es tarde.

Y ese es el instante, el segundo exacto en que Durán decide acabar con todo.

Intenta abalanzarse sobre la chica pero no lo logra. Al adivinarle las intenciones, el odio en la mirada, Isabel se interpone en el camino de su hermano.

—¡Déjala en paz! —le exige, agarrándolo por las solapas de la chaqueta—. ¡No la toques!

—¡Apártate, estúpida!

—¡No! —grita su hermana—, ¡no le harás daño!

Pero Esteban ya no atiende a razones.

—¿Es que no lo ves? ¡Esta mocosa acabará con todos nosotros!

Aterrorizada, Lucía apenas es capaz de articular media palabra.

—No, yo...

Pero nadie la escucha.

—¡Le bastará con abrir la boca una vez más —continúa gritando Esteban—, y todo se habrá acabado! ¿Es que de verdad no lo ves, jodida estúpida? ¡Esta bastarda es el final de nuestra familia!

—¡¿Nuestra familia?! —brama Isabel—. ¡¿De qué me estás hablando?! ¡Nuestra familia nunca ha sido más que una farsa! —le responde, escupiendo cada una de las palabras en la cara de su hermano—, ¡una mentira ruin y putrefacta, construida únicamente en tu propio beneficio!

Decidida a detenerlo, Isabel Durán echa una mano al cuello de su hermano y, con fuerza, intenta clavarle las uñas.

—En todo caso —le advierte, casi como si le fuera a morder—, esta niña es mi única familia.

Llenos de rabia, de ira, furia y rencor, los dos hermanos se mantienen la mirada.

Son apenas tres segundos, tal vez cuatro, hasta que Esteban decide que ya ha sido suficiente.

Agarra a su hermana con fuerza, apresándola por los brazos y, sin más contemplaciones, la lanza por los aires. Como un trapo, como un saco vacío. Como si apenas pesara nada. El cuerpo de Isabel Durán vuela por los aires y se estrella violentamente contra una de las paredes de la sala. Desde su posición, Lucía puede oír con toda claridad el crujir del cuello.

Cuando la mujer cae el suelo, al pie de la escalera, ya está muerta.

Aterrorizada, contemplando el cuerpo desmadejado de su abuela, con la cabeza caída sobre el pecho en una postura imposible, Lucía quiere gritar. Pero no llega a hacerlo. Para cuando puede reaccionar, las manos de un Esteban Durán por completo desencajado ya le atenazan el cuello.

Lo último que Lucía llegó a ver fueron los ojos de Esteban Durán inyectados en sangre. Lo último que sintió fue su aliento, alcohólico, insultando su piel.

Y, luego, nada más.

El cuento del monstruo y el dragón de fuego

Un año antes, dos horas después

Cuando Esteban Durán recuperó la compostura, algo semejante a un poco de calma, o simplemente cuando el efecto del alcohol comenzó a mitigarse, miró a su alrededor. Y lo que descubrió resultó ser terrible.

Sentado en uno de los sillones frente a la chimenea de la antigua casa familiar, observó a uno y otro lado. A su derecha, al pie de las escaleras, el cuerpo sin vida de su hermana caído en una postura complicada, casi grotesca, de no ser por el espanto que había quedado grabado en su expresión. Y a sus pies, el segundo cuerpo, el de la chica que se había presentado en la casa.

El de la nieta de su hermana...

Todavía tenía los ojos abiertos, y a Durán le llamó la atención aquel extraño detalle, la marca marrón que se le había formado a ambos lados del iris. La boca abierta, la lengua, los ojos, todo componía una expresión de absoluto terror. Y las marcas en el cuello... No, nadie tendría ningún problema en adivinar lo que había sucedido. Y entonces Durán comprendió la gravedad de lo que había hecho. E hizo lo único que podía hacer. Lo único que sabía hacer. Lo único, en realidad, que había hecho siempre. ¿Para qué preocuparse por las demás cartas de la baraja, cuando sabes que llevas el comodín en tu mano? Esa carta que te sirve para todo...

Enojado y de mala gana, Bejarano apenas tarda una hora en llegar.

—Pensaba que ya habíamos acabado con este tipo de llamadas —refunfuña por todo saludo casi antes de entrar en el salón.

Pero Durán no responde. Se limita a permanecer sentado en el sillón junto a la chimenea, mareando en silencio su copa de coñac, para que sea Bejarano quien descubra y valore la situación por sí mismo.

—Yo también pensaba que lo tenías todo bajo control —le espeta al fin—. Pero ya ves que no era así...

En realidad, apenas hay explicaciones. Ni Esteban tiene ganas de darlas, ni Domingo quiere oírlas. Algo sobre la chica, una extorsión, una amenaza... Qué más da. Sea lo que sea, ya es tarde para todo, y lo último que quiere Bejarano es que aparezca alguien y se encuentre con semejante escenario. No... Además, no sabe quién es la chica. Pero sí la mujer. Isabel... La contempla. Y sí, este sería el momento para decir algo. Para recordar. Para preguntar... Pero no, ya es tarde. Al fin y al cabo, no es la primera vez precisamente que se hace cargo de la mierda generada por el Marquesito. Es cierto que a esas alturas ya no contaba con volver a hacerlo, pero también lo es que no le queda mucha más opción. Después de tantos años, ambos se tienen cogidos por los huevos uno al otro. Es verdad que en esta ocasión le ha hecho algún reproche acerca del autocontrol, pero ahora no hay tiempo que perder. Ahora hay que hacer algo y, si de verdad son necesarias, ya pedirá las explicaciones en otro momento.

Ahora hay que decidir.

Y Bejarano lo tiene claro. Al momento.

A Isabel la dejarán ahí. Una mujer en su estado, de todos conocido... Un golpe, tal vez una caída por las escaleras que hay junto a ella... Un lamentable accidente, en todo caso. No así la chica. Por lo poco que le ha contado Durán, parece ser que, se tratara de quien se tratase, nadie más estaba al tanto de su presencia en la casa.

—No deben encontrarla —exige Durán—. Ni en la casa, ni en ninguna otra parte.

No hay problema. Bejarano sabe cómo asegurarse de que nadie encuentre nunca a aquellos que él no quiere que sean encontrados.

—¿Y qué hacemos con todo lo demás?

Domingo observa a su alrededor, y sonríe.

—Fuego —responde sin más—. Fuego purificador.

21

El Sinatra gallego

—Joder —exclamo—, son ellos...

Descuelgo la fotografía de la pared y regreso a la barra con ella en las manos.

—¿Lo ve? —me explica el tabernero—. El señorito Durán quiso comprar a todo el pueblo con una iglesia nueva, y para celebrarlo no solo se trajo a Xil Ríos, que por aquel entonces era el mejor cantante del país, y a no sé cuántas autoridades más, sino que incluso los invitó a estar presentes en el momento en que se abriesen las puertas del nuevo templo.

—Ya veo... Y entiendo que el momento es este, ¿verdad?

—En efecto. Aquí es cuando Armando Montero, que en esa época era director del orfanato, le hace entrega formal de las llaves del nuevo templo a monseñor Grau Ginestà, el mismísimo obispo de Tui y de Vigo, nada menos.

—Parece joven para ser obispo.

—Sí, y también parece bueno —replica el tabernero—. Pero no se deje engañar por las apariencias... Y aquí, ¿lo ve? Justo al lado del obispo, sonriendo como el dueño del corral. Es él, este es el señor Durán. Aunque todos sabíamos que era el que había puesto los cuartos, dejó que fuese el director el que le entregase las llaves de la iglesia. Ya sabe, para darle ese toque de oficialidad ante el populacho, y que todos pudiéramos ver, de cerca y en tecnicolor, lo buena y generosa que era la gente de Santa Saturnina.

Paco Loureza habla sin hacer ya ningún esfuerzo por ocultar el desprecio que todo aquello le provoca. Pero ni Batman ni yo decimos nada, ocupados en asegurar el encaje de lo que todo esto supone.

—Ah, y luego estaba este otro —sigue el tabernero—, aquí, ¿lo ve? Este de aquí, el que sonríe junto al señor Montero. Este, el curita con cara de mosquita muerta. Este era... —Paco frunce el ceño cavilando—. Vaya, ¿cómo se llamaba?

—Fausto Calvo —le recuerdo.

—¡Sí —exclama satisfecho—, ese mismo! ¿Qué ocurre, lo conoce usted?

—De lejos —disimulo sin dejar de observar su rostro en la imagen.

—Ya... Pues este era el capellán que se encargaba de atender a los críos. Ya sabe, espiritualmente hablando, quiero decir.

—Sí, claro... Oiga, una cosa: antes ha dicho «en esta», refiriéndose a la foto. ¿Es que tiene más?

—¿De ese día? —Paco arquea las cejas—. Sí, juraría que sí... A ver, esta es la que tengo enmarcada porque ya se imaginará, no todos los días recibimos en el pueblo la visita del Sinatra gallego. Con el permiso de Pucho Boedo, claro. Pero... Sí, juraría que arriba tengo más. ¿Quiere que se las enseñe?

—Por favor.

Paco Loureza desaparece por una puerta al fondo del establecimiento, y regresa apenas un par de minutos después con un álbum de fotos antiguo bajo el brazo. Uno de esos tan de moda en los años setenta y ochenta, de hojas blancas cubiertas por una lámina de plástico, y con tapas de polipiel acolchada.

—Creo que era este —murmura a la vez que lo abre—, a ver...

Comienza a pasar una página tras otra, aparentemente sin apenas detenerse en el contenido, hasta que una de las fotografías llama su atención.

—Sí —anuncia satisfecho—, aquí están. Miren —señala al tiempo que gira el álbum hacia nosotros—, están ustedes de suerte.

Cojo el álbum, y empiezo a mirar donde el tabernero me indica. Es cierto, se trata sin duda de esa misma jornada. La iglesia desde fuera, la iglesia desde dentro, el palco, los músicos... Pequeños corrillos de gente, Durán con Fausto, Durán con Parrado, Fausto con un grupo de monjas.

—Ahí están, los cuervos —murmura Paco al ver que me detengo en esa foto—, las Siervas de Santa Saturnina —me explica—, las monjas del orfanato.

Asiento en silencio al tiempo que comienzo a buscarla entre las mujeres. Pero justo en esa imagen no aparece. La busco en otra foto, y en otra. Y sí, claro, finalmente ahí está. Es otra foto de grupo. Casi todas las mujeres sonríen ante lo que sea que les esté explicando el obispo, monseñor Grau. Algunas incluso parecen reír. Tan solo una mantiene el gesto adusto, severo.

—Esa... —murmura el tabernero a la vez que arruga la nariz—. Esa era la peor de todas. Un mal bicho, se lo digo yo. No se le habría ido la cara de vinagre ni aunque se le hubiese aparecido el mismísimo profeta Daniel con su sonrisa de piedra.

Es cierto. Yo la he conocido más tarde, pero su expresión tampoco era agradable. Claro que cuando yo la conocí a Pilar Pereira le habían arrancado las manos, estaba amarrada al cadáver del padre Fausto, y ambos dormían el sueño de los justos en el fondo de una bañera. Ahora, contemplándolos a todos, termino de comprender. El nexo. Todas esas personas que he reconocido en las fotografías son las mismas de cuyos cadáveres me ha tocado hacerme cargo a lo largo de la semana. De una manera u otra, todas estaban relacionadas con el orfanato.

O, dicho de un modo diferente, todos los muertos mantenían algún tipo de vínculo con Esteban Durán...

Incluido el que aún no he encontrado, Domingo Bejarano. Y, por supuesto, incluida la que aún no he visto.

Pero sé que lo haré.

De hecho, sé que estoy a punto de hacerlo.

«Lo sé.»

Porque en las imágenes que Paco me ha traído no solo aparecen hombres, mujeres, curas y músicos. También hay alguien más. Niños, los niños de Santa Saturnina. Y chicos.

Y chicas.

Sé que tarde o temprano daré con ella. No en esta foto, ni en esta otra. Tampoco en esta, ni tampoc...

«Aquí.»

Sí, aquí está.

Siento cómo el corazón se me acelera al verla, ahora sí, en esta foto. No hay duda, esa de ahí es ella.

Mucho más joven, mucho más esbelta. Pero es ella, no hay duda. Esa mirada es inconfundible. Directa, intensa, como de otro mundo. Como de otra vida. La mirada de Viola.

Y no está sola.

Desde atrás, alguien la sujeta por el brazo. Apenas se puede ver de quién se trata...

¿Sebastián, tal vez? Intento reconocerlo, pero no puedo. Sea quien sea, oculto tras Viola, apenas se le distingue el rostro. Paco se da cuenta de que he vuelto a detenerme en una de las imágenes.

—Ese —señala, sin dejar de golpear insistentemente con su dedo índice sobre la foto—, ese... —El tabernero aprieta los dientes—. Ese es el hombre del que le hablé.

—¿Quién?

—El policía, el pedazo de cabrón que vino a mi bar.

Sorprendido, bajo la cabeza y vuelvo a observar la imagen.

—Pero... ¿está usted seguro? Si apenas se le ve la cara.

—En esta foto no —advierte el tabernero—, ni en ninguna otra, en realidad. Era como si el muy cabrón huyera de las fotos... Pero créame —insiste—, es él. Lo recuerdo perfectamente.

Yo aún no lo sé, pero una idea ha comenzado a tomar forma en mi cabeza.

«¿Acaso...?»

—¿Está usted seguro?

Paco echa hacia atrás la cabeza, levantando el mentón en un gesto firme.

—Desde luego —afirma—. Mire, en general uno no se olvida así como así del cabrón que viene a amenazarte a tu propia casa. No, señor, a ese miserable no le quitas el ojo de encima. Ya me entiende, por lo que pueda pasar.

—Ya, claro.

—Pero es que, además, ese día en particular...

Paco aprieta los labios y niega en silencio, disgustado.

—¿Qué —pregunto—, qué ocurrió ese día?

El tabernero chasquea la lengua.

—Está ahí —responde, apuntando con la barbilla hacia la foto—. ¿No lo ve?

Frunzo el ceño a la vez que vuelvo a observar la imagen. Me fijo en Viola, en su gesto, en su mirada. Y no, creo que no veo nada. Pero la idea, esa idea incómoda a la que no quiero atender, comienza a decirme cosas.

«Fíjate...»

Es apenas nada, un susurro tal vez. Pero está ahí. Y habla.

—Es la chica —señala Paco—, ¿no la ve usted? Ese cabrón se pasó todo el día pegado a ella. No le quitaba el ojo de encima...

Vuelvo a examinar la foto. La mano de Bejarano parece agarrar a Viola con fuerza.

—¿Como si la estuviera vigilando?

Paco mantiene sus ojos clavados en la imagen.

—No —responde—. Más bien como si le perteneciese.

Esas son las palabras. «Como si le perteneciese.» En una milésima de segundo, un recuerdo viene a mí. Lalo. Él también se había referido al policía de una manera semejante. Bejarano no sabe amar, me había explicado. Bejarano solo sabe poseer. Y, entonces, todo se precipita.

Bejarano y Viola.

Y es otro recuerdo el que se abre paso. El de las cintas de vídeo en el apartamento de la calle Ecuador. En todas lo mismo, Bejarano en la cama con una mujer.

No, con una mujer no. Con Viola.

Con Viola en todos esos vídeos, una y otra vez, los dos metidos en aquella habitación. La habitación...

Por supuesto.

Tan pronto como entré en el despacho del bodeguero tuve la sensación de haber visto antes ese mismo espacio. Está muy cambiado, pero las proporciones... Joder, son las mismas. La habitación, los ventanales, el espacio... El despacho de Wigs y el dormitorio que aparece en las grabaciones de Bejarano son el mismo lugar. Los vídeos de Bejarano...

«... con Viola...»

Siento el nudo que me va atenazando más y más el estómago. Más y más y más y más. Viola, su cuerpo desnudo en los vídeos, expuesto... Y la idea en mi cabeza comienza a gritar.

«¡Los vídeos!»

¡Joder, la madre que los parió a todos!

—¡Los vídeos! —exclamo—. ¡Las putas cintas de vídeo!

Mi voz coge por sorpresa a Batman.

—¿Qué?

—¡Son cintas, Batman! ¡Cintas de vídeo!

—Pero, señor, no...

—¡Vámonos! —ordeno al tiempo que arrojo unas monedas sobre la barra del bar y echo a correr—. ¡Conduce tú, yo tengo que pedir una orden de registro!

Perplejo, Paco observa cómo Batman también sale corriendo de su bar, detrás de mí.

—Sí, claro, pero... ¿adónde?

—A por Durán —respondo al tiempo que abro la puerta del coche—. Ahora sí tenemos algo contra él.

Desconcertado, Arroyo mete la llave en el contacto.

—¿Algo? —Arranca—. Pero ¿el qué?

—Ahora ya sabemos a qué se dedicaba.

22

Así va la historia

Sentada junto a él, con la cabeza de Durán apoyada en su regazo, Viola habla con dificultad.

—Así va la historia, tío, la del monstruo y el dragón. Dime, ¿qué te parece?

Pero Durán no responde.

—Vaya, no te veo muy entusiasmado... ¿Qué ocurre, tío Esteban? ¿Acaso ya la conocías?

Viola habla muy despacio, con la boca pegada a la oreja de Durán, mordiendo cada palabra que pronuncia, haciéndola vibrar, como si cada sílaba tuviera que ganarse su paso al exterior.

—Claro —continúa, aún sin apartarse—, eso debe de ser, que no te impresiona tanto como a mí porque, a diferencia de lo que ocurre conmigo, tú ya la conocías, ¿verdad? De hecho, la conocías desde mucho antes que yo...

Aprieta los dientes. Con fuerza, con rabia. Tanta que incluso siente dolor en la mandíbula.

—Pues entonces —sigue—, supongo que ya sabes cómo va a acabar...

23

Asfalto mojado

—Nos la ha jugado, Batman, ese cabrón nos la ha jugado. A mí, a nosotros, al mundo... ¡A todos, maldita sea, a todos! No nos mintió solo con lo de Bejarano, lo hizo con todo. ¡Con todo! ¡Todo era mentira!

Batman conduce tan rápido como le es posible. En vez de continuar por la angosta carretera comarcal que atraviesa los montes de Oia, más peligrosa bajo la lluvia que no cesa, ha preferido bajar hacia la carretera de la costa, la que une A Guarda con Baiona. Pero aquí la cosa no está mucho mejor. Cada vez más agitado por el temporal que se avecina, el mar, verde y gris, se revuelve incómodo a nuestra izquierda. Ruge, las olas revientan contra las rocas ahí abajo, apenas a unos metros del arcén, y se levantan para morder la carretera. Así y todo, avanzamos tan rápido como podemos, y yo no puedo evitar mirar y maldecir entre dientes cuando nuestro coche pasa cortando el agua sobre el asfalto bajo los cañones asomados de las antiguas baterías del cabo Silleiro. Fue ahí donde apenas unos días atrás encontramos el cuerpo de Armando Montero devorado por un cerdo.

—Pero no lo entiendo, señor, ¿a qué se refiere? ¿Qué es lo que tenemos ahora contra Durán que antes no teníamos?

—Las cintas de vídeo —repito.

Arroyo frunce el ceño.

—¿Las cintas? Perdone, señor, pero creo que no acabo de seguirle... ¿Se refiere usted a las cintas que encontramos en la casa de Bejarano?

—No —respondo al momento, disgustado—. Me refiero a las que estaban en la bodega.

Batman me observa de reojo, sin apenas apartar la vista de la carretera.

—¿En la bodega? Pero, señor, allí no había nada.

—No, claro. Porque se las llevaron. Pero créeme, chico. Estaban ahí. Y sí —añado—, las que encontramos en la casa de Bejarano son parte de esa misma colección. Una pequeña parte...

Porque esa es la verdad. No me he dado cuenta hasta que el tabernero me ha hecho recordar las grabaciones del policía. Pero, al pensar en ellas, en las cintas, he llegado a la conclusión de que no podía ser otra cosa.

—El mueble —explico—, la estantería que Wigs nos enseñó en el sótano de la bodega.

—¿Qué le ocurre?

—¡Que es demasiado pequeño, joder! Apenas hay altura de un estante a otro. Y, sobre todo, casi no tiene profundidad. Dime, chaval, ¿qué clase de archivadores cabrían en unos estantes tan pequeños?

Y entonces Batman también ata cabos.

—No la construyeron para guardar archivadores...

—Claro que no. Era para guardar cintas de vídeo.

—Joder. Pues tenía que tratarse de una colección inmensa...

Asiento en silencio.

—Pero ¿por qué ahí abajo?

Levanto las manos en el aire, en un gesto evidente.

—Porque ahí era desde donde se controlaba el circuito cerrado de vídeo.

Y Batman sigue atando cabos.

—El tubo con los cables...

—Por supuesto. Y la mesa, y los enchufes... Esa es la clave —masculло entre dientes—, de eso iba todo.

El asfalto está cada vez más mojado, y nuestro coche derrapa ligeramente al tomar la rotonda en la entrada a Baiona.

—Quiere decir que...

—Que La Granja no era ninguna escuela de nada —respondo mientras intento agarrarme al asa del techo—. La casa de los Durán no era más que un centro de prostitución de menores.

Recuerdo la conversación con Lalo, y las piezas siguen encajando unas con otras a tanta velocidad como la que nosotros empleamos para atravesar la villa.

—Recuerda lo que me contó el antiguo socio de Bejarano.

—Lo de la prostitución y las extorsiones —comprende Batman.

—Exacto. De hecho, él mismo comentó que, cuando Bejarano dio por concluido el negocio, Lalo siempre pensó que en realidad tan solo se había tratado de un traslado.

—A Santa Saturnina —deduce Arroyo.

—Por supuesto. Pero, si tuviera que apostar...

—La idea no fue de Bejarano —se me adelanta Batman—, sino de Durán.

—Sí —le confirmo, apretando los dientes con fuerza—. Estoy seguro de que Durán, que en aquella época comenzaba a hacerse cargo de los negocios familiares, vio en los métodos de Bejarano algún tipo de inspiración.

—Y decidió ampliar el negocio.

—Sí, pero multiplicándolo por mil. Al fin y al cabo, esa gente siempre es la misma. Si Domingo conocía a su competencia, también tenía que conocer sus debilidades, probablemente incluso las más inconfesables.

—Y decidió ofrecérselas en bandeja de plata.

—Exacto. Pero asegurándose de tener las espaldas bien cubiertas. Se llevaba a todos sus clientes a la casa, y allí los filmaba mientras estos cometían toda clase de excesos con los chavales.

—Y de ahí las grabaciones.

—Sí... ¡Cuidado!

Batman puso el dispositivo luminoso sobre el techo tan pronto como nos subimos al coche, y la sirena avisa desde lejos que cruzarse en nuestro camino puede no ser una buena idea. Pero aun así tenemos que pisar el freno en el puerto de Baiona, a la altura de la réplica de la carabela *La Pinta*, para no llevarnos a una mujer por delante.

24

Dos pequeños ratones

Cansado y dolorido por lo incómodo de la postura, sin más remedio que descansar la cabeza en el regazo de su sobrina, Durán apenas se atreve a parpadear, mientras Viola pelea por reprimir las lágrimas. Solloza con los dientes apretados, y es la rabia la que hace que se le entrecorten las palabras.

—¿Sabes una cosa, tío?

Pero no dice nada. No puede hacerlo. Su sobrina alza la vista al cielo, más allá de un techo inexistente. Fuera vuelve a llover, y Viola cierra los ojos para sentir las gotas resbalando sobre su rostro. Mejor, así no tendrá que esforzarse tanto por que Durán no vea que está llorando.

—Reconozco que me había equivocado.

Vuelve a abrir los ojos, y mira a su alrededor.

—Confieso que en todo este tiempo, desde que comprendí que nunca volvería a ver a mi hija, siempre creí que el responsable de su muerte había sido Bejarano. Sabía que tú estarías implicado, por supuesto. Tu hermana, la casa... Pero estaba convencida de que él había sido el ejecutor. Te lo juro —aprieta los labios con fuerza—, siempre creí que había sido él...

Silencio.

—Pero me equivoqué. Fuiste tú.

Ahora sí, Viola clava sus ojos en los de Esteban Durán, que se limita a mantenerle la mirada.

—La estrangulaste con tus propias manos tan pronto como pensaste que su presencia era una amenaza. Una amenaza para tu historia, para tus intereses... Para ti. La mataste tú, hijo de puta —Viola vuelve a acercar su boca a la cara de Durán, hasta dejar sus dientes a muy poca distancia de los pómulos de su tío—, la mataste tú, y después llamaste a tu lacayo para que, una vez más, te resolviera la papeleta. Porque un cabrón como tú siempre necesita a alguien que le haga el trabajo sucio, ¿verdad, tío?

Viola ya no puede reprimirse más, y, a tan poca distancia, Durán observa el mar que arrasa los ojos de su sobrina.

—Eres un cerdo, tío —las lágrimas se desbordan y resbalan por el rostro de Viola—, eres un cerdo...

Viola se aparta y, con un ademán rabioso, se seca las lágrimas que le empapan la cara.

—Escúchame, yo...

Pero Viola ya no escucha a nadie.

—Y vas a morir por ello.

Antes de que Durán pueda decir nada, Sebastián se acerca a la bolsa que ha dejado junto a la mesa y saca algo de su interior. Una pequeña caja de plástico perforado. Se la entrega a su hermana y, sin mediar palabra, Viola la abre ante los ojos de su tío.

—Mira —espeta al tiempo que le muestra el contenido—. Son ratones. Dos pequeños ratones.

En efecto, se trata de un par de ratones de campo, poco más grandes que un dedo pulgar.

—Parecen inofensivos, ¿verdad?

—Como nosotros —interviene Sebastián desde el otro lado de la mesa.

—Pero no lo son. Sobre todo si les haces daño.

—Como nosotros...

Asustado, Durán alterna las miradas entre uno y otro.

—¿Qué... qué pretendéis hacer con eso?

Viola arquea las cejas.

—Al principio pensé en emplear pegamento...

—¿Cómo dices?

—Pegamento —repite—. Para asegurar uno de los embudos

sobre tu estómago. Después —continúa, ajena al horror que ha empezado a dibujarse en el rostro de su tío— introduciríamos a los ratones por el otro embudo y, con ellos en el interior de la manguera, mi hermano aplicaría calor desde ese extremo.

Viola se queda mirando a los pequeños animales.

—No seréis capaces...

Pero ella, ausente, sigue sin atender.

—No les gusta el fuego —murmura, sin dejar de contemplar a los animales en su caja—. Son pequeños, pero no te imaginas lo grande que es su determinación... Cuanto más intenso el fuego, más decidida su carrera. Nada los detiene. Ni siquiera la carne.

Viola levanta la vista y clava su mirada en los ojos espantados de Durán.

—La idea, tío, era darles calor, obligarles a seguir corriendo. A abrirse camino... La idea, tío, era que clavaran sus dientes en ti, que te mordieran, que se abrieran paso a través de tu piel. Y, una vez hecho eso, que te devorasen por dentro. La idea, tío, era que estos dos pequeños ratones acabasen con toda esa miseria y podredumbre de la que estás hecho. ¿Qué te parece?

—Poéticamente justo —sugiere Sebastián.

—No —suplica Durán por toda respuesta—, os lo ruego, yo...

Viola le hace un gesto para que se calle.

—No lo vamos a hacer.

Sorprendido, Sebastián frunce el ceño.

—¿No?

Viola levanta la cabeza y mantiene la mirada de su hermano.

—No se lo merece.

De pronto, el desconcierto se apodera del rostro de Sebastián.

—No se lo merece —repite Viola, volviendo a observar a su tío, que ahora permanece en silencio, sin atreverse a decir nada. Por alguna razón que aún no es capaz de comprender, tal vez acabe de abrirse ante él alguna posibilidad de salvación—. No, tío, no te mereces tantas atenciones, porque no eres más que un cerdo...

25

Los niños son el futuro

—Sí —continúo al tiempo que Arroyo vuelve a acelerar, ya a punto de salir de Baiona—. La explotación de todos esos pobres muchachos, entre los que también tenían que estar Viola y Sebastián, tan solo era el medio. El verdadero negocio de Durán era la extorsión. Directa o indirecta. Si el viejo aquel del pueblo...

—Homero.

—Sí, ese. Si el tal Homero estaba en lo cierto, piensa en toda la gente que debió de pasar por allí.

Porque no podía tratarse de otra cosa. Si Durán necesitaba cualquier permiso, licencia o favor de quien fuera, sabía que no tenía más que pedirlo, daba igual a qué altura estuviera la firma de semejante documento. Al fin y al cabo, ¿qué otro empresario, alcalde, *conselleiro* o incluso ministro se iba a arriesgar a que de pronto apareciese sobre la mesa de cualquier periodista, de cualquier rival o, peor aún, de cualquier esposa un sobre con un vídeo comprometedor?

—La Granja era el verdadero motor de todo, la sala de máquinas de la empresa.

Batman se muerde el labio inferior.

—Pero no lo entiendo... Si era tan rentable, ¿por qué parar?

Encojo los hombros al tiempo que empezamos a bordear Sabarís, en dirección al estuario del río Miñor.

—No lo sé. Tal vez consideró que ya había alcanzado todos

los objetivos que se había propuesto, o llegó demasiado lejos, o vete a saber... Pero lo importante es que lo hizo. A comienzos de los años dos mil cerró La Granja, clausuró el orfanato y se aseguró de que todos los que habían trabajado para él se desvaneciesen en el aire.

—Todas esas huellas borradas.

—Las mismas. Con ese tipo de contactos no debió de resultarle muy difícil hacer que todo desapareciese. Los historiales de todas aquellas personas, sus datos y, con algunos, incluso sus identidades. De la noche a la mañana, Esteban Durán los convirtió en nada. Cenizas en el mar —mascullo entre dientes.

Batman también va encajando las piezas en su propia composición de lugar.

—Esas cintas... Dependiendo de quién apareciese en ellas, debían de valer su peso en oro.

—Mucho más —advierto—, muchísimo más.

Nuestro coche atraviesa el puente de A Ramallosa, ya a punto de coger la antigua carretera del Tranvía, rumbo a la costa de Nigrán.

—Pero ¿por qué Santa Saturnina? ¿Y por qué entonces?

—Por el embarazo de su hermana.

—¿El embarazo?

—Por supuesto. No fue cosa de la familia, ni tampoco tenía nada que ver con que fueran del Opus ni nada por el estilo. Fue Durán —afirmo—; nunca tuvo intención de deshacerse de los críos.

—Pero ¿por qué?

Sonrío con desprecio.

—Porque los niños son el futuro.

Batman frunce el ceño.

—¿Cómo?

—Supongo que alguien tan mezquino como él, dispuesto a todo por hacerse con el poder, vio en aquel embarazo una oportunidad para mantener bajo control a la otra heredera del imperio familiar. Y... —Dudo.

—¿Qué?

Aprieto los labios.

—No lo sé con certeza, pero, si me apuras... No sé, pero diría que Bejarano también pudo ver una buena oportunidad en todo aquello.

—¿Bejarano?

—Por supuesto. Al fin y al cabo, aquellos niños lo emparentaban con una de las primeras fortunas del país.

Batman niega con la cabeza.

—Hijos de puta...

—De lo que no tengo dudas es de que por aquel entonces fue cuando Durán dio con el orfanato. Abandonado de la mano de Dios, en un estado precario... Pero con permiso para acoger niños. Y criarlos. De ahí toda aquella generosidad.

«Criarlos.» No oculto la intención al escoger la palabra. Porque ahora ya sé que en realidad Santa Saturnina no era más que eso, una especie de criadero de materia prima para los intereses de Durán. Santa Saturnina, esa era la verdadera granja...

Batman aprieta el volante con fuerza a medida que nos acercamos a Panxón.

—Pero, señor, me sigue faltando algo...

—Ya —le atajo—, cómo lo demostramos, ¿verdad?

Batman hace un gesto rápido, encogiéndose ligeramente de hombros.

—Torres dirá que todo eso no son más que conjeturas —advierte—. Lo sabe, ¿no?

Aparto la mirada. Sí, lo sé. De hecho, sé que no solo la jueza Torres, sino hasta el más torpe de los abogados de oficio lo tendría fácil para poner en la calle a Durán si lo detuviéramos apoyándonos únicamente en semejantes indicios.

Pero mi jugada no es esa.

—Todavía no tenemos ninguna prueba definitiva, es verdad. Pero tampoco vamos con las manos vacías.

—¿Ah, no?

—No. Es cierto, en esa campaña para borrar todas las huellas también hicieron desaparecer las cintas. Pero nosotros sabemos que no todas se perdieron...

Batman asiente.

—Bejarano guardó las suyas.

—Exacto.

—Pero ¿por qué? ¿Por qué cree usted que lo hizo?

Incómodo, vuelvo a apartar la vista hacia el exterior.

—Porque la mujer con la que aparece en las grabaciones es Viola —admito.

Arroyo se me queda mirando.

—¿Viola? Pero si es...

Le indico que vuelva a centrarse en la carretera.

—Su hija, sí. Pero eso tampoco nos coge por sorpresa, ¿verdad?

Batman no responde. Sabe que, más allá de toda la complejidad que rodea este caso, el de Bejarano y Viola no es el primer caso de abusos de padres a hijas con el que nos toca lidiar.

—El matiz está en que, en esta ocasión, Bejarano se obsesionó con ella hasta el punto de querer conservar las grabaciones.

—Joder...

—Y además —continúo—, también tenemos la casa. Se llevaron las cintas y todos los aparatos que tenía que haber en la sala. Pero no sellaron los conductos.

—¿Y?

—Recuerda lo que nos contó el bodeguero. Reformó la planta baja y el sótano. Pero...

—Pero no la planta superior.

A Batman se le escapa una sonrisa de satisfacción.

—Ni tampoco la sala de las cintas. Él mismo nos lo dijo: una mesa y un agujero en la pared. De manera que, si ordenamos un registro...

Batman comprende.

—Encontraremos los conductos que llevaban el cableado de vídeo hasta las habitaciones.

—Exacto.

Bajamos ya hacia la playa de Panxón.

—Pero, señor, usted sabe que todas esas pruebas siguen sin ser concluyentes.

—Sí —admito—. Pero también sé que Durán no es estúpido, y a estas horas ya estará más que enterado de todo lo que está sucediendo. Y, con un poco de suerte, puede que incluso bastante asustado. Nuestro trabajo solo es presionarlo, sacudir el árbol, a ver qué pasa. O, en su defecto, retenerlo mientras no llega la orden de registro que he pedido.

—¿Es eso lo que buscamos? —pregunta Batman al tiempo que nuestro coche remonta la playa de A Madorra, ya en dirección a Monteferro—, ¿las cintas de vídeo?

No respondo. Pero sí, esa es mi apuesta. Porque, aunque se haya retirado del negocio, estoy seguro de que alguien como Durán no renunciaría así como así a la conservación de semejante patrimonio. Esas cintas son un seguro de vida. Para él y para su familia.

El coche salta sobre el barro al dejar atrás el portalón de la enorme finca familiar, y rueda ya en dirección a la casa de Esteban Durán. Prefiero no decir nada, concentrarme en lo que está por llegar. Miro por la ventanilla de mi lado. Al atravesar el claro, una luz brilla allá abajo, en las obras de la casa quemada.

26

Bodas de sangre

Sin hacer nada por reprimirlo, ni tan siquiera por disimularlo, Viola llora de pie junto a su tío. Ha dejado en el suelo la caja con los dos ratones, que ahora corretean por la sala, y llora ya sin freno. Con amargura. Lágrimas inmensas por el recuerdo de su hija, al tiempo que lleva su mano izquierda a la frente de Esteban Durán y, suavemente, comienza a acariciarle el pelo.

—Eres un cerdo, tío, eres un cerdo —repite una y otra vez, al tiempo que introduce los dedos entre el cabello blanco del hombre—. Eres un cerdo...

Viola habla sin dejar de llorar y, despacio, la caricia se va convirtiendo en algo diferente. Sus dedos vienen y van, deslizándose entre el cabello de Durán, enmarañándose con los pequeños mechones, finos y canos, deslizándose hacia la parte posterior de su cabeza hasta que, poco a poco, comienzan a hacer otra cosa. Cuando Esteban quiere reaccionar, su sobrina ya ha cerrado la mano con fuerza bajo su nuca, de manera que ahora tiene la cabeza inmovilizada, sujeta por una mano que se ha vuelto de hierro.

—Y como tal mereces morir.

Y, entonces, lo hace.

Durán no se ha dado cuenta, pero mientras le acariciaba el cabello, Viola ha cogido un cúter que alguno de los obreros había dejado junto a la mesa, y lo ha ido abriendo. Poco a poco, lentamente, hasta desplegar la enorme hoja de aluminio afilado en toda su extensión. Y, antes de que Durán pueda tan siquiera reaccionar, siente el contacto del metal hundiéndose en su garganta.

Viola hunde la hoja en el cuello de su tío hasta estar segura de haber llegado bien adentro. Y comienza a tirar de ella.

Frenética, la sangre fluye a borbotones, salpicándolo todo alrededor. Pero a ella no le importa. Despacio, muy despacio, tira de la hoja. Poco a poco, dejando que Durán sea consciente de lo que está sucediendo. Y no se detiene. Tensa, determinada, Viola arrastra la cuchilla hundida en la carne de su tío, por completo ajena, indiferente, a la sangre que impacta sobre su cara y resbala por sus mejillas, mezclada con sus propias lágrimas. Viola sigue tirando, arrastra la cuchilla. Con lentitud, de izquierda a derecha, sintiendo cómo a su paso el metal, tan afilado, va cortando la piel. Degollando el tejido, rebanando, muy lentamente, la garganta de Esteban Durán.

—Tú mataste a mi hija, cerdo. Es justo que mueras como lo que eres.

Aterrorizado, la última visión de Durán antes de morir ahogado por su propia sangre es la imagen de sí mismo, degollado, reflejada en los ojos de Viola, que en todo este tiempo apenas ha alterado el gesto.

Ha llegado al final. Con el cúter todavía hundido en la garganta de Durán, Viola aún llora en silencio cuando siente la mano de Sebastián sobre su hombro.

—Ya está —le dice él—, ya está...

Viola mantiene la mirada sobre el cuerpo de su tío, cubierto por la sangre. Cierra los ojos, aprieta la mandíbula y se pasa el puño, todavía con el cúter apretado, por la cara, intentando secarse la mezcla de lágrimas y sangre que le resbala por el rostro.

—No —responde con voz grave, resuelta—. Todavía no.

En una esquina del salón en ruinas, dos pequeños ratones contemplan la escena.

27

El perro borracho

Batman ha continuado conduciendo a toda velocidad hasta la misma casa, de manera que, al detener el vehículo, el mayordomo filipino, alertado por el ruido del coche, apenas tarda un segundo en abrir la puerta principal y salirnos al paso.

—¿Les... —titubea—, les puedo ayudar en algo, señores?

—Sí, en dejarnos pasar. Tenemos que hablar con el señor Durán.

Pero el hombre no se aparta de la puerta. Parece desbordado por la situación, pero, para mi sorpresa, nos hace frente.

—No está.

—¡Oh, venga, no me joda! —exclamo al tiempo que lo echo a un lado y avanzo hasta el recibidor—. ¡Durán! —grito en el interior de la casa—. ¡Salga!

—¡Le estoy diciendo que no está, señor!

El pequeño mayordomo me observa con una mezcla de malestar y... ¿preocupación?

—No está —repite—, de verdad. Esta vez... es cierto.

Yo también le mantengo la mirada. El susto en sus ojos, junto con ese matiz en la explicación, como de confesión avergonzada, me confirman que en efecto esta vez no nos está mintiendo.

—Le advierto que intentar engañarnos no es una buena idea...

—No lo hago, señor.

Aprieto los labios.

—Mierda... ¿Y cuándo ha salido?

—Poco antes de las dos.

Consulto mi reloj. Las tres y cuarto de la tarde. Joder, más de una hora... El muy cabrón puede estar en cualquier parte.

—¿Sabe adónde ha ido?

—No, señor. Tan solo sé que recibió una llamada, y a continuación se fue.

—¿Y no le dijo nada? No sé, tal vez adónde se dirigía, o...

El mayordomo niega con la cabeza.

—No. Don Esteban lleva unos días muy intranquilo. Parece preocupado por algo, y apenas nos dirige la palabra.

—No me mienta. ¿De verdad no le ha dicho nada?

—No, señor. Simplemente salió, cogió su coche y se fue.

Suspiro con rabia.

—¡Mierda!

Aprieto los dientes y maldigo en voz baja al tiempo que doy vueltas sobre mí mismo.

—De acuerdo, de acuerdo —intento tranquilizarme—. Esto es lo que vamos a hacer...

Le pido a Batman que se quede en la casa, asegurándose de que nadie toque nada hasta que llegue la orden de registro.

—Y llama a Laguardia y a Santos. Diles que vayan a las oficinas de Millennia. Y si encuentran a Durán, que lo detengan.

—De acuerdo. ¿Y qué hará usted, señor?

—Me voy a la entrada principal. No sé a quién enviarán desde el juzgado, y este lugar no es fácil de encontrar si no has estado antes. No quiero que se nos escape ni un minuto solo porque algún policía novato se pierda por el bosque con mi orden de registro.

Vuelvo a montarme en el coche, esta vez en el asiento del conductor, y, mientras lo pongo en marcha, pienso en la certeza de que la llamada a mis agentes será en vano. Si algo ha llevado a Durán a salir de su refugio, no habrá sido para ir a su despacho.

«¿Adónde has ido?»

No lo sé. Pero nuestra baza ahora es otra. De hecho, pensándolo bien casi hasta nos favorece el hecho de que Durán no esté. Porque lo que yo quiero es otra cosa: necesito entrar en la casa. Si estoy en lo cierto, y esas cintas están ahí, entonces todo cambiará. Necesito esa orden, y la necesito ya. Maniobro para dar la vuelta, y piso el acelerador en dirección a la entrada de la finca.

Atravieso el bosque intentando conducir más rápido, pero no puedo hacerlo. Sigue lloviendo, cada vez con más fuerza, y el camino no es más que una pista de tierra en realidad, abierta entre los árboles, de manera que, cuando no derrapa, el coche bota como un puñetero barco sobre el temporal. ¿Cómo coño hacía Batman para bajar a tanta velocidad? Por más que lo intento, cada vez que acelero me cuesta un poco más controlar el coche. Patina, culea... Y encima no se ve un carajo. La diferencia de temperatura y la humedad hacen que el cristal se empañe constantemente. Pongo los limpiaparabrisas al máximo, pero no sirve de nada. Echo la mano al cristal, para intentar despejarlo desde dentro, y entonces, de repente, lo veo.

—¡Joder, pero ¿qué cojones?!

Hay un perro tambaleándose borracho en medio de la pista.

Clavo el freno en seco, y el coche derrapa violentamente. Lo veo, se me va de las manos. No puedo controlarlo. Me estoy saliendo del camino. Joder, me voy a matar...

Pero no. Cuando por fin se detiene, el vehículo no ha hecho más que unos cuantos trompos sobre los arbustos y los matorrales. Por fortuna, me he encontrado con el animal justo al salir a uno de los claros del bosque, donde el camino se ensancha para tomar el desvío de la casa vieja, de tal modo que ahora hemos quedado los dos, el perro y yo, inmóviles, mirándonos frente a frente desde la distancia. Él me observa con una mirada perdida, sin comprender demasiado bien qué es lo que acaba de pasar, e interesándose por ello todavía menos, así que, cuando considera que ya ha tenido bastante, vuelve a echar a andar, de nuevo con ese balanceo tan extraño, y se va, tambaleándose de un lado a otro. Como si estuviese borracho. Su puta madre...

Hasta ese momento no caigo en la cuenta de que el coche se

ha calado. Le cuesta, pero cuando por fin vuelve a ponerse en marcha, maniobro para regresar al camino. ¿Y de dónde coño ha salido ese chucho? Lo busco por el retrovisor, y aún alcanzo a verlo. Un labrador de pelo rubio, tambaleándose con paso torpe, alejándose sin demasiada prisa. No, ese no es un perro cualquiera. Son caros los de esa raza. Tiene que ser algún animal de la casa. Pero aun así parece desorientado, aturdido. Dejo de verlo cuando se pierde por el desvío de la casa quemada, y entonces, de nuevo con la vista al frente, me fijo en otro detalle: el cuadro de mandos del coche se ha iluminado como un puñetero árbol de Navidad. No sé qué coño significan todas esas luces, pero tampoco hay que ser muy listo para comprender que no puede tratarse de nada bueno. Joder, debo de haberme cargado algo. Algo importante, a juzgar por la cantidad de chivatos rojos que parpadean con insistencia. Empezando por el del aceite. Joder... No en vano, ha sido un buen vuelo sobre el bosque bajo; he debido de llevarme por delante el depósito de aceite. Entre otras cosas... Por eso ahora empieza a salir humo por todas partes. La madre que me parió, ¡la madre que me parió!

—Vamos —amenazo al coche—, vamos. No te pares, cabrón, no te pares...

Porque no, ahora no hay tiempo que perder. Sigo rodando como puedo, ya veremos de qué se trata más tarde. No me queda más remedio que reducir la velocidad (o tal vez lo haya hecho el propio coche, no lo sé), pero cuando por fin alcanzo el portal, un poco más allá de la antigua casa de los guardas, veo que aquí no hay nadie. Consulto el reloj, casi las tres y media. A ver, ya no pueden tardar mucho. Apago el motor, que descanse, sea lo que sea lo que le haya hecho. Y espero. No deja de llover.

Y no, aquí no viene nadie.

«Joder...»

¿Dónde coño se han metido? Necesito esa puta orden, y la necesito ya. No soporto la espera. Y, además, esto se está llenando de humo. Abro la puerta y salgo del coche, con la mirada puesta en la carretera, ya en el exterior de la finca.

«Venga, venga, venga...»

Siento la lluvia cayendo sobre mi cabeza, las gotas resbalándome por la frente. Y el humo. No sé qué es lo que he hecho, pero no deja de salir humo por debajo del capó. No, al comisario Torrón no le va a hacer ninguna gracia... ¿Y dónde están, dónde está mi orden? Camino de un lado a otro frente al coche, me detengo, miro hacia delante, busco algo. ¿Y Durán? ¿Dónde está él? Cojo aire, lo suelto. No lo sé, no sé dónde está. Pero sí sé qué es lo que provoca tanto agitamiento.

Viola.

Intento no pensar en ella.

El perro. Sí, eso es, mejor pensar en el chucho. ¿Qué le sucede a ese perro? Caminaba con dificultad, como si llevara encima unas cuantas copas de más. Tal vez sea ya un perro mayor. Quizá se trate del perro de Durán. No deja de llover, siento cómo me voy empapando. Pero no puedo... Quizá no fuera de Durán. Caminaba con dificultad, debe de ser mayor. Por eso, tal vez no fuera de Durán, sino de su hermana. Claro, por eso caminaba hacia la casa quemada. Porque se ha desorientado. Pero no, amiguito, ahí ya no hay nadie. Y mucho menos el cabrón de tu nuevo amo. La casa vieja. La casa quemada... La lluvia me recuerda el fuego. El incendio. Espera, ¡espera! Viene un coche por fin. A lo lejos. Es... ¿Es el mío? Intento estirar el cuello, como si así fuera a ver mejor. ¿Lo es? La lluvia no me deja ver con claridad. Pero no, se desvía mucho antes de llegar al portal... Tuvo que ser terrible, el fuego en la casa. Pero ahora la están restaurando. Durán dijo que tenía una hija, tal vez la vivienda sea para ella. La están restaurando. La casa quemada. Intento enfocar la vista en la carretera, ver algo en la distancia. Recuerdo que me pareció vislumbrar una luz al pasar, cuando llegamos. Porque la están restaur... Un momento.

«Un momento...»

De pronto dejo de pensar en la orden, en la carretera, en la lluvia, en todo lo que ocurre ante mí. Y empiezo a hacerlo en lo otro. En lo que tengo a mis espaldas. Y, lentamente, comienzo a darme la vuelta. El perro no estaba borracho, estaba drogado. No es la lluvia, es el fuego. No es la carretera, es la casa. No es lo que está por llegar.

Es lo que ya ha pasado.

«La casa...»

Al llegar con Batman vi una luz. Los obreros, la reforma. Pero... No puede ser. Porque hoy es sábado. Y los obreros no trabajan en sábado. Joder...

—¡Joder!

Sé que el coche no arrancará. Cuando quiero darme cuenta, ya estoy corriendo monte adentro.

28

Tú y yo

No les ha costado encontrarla. Había gasolina junto a uno de los generadores empleados en la obra. Lo han empapado con ella, y ahora Viola y Sebastián observan. Saben que tienen que irse, que no hay tiempo que perder. Que el fuego no tardará en llamar la atención de alguien. Pero este sí es el final, y ella necesitaba verlo.

—Tenía que arder —murmura mientras contempla el cuerpo de su tío en llamas.

Absorta como está, casi hipnotizada por el fuego, es Sebastián el primero que se da cuenta.

—¡Viene alguien!

En efecto, a lo lejos una silueta corre bajo la lluvia en dirección a la casa.

Lo reconozco desde la distancia. Fuego, algo arde con fuerza en el interior de la casa. Corro tan rápido como puedo. Y ahí está, el coche, aparcado junto a uno de los laterales. Es el mismo coche que estaba en el garaje de la otra casa la mañana de Navidad. El coche de Durán. Corro hacia la casa, buscando un hueco por el que acceder al interior.

—¡Policía! —advierto al asomarme. Pero nadie responde—. ¡Durán! —grito—, ¿estás ahí?

Silencio. Lo único que oigo es el crepitar de las llamas, y percibo un calor cada vez más intenso. Levanto mi pistola y avanzo con ella abriéndome camino.

Reconozco el lugar. Ahí estaban las escaleras que llevaban al primer piso. Las escaleras ya no están, pero identifico el espacio. Lo recuerdo por las fotos del expediente. Aquí, a mis pies, fue donde encontraron el cuerpo de Isabel Durán.

Al fondo de la casa, Viola y Sebastián escuchan los pasos de Mateo. Avanza hacia ellos.

—De acuerdo, préstame atención —dice Sebastián—, esto es lo que haremos.

Sigo avanzando hacia la claridad, hacia el fuego, cuando de pronto oigo la voz.

—Aquí. Estoy aquí.

Reconozco que por un instante me detengo. Es... ¿la voz de Viola? Avanzo por lo que antiguamente debió ser el corredor principal, hacia el fondo de la casa. Doblo la última esquina, y continúo un poco más, hacia un gran arco de piedra que da paso a lo que en tiempos fue el salón de la casa. Y ahí está.

Ahí está. Bajo el gran arco de piedra por el que se accede al salón, Mateo se asoma a la pieza. Arrasado por el fuego un año atrás, ahora ya no queda ni rastro del antiguo mobiliario. No hay aparadores, no hay lámparas. No hay cortinas ni ventanas ni tan siquiera puertas. En toda la estancia no hay más que estructuras de andamiaje, levantadas hacia un techo que no existe, una hormigonera y maquinaria de obra. En el centro de la sala, tendido sobre una estructura metálica que hace las veces de mesa baja, el cuerpo de Esteban Durán se consume devorado por el fuego. Y al otro lado, expectante junto a los restos de una antigua chimenea, ella.

Viola.

—Hola, Mateo.

La observa, le mantiene la mirada, pero Mateo, desconcertado, no sabe qué decir. Le apunta con la pistola. Baja el arma, duda, la vuelve a subir. Niega con la cabeza.

—Tú...

Viola esboza una sonrisa fatigada.

—Yo.

Dudo. Avanzo, doy apenas un paso hacia Viola, y a punto estoy de decir algo cuando caigo en la cuenta. No es nada, tan solo un crujido a mi espalda. Pero es lo bastante sonoro como para comprenderlo. Me he equivocado. Cuando quiero reaccionar ya es tarde.

Cuando quiere reaccionar ya es tarde. Mateo da un paso adelante, y ese es el momento que Sebastián aprovecha para moverse él también. Hasta ese instante, ha permanecido inmóvil tras el andamio junto al arco, la espalda pegada a la pared. Tan pronto como el inspector se ha adelantado, a él le ha bastado un movimiento, breve pero rápido, para ganar la posición a sus espaldas. Tan solo ha tenido que estirar el brazo.

Puedo sentirlo, el contacto frío de una boca metálica en mi nuca.

—Tira la pistola. —La voz de Sebastián suena firme, segura a mis espaldas.

Comprendo la situación, no es la primera vez que me veo en semejante tesitura. Resistirse no llevará a nada bueno. Me agacho lentamente, hasta dejar mi arma en el suelo, y vuelvo a incorporarme.

—Escuchadme, lo sé todo.

—Tú no sabes nada —replica Sebastián, sin dejar de empujar contra mi nuca lo que sea que esté empleando para encañonarme. Un perfil metálico, paralelo... Sea lo que sea, me doy cuenta de que no se trata de una pistola.

—¡Sí, lo sé! —insisto—. He estado en La Granja, he visto las fotos, ¡y los vídeos! Sé todo lo que os hicieron —añado—. Sé todo lo que te hicieron...

Mateo clava sus ojos en los de Viola.

—Sé todo lo que te hicieron —le dice.

Viola frunce el ceño.

—Tenemos los vídeos —continúa Mateo—, y estoy seguro de que encontraremos más. Eso explicará muchas cosas...

Pero Viola serena, le mantiene la mirada.

—¿Crees que ha sido por eso?

Esboza una sonrisa cansada al tiempo que niega con la cabeza .

—No es lo que nos hicieron a nosotros, Mateo. Es lo que les hicieron a los otros. —Viola traga saliva—. Es lo que le hicieron a mi hija.

Sorprendido, Mateo frunce el ceño.

—¿A tu... hija?

Viola asiente, de nuevo con la mirada puesta en el cuerpo que arde sobre la mesa.

—Lucía —responde—. Durán la mató.

A lo lejos comienza a oírse el sonido de una sirena.

Una sirena. Y comprendo. Es el coche que me trae la orden de registro. Por el volumen, debe de estar atravesando el portal de la finca, y, si le han explicado bien el camino, pasará de largo, en dirección a la casa de Durán. Pero eso es algo que Viola y Sebastián no saben. De acuerdo, esta es mi oportunidad, tal vez la única, y tengo que aprovecharla. No sé de qué se trata en realidad, pero sé que lo que Sebastián mantiene apretado contra mi cabeza no es una pistola. Tal vez, si aprovecho el desconcierto... Esperaré a que el ruido sea más fuerte, a que piensen que vienen a por ellos. Sí, lo veo por el rabillo del ojo. Ahí está. Intentando escuchar con más detalle, Sebastián ha aliviado ligeramente la presión. De acuerdo, sé lo que hay que hacer. Lentamente, comienzo a bajar los brazos, muy despacio. Me echaré hacia atrás con todo el cuerpo. Con fuerza; así tal vez logre desconcertarlo. Si consigo empujarlo, desequilibrarlo, tendré algo de terreno ganado, y Viola no parece armada, de modo que... El ruido aumenta, está muy cerca, casi a punto de pasar de largo, este es el momento, ¡este es el momento! ¡Ahora, ahor...!

Y entonces lo noto. Pero ¿qué...?

Mateo estaba a punto de hacer algo, tal vez intentar algún tipo de ofensiva, cuando Sebastián se le ha adelantado. Ha sido un movimiento rápido, tanto que Mateo no ha tenido tiempo de reaccionar.

Desde el otro lado de la mesa, deslumbrada por el fuego, Viola no ha podido verlo. Pero sí lo ha oído. Ese crrrac tan característico, largo, sostenido.

—¿Qué... qué has hecho?

Mateo sí lo sabe, nota la presión atenazándole la muñeca. Perplejo, todavía no da crédito a lo que acaba de suceder.

Porque Sebastián, que en ningún momento se ha movido de las espaldas del inspector, también se ha puesto en alerta en cuanto ha oído la sirena. Y, sin pensárselo dos veces, al ver que Mateo comenzaba a bajar los brazos ha dejado caer la pistola de clavos con la que lo mantenía encañonado, y se ha hecho con las esposas que el policía llevaba a la cintura. Un movimiento rápido, aprendido a lo largo de tantas experiencias anteriores, le ha bastado para amarrar la muñeca derecha del policía con uno de los grilletes. El otro se lo ha puesto alrededor de su propia muñeca. Y, a continuación, ha arrojado la llave al fuego y se ha echado al suelo, arrastrando ligeramente con él a Mateo.

—¡Pero ¿qué haces?! —le grita Viola—, ¿qué es lo que has hecho?

Esta vez es Sebastián el que apenas se inmuta.

—Vete —ordena con voz calmada.

—¿Qué... qué?

—Vete —insiste Sebastián, al tiempo que se acomoda, sentándose en el suelo.

Comprendiendo lo que sucede, yo también intento algo. Me revuelvo, hago esfuerzos para tirar de él. Pero lo dejo casi al instante, justo cuando nuestras miradas se encuentran. Inmóvil en el suelo, Sebastián ha cambiado la pistola de clavos por la mía, la misma que yo había dejado a sus pies. Claro, por eso se ha tirado al suelo. Y, ahora sí, me apunta con ella sin dejar de negar en silencio, advirtiéndome de la conveniencia de que no me mueva.

—Vete —le vuelve a decir a su hermana, sin quitarme la mirada de encima.

—Pero... ¿y tú? ¿Qué harás tú?

—Yo no puedo más, Viola —Sebastián niega con la cabeza—, no puedo más... Llevamos toda la vida escondiéndonos, escapando de todo y de todos. Y ya no puedo más.

—Pero...

—No —se le adelanta—. Nos hicieron de todo, pero ahora también se lo hemos devuelto, por lo menos hasta donde se les podía devolver. Y este señor —dice, levantando el arma hacia mí— necesitará alguien a quien culpar de todo lo que hemos hecho, ¿verdad?

Inmóvil en el suelo, Sebastián habla sin dejar de encañonarme con mi pistola cuando, a lo lejos, vuelve a oírse el sonido de la sirena. Y comprendo. Sorprendido, Batman les habrá explicado a los agentes que no puede ser, que tenían que haberse cruzado conmigo. De hecho, han tenido que ver mi coche, parado junto al portal. Una suma fácil y, esta vez sí, tanto los agentes del juzgado como Batman vienen hacia la casa quemada. Oscurece, y el fuego ya tiene que ser visible. Aparecerán por la puerta de un momento a otro. Y es entonces cuando Viola nos observa a los dos.

—Viola...

Sé que la estoy mirando por última vez.

—Vete —le apremia su hermano—, ya.

Pero no se mueve. Sigue dudando. En esos momentos lo veo claro.

—Si no lo haces ahora, ya no lo podrás hacer nunca.

Ella también asiente. Me mantiene la mirada por última vez. Y se va.

Gira sobre sí misma, y echa a correr hacia la pared. Salta por una de las ventanas desnudas, casi a la altura del suelo, y se pierde entre la maleza que rodea la casa. Apenas unos segundos más tarde, justo antes de que los agentes que llegan corriendo por el pasillo doblen la última esquina, Sebastián ya me ha devuelto el arma, de modo que lo primero que ve Batman cuando cruza bajo el arco de piedra es a mí, apuntando con mi pistola a Sebastián, inmovilizado en el suelo, esposado a mí.

—¡Señor!

—¡Ya está! —le respondo—, ¡lo tengo bajo control! ¡El fuego —les advierto—, intentad apagar el fuego!

Uno de los agentes regresa corriendo al coche, en busca de un extintor, mientras el otro intenta hacer algo con lo que hay en la sala, que no es mucho. Aturdido, Batman mira alrededor. La estancia vacía, el cuerpo de Durán en llamas...

—¿Hay alguien más?

Rapidísima, Sebastián y yo cruzamos una mirada en silencio.

—No. Nadie más.

PRIMER EPÍLOGO

Los amantes del séptimo círculo

Finalmente no pudimos controlarlo. No sé cuánto combustible emplearon los dos hermanos para asegurarse de que el cuerpo de Durán ardía hasta ruborizar al mismo infierno, pero, cuando pudimos reaccionar, el fuego ya se había propagado por los andamios, y las llamas volvieron a devorar lo poco que aún se conservaba de la casa quemada.

Cuando recuperamos el cadáver de Esteban Durán, ya entrada la noche, de él solo quedaba un puñado de cenizas y huesos calcinados. Recuerdo el rostro de Sebastián, observándolo todo desde el asiento trasero del coche patrulla. En silencio, tranquilo, sin apenas emoción en la mirada. Como si nunca hubiese estado allí.

Esa misma tarde, la orden de registro que tanto había tardado en llegar nos permitió acceder a los secretos de Durán. Y, en efecto, tal como sospechaba, allí estaba. Oculta en una cámara en el sótano de la casa, descubrimos la colección de la vergüenza. Horas y horas, días enteros de grabaciones de vídeo en las que, ante los monitores, contemplamos el más terrible y escandaloso muestrario de atrocidades y abusos a menores jamás perpetrados en este país. Cada película delataba a un nuevo agresor. El censo de representantes de las cúpulas económicas, políticas y religiosas que en los días posteriores sería arrestado parecía no tener fin. Y, para garantizar todas y cada una de las denuncias, contamos desde el primer instante con la más valiosa de las ayudas posibles. La de Sebastián.

En los días posteriores, Sebastián colaboró en todo. Nos lo explicó todo. Santa Saturnina, La Granja, Lucía, la venganza... Todo.

Recuerdo especialmente la explicación del miedo.

En una ocasión le preguntamos por qué en ningún momento dijeron nada. A la gente que les echaba comida, a los vecinos del pueblo el día de la fiesta... Se nos quedó mirando, y comenzó a negar con la cabeza.

—Ustedes no saben lo que es el miedo... No se imaginan la cantidad de cosas terribles que nos decían que pasarían si en algún momento hablábamos de aquello con nadie. Una sola palabra, y el mundo dejará de existir... Ustedes no saben lo que es el miedo —repitió—. Pero, cuando te lo graban desde pequeño, después ya no dejas de sentirlo jamás. Éramos unos niños, nuestros cuerpos ni siquiera tenían aún la fuerza necesaria para soportar todo aquello. Pero a ellos eso no les importaba. Nos follaron hasta reventarnos las espaldas... Si la gente que te rodea es capaz de hacerte todo eso, ¿qué no harán los demás? No, cuando te enseñan lo que es el miedo de pequeño, después ya no dejas de verlo en todas partes. En todas las caras...

Sebastián no dejó de hablar en ningún momento. Tan solo hubo una cuestión sobre la que no nos ofreció más que silencio: el paradero de Bejarano. Por alguna razón que aún tardaríamos un poco más en comprender, se negó en todo momento a decirnos dónde encontrarlo. Por eso tardamos tanto tiempo en dar con él. Y, si lo hicimos, fue por pura casualidad...

Recibimos la llamada de un vecino de Tui, aficionado al senderismo, a una ruta por las orillas del río Miño, un poco más arriba de Goián, cuando de repente su perro echó a correr. Debió de detectar algún rastro, y se perdió en las ruinas de una antigua casa de labranza abandonada. Cuando el cazador logró llegar hasta donde su perro le había guiado, un sótano en el granero de la granja, apenas podía dar crédito a lo que veía.

Encerrado en una caja de madera, y ya con las extremidades

por completo devoradas por los animales, el antiguo policía solo pudo ser identificado por su ficha dental. Sin apenas un rostro reconocible, de su cadáver, destrozado, apenas quedaban jirones de carne en descomposición y un amasijo de huesos mordisqueados aquí y allá. Y, entonces sí, Sebastián terminó de explicárnoslo todo: le había insinuado una promesa de liberación si confesaba la última verdad escondida. Pero entonces la verdad resultó ser insoportable, y la caja nunca se abrió. Después de todo, Sebastián consideró que su padre no merecía vivir, y decidió abandonarlo a su suerte. Tal como él había hecho con sus hijos, encerrados en Santa Saturnina sin ninguna esperanza de futuro. Esa era la razón, el motivo por el que Sebastián no nos quiso revelar el paradero de Bejarano. Para asegurarse de que no siguiera con vida cuando llegásemos. Exactamente igual, comprendimos entonces, que había sucedido con las demás víctimas: si encontramos a la pareja en la bañera fue porque él nos avisó. Y no lo hizo hasta estar seguro de que podría llegar a sus demás objetivos antes de que comprendiéramos lo que estaba sucediendo. Así, nada se sabría antes de tiempo, y nunca quedarían márgenes de seguridad para todas aquellas personas.

Por eso, cuando por fin lo encontramos, Sebastián se limitó a asentir en silencio y asumir la responsabilidad de esa muerte. Exactamente igual que había hecho con todas las demás. Porque eso fue lo que nos dijo: todo era responsabilidad suya, todo. El seguimiento, las torturas y, finalmente, las ejecuciones. Todo lo había planeado y ejecutado él, y todo en soledad. Como si sus pasos nunca se hubieran cruzado con los de su hermana.

Y así, Viola terminó de desvanecerse en el viento. ¿Y por qué no? Al fin y al cabo, Sebastián era el único que se había dirigido a nosotros. Y no en pocas ocasiones, además. Teníamos sus comunicaciones, los correos que él mismo nos ayudó a localizar en los servidores, la voz grabada que él reconoció como suya y, sobre todo, su propia confesión. Lo teníamos todo, y todo apuntaba a Sebastián. Y, por supuesto, nada a Viola. Tal como Sebastián lo había dispuesto, lo único que había contra su hermana eran unos cuantos indicios circunstanciales. La necesidad de un cómplice colaborador, un vínculo familiar, causa aparente... Nada, en realidad. Alguien había entrado en el ordenador de la Policía desde mi terminal. Y Viola había estado en mi despacho, es cierto. Pero ¿y qué? En suma, lo único que hizo fue desaparecer. Y no es delito marcharse sin decir adiós...

Y, además, no lo hizo.

Unos días después de verla por última vez, encontré una nota en mi buzón. Sin sobre, sin remite, sin huellas. Tan solo un papel doblado, el soporte justo para dejar escritas apenas cuatro frases con mi nombre escrito en uno de los laterales:

«Mateo Romano».

Apenas una nota, rápida y breve, para decirme que lo sentía mucho, que sentía todo el daño que me pudiera haber causado. Una nota, parca y fugaz, para decirme que yo era un buen hombre. Y que, si las cosas hubieran sido de otra manera, si hubiéramos tenido la ocasión de ser otras personas, en todas y cada una de esas otras vidas Viola se habría enamorado de mí del mismo modo que yo lo había hecho de ella. Pero no en esta. «En esta nada más hemos podido ser dos amantes sin fortuna —había escrito—. Los amantes del séptimo círculo.»

SEGUNDO EPÍLOGO

El mar y las flores

En silencio, sentada frente al mar, una mujer observa el movimiento de las olas allá abajo. Vienen, revientan contra las rocas que, escarpadas, se precipitan colosales en una caída vertiginosa hacia las profundidades y se van. Una y otra vez.

Una y otra vez...

En silencio, sin apenas moverse, observa los colores a sus pies. Más allá de la garganta de piedra, en su fuga hacia el horizonte la puesta de sol cubre el mar en un arrebato inacabable de tonos anaranjados. Pero ahí abajo, a casi cuarenta metros de distancia, el verde azulado que dibuja crestas de redes trenzadas sobre la superficie del agua se transforma en un bullicio blanco de espuma reventada al romper las olas contra las rocas. Y de vez en cuando, en los brevísimos claros abiertos en la espuma, el azul tenebroso, acaso negro, de las aguas más profundas...

En silencio, sentada en el suelo unos cuantos pasos más allá del pequeño muro de piedra que protege la ronda del faro, una mujer se asoma al inmenso acantilado que se abre a sus pies, y escucha. Porque sabe que es ahí, exactamente ahí abajo, donde está ella.

Cuando Bejarano asumió la tarea de deshacerse del cuerpo de Lucía, pensó en repetir el mismo ritual del que se había valido tantas veces antes. Pero las cosas habían cambiado. Retirado, ya no podía contar con los mismos medios de los que disponía años atrás. Y, además, en esta ocasión apenas había tiempo que perder. Ni lo había planificado él, ni tampoco tenía la certeza de que la chica estuviera realmente sola. No, esta vez no lo tenía todo bajo control. Así que sería el mar, sí. Pero sería un mar diferente.

Al norte, una pared colosal de piedra separa las rías de Vigo y Pontevedra. Es la Costa da Vela. En ella, entre los faros que vigilan el arenal de Melide y la baliza de Punta Couso, el océano Atlántico aprovecha el espacio que las islas Cíes y las de Ons han dejado despistado entre ambos archipiélagos para embestir con furia las rocas de los acantilados de Donón. Ahí fue, y no en el mar de Oia, más al sur y por tanto más accesible, donde aquellas dos bestias se deshicieron del cuerpo de Lucía.

Amparados en la oscuridad de la madrugada más alta, cuando la noche es más negra, Durán condujo su todoterreno hasta el faro de cabo Home, una torre blanca que se levanta a treinta y ocho metros sobre el nivel del mar, construida en lo alto de una garra natural de piedra y roca que se hunde en el océano. Una vez fuera del coche, él y Bejarano tan solo tuvieron que cargar con el cuerpo de la chica medio centenar de metros, bordeando el faro por su cara norte. Porque Domingo sabía que al otro lado de la torre circular la tierra desaparece, abruptamente devorada por el mar: al otro lado del faro de cabo Home, una garganta de piedra se precipita en una caída casi vertical hacia las aguas desde más de treinta metros de altura, formando una galería de agua abierta entre dos colosales paredes de roca enfrentadas por las que el mar entra bramando con toda su furia. Una piscina sin fondo en la que el océano entra, descarga con violencia y se va.

Bejarano y Durán apenas tuvieron que hacer nada. Un pequeño empujón, y la oscuridad, profunda e impenetrable del océano, engulló para siempre el bulto en que se había convertido el cuerpo sin vida de Lucía. Porque nada de lo que cae a ese pozo es visible desde la superficie. Y mucho menos desde el mar: en estas aguas, peligrosas y voraces, hay que estar muy loco para atreverse a asomar el alma a sus gargantas y a sus grutas. Una corriente mal medida, un golpe de mar imprevisto, y cualquier embarcación desaparece bajo las aguas en cuestión de segundos.

Apenas tuvieron que hacer nada, tan solo un pequeño detalle...

Domingo sabía que, a veces tarde y otras temprano, de una forma u otra el mar siempre devuelve lo que se lleva. Y ese era un riesgo que no podían correr. Tal como confesó el policía antes de que Viola y Sebastián lo abandonaran para siempre en la caja de madera, antes de arrojar el cuerpo de Lucía al vacío, Bejarano se aseguró de envolverlo con las redes que Durán guardaba en su embarcadero. Una mortaja de mar... Ya en el cabo, frente a la garganta, lastraron el bulto con tantas piedras como les fue posible, asegurándose de esta manera de que el mar no pudiera devolver jamás el cadáver de Lucía, ni siquiera cuando el cuerpo de la joven hubiera comenzado a descomponerse. Y, entonces sí, la arrojaron a la oscuridad.

Así fue como Lucía se convirtió en un ancla, atrapada entre las redes, abandonada bajo las aguas. Sumergida para siempre.

Por eso ahora ahí abajo, en el fondo del mar, hay un pequeño esqueleto recogido sobre sí mismo. Son los huesos dormidos de una chica. Es apenas una mujer, o quizá todavía una niña, arropada en una cama de sal hecha de redes verdes y cabos blancos, descansando bajo una cúpula de espuma a través de la cual la luz se deshace en rayos de formas imposibles. La corriente juega con su lecho para que la muchacha despierte, y los huesos, mecidos por las aguas, se dejan guiar por la suavidad. Es apenas nada, tan solo un paso de baile, leve y sutil, y el agua danza con los huesos de este pequeño esqueleto que duerme bajo el océano. Nadie lo ve, nadie sabe que está ahí, y entretanto ella se deja llevar por el mar.

Únicamente su madre, sentada en las rocas del acantilado, contempla la escena en silencio. No hay sitio para nadie más, y tan solo ella la ve bailar, llevada por las corrientes. Y, desde lo alto, Viola arroja pétalos de flores al mar para que Lucía, con los brazos extendidos hacia la superficie, los recoja bajo las aguas que, como en una caricia inmensa, bailan con ella en el fondo del océano.

Y ya nada estropea el momento entre las dos mujeres. Y ya todo está en paz.

El fuego, el mar.

La calma.

Todo.